IX
menes
Borke

國家出版基金資助項目

國家社會科學基金重大招標項目（16ZDA174）

唐音

國家圖書館藏明初魏氏仁寶堂刻本

唐音序

襄城楊伯謙好唐人詩五言七言古詩律詩絶句以盛唐中唐晩唐别之凡幾卷謂之唐音音也者聲之成文者也可以觀世矣其用意之精深豈一日之積哉蓋其所録必也有風雅之遺騷些之變漢魏以来樂府之盛其合作者則録之不合乎此者雖多弗取是以若是其嚴也昔之選唐詩者非一家若伯謙之辯識度越常情遠哉噫先王之德盛而樂作亦息而詩亡系之世道之升降也風俗頹

靡愈趨愈下則其聲文之成不得不隨之而
然必有特起之才卓然之見不係於習俗之
所同則君子尚之然亦鮮矣嗚呼唐虞三代
其盛矣乎元首股肱之歌見於唐書一遵一
豫之歎聞諸夏諺其僅存者亦寥寥鄭絕矣
若夫十五國風大小雅周之盛衰備矣周頌
者多周公之所作也猗那之存太師傳焉駉
駜之興魯人作之皆吾夫子之手筆也千載
之言詩者孰不本於此哉則吾於伯謙唐音
之録安得不歎夫知言之難也虞集序

唐音名氏并序

王績字無功絳州人　章懷太子名賢高宗第六子　李義甫

王勃字子安絳州人　楊烱　盧照鄰字昇之范陽人

駱賓王　陳子昂字伯玉梓州人　杜審言字必簡襄陽人

宋之問字延清汾州人　沈佺期字雲卿相州人　喬知之

東方虬　薛稷字嗣通　王適幽州人

劉廷芝字希夷汝州人　郭振字元振魏州人　蘇頲字廷碩雍州人

張說字說之一字道濟　齊澣字洗心定州人　張九齡字子壽

孫逖博州武水人　蓋嘉運　吳筠字貞節華陰人

賀知章字季真　崔顥汴人　張謂字正言河南人

[illegible]鄧州南陽[illegible]字[illegible]隣洛陽　王維字摩詰太

王維原人　裴迪　祖詠

孟浩然襄陽人　儲光羲潤州人　王之奐并州太原人

王昌齡字少伯江陵人　盧象字緯卿　崔國輔

陶翰潤州人　劉昚虛江東人　薛據荊南人

王季友河南人　賀蘭進明　崔曙

王灣　沈如筠句容人　殷遙句容人

丁仙芝潤州人　李嶷　吳象之

張潮潤州人　高適字達夫勃海人　岑參鄧州人

李頎洛陽人　常建　孟雲卿平昌人

嚴武字季鷹　張彪　劉方平河南人

劉灣蜀人　秦系字公緒　朱放字長通　張志和字子同

右自武德至天寶末得六十四人為唐初盛唐詩

皇甫冉 字茂政潤州人　皇甫曾 字孝常潤州人　張繼 字懿孫

嚴維 字正文　李嘉祐 字從一　劉長卿 字文房河間人

盧綸 字允言河中人　韓翃 字君平　韋應物

耿湋 河東人　錢起 字仲文吳興人　郎士元 字君胄

司空曙 字文明廣平人　崔峒 博陵人　李端 趙州人

衛象　柳談 字中庸京兆人　暢當 河東人

竇叔向 字遺直扶風人　丘丹 蘇州臨平人　戴叔倫 字幼公

宋濟　顧況 字逋翁蘇州人　李益 字君虞

劉商 字子夏徐州人　雍裕之　長孫佐輔 朔方人

楊衡 字中師　武元衡 字伯蒼　權德輿 字載之

令狐楚[illegible]　王涯[illegible]　張仲素[illegible]

羊士諤泰山人　楊巨源字景山　柳宗元字子厚

陳羽　孟郊字東野湖州武康人　張籍字文昌

王建字仲初　盧仝洛陽人　李賀字長吉

竇庠字冑卿　竇鞏字友封　元稹字微之

白居易字樂天　劉禹錫字夢得中山人　戎昱荊南人

右自天寶至元和間通得四十八人為中唐詩

賈島字浪仙范陽人　姚合宰相崇之玄孫　李涉洛陽人

孫革　鮑溶字德源　張祜字承吉

施肩吾字希聖　杜牧字牧之京兆人　韓琮字成封

朱可久字慶餘　任翻江東人　許渾字用晦閏州丹陽人

李群玉字文山　李商隱字義山懷州人　溫庭筠字飛卿

雍陶字國鈞成都人　趙嘏字承祐　孟遲字遲之平昌人

薛逢字陶臣　薛能字大拙汾州人　方干字雄飛

邵謁韶州人　陸龜蒙字魯望　于武陵杜曲人

陳陶字嵩伯　曹鄴字鄴之　劉駕字司南江東人

于濆字子漪　司馬札　聶夷中字坦之

曹唐字堯賓桂州人　高駢字千里幽州人　高蟾河朔人

鄭谷字守愚　唐彥謙字茂業　崔道融荊人

杜常　崔魯　王駕字大用河中人

羅鄴餘杭人　韓偓字致光京兆萬年人　吳融字子華

王貞白字有道　張文恭　李殷

張泌 [illegible] 李洞 [illegible] 韋莊 [illegible] 吳商浩

右自元和至唐末通得四十九人為晚唐詩

僧靈澈字澄源　僧無本　一　薛奇童

郎大家宋氏　廣南女子　劉采春越州籍妓

吉中孚妻　張文姬　薛濤

劉瑶　君山老父　太上隱者

山中客　無名氏

右方外及閨秀等自唐初至唐末通得一十

二人并無名氏者皆附遺響之末

詩莫盛於唐李杜文章冠絕萬世後之言詩者皆

知李杜之為宗也至如子美所尊許者則楊王盧駱

所推重者則杜少陵賀知章所讚咏者則孟浩然王摩詰所友善者則高適岑參所稍道者則王季友若太白登黃鶴樓獨推崔顥爲傑作遊郎官湖復歎張謂之逸興凝古之詩則彷彿乎陳伯玉古之人不獨自專其美相與發明斯道者如是故其言皆足以浸世不忘也余自幼喜讀唐詩每慨歎不得諸君子之全詩及覩諸家選本載盛唐詩者獨河嶽英靈集然詳於五言畧於七言至於律絕僅存一二極玄姚合所選止五言律百篇除王維祖詠亦皆中唐人詩至如中興間氣又玄才調等集雖皆唐人所選然亦多主於晚唐矣王介甫百家選首除高岑王孟數家之

外亦皆曉唐人詩數萬以世次為編於名家頗無遺
編其所録之詩則又駁雜簡畧他如洪容齋曾蒼山
趙紫芝周伯弜陳德新諸選非惟所擇不精大抵多
畧於盛唐而詳於晚唐也後客章貢得劉愛山家諸
唐初盛唐詩手自抄録日夕涵泳於是審其音律之
正變而擇其精粹分為始音正音遺響總名曰唐音
凡十五卷共詩一千三百四十一首始於乙亥成於
甲申嗟夫詩之為道非惟吟咏情性流通精神而已
其所以奏之郊廟歌之燕射求之音律知其世道豈
偶然也哉觀是編者毋忽其僭妄詳其所用心則自
見矣至正四年八月朔日襄城楊士弘謹誌

唐音凡例

一始音不分類編者以其四家製作初變六朝雖有五七之殊然其音聲則一致故也

一正音以五七言古律絶各分類者以見世次不同音律高下雖各成家然體製聲響相類欲以便於觀者

一遺響不分類者以其諸家之詩篇章長短參差音律不能諧合故就其所長而采之

一李杜韓詩世多全集故不及録

一編意各著篇首

唐詩始音目録

襄城楊士弘編次

王勃三十五首　盧照隣二十八首

楊炯十首

駱賓王二十首

右四人通詩九十三首自六朝来正聲流靡四君子一變而開唐音之端卓然成家觀子美之詩可見矣然其律調初變未能皆純今擇其粹者列為唐詩始音云

仁寶堂

建安魏氏
鼎新繡梓

唐詩始音

從軍行　楊炯

烽火照西京心中自不平牙璋辭鳳闕鐵騎繞龍城雪暗凋旗畫風多雜鼓聲寧為百夫長勝作一書生

劉生

卿家本六郡年長入三秦白璧酬知己黄金謝主人劒鋒生赤電馬足起紅塵日莫歌鐘發喧喧動四隣

紫騮馬

俠客重周游金鞭控紫騮蛇弓白羽箭鶴轡赤茸鞦發跡来南海長鳴向北州匈奴今未滅畫地取封侯

驄馬

驄馬鐵連錢長安俠少年帝畿平若水宮路直如弦
夜玉粧車軸秋金鑄馬鞭風霜但自保窮達任皇天

和劉侍郎入隆唐觀

福地陰陽合仙都日月開山川四嶮城樹隱三臺
伏檻排雲出飛軒繞澗迴參差凌倒景蕭洒軼浮埃
百果珠為實羣峰錦作苔懸蘿暗疑霧瀑布響成雷
方士燒丹液真人泛玉杯還如問桃水更似得蓬萊
漢帝求仙日相如作賦才自然金石奏何必上天台

送劉校書從軍

天將下三宮星門召五戎坐謀資廟畧飛檄佇文雄
赤土流星劒烏號明月弓秋陰生蜀道殺氣繞湟中

風雨何年別琴尊此日同離亭不可望溝水自西東

送臨津房少府

岐路三秋别江津萬里長烟霞駐征蓋絃奏促飛觴
階樹含斜日池風泛早凉贈言未終竟流涕忽霑裳

送豐城王少府

愁結亂如麻長天照落霞離亭隱喬樹溝水浸平沙
左尉才何屈東關望漸賒行看轉牛斗持此報張華

送鄭州周司功

漢國臨清渭京城枕蜀河居人下珠淚賓御促驪歌
望極關山遠秋深烟霧多唯餘三五夕明月暫經過

送趙從

趙氏連城璧由來天下傳送君還舊府明月滿前川

臨高臺　　　　王子安

臨高臺臨高臺迢遰絶浮埃瑶軒綺構何崔嵬鸞歌鳳吹清且哀俯瞰長安道萋萋御溝草斜對甘泉路蒼蒼茂陵樹高臺四望同佳氣鬱葱葱紫閣丹樓紛照耀壁房錦殿相玲瓏東迷長樂觀西指未央宮赤城映朝日緑樹揺春風旗亭百隊開新市甲第千甍分戚里朱輪翠蓋不勝春疊榭層楹相對起復有青樓大道中繡戶文窓雕綺櫳錦衣晝不襞羅帷夕未空歌屏朝掩翠粧鏡晩窺紅為君安寶髻娥眉罷花叢狹路塵間黯將暮雲間月色明如素鴛鴦池上兩

兩飛鳳凰樓下双〻度物色正如此佳期那不顧銀鞍
繡轂盛繁華可憐今夜宿倡家倡家少婦不須嚬東
園桃李片時春君看舊日高臺處柏梁銅雀生黃塵

采蓮曲

采蓮歸淥水夫容衣秋風起浪鳧鴈飛桂棹蘭橈下
長浦羅裙玉腕輕摇櫓葉嚬花潭極望平江謳越吹。
相思苦相思苦佳期不可駐塞外征夫猶未還江南
采蓮令已暮令已暮摘蓮花渠今那必盡倡家官道
城南把桑葉何如江上采蓮花蓮花復蓮花花葉何
稠疊葉翠本羞眉花紅强如頰佳人不在茲悵望別
離時牽花憐共蒂折藕愛連絲故情無處所新物從

[illegible]滋不惜西津交珮解還羞北渚無書[illegible]哥春
節采蓮夜未歇正逢浩蕩江上風裵徊蓮浦夜相逢
吳姬越女何丰茸共問寒江千里外征客關山路幾重

秋夜長

秋夜長殊未央月明白露澄清光層城綺閣遙相望
川無梁北風受節南鴈翔崇蘭委質時菊芳鳴環曳
履出長廊為君秋夜擣衣裳纖羅對鳳凰丹綺双鴛
鴦調砧亂杵思自傷征夫萬里戍他鄉鶴關音信斷
龍門道路長君在天一方寒衣徒自香

三月曲水宴

彭澤官初去河陽賦始傳田園歸舊國詩酒間長筵

列竇窺冊洞分樓瞰紫烟縈回亘津渡出沒控郊鄽
鳳琴調上客龍轡儼群仙松石偏宜古藤蘿不記年
重巒交密樹複磴擁危泉抗石晞南嶺乘沙眇北川
傳岩來築勳磻谿入釣前日斜真興遠幽楚思涼蟬

泥谿

弭棹凌奔壑低鞭躡峻岐江濤出岸險峯磴入雲危
溜急船文亂岩斜騎影移水烟籠翠渚山照落丹崖
風生蘋浦葉露泣竹潭枝泛水雖云美勞歌誰復知

懷山

鶴岑有奇徑麟川富仙家紫泉漱珠液玄岩列冊範
常寄玻璃洞妙然登雲車鸞情極霄漢鳳想疲烟霞

[illegible]

聖泉宴

披襟乘石磴列籍俯春泉蘭氣熏山酌松聲韻野絃
影飄垂葉外香度落花前興洽林塘晩重岩起夕烟

觀内懷仙

玉架殘書隱金壇舊迹迷牽花尋紫澗步葉下清谿
瓊漿猶類乳石髓尚如泥自能成羽翼何必仰雲梯

贈道士

霧濃金竈靜雲暗玉壇空野花常捧露山葉自吟風
林泉明月在詩酒故人同待余逢石髓從尔命飛鴻

八仙逕

柰園欣八正松岩訪九仙援蘿窺霧術攀桂俯雲烟
代北鸞驂至遼西鶴騎旋終希脫塵網連翼下芝田

山居晚眺贈王道士

金壇疎俗宇玉洞似仙家花枝栖晚露峯葉度晴雲
斜照移山影迴沙擁溜文琴尊方待興竹樹已迎曛

別薛華

送々多窮路遑々獨問津悲涼千里道悽斷百年身
心事同漂泊生涯共苦辛無論去與住俱是夢中人

重別薛升華

明月沉珠浦秋風濯錦川樓臺臨絕岸洲渚亘長天
旅泊成千里棲皇共百年窮途唯有淚還望獨潸然

尋道觀

枝壓光分野蓬闕盛規模碧壇清桂閾丹洞肅松樞
玉笈三山記金箱五嶽圖蒼虬不可得空望白雲衢

遊梵宇三覺寺

杏閣披青磴琱臺控紫岑葉齊山路狹花積野壇深
蘿幌栖禪影松門聽梵音遽忻陪妙躅延賞滌煩襟

散關晨度

關山凌旦開石路無塵埃白馬高譚去青牛真氣來
重門臨巨壑連棟起崇隈即今揚策度非是弃繻回

麻平晚行

百年懷土望千里倦游情高低尋戍道遠近聽泉聲

澗葉纔分色山花不辨名羈心何處盡風急暮猨清

送盧主簿

窮途非所恨虛室自相依城闕居年滿琴尊俗事稀
開襟方未已分袂忽多違東岩富松竹歲暮幸同歸

餞韋兵曹

征驂臨野吹別袂慘江垂川霽浮烟斂山明落照移
鷹風凋晚葉蟬露泣秋枝亭皐分遠望延想閒雲涯

白下驛餞唐少府

下驛窮交日昌亭旅食年相知何用早懷抱即依然
浦樓低晚照鄉路隔風烟去去如何道長安在日邊

少府之任蜀州

城闕輔三秦風煙望五津與君離別意同是宦遊人
海内存知己天涯若比隣無為在岐路兒女共霑巾

山亭夜宴

桂宇幽襟積山亭涼夜永森沉野逕寒肅穆岩扉靜
竹晦南河色荷翻北潭影清興殊未歸林端照初景

春日還郊

閑情兼嘿〻攜杖赴岩泉草綠縈新帶榆青綴古錢
魚牀侵岸水鳥路入山烟還題平子賦花樹蒲春田

仲春郊外

東園垂柳徑西堰落花津物色連三月風光絕四隣
鳥飛村覺曙魚戲水知春初晴山院裏何處染囂塵

唐詩正音目録并序

襄城楊士弘編次

卷之一上五言古詩

陳伯玉二十六首　薛嗣通一首　儲光羲三十九首

王摩詰十九首　孟浩然十九首　常建十五首

五言古詩盛唐初變六朝作者極多然音律參差各成其家所可法者六人共詩一百一十九首

卷之一下

韋應物四十五首　柳子厚十四首

中唐来作者多獨韋柳遠追陶謝可與前諸家相

錯而觀故取之一爲下卷通二人共詩五十九首

[illegible]

銅雀妓

金鳳鄰銅雀漳河望鄴城君王無處所臺榭若平生

舞遶紛何就歌梁儼未傾西陵松檟冷誰見綺羅情

普安建陰題壁

江漢深無極梁岷不可攀山川雲霧裏遊子幾時還

寒夜思友

雲間征鴈斷月下歸愁切鴻鴈西南飛如何故人別

臨江

泛泛東流水飛飛北上塵歸驂將別棹俱是倦遊人

贈李十四

亂竹開三徑飛花滿四鄰從來楊子宅別有尚玄人

蜀中九日

九月九日望鄉臺他席他鄉送客杯人今已厭南中苦鴻鴈那從北地來

滕王閣

滕王高閣臨江渚珮玉鳴鑾罷歌舞畫棟朝飛南浦雲朱簾暮卷西山雨閑雲潭影日悠悠物換星移度幾秋閣中帝子今何在檻外長江空自流

長安古意　盧照隣

長安大道連狹斜青牛白馬七香車玉輦縱橫過主第金鞭絡繹向侯家龍銜寶蓋承朝日鳳吐流蘇帶

晚霞百丈遊絲爭繞樹一羣嬌鳥共啼花啼花戲蝶千
門側碧樹銀臺萬種色複道交窗作合歡雙闕連甍垂
鳳翼梁家畫閣天中起漢帝金莖雲外直樓前相望不
相知陌上相逢詎相識借問吹簫向紫烟曾經學舞度
芳年得成比目何辭死願作鴛鴦不羨仙比目鴛鴦真
可羨雙去雙來君不見生憎帳額繡孤鸞好取門簾帖
双燕双燕双飛繞畫梁羅幃翠被鬱金香片〻行雲着
蟬鬢纖〻初月上鴉黃鴉黃粉白車中出含嬌含態情
非一妖童寶馬鐵連錢倡婦盤龍金屈膝御史府中烏
夜啼廷尉門前雀欲栖隱〻朱城臨玉道遥〻翠幰沒
金堤挾彈飛鷹杜陵北探丸借客渭橋西俱邀俠客芙

容翩共宿倡家桃李蹊倡家日暮紫羅裙清歌一囀口
氛氳北堂夜夜人如月南陌朝々騎似雲南陌北堂連
北里五劇三條控三市弱柳青槐拂地垂佳氣紅塵暗
天起漢代金吾千騎來翡翠屠蘇鸚鵡杯羅襦寶帶為
君解燕歌趙舞為君開別有豪華稱將相轉日迴天不
相讓意氣由來排灌夫專權判不容蕭相專權意氣本
豪雄青虬紫燕坐生風自言歌舞長千載自謂驕奢凌
五公節物風光不相待桑田碧海須臾改昔時金階白
玉堂即今惟見青松在寂々寥々揚子居年々歲々一
床書獨有南山桂花發飛來飛去襲人裾

吉客少年場行

長安重游俠洛陽富才雄玉劍浮雲騎金鞭明月弓
鬪雞過渭北走馬向關東孫賓遥見待郭解暗相通
不受千金爵誰論萬里功將軍下天上虜騎入雲中
烽火夜似月兵氣曉成虹横行徇知已負羽遠從戎
龍旌昏朔霧鳥陣卷胡風追奔瀚海咽戰罷陰山空
歸来謝天子何如馬上翁

折楊柳

倡樓啓曙扉楊柳正依〻鶯啼知歳隔條變識春歸
露葉凝愁黛風花落舞衣攀折將安寄軍中音信稀

芳樹

芳樹本多奇年華復在斯結翠成新幄開紅滿故枝

風歸花歷亂日度影參差容色朝朝落思君君不知

君馬黄

騮馬照金鞍轉戰入臯蘭塞門風稍急長城水正寒雪暗鳴珂重山長噴玉難不辭横絶漠流血幾時乾

登高臺

回中道路嶮蕭關烽候多五營屯右地萬乘出西河單于拜玉璽天子按琱戈振旅汾川曲秋風横大歌

雨雪曲

虜騎三秋入關雲萬里平雪似胡沙暗氷如漢月明高闕銀爲闕長城玉作城節旄零落盡天子不知名

巫山高

巫山望不極望ヽ下朝氛莫辨啼猿樹徒看神女雲
驚濤亂水脉驟雨暗峯文霑裳即此地況復遠思君

昭君怨

合殿恩中絶交河使漸稀肝腸隨玉輦形影向金微
漢宮草應綠胡廷沙正飛願逐三秋鴈年ヽ一度歸

劉生

劉生氣不平抱劒欲專征報恩為豪俠死難在横行
翠羽裝劒鞘黄金鏤馬纓但令一顧重不惜百身輕

關山月

塞垣通碣石虜陣抵祁連相思在萬里明月不長懸
影移金岫北光斷玉門前寄言閨中婦愁看鴻鴈天

三月曲水宴

風烟彭澤里山水仲長園由來弃銅墨本自重琴尊

高情邈不嗣雅道今復存有美光時彦養德坐山樊

門開芳杜逕室距桃花源公子黄金勒仙人紫氣軒

長懷去城市高詠狎蘭蓀連沙飛白鷺孤嶼嘯玄猿

日影岩前落雲花江上翻興闌車馬散林塘夕鳥喧

贈李榮道士

錦節銜天使瓊仙駕羽君投金翠山曲奠璧清江濆

圓洞開丹鼎方壇聚絳雲寳貺幽難識空歌迥易分

早度分水嶺

丁年遊蜀道班鬢向長安徒費周王粟空彈漢吏冠

馬蹄穿欲盡貂裘敝轉寒層冰橫九折積石凌七盤
重谿既下漱峻峯亦上干隴頭聞戍鼓嶺外咽飛湍
瑟〻松風急蒼〻山月團傳語後來者斯路誠獨難

還赴蜀中貽示京邑遊好

蘋宿花初蒲章臺梛向飛如何正此日還望昔多違
悵別風期阻將乖雲會稀斂衽辭丹闕懸旗陟翠微
野禽喧戍鼓春草變征衣回顧長安道關山起夕霏

同臨津紀明府孤鴈

三秋違北鴈萬里向南翔河洲花稍白關塞葉初黃
避繳風霜勁懷書道路長水流疑箭動月照似弓傷
横天無有陣度海不成行會刷能鳴羽還赴上林鄉

西使兼孟學士南游

地道巴陵北天山弱水東相看萬餘里共倚一征蓬

零雨悲王粲清尊别孔融裴回聞夜鶴悵望待秋鴻

骨肉胡秦外風塵關塞中唯餘劒鋒在耿耿氣成虹

送鄭司倉入蜀

離人丹水北游客錦城東别意還無已離憂自不窮

隴雲朝結陣江月夜臨空關塞疲征馬霜氛落早鴻

潘年三十外蜀道五千中送君秋水曲酌酒對秋風

綿州官池贈别

輶軒遵上國仙氣下靈關尊酒妨無地聯綿喜暫攀

雖言欲贈策高辭[illegible]重還[illegible][illegible]將雲斷花也春草斑

殘花落古樹度鳥入澄潭欲叙他鄉別幽谷有綿蠻

和夏日幽莊

閑有高蹤客耿介坐幽莊林壑人事少風烟鳥路長
瀑水含秋氣垂藤引夏涼苗深全覆隴荷上半侵塘
釣渚青鳧沒村田白鷺翔知君振奇藻還嗣海隅芳

山莊休沐

蘭署乘閑日蓬扉狎道棲龍柯疎玉井鳳葉下金堤
川光摇水箭山氣上雲梯亭幽聞唳鶴窗曉聽鳴雞
玉軫臨風奏瓊漿暎月携田家自有樂誰肯謝青谿

入秦川界

隴阪長無極蒼山望不窮石徑縈疑斷回流暎似空

花開綠野霧[illegible]風[illegible]芳勿遠久留賞故人同

春晚山莊率題二首

田家無四隣獨坐一園春鶯啼非選樹魚戲不驚綸山水弾琴盡風花酌酒頻年華已可樂高興復留人○顔歩三春晚田園四望通遊絲横惹樹戲蝶亂依叢竹懶偏宜水花狂不待風唯餘詩酒意當了一生中

文翁講堂

錦里淹中館岷山稷下亭空梁無燕雀古壁有丹青槐落猶疑市苔深不辨銘良哉二千石江漢表遺靈

石鏡寺

方臺天容谷中路松柏瀉鸞沉仙鏡底花没梵輪前

錦衣千古佩寶月兩重圓[illegible]天

辛司法宅觀妓

蜀國佳人至北堂羅薦開長裾隨鳳管促柱送鸞杯雲光身後落雪態掌中回到愁金谷晚不怯玉山頹

行路難　　駱賓王

君不見玉關塵色暗邊庭銅鞮羽寇長城天子按劒徵餘勇將軍受脈事橫行七德龍韜開玉帳千里鼉鼓疊金鉦陰山苦霧埋高壘交河孤月照連營連營去ミ無窮極擁旆遙ミ過絕國陣雲朝結晦天山寒沙夕漲迷疏勒龍鱗水上開魚貫馬首山前振鵬翼長驅萬里讋祈連分麾三命武功宣百發烏號遥

碎擲七尺龍文迴照逢春來秋去移灰琯蘭閨柳市
芳塵斷雁門道遞尺書稀鴛被用思雙帶綫行路難
誓令氛祲靜皋蘭但使封侯龍額貴詎嗜中婦鳳樓寒

邊城落日

紫塞流沙北黃圖灞水東一朝辭俎豆萬里逐沙蓬
候月恒持滿尋源屢鑿空野昏邊氣合峰迥戍烟通
膂力風塵倦疆埸歲月窮河流控積石山路遠崆峒
壯志凌蒼兕精神貫白虹君恩如可報龍劍有雌雄

棹歌行

寫月圖黃罷凌波拾翠通鏡花搖芰日衣麝入荷風
葉露舟難渴蓮疎浦易空鳳媒羞自託鴛翼恨難窮

秋帳燈花翠倍撲粉色紅拂思無別曲併在棹歌中

王昭君

斂容辭豹尾緘怨度龍鱗金鈿明漢月玉筯染胡塵
古鏡菱花暗愁眉柳葉頻唯有清笳曲時聞芳樹春

宿温城望軍營

虜地寒膠折邊城夜柝聞兵符關帝闕天策動將軍
塞静胡笳徹沙明楚練分風旂翻翼影霜劔轉龍文
白羽揺如月青山斷若雲烟蹤疑卷被烽滅似銷氛
投筆懷班業臨戎想顧勲還應雪漢耻持此報明君

靈隱寺

鷲嶺鬱岧嶤龍宫鎖寂寥樓觀滄海日門對浙江潮

桂子月中落天香雲外飄捫蘿登塔遠刳木取泉遥
霜薄花更發氷輕葉互凋待入天台路看余渡石橋

晚泊蒲類

二庭歸望斷萬里客心愁山路猶南屬河源自北流
晚風連朔氣新月照邊秋竈火通軍壁烽烟上戍樓
龍庭但苦戰燕頷會封侯莫作蘭山下空令漢國羞

早秋出塞寄東臺詳政學士

促駕逾三水長驅望五原天街分斗極地理接樓煩
谿月明關隴胡雲聚塞垣山川殊物候風壤異涼溫
戍古秋塵合沙寒宿霧繁音余迷學步投跡忝詞源

春晚從李長史游開道林故山

幽尋極幽壑春望陟春臺雲光棲斷樹靈影入仙杯
古藤依格上野徑約山隈落蘂翻風去流鶯滿樹來
興闌荀御動歸路起浮埃

冬日野望

故人無與晤安步陟山椒野靜連雲卷川明斷霧消
靈岩聞曉籟洞浦漲秋潮三江歸望斷千里故鄉遥
勞歌徒自奏客魂為誰招

夏日游山家同夏少府

返照下層岑物外狎招尋蘭逕薰幽佩槐庭落暗金
谷靜風聲徹山空月色深一遣樊籠累唯餘松桂心

在兖州餞宋五

淮足泗水北郭用汶陽東別路青驪遠離尊綠蟻空
柳寒涫織翠棠曉落疎絃別後相思曲淒斷入琴風

玄上人林泉二首

林泉恣探歷風景暫裴回客有遷鶯處人無結駟來
聚花如薄雪沸水若輕雷今日徒招隱終知異㸃埃○
俗遠風塵隔春還初服遲林疑中散地人似上皇時
芳杜湘君曲幽蘭楚客詞山中有春草長似寄相思

遊靈公觀

靈峰標勝境神府枕通川玉殿斜臨漢金堂迥架烟
斷風疎曉竹流水切寒絃別有青門外空懷玄圃仙

秋露

玉關涼氣早金堤秋氣歸淚掌光逾靜添荷滴尚微
變霜凝曉液承月委圓輝別有吳臺上應濕楚臣衣

秋鴈

聯翩辞海曲摇曳指江干陣去金河冷書歸玉塞寒
帶月凌空易迷烟退浦難何當同顧影刷羽泛清瀾

翫初月

忌滿光恒缺乘昏影暫流自能明似鏡何用曲如鈎

送別

寒更承夜永涼夕向秋澄離心何以贈自有玉壺氷

在軍登城樓

城上風威冷江中水氣寒戎衣何日定歌舞入長安

唐詩正音目録并序

襄城楊士弘編次

卷之二　五七言古詩

王摩詰十四首　岑參二十三首　高達夫十一首

崔顥八首　李頎十三首　王季友三首

儲光羲三首　孟浩然三首　張正言二首

常建二首

七言古詩唐初作者亦少獨王岑崔李較多然其音律沉渾皆足為法者十人共詩八十二首

卷之二下

劉文房六首　韋應物四首　柳子厚四首

王仲初二十一首　張文昌十八首

中唐樂作者雖多獨劉長卿韋柳近似前諸家張

籍王維以七言爲絕句通得五人共詩五十三首

卷之三上五言律詩

陳伯玉五首　杜必簡四首　王摩詰二十首

賈至二首　孫逖一首　沈雲卿四首

祖詠四首　儲光羲四首　孟浩然十五首

高達夫二首　岑參十一首　殷遥一首

王灣一首　常建二首

五言律詩唐初作者雖多選其精絕者十四人共

詩七十六首

卷之三下

皇甫茂正二首　皇甫孝常二首　嚴文正一首

李徵一　劉文房　韋應物

耿湋三首　韓君平二首　錢仲文四首

司空文明三首　郎君冑四首　李端一首

竇遺直一首　戴叔公四首　戎昱一首

王仲初六首　張文昌九首

中唐来作五言律者亦盛選其音律近盛唐者一

十九人共詩五十九首

排律附

沈雲卿二首　玄宗一首　王摩詰五首

孟浩然一首　李頎一首　劉文房三首

王仲初一首　張文昌一首

唐初作五言排律者多然首尾音律往往不純今得
八人其詩十五首

卷之四上七言律詩

蘇廷碩一首　王摩詰九首　賈幼隣一首
孟浩然一首　崔顥二首　崔曙一首
高達夫二首　岑參五首　李頎四首

唐初作七言律詩者極少諸家不過所録者是然
其音律純厚自然可法九人共詩二十六首

卷之四中

皇甫茂正二首　皇甫孝常二首　嚴文正一首
[illegible]逵一四首　劉文房十五首　盧允言六首

韓君平三首　[illegible]首　錢仲文四首

郎君冑二首　司空文明三首　李端二首

竇遺直一首　楊子厚二首　王仲初二首

張文昌六首　劉夢得二首

中唐來作者漸盛然音律亦漸微選其近盛唐者

一十七人共詩五十八首

卷之四下

李義山十首　許用晦十首

晚唐來作者愈盛而音律愈降獨許渾李商隱對

偶精密有可法者二人共詩二十首

排律附

王仲初 二首

七言排律唐人作者不多見獨王建集中有一首

取之以備一體

卷之五上五言絕句

宋之問 三首　東方虬 三首　蓋嘉運 二首

王摩詰 十八首　王夏卿 二首　裴迪 四首

郭元振 一首　儲光羲 六首　孟浩然 五首

崔顥 四首　崔輔國 八首　岑參 三首

劉方平 二首

五言絕句盛唐初變六朝子夜楊柳之類往往音

調高古詩可為者十三人共詩六十首

唐音卷之五下

皇甫孝常五首　劉文房九首　韋應物六首
盧允言三首　韓君平一首　耿湋二首
錢仲文八首　司空文明三首　李端四首
暢當一首　戴幼公四首　李君虞三首
武伯蒼二首　權載之一首　柳子厚四首
王廣津二首　張文昌九首　王仲初三首
劉夢得二首

中唐來作五言絶句者亦多取其音律近盛唐者
十九人共詩七十三首

六言絶句附

王摩詰五首　皇甫茂正二首　張繼一首
劉文房五首　顧逋翁一首
六言自王維始效晉陸體賦絶句後諸家往〻間
見止得五人共詩十四首
卷之六上七言絶句
賀季真二首　蓋嘉運一首　王摩詰六首
賈幼隣一首　儲光羲五首　王之奐一首
王少伯十七首　高達夫三首　岑參十首
張正言一首
七言絶句唐初作者尚少獨王少伯賀知章王維
而下音律高古可為式者十人共詩四十七首

卷之六中

皇甫茂正二首　張謚孫二首　劉文房七首

韋應物八首　盧允言二首　韓君平三首

錢文仲一首　郎君胄二首　司空文明二首

崔峒一首　李端一首　衛象一首

戴幼公三首　戎昱二首　顧逋翁二首

李君虞五首　秦君緒一首　武伯蒼一首

楊巨源一首　柳宗元五首　陳羽一首

竇胄卿一首　竇友封一首　王仲初八首

張文昌十四首　劉夢得十五首

中唐來作者漸盛今取其音律近盛唐者一十六

人共詩九十一首

卷之六下

杜牧之　十四首　李義山　十七首

晚唐來作者愈多音律愈下獨牧之商隱其精思
溫麗有可法者二人共詩三十一首

唐初稍變六朝之音至開元天寶間始渾然大
備遂成一代之風古今獨稱唐詩豈不然邪是
編以其世次之先後篇章之長短音律之和協
詞語之精粹類分為卷專取乎盛唐者欲以見
其音律之純係乎世道之盛附之以中唐晚唐
者所以畢其體製之變而董子也故司大序以

陋鄙有卑冗家或淺於怪或近於險或近於
庸俗或窮於寒苦或流於靡麗或過於刻削皆
不及録是以皇甫茂政而下止得三十三人以
及晚唐三家體製音律之相近者附焉名曰唐
詩正音凡六卷通六十九人共詩八百八十五
首學詩者曰其聲音審其製作則自見矣

唐詩正音卷之一上

五言古詩

感遇二十四首　　陳伯玉

微月生西海幽陽始化昇圓光正東滿陰魄已朝凝

太極生天地三元更廢興至精諒斯在三五誰能徵○

蘭若生春夏芊蔚何青青幽獨空林色朱蕤冒紫莖

遲遲白日晚嫋嫋秋風生歲華盡搖落芳意竟何成○

白日每不歸青陽時暮矣茫茫吾何思林卧觀無始

衆芳委時晦鶗鴂鳴悲耳鴻荒古已頹誰識巢居子○

聖人秘元命懼世亂其真如何嵩公輩談譎誤時人

先天誠爲美階亂禍誰因長城備胡寇嬴禍發其親

深居觀元化悱然爭朶頤羣動相啖食利害紛嶷〻
便〻夸毗子榮耀更相持務光讓天下賈競刀錐
已矣行采芝萬世同一時
吾愛鬼谷子青谿無垢氛囊括經世道遺身在白雲
七雄方龍鬭天下亂無君浮雲不足貴遵養晦時文
舒之彌宇宙卷之不盈分豈徒山木壽空與麋鹿羣○
樂羊為魏將食子殉軍功骨肉且相薄他人安得忠
吾聞中山相乃屬放麑翁孤獸猶不忍況以奉君終○
市人矜巧智於道若童蒙傾奪相夸侈不知身所終
曷見玄真子觀世玉壺中窅然遺天地乘化入無窮○

吾觀龍變化乃是至陽精石林何寘密幽洞無留行
古之得僊道信與元化并玄感非象識誰能測淪冥
世人拘目見酣酒笑丹經崐崘有瑤樹安得采其英○
呦呦南山鹿罹罟以媒和招搖青桂樹幽蠹亦成科
世情甘近習榮耀紛如何怨憎未相復親愛生禍羅
瑤臺傾巧笑玉杯殞㒧蛾誰見孤城樹青青成斧柯○
林居病時久水木澹孤清閒卧觀物化悠悠念無生
青春始萌達朱火已滿盈殂落方自此感歎何時平○
臨岐泣世道天命良悠悠昔日殷王子玉馬遂朝周
寶鼎淪伊穀瑤臺成古丘西山傷遺老東陵有故侯○
貴人難得意賞愛在須臾莫以心如玉探他明月珠

昔稱夭桃子今爲春市徒鴟鴞悲東國麋鹿泣姑蘇
誰見鴟夷子扁舟去五湖
幽居觀大運悠々念羣生終古代興没豪聖莫能爭
三季淪周赧七雄滅秦嬴復聞赤精子提劍入咸京
炎光既無象晉虜復縱横堯禹道已昧昏虐世方行
豈無當世雄天道與胡兵咄々安可言時醉而未醒
仲尼溺東夏伯陽遁西溟大運自古來旅人胡歎哉○
玄天幽且嘿羣議曷嗤々聖人教猶在世運久陵遲
一繩將何繫憂醉不能持去々行采芝勿爲塵所欺○
蜻蛉遊天地與物本無患飛々未能止黄雀來相干
穰侯富秦寵金石比交驩出入咸陽裏諸侯莫敢言

寧知山東客激怒秦王肝布衣取卿相千載為辛酸○

翡翠巢南海雌雄珠樹林何知美人意嬌愛比黃金

殺身炎州裏委羽玉堂陰旖旎光首飾葳蕤爛錦衾

豈不在遐遠虞羅忽見尋多材信為累歎息此珍禽○

玄蟬號白露茲歲已蹉跎羣物從大化孤英將奈何

瑤臺有青鳥遠食玉山禾崑崙見玄鳳豈復歎雲羅○

荒哉穆天子好與白雲期宮女多怨曠曾城閉蛾眉

日耽瑤臺樂豈傷桃李時青苔空委絕白髮生羅帷○

朝發宜都渚浩然思故鄉故鄉不可見路隔巫山陽

巫山綵雲沒高丘正微茫佇立望已久涕淚霑衣裳

豈茲越鄉感憶昔楚襄王朝雲無處所荊國亦淪亡○

去來豪洙子毅秉祿之門如何膏骨感湯自生兒
衆趨明所避時弃道猶存雲泉既已失羅網與誰論
箕山有高節湘水有清源惟應白鷗鳥可與洗心言○
可憐瑶臺樹灼灼佳人姿碧華映朱實攀折青春時
豈不盛光寵榮君白玉墀但恨紅芳歇雕傷感所思○
朔風吹海樹蕭條邊已秋亭上誰家子哀哀明月樓
自言隂燕容結髮事遠遊赤丸殺公吏白刃報私讎
避仇至海上被役此邊州故鄉三千里遼水復悠悠
每憤胡兵入常為漢國羞何知七十戰白首未封侯○
仲尼探元化幽鴻順陽和大運自盈縮春秋遞来過
盲飈忽號怒萬物相紛劘溟海皆震蕩孤鳳其如何

鴛鴦篇

飛〻鴛鴦鳥舉翼相搖衛俱來綠潭裏共向白雲涯

音容相眷戀羽翮兩逶迤蘋蘩戲春渚霜霰繞寒池

浦沙連岸淨汀樹拂潭垂年〻此遊翫歲〻來追隨

鳳凰起丹穴獨向梧桐枝鴻鴈來紫塞空憶稻粱肥

烏啼倦永夕鶴鳴傷別離豈若此雙禽飛翻不異林

刷毛清江浦交頸紫山岑文章負奇色和鳴皆好音

聞有鴛鴦綺復有鴛鴦衾持為美人贈勗此故交心

脩竹篇

鍾龍生南嶽孤翠鬱亭〻峯嶺上崇崒煙雨下冥〻

夜聞鼯鼠叫晝聒泉壑聲春風正淡蕩白露已清冷

綬若涼金奏容色滋玉英[illegible]

豈不厭緺組羞比春木榮春木有榮歇此節無凋零

始願與金石終古保堅貞不意伶倫子吹之學鳳鳴

遂偶雲和師張樂近天庭妙曲方千變簫韶亦九成

信蒙雕琢美常願事仙靈驅馳翠虬駕伊鬱紫鸞笙

結交嬴臺女吟弄昇天行攜手登白日遠遊戲赤城

低昂玄鶴舞斷續彩雲生永隨很偃去三山遊玉京

秋日還京陝西十里作　　薛稷通

驅車越陝郊北顧臨大河隔河見鄉邑秋風水增波

西登咸陽途日暮憂思多傅巖既紆鬱首山亦嵯峨

操築無昔老采薇有遺歌客遊既逼換人生知幾何

樵父詞　　儲光義

山北饒朽木山南多枯枝枯枝作采薪爨室私自知詰朝礪斧尋視暮行歌歸先雪隱薜荔迎暄臥茅茨清澗日濯足喬林時曝衣終年登險阻不復憂安危蕩漾與神遊莫知是與非

漁父詞

澤魚多鳴水谿魚好上流漁梁不得意下渚潛垂鈎亂荇時礙楫新蘆復隱舟静言念終始安坐看沉浮素髮隨風揚遠心與雲遊逆浪還極浦信潮下滄洲非爲徇形役所樂在行休

牧童詞

不言牧田遠不道牧陂深所念牛馴擾不亂牧童心
圓笠覆我首長蓑被我襟方將憂暑雨亦以懼寒陰
大牛隱曾坂小牛穿近林同類相鼓舞觸物成謳吟
亂樂須臾間寧問聲與音

采蓮詞

淺渚荇花繁深潭菱葉踈獨往方自得恥邀淇上姝
廣江無術阡大澤絕方隅浪中海童語林下鮫人居
春雁時隱舟新萍復滿湖采采乗日養不思賢與愚

采菱詞

濁水菱葉肥清水菱葉鮮義不游濁水志士多苦言
潮沒具區藪潦深雲夢田朝隨北風去暮逐南風旋

浦口多漁家相與邀我船飯稻以終日羹蓴將永年
方冬水物窮又欲休山樊盡室相隨從所貴無憂患

射雉詞

曝暄理新翳迎春射鳴雉原田遊一色皐陸曠千里
遥聞咿喔聲時見雙飛起冪㦲蹤蹟下陪鰓深蘩裏
顧敵已忘生爭雄方決死仁心貴勇義豈能復傷此
超遥下故墟迢遞回高峙丈夫昔何苦耴笑懽妻子

猛虎詞

寒亦不憂雪飢亦不食人人肉豈不甘所惡傷明神
大室為我宅孟門為我鄰五獸為我膳五龍為我賓
豪焉一何哉孚工亦以二彩章濯明月良牙雄哉至

高雲逐氣浮厚地隨聲震君能賈其餘勇曰父長相離

野田黄雀行

嘖嘖野田雀不知軀體微閑穿深蒿裏爭食復爭飛
窮老一頽舍衰多桑棗稀無棗猶可食無桑何以衣
蕭條空倉暮相引時來歸斜路豈不捷渚田豈不肥
水長路且壞惻惻與心違

效古二首　一

晨登涼風臺暮走邯鄲道曜靈何赫烈四野無青草
大軍北集燕天子西居鎬婦人役州縣丁男事征討
老幼相别離哭泣無昏早稼穡既殄絶川澤復枯槁
曠哉遠此憂冥冥商山皓

東風吹大河々水如倒流河洲塵沙起有若黄雲浮
頽霞燒廣澤洪曜赤髙丘野老泣相語無地可㣲休
翰林有客卿獨負蒼生憂中夜起躑躅思欲獻厥謀
君門峻且深蹶足空夷猶

雜詩

坏渾本無象未路多是非達士志寥廓所在能忘機
耕鑿時未至還山聊采薇虎豹對我蹲鸑鷟傍我飛
仙人空中来謂我勿復歸格澤為君駕虹蜺為君衣
西遊崐崘墟可與世人違

田家雜興八首

春至雞鳴早言向田疇不能自力作適越無禁文

既念生子孫方思廣田園閒時相顧笑喜悅好禾黍
夜〻登嘯臺南望洞庭渚百草被霜露秋山響砧杵
却羨故年時中情無所取
衆人恥貧賤相與尚膏腴我情既浩蕩所樂在畋漁
山澤時晦暝歸家暫閑居滿園種葵藿繞屋樹桑榆
禽雀知我閒翔集依我廬所願在優游州縣莫相呼
日與南山老兀然傾一壺
逍遙阡陌上遠近無相識落日照秋山千巖同一色
網罟繞深莽鷹鸇始輕翼獵馬既如風奔獸莫敢息
駐旗滄海上鵠立吳宮側楚國有夫人性情本貞直
鮮禽徒自美終歲竟不食

梧桐蔭我門薜荔納我屋〻西大婦朝出暮還宿
稼穡既自種牛羊還自牧日旰懶則鋤登高望川陸
空山足禽獸墟落多喬木白馬誰家兒翩〻相馳逐○
楚山有高士梁國有遺老築室既相鄰同田復同道
糗糧常共飯兒孫每更抱忘此耕耨勞愧彼風雨好
蟪蛄鳴空澤鶗鴂傷秋草日夕寒風來衣裳苦不早○
貧士養情性不復知憂樂去家行賣舂留滯南陽郭
秋至黍苗黃無人可刈穫孺子朝未飯把竿逐鳥雀
忽見梁將軍乘車出宛洛意氣軼道路光輝滿墟落
安知負薪者咥〻咲輕薄
種桑百餘樹種黍三十畝衣食既有餘時〻會賓友

夏來菰米飯秋至菊花酒孺人喜逢迎稚子解趨走
日暮閒園裏團〻蔭榆柳酩酊乘夜歸涼風吹戶牖
清淺望河漢低昂看北斗數甕猶未開明朝能飲否○
田家趨臘歲當晝掩虛關隣里無烟火兒童共幽閑
桔槔懸空圃雞犬滿桑間時來農事隙采藥遊名山
但念所采多不言路險艱人生如蜉蝣一往不可攀
君看西王母千載美容顏

同王十三維偶然作二首

野老本貧賤冒雨鋤瓜田一畦未及終樹下高枕眠
荷蓧者誰子皤〻來息肩不復問鄉墟相見但依然
腹中無一物高話羲皇年落日臨層城逍遙望秦川

使婦提籠筐呼兒擣魚船悠悠泛深水去摘浦中蓮
蓮花艷且妍使我不得返○仲夏苦時草木看欲燋
田家惜工力把鋤來東皋顧望浮雲陰往往誤傷苗
歸來悲困極兄嫂共相饒無錢可沽酒何以解劬勞
夜深星漢明庭宇虛寥寥植柳三五株可以獨逍遥

又同王十三作

北山種松柏南山種蒺藜出入雖同趣所向各有宜
孔丘貴仁義老氏好無為我心若虛空此道將安施
暫過伊闕間晼晚三伏時高閣入雲中芙容滿清池
要自非我室還望南山陲

田家即事

[illegible]

迎晨起飯牛雙駕耕東菑蚯蚓土中出田烏隨我飛

群合亂啄噪嗷嗷如道飢我心多惻隱顧此兩傷悲

撥食與田烏日暮空筐歸親戚更相誚我心終不移

遊茅山四首

十年別鄉縣西去入皇州此意在觀國不言空遠遊

九衢平若水利往無輕舟北洛反初路東江還故丘

春山多秀木碧澗盡清流不見子桑戶當從方外求○

平生非作者望古懷清芬心以道為際行將時不羣

茲山在人境靈跡久傳聞遠勢一峯出近形千嶂分

冬春有茂草朝暮多鮮雲此去亦何極但言西日曛○

昔賢居柱下今我去人間良以直心曠兼之外視閒

垂綸非釣國好學異希顔落日登高嶼悠然望遠山

溪流碧水去雲帶清陰還想見中林士嶔岑長不閑○

名嶽徵僊事清都訪道書山門入松柏天路極空虛

南極見朝采西潭聞夜漁遠心尚雲宿浪跡出林居

為己存實際忘形同化初此行良已矣不樂復何如

終南幽居獻蘇侍郎三首

中嵗尚微道始知將谷神抗策還南山水木自相親

深林開一道青嶂成四隣平明去采薇日入行刈薪

雲嶠萬壑暗雪飛千巖春始看玄鳥来已見瑶華新

寄言褱芳者無乃後時人

一峯青嶂裏雲蘿亦垂陰居室君無人在信木自成林
時有清風至側聞樵采音鳳皇鳴南岡望望隔曾岑
既言山路遠復道谿流深偓佺空中游虬龍水中吟
何當見輕翼為我達遠心

夜到京口入黃河

河洲多青草朝暮增客愁客愁惜朝暮枉渚暫停舟
中宵大川靜解纜逐歸流浦溆既清曠沿洄非阻脩
登艫望落月擊汰悲新秋儻遇乘槎客永言星漢游

行子苦泊夾舟貽潘少府

行子苦風潮維舟未能發宵分卷前幔臥視清秋月
四邏蕪葭深中洲煟火絕蒼蒼水霧起落落疎星沒

所遇盡漁樵與言多楚越其如念極浦又以思明發常若千里餘況之異鄉別

使過彈箏峽作

鳥雀知天雪羣飛復羣鳴原田無遺粟日暮滿空城達士憂世務鄙夫念王程晨過彈箏峽馬足凌兢行雙壁隱靈曜莫能知晦明皚皚堅冰白漫漫陰雲平始信古人言苦節不可貞

過新豐道中

西下長樂坂東入新豐道雨多車馬稀道上生秋草大陰閟皐陸不知晚與早雷雲杳冥冥川谷漫浩浩路旁植嘉木衆言桃李好自愧無此容歸從之漢陰老

仲夏入園中東陂

方塘深且廣伊昔俯吾廬環岸垂緑栁盈潭發紅蕖上延北原秀近屬幽人居暑雨若混沌清明如空虛此鄉多隱逸水陸見樵漁廢賞亦何貴為驩良易娛且言重觀國當此賦歸歟

喫茗粥作

當晝暑氣盛鳥雀靜不飛念君高梧陰復解山中衣數片遠雲度曾不蔽炎暉淹留膳茶粥共我飯蕨薇敝廬既不遠日暮徐〻歸

釣魚灣

垂釣緑灣春〻深杏花乱潭清疑水淺荷動知魚散

日暮倚情人縱舟綠楊岸

題太玄觀

門外車馬喧門裏宫殿清行即騎若木坐即吹玉笙所喧既非我真道其冥冥

述華清宫

上林神君言此地即明庭山開鴻濛色天轉招揺星三雲報大有孰謂非我靈

幽居

幽人下山徑去去夾青林滑處莓苔濕暗中蘿薜深春朝烟雨散猶帶浮雲陰

藍田山石門精舍　王摩詰

落日山水好漾舟信歸風玩奇不覺遠因以緣源窮

遙愛雲木秀初疑路不同安知清流轉偶與前山通

捨舟理輕策果然愜所適老僧四五人逍遙蔭松柏

朝梵林未曙夜禪山更寂道心及牧童世事問樵客

暝宿長林下焚香臥瑤席澗芳襲人衣山月映石壁

再尋畏迷誤明發更登歷笑謝桃源人花紅復來覿

贈房盧氏琯

達人無不可忘己愛蒼生豈復小千室絃歌在兩楹

浮人日已歸但坐事農耕桑榆鬱相望邑里多雞鳴

秋山一何淨蒼翠臨寒城視事無偃臥對書不簪纓

蕭條人吏散鳥雀下空庭鄙夫心所向晚節異平生

將從海嶽居守靜解天刑或可累安邑茅茨君試營

贈祖三詠

蠨蛸掛虛牖蟋蟀鳴前除歲晏涼風至君子復何如
高館闃無人離居不可道閑門寂已閉落日照秋草
雖有近音信千里阻河關中復客汝潁去年歸舊山
結交二十載不得一日展貧病子既深契闊余不淺
仲秋雖未歸莫秋以為期良會詎幾日中自長相思

戲贈張五弟諲

吾弟東山時心尚亦何遠日高猶自臥鐘動始能飯
領上髮未梳床頭書不卷清川興悠悠空林對偃蹇
青苔石上淨細草松下軟窗外鳥聲閑階前虎心善

徒然萬慮多澹尒太虛緬一知與物平自顧為人

對君忽自得浮念不煩遣

休暇還舊業便使

謝病始告歸依〻入桑梓家人皆佇立相候衢門裏

時輩皆長年成人舊童子上堂家慶畢顧與姻親齒

論舊忽餘悲目存且相喜田園轉蕪沒但有寒泉水

衰柳日蕭條秋光清邑里入門乍如昨休騎非便止

中飯頓王程離憂從此始

宿鄭州

朝與周人辭莫投鄭人宿他鄉絕儔侶孤客親僮僕

寬洛望不見秋霖晦平陸田父草際歸村童雨中牧

主人東臯上時稼繞茅屋蟲思機杼鳴雀喧禾黍熟
明當渡京水昨晚猶金谷此去欲何言窮邊徇微禄

觀別者

青〻楊柳陌〻上別離人愛子游燕趙高堂有老親
不行無可養行去百憂新切〻委兄弟依〻向四隣
都門帳飲畢從此謝賓親揮涕逐行侶含悽動征輪
車從望不見時〻起行塵余亦辭家者看之淚滿巾

送別

聖代無隱者英靈盡來歸遂令東山客不得顧采薇
既至君門遠孰云吾道非江淮度寒食京洛縫春衣
置酒臨長道同心與我違行當浮桂棹未幾拂荊扉

[illegible]

冬日遊覽

步出城東門試騁千里目青山横蒼林赤日團平陸渭北走邯鄲關東出函谷秦地萬方會來朝九州牧雞鳴咸陽市冠蓋相追逐丞相過列侯羣公餞光禄相如方老病獨歸茂陵宿

崔濮陽兄季重前山興

秋色有佳興況君池上閒悠悠西林下自識門前山千里横黛色數峯出雲間嵯峨對秦國合沓藏荆關殘雨斜日照夕嵐飛鳥還故人今尚爾歎息此頽顔

過李揖宅

閑門秋草色終日無車馬客來深巷中犬吠寒籬下
散髮時未簪道書行尚把與我同心人樂道安貧者
一罷宜城酌還歸洛陽社

渭川田家

斜光照墟落窮巷牛羊歸野老念僮僕倚杖候荊扉
雉雊麥苗秀蠶眠桑葉稀田夫荷鋤立相見語依依
即此羨閑逸悵然歌式微

春中田家作

屋上春鳩鳴村邊杏花白持斧伐遠揚荷鋤覘泉脉
新燕識舊巢舊人看新曆臨觴忽不御惆悵遠行客

鄭州先狙三

樹道大一吠村逕遥成[illegible]

天寒遠山净日暮長河急觧纜君已遥望君猶佇立

贈劉藍田

籬中犬迎吠出屋候柴扉歲晏輸井稅山村人夜歸

晚田始家食餘布成我衣詎肯無公事煩君問是非

歎白髮

我年亦何長鬢髮日已白俛仰天地間能為幾時客

惆悵故山雲徘徊空日夕何事與時人東城復南陌

李陵詠

漢家李將軍三代將門子結髮有奇策少年成壯士

長驅塞上兒深入單于壘旌旗列相向簫鼓悲何已

日暮沙漠陲戰聲煙塵裏將令驕虜滅豈獨名王侍
既失大軍援遂嬰穹廬恥少小蒙漢恩何堪坐思此
深衷欲有報投軀未能死引領望子卿非君誰相理

西施詠

艷色天下重西施寧久微朝為越溪女暮作吳宮妃
賤日豈殊衆貴來方悟稀邀人傅脂粉不自着羅衣
君寵益嬌態君憐無是非當時浣紗伴莫得同車歸
持謝鄰家女效顰安可希

羽林騎閨人

秋月臨高城〻中管絃思離人堂上愁稚子階前戲
出門復映戶望〻青絲騎行人過欲盡狂夫終不至

左右策無言抒看其甚泚

尋香山湛上人　　孟浩然

朝游訪名山，山遠在空翠。氛氲亘百里，日入行始至。谷口聞鐘聲，林端識香氣。杖策尋故人，解鞍暫停騎。石門殊壑險，篁逕轉森邃。法侶欣相逢，清談曉不寐。平生慕真隱，累日探多異。野老朝入田，山僧暮歸寺。松泉多逸響，苔壁饒古意。願言投此山，身世兩相弃。

題終南翠微寺空上人房

翠微終南裏，雨後宜返照。閇門久沉冥，杖策一登眺。遂造幽人室，始知靜者妙。儒道雖異門，雲林頗同調。兩心喜相得，畢景共談笑。暝還高窻眠，時見遠山燒。

緬懷赤城標更憶臨海嶠風泉有淸聽何必蘇門嘯

發漢浦潭

東旭早光芒渚禽已驚聒臥聞漁浦口橈聲暗相撥
日出氣象分始知江路闊美人常晏起照影弄流沫
飲水畏驚猨祭魚時見獺舟行自無悶況値晴景豁

漢中漾舟

漾舟逗何處神女漢皐曲雪罷冰復開春潭千丈淥
輕舟恣往來探翫無厭足波影搖妓釵沙光逐人目
傾杯魚鳥醉聯句鶯花續良會難再逢日入須秉燭

龍泉精舍

[illegible]

[illegible]

竹房思舊遊過憩終永日入洞窺石髓傷厓采蜂蜜

日暝辭遠公虎谿相送出

秋登蘭山寄張五

北山白雲裏隱者自怡悅相望始登高心隨飛雁滅

愁因薄暮起興是清秋發時見歸村人平沙度頭歇

天邊樹若薺江畔舟如月何當載酒來共醉重陽節

西山尋辛諤

漾舟乘永便因訪故人居落日清川裏誰言獨羨魚

石鏡窺洞徹沙岸歷紆餘竹嶼見垂釣茅齋聞讀書

歡言忘景夕清興屬涼初回也一瓢飲賢哉常晏如

南亭懷辛子

山光忽西落池月漸東上散髮乘夕涼開軒臥閑敞
荷風送香氣竹露滴清響欲取鳴琴彈恨無知音賞
感此懷故人中宵勞夢想

宿業師山房待丁公不至

夕陽度西嶺群壑倏已暝松月生夜涼風泉滿清聽
樵人歸欲盡烟鳥棲初定之子期宿來孤琴候蘿逕

耶谿泛舟

落景餘清暉輕橈弄溪渚澄明愛水物臨泛何容與
白首垂釣翁新妝浣紗女看看似相識脈脈不得語

聽鄭五愔

阮籍推名飲清風坐竹林半酣下衫袖拂拭龍唇琴
一杯彈一曲不覺夕陽沉余意在山水聞之諧夙心

萬山潭

垂釣坐磐石水清心亦閑魚行潭樹下猿挂島藤間
遊女昔解珮傳聞於此山求之不可得沿月棹歌還

歲暮海上作

仲尼既已没余亦浮于海昏見斗柄回方知歲星改
虛舟任所適垂釣非有待為問乘槎人滄洲復何在

送從弟落第後歸會稽

疾風吹征帆倏尓向空没千里去俄頃三江坐超忽
向来共歡娛日夕成楚越落羽更分飛誰能不驚骨

采樵作

采樵入深山〻深水重疊橋崩臥槎擁路嶮垂藤接

日落伴將稀山風拂蘿衣長歌負輕策平野望烟歸

月下有懷

秋空明月懸光彩露沾濕驚鵲棲未定飛螢卷簾入

庭愡寒影疎隣杵夜深急佳期曠何許望〻空佇立

晚泊潯陽望香爐峯

掛席幾千里名山都未逢泊舟潯陽郭始見香爐峰

嘗讀遠公傳永懷塵外蹤東林精舍近日暮坐聞鐘

峴潭作

石潭傍隈隩沙岸曉夤緣試垂竹竿釣果得槎頭鯿

大堤行寄萬七

大堤行樂處車馬相馳突戲〻春草生踏青二三月
王孫挾珠彈遊女矜羅襪携手今莫同江花為誰發

仙谷遇毛女意知是秦宮人　常建

谿口水石淺泠〻明樂䕺入谿双峰峻松栝疏幽風
垂嶺枝嫋〻翳泉花濛〻夤緣齊人目路盡心彌通
磐石横陽厓前臨殊未窮回潭清雲影瀰漫長天空
水邊一神女千歲為玉童羽毛經漢代珠翠逃秦宮
目覩神已寓鶴飛言未終祈君青雲祕願謁黃仙翁
嘗以耕玉田龍鳴西頂中金梯與天接幾日来相逢

夢太白峯

夢寐昇九崖杳靄逢元君遺我太白峯寥寥辞垢氛結宇在星漢宴林閉氤氳簷楹覆餘翠巾舄生片雲時往溪水間孤亭晝仍曛松峯引天影石瀨清霞文恬且緩舟趣霽心投鳥攀春風又搖擢潭鳥花紛紛

送楚十少府

微風吹霜氣寒影明前除落日未能別蕭蕭林木虛愁烟閉千里仙尉其何如目送別鶴操贈之雙鯉魚鯉魚在金盤別鶴哀有餘心事則如此請君開素書

晦日馬鐙曲稍次中流作

夜寒宵靄晴曉色明西林羽日在川上更登遊子心

春天無緒[illegible]交里[illegible]者[illegible]清[illegible]釣魚[illegible]小[illegible]水[illegible]

出浦見千里曠然詣遠尋扣舷應漁父曰唱滄浪吟

塞上曲

翩翩雲中使来問太原卒百戰苦不歸刀頭怨明月

塞雲隨陣落寒日傍城沒城下有寡妻哀哀哭枯骨

昭君墓

漢宫豈不死異域傷獨沒萬里馱黄金蛾眉為枯骨

迴車夜出塞立馬皆不發共恨丹青人墳上哭明月

弔王將軍墓

嫖姚北伐時深入强千里戰餘落日黄軍敗鼓聲死

常聞漢飛將可奪單于壘今與山鬼鄰殘兵哭遼水

送陸擢

聖代多才俊陸生何考槃南山高松樹下合空摧殘

九月湖上別北風秋雨寒慇勤歎孤鳳早食金琅玕

江上琴興

江上調玉琴一絃清一心泠〱七絃遍萬木澄幽陰

能使江月白又令江水深始知梧桐枝可以徽黄金

送李十一尉臨溪

泠〱花下琴君唱渡江吟天際一帆影預懸離別心

以言神仙尉因致瑶華音回軫撫商調越溪澄碧林

宿王昌齡隱居

青溪深不測隱處唯孤雲松際露微月清光猶爲君

亭宿花景藥院滋苔紋余亦謝時去西山鳥鶴羣

閑齋卧病行藥至山館稍次湖亭二首

旬時結陰霖簾外初白日齋沐清病容心寬畏虛室
閑梅照前户明鏡悲舊質同袍四五人何不來問疾○
行藥至石壁東風變萌芽主人山門緑小隱湖中花
時物堪獨往春帆宜別家辭君向滄海爛熳從天涯

春詞

宛く黄柳絲濛く雜花垂日高紅粧卧倚樹春光遲
寧知傍淇水腰裊黄金羈
翳く陌上桑南枝交北堂美人金梯出素手自提筐
非但畏蚕飢盈く嬌路傍

唐詩正音卷第一下

擬古五首　韋應物

辭君遠行邁飲此長恨端已謂道里遠如何中險艱
流水赴大壑孤雲還暮山無情尚有歸行子何獨難
驅車背鄉國朔風卷行迹嚴冬霜斷肌日入不遑息
憂懽容髮變寒暑人事易中心君詎知冰玉徒貞白○
春至林木變洞房夕含清單居誰能裁好鳥對我鳴
良人久燕趙新愛移平生別時雙鴛綺留此千恨情
碧草生舊跡緑琴歇芳聲思將魂夢懽反側寐不成
攬衣迷所次起望空前庭孤影中自惻不知雙淚零○
月滿秋夜長驚烏號北林天河橫未落斗柄當西南

寒蛩悲洞房好鳥無遺音西風一夕至獨宿寢重衾
舊衣日千里隔我浮與沉人生豈草木寒暑移此心○
黃鳥何關關幽蘭亦靡靡此時深閨婦日照紗窗裏
娟娟雙青娥微微啓玉齒自惜桃李年誤身遊俠子
無事久離別不知今生死
有客天一方寄我孤桐琴迢迢萬里隔託此傳幽音
冰霜中自結龍鳳相與吟絃以明直道漆以固交深

送終

奄忽逾時節日月獲其良蕭蕭車馬悲祖載發中堂
生平同此居一旦異存亡斯須亦何益終復委山岡
行出國南門西望鬱蒼蒼日入乃云造慟哭宿風霜

晨遷俯玄廬臨訣但遑遑方當永潛翳仰視白日光
俯仰遽終畢封樹已荒涼獨留不得還欲去結中腸
童稚知所失啼號捉我裳即事猶倉卒歲月始難忘

宴別幼遐與君貺兄弟

乖闊意方弭安知忽來翔累日重懽宴一旦復離傷
置酒慰茲夕秉燭坐華堂契闊未及展晨星出東方
征人慘已辭車馬儼成裝我懷自無懽原野滿春光
群水含時澤野雉鳴朝陽平生有壯志不覺淚霑裳
況自守空宇日夕但彷徨

留別洛京親友

握手出都門駕言適京師豈不懷舊廬惆悵與子辭

羈旅生居陪泝艤謝華池昭逝作已過後進良未知
念結路方永歲陰野無暉單車我當前暮雪子獨歸
臨流一相望零淚忽霑衣

西郊燕集

濟濟衆君子高燕及時光羣山靄遐矚緑野布熙陽
列坐遵曲岸披襟襲蘭芳野庖薦嘉魚激澗泛羽觴
衆鳥鳴茂林緑草延高岡盛時易徂謝浩思坐飄颺
眷言同心友兹遊安可忘

移疾會詩客元生與釋子法朗因貽諸曹

對此嘉樹林獨有戚戚顔抱瘵知曠職淹旬非樂閒
釋子來問訊詩人亦扣關道同意暫遺客散疾徐還

徑自幽靜玄蟬噪其間高窓瞰遠郊暮色起秋山英

曹幸休暇悵〻心所攀

龍門遊眺

鑿山導伊流中斷若天闕都門遥相望佳氣生朝夕

素懷出塵意適有携手客精舍繞曾阿千龕鄰峭壁

緣雲路猶緬憩澗鐘已寂花樹發煙華淙流散石脉

長嘯招遠風臨潭漱金碧日落望都城人間何役〻

登西南岡卜居遇雨尋竹浪至灃壖縈帶數里清流茂樹雲物可賞

登高創危構林表見川流微雨颯已至蕭條川氣秋

下尋密竹盡忽曠沙際游紆直水分野綿延稼盈疇

寒花明廢墟樵牧笑榛丘雲水成陰澹竹樹更清幽

適自恣佳賞復茲永日踞

藍嶺精舍

石壁精舍高排雲聊直上佳遊愜始願忘險得前賞崖傾景方晦谷轉川如掌綠林含蕭條飛閣起弘敞道人上方至深夜還獨往日落羣山陰天秋百泉響所嗟累已成安得長偃仰

夏夜憶盧嵩

靄々高館暮開軒滌煩襟不知湘雨來蕭灑在幽林炎月得涼夜芳樽誰與斟故人南北居累月間徽音

幽居

人生無閑日懽會當在今反側候天旦層城苦沉々

貴賤雖異等出門皆有營獨無外物牽遂此幽居情
微雨夜來過不知春草生青山忽已曙鳥雀繞舍鳴
時與道人偶或隨樵者行自當安蹇劣誰謂薄世榮

寄子西

夏景已難度懷賢思方續喬樹落踈陰微風散煩燠
傷離枉芳札忻遂見心曲藍上舍已成田家雨新足
託隣素多欲殘秩猶見束日夕上高齋佂望東原綠

出還

昔出喜還家今還獨傷意入室掩無光銜哀寫虛位
悽々動幽慢寂々驚寒吹幼女復何知時來庭下戲
咨嗟日復老錯莫身如寄家人勸我餐對案空垂淚

同德寺雨後寄元侍御李博士

川上風雨來須臾滿城闕岧嶤青蓮界蕭條孤興發
前山遽已淨陰靄夜來歇喬木生夏涼流雲吐華月
嚴城自有限一水非難越相望曙河遠高齋坐超忽

譱福精舍示諸生

湛湛嘉樹陰清露夜景沉悄然群物寂高閣似陰岑
方以玄默處豈為名跡侵法妙不知歸獨此抱冲襟
齋舍無餘物陶器與單衾諸生時列坐共愛風滿林

陪王卿郎中遊南池

鷺鴻俱失侶同為此地遊露浥荷花氣風散柳園秋
烟草凝衰嶼星漢泛歸流林高初上月塘深未轉舟

清言屢往復華尊始獻酬終憶秦川賞端坐起離憂

酬盧嵩秋夜見寄

喬木生夜涼月華满前墀去君咫尺地勞君千里思
素秉棲遁志况貽招隱詩坐見林木榮願赴滄洲期
何能待歲晏攜手當此時

與友生野飲效陶體

攜酒花林下前有千載墳於時不共酌奈此泉下人
始自玩芳物行當念徂春聊舒遠世蹤坐望還山雲
且遂一歡笑焉知賤與貧

效陶彭澤

霜露悴百草時菊獨妍華物生有如此寒暑其奈何

醪與泛溪頭日入會田家盡醉茅簷下一生豈在多

與韓庫部會王祠曹宅作

開門臨堤柳秋渠含夕清微風送荷氣坐客散塵纓守嘿共無憾抱冲俱寡營良時頗高會琴酌共開情

南塘泛舟會元六昆季

端居倦時燠輕舟泛回塘微風飄襟散横吹繞林長雲澹水容夕雨微荷氣涼一寫悄勤意寧用訴華觴

初發揚子寄元大校書

悽悽去親愛泛泛入烟霧歸棹洛陽人殘鐘廣陵樹今朝此為別何處還相遇世事波上舟沿洄安得住

對芳樹

遥遥芳園樹，列映清池曲。對此傷人心，還如故時綠。風條灑餘靄，露葉承新滋。佳人不再攀，下有往來蹊。

夏月

已謂心苦傷，如何日方永。無人不晝寢，獨坐山中靜。悟澹將遣慮，學空庶遺境。積俗易為侵，愁來復難整。

閑齋對雨

幽獨自盈抱，陰淡亦連朝。空齋對高樹，疎雨共蕭條。巢燕翻泥濕，蕙花依砌消。端居念往事，倏忽若驚飈。

春日郊居 寄萬年吉少府中孚、三原少府偉、夏侯校書審

谷鳥時一轉，田園春雨餘。光風動林早，高窓照日初。獨飲澗中水，吟詠老氏書。城闕應多事，誰憶此閑居。

秋夜南宮寄灃上弟及諸生

暝色起煙閣沉抱積離憂況兹風雨夜蕭條梧葉秋
空宇感涼至頹顔驚歲周日夕遊闕下山水憶同遊

夏景端居即事

北齋有涼氣嘉樹對層城重門永日掩清池夏雲生
遇此庭訟簡始聞蟬初鳴逾懷故園憐默默以緘情

義演法師西齋

結茅臨絶岸隔水聞清磬山水曠蕭條登臨散情性
稍指緣原騎還尋汲澗徑長嘯倚庭樹悵然川光暝

起度律師同居東齋院

釋子喜相偶幽林俱避諠安居同僧夏清夜諷道言

判閑景恒安步庭陰梧繁逍遥無一事松風入南軒

夕次盱眙縣

落帆逗淮鎮停舫臨孤驛浩々風起波冥々日沉夕人歸山郭暗鴈下蘆洲白獨夜憶秦關聽鍾未眠客

寄全椒山中道士

今朝郡齋冷忽念山中客澗底束荆薪歸來煑白石欲持一杯酒遠慰風雨夕落葉滿空山何處尋行跡

神静師院

青苔幽巷徧新林露氣微經聲在深竹高齋獨掩扉憩樹愛風嶺聽禽悅朝暉方耽静中趣自與塵世違

主上即事守貴委視云

[illegible]舟已渺渺谷浸詳朴行秋山起暮猿楚雨連滄海
風波離思滿宿昔容鬢改獨鳥下東南廣陵何處在

長安遇馮著

客從東方來衣上灞陵雨問客何為來采山因買斧
冥ミ花正開颺ミ燕新乳昨別今已春鬢絲生幾縷

暮相思

朝出自不還暮歸花盡發豈無終日會惜此花間月
空館忽相思微鍾坐來歇

送褐開府

少事武皇帝無賴恃恩私身作里中橫家藏亡命兒
朝持樗蒲局暮竊東鄰姬司隸不敢捕立在白玉墀

驪山風雪夜長楊羽獵時一字都不識飲酒肆頑癡
武皇昇仙去憔悴被人欺讀書事已晚把筆學題詩
兩府始收跡南宮謬見推非才果不容出守撫煢嫠
忽逢楊開府論舊涕俱垂坐客何由識惟有故人知

送李十四山東遊

聖朝有遺逸披膽謁至尊豈是貿榮寵誓將救元元
權豪非所便書奏寢禁門高歌長安酒忠憤不可吞
欻來客河洛日與靜者論濟世譏小事丹砂駐精魂
東遊無復繫梁楚多大藩高論動侯伯疏懷脫塵喧
送君都門野飲我林中樽立馬望東道白雲滿梁園
知爾汶河曾是平生言

送魏長沙

少年一相見飛轡河洛間歡遊不知罷中路忽言還泠泠鵾絃哀悄悄冬夜閑丈夫雖耿介遠別多苦顏君行拜高堂速駕難久攀雞鳴儔侶發朔雪滿河關須臾在今夕罇酌且循環

送李儋

別離何從生乃在親愛中反念行路子拂衣自西東日昃不留宴蔽車出崇墉行遊非所樂端憂道未通春野百卉發清川思無窮芳時坐離散世事誰可同歸當掩重關默默想音容

相逢行

二十登漢朝英聲邁今古適從東方來又欲謁明主
猶酣新豐酒尚帶灞陵雨邂逅兩相逢別來問寒暑
寧知白日晚暫向花間語忽聞長樂鐘走馬東西去

田家三首　柳子厚

蓐食徇所務驅牛向東阡雞鳴村巷白夜色歸暮田
札札耒耜聲飛飛來烏鳶竭茲筋力事持用窮歲年
盡輸助徭役聊就空自眠子孫日以長世世還復然○
蘺落隔烟火農談四鄰夕庭際秋蟲鳴疎麻方寂歷
蠶絲盡輸稅機杼空倚壁里胥夜經過雞黍事筵席
各言官長峻文字多督責東鄉後租期車轂陷泥澤
門少推恕便朴恣狼籍努力慎經營肌膚真可惜

近新不山處吟　苍路前路

古道饒蒺藜縈回古城曲蓼花被堤岸陂水寒更淥
是時收穫竟落日多樵牧風高榆柳疎霜重梨棗熟
行人迷去住野鳥競棲宿田翁咲相念昏黑慎原陸
今年幸少豐無厭饘與粥

覺衰

久知老會至不謂便見侵今年宜未衰稍已來相尋
齒疎髮就種奔走力不任咄此可奈何未必傷我心
彭聃安在哉周孔亦已沉古稱壽聖人曾不留至今
但願得美酒朋友常共斟是時春向暮桃李生繁陰
日照天正綠杳杳歸鴻吟出門呼所親扶杖登西林

高歌是自快，商頌有遺音。

南澗中題

秋氣集南澗，獨遊亭午時。回風一蕭瑟，林影久參差。始至若有得，稍深遂忘疲。羈禽響幽谷，寒藻舞淪漪。去國魂已遊，懷人淚空垂。孤生易為感，失路少所宜。索寞竟何事，徘徊祇自知。誰為後來者，當與此心期。

初秋夜坐贈吳武陵

稍稍雨侵竹，翻翻鵲驚叢。美人隔湘浦，一夕生秋風。積霧杳難極，滄波浩無窮。相思豈云遠，即席莫與同。若人抱奇音，朱絲緪枯桐。清商激西顥，泛灎凌長空。

[illegible]

晨詣超師院讀禪經

汲井漱寒齒　清心拂塵服　閒持貝葉書　步出東齋讀　真源了無取　妄跡世所逐　遺言冀可冥　繕性何由熟　道人庭宇靜　苔色連深竹　日出霧露餘　青松如膏沐　澹然離言說　悟悅心自足

贈江華長老

老僧道機熟　默語心皆寂　去歲別舂陵　沿流此投跡　室空無侍者　巾屨唯掛壁　一飯不願餘　跏趺便終夕　風窗疏竹響　露井寒松滴　偶地即安居　滿庭芳草積

禪堂

發地結菁茆　團團抱虛白　山花落幽戶　中有忘機客

法有本非取照空不待析萬類俱緣生窅然喧中寂
心境本同如鳥飛無遺跡

中夜起望西園值月上

覺聞繁露墜開戶臨西園寒月上東嶺泠泠疎竹根
石泉遠逾響山鳥時一喧倚楹遂至旦寂寞將何言

秋曉行南谷經荒村

杪秋霜露重晨起行幽谷黄葉覆谿橋荒村唯古木
寒花疎寂歷幽泉微斷續機心久已忘何事驚麋鹿

谿居

久為簪組累幸此南夷謫閑依農圃隣偶似山林客
曉耕翻露草夜榜響谿石來往不逢人長歌楚天碧

夏初雨後尋愚谿

悠悠雨初霽獨繞清谿曲引杖試荒泉解帶圍新竹
沉吟亦何事寂寞固所欲幸此息營營嘯歌静炎燠

雨後曉行獨至愚谿北池

宿雲散洲渚曉日明村塢高樹臨清池風驚夜來雨
予心適無事偶此成賓主

唐音卷之二下

唐詩正音卷第三上

七言古詩

登樓歌　王摩詰

聊上君兮高樓飛甍鱗次兮在下俯十二兮通衢綠
槐參差兮車馬却瞻兮龍首前眺兮宜春王畿鬱兮
千里山河壯兮咸秦舍人下兮青宮據胡床兮書空
執戟疲於下位老夫好隱兮墻東亦幸有張伯英草
聖兮龍騰虯躍擺長雲兮捩回風琥珀酒兮彫胡飯
君不御兮日將晚秋風兮吹衣夕鳥兮爭返孤砧發
兮東城林薄暮兮蟬聲遠時不可兮再得君何為兮

山寂〻兮無人又蒼〻兮多木羣龍兮滿朝君何為
兮空谷文寡和兮思深道難知兮行獨悅石上兮流
泉與松間兮草屋入雲中兮養雞上山頭兮抱犢神
與棗兮如瓜虎賣杏兮收穀愧不才兮妨賢嫌既老
兮貪祿誓解印兮相從何詹尹兮可卜
山中人兮欲歸雲冥〻兮雨霏〻水驚波兮翠菅靡
白鷺忽兮翻飛君不可兮褰衣山萬重兮一雲混天
地兮不分樹晻曖兮氛氳猿不見兮空聞忽山西兮
夕陽見東皋兮遠村平蕪綠兮千里眇惆悵兮思君

迎神曲

坎々擊鼓魚山之下吹洞簫望極浦女巫進紛屢舞
陳瑤席湛清酤風淒々兮夜雨神之來兮不來使我
心兮苦復苦

送神曲

紛進拜兮堂前目眷々兮瓊筵來不語兮意不傳作
暮雨兮愁空山悲急管兮思繁絃靈之駕兮儼欲旋倏
雲收兮雨歇山青々兮水潺湲

老將行

少年十五二十時步行奪取胡馬騎射殺陰山白額
虎肯數鄴下黃鬚兒一身轉戰二千里一劍曾當百
萬師漢兵奮迅如霹靂虜騎崩騰畏蒺藜衛青不敗

由天幸李廣無功緣數奇自從弃置便衰朽世事蹉跎成白首昔時飛箭無全目今日垂楊生左肘路傍時賣故侯瓜門前學種先生栁茫々古木連窮巷遼落寒山對空牖誓令䟽勒出飛泉不似頴川空使酒賀蘭山下陣如雲羽檄交馳日夕聞節使三河募年少詔書五道出將軍試拂鐵衣如雪色聊持寶劒動星文願得燕弓射天將耻令越甲鳴呉軍莫嫌舊日雲中守猶堪一戰樹功勲

燕支行

漢家天將才且雄来時謁帝明光宫萬乗親推雙闕下千官出餞五陵東誓辭甲第金門裏身作長城玉

塞中衛霍才堪一騎將朝廷不數貳師功趙魏燕韓
多勁卒關西俠小何咆哮報讎只是聞嘗膽飲酒不
胃妨刮骨畫戟雕戈白日寒連旗大旆黃塵沒疊鼓
遥翻瀚海波鳴笳亂動天山月麒麟錦帶佩吳鈎颯
踏青驪躍紫騮拔劒已斷天驕臂歸鞍共飲月支頭
漢兵大呼一當百虜騎相看哭且愁教戰雖令赴湯
火終知上將先伐謀

桃源行

漁舟逐水愛山春兩岸桃花夾去津坐看紅樹不知
遠行盡青溪不見人山口潛行始隈隩山開曠望旋
平陸遥看一處攢雲樹近入千家散花竹樵客初傳

漢姓名居人未改秦衣服居人共住武陵源還從物外起田園月明松下房櫳靜日出雲中雞犬喧驚聞俗客爭來集競引還家問鄉邑平明閭巷掃花開薄暮漁樵乘水入初因避地去人間更聞成仙遂不還峽裏誰知有人事世中遥望空雲山不疑靈境難聞見塵心未盡思鄉縣出洞無論隔山水辭家終擬長游衍自謂經過舊不迷安知峯壑今來變當時只記入山深青溪幾度到雲林春來徧是桃花水不辨仙源何處尋

同崔傳答賢弟

洛陽才子姑蘇客桂苑殊非舊鄉陌九江楓樹幾回

青一片揚州五湖白揚州時有下江兵蘭陵鎮前吹
笛聲夜火人歸富春郭秋風鶴唳石頭城周郎陸弟
為儔侶對舞前谿歌白紵曲几書留小史家草堂碁
賭山陰墅衣冠若話外臺臣先數夫君席上珍更聞
臺閣求三語遥想風流第一人

送崔五太守

長安廐吏來到門朱文露網動行軒黄花縣西九折
坂玉樹宮南五丈原褒斜谷中不容幰惟有白雲當
露冕子午山裏杜鵑啼嘉陵水頭行客飯劍門忽斷
蜀川開萬井雙流滿眼來霧中遠樹刀州出天際澄
江巴字回使君年紀三十餘少年白皙專城居欲持

書省郎官筆[illegible]與臨[illegible]父老書

夷門歌

七雄〻雌猶未分攻城殺將何紛〻秦兵益圍邯鄲急魏王不救平原君公子為嬴停駟馬執轡逾恭意逾下亥為屠肆鼓刀人嬴乃夷門抱關者非但慷慨獻良謀意氣兼將身命酬向風刎頸送公子七十老翁何所求

故人張諲工詩善易卜兼能丹青草隸頃以詩見贈聊獲荅之

不逐城東游俠兒隱囊紗帽坐彈棊蜀中夫子時開卦洛下諸生懼說詩藥欄花徑衡門裏時復據梧聊隱几屏風誤點惑孫郎團扇草書輕內史故園高枕

度三春永日垂帷絶四隣自想蔡邕今已老更將書籍與何人

隴頭吟

長安少年遊俠客夜上戍樓看太白隴頭明月迥臨關隴上行人夜吹笛關西老將不勝愁駐馬聽之雙淚流身經大小百餘戰麾下偏裨萬户侯蘇武纔爲典屬國節旄空盡海西頭

寒食城東即事

清溪一道穿桃李演漾綠蒲涵白芷溪上人家凡幾家落花半落東流水蹴踘屢過飛鳥上秋千競出垂楊裏少年分日作遨遊不用清明兼上巳

玉門關蓋將軍歌　岑參

蓋將軍真丈夫行年三十執金吾身長七尺頗有鬚
玉門關城迥且孤黄沙萬里白草枯南隣犬戎北接
胡將軍到来備不虞五千兵甲膽力麁軍中無事但
歡娛暖屋繡簾紅地爐織成壁衣花氍毹燈前侍婢
瀉玉壺金鐺亂點野駝酥紫綬金章左右趨問着即
是蒼頭奴美人一雙閑且都朱唇翠眉暎明眸清歌
一曲世所無今日喜聞鳳將雛可憐絶勝秦羅敷使
君五馬謾踟蹰野草繡窠紫羅襦紅牙鏤馬對樗蒲
玉盤纖手撒作盧眾中誇道不曾輸櫪上昂昂皆駿
駒桃花叱撥價最殊騎將獵向城南隅臘日射殺千

年狐我来塞外按邊儲為君取醉酒剩沽醉爭酒盞
相喧呼忽憶咸陽舊酒伴

與獨孤漸道別長句兼呈嚴八侍御

輪臺客舍春草滿潁陽歸客腸堪斷窮荒絕漠鳥不
飛萬磧千山夢猶懶憐君白面一書生讀書千卷未
成名五侯貴門脚不到數畝山田身自耕興来浪跡
無遠近及至辭家憶鄉信無事垂鞭信馬頭西南幾
欲窮天盡奉使三年獨未歸邊頭詞客舊来稀借問
君来得幾日到家不覺換春衣高齋清晝卷羅幕紗
帽接䍦慵不着中酒朝眠日色高彈碁夜半燈花落
冰片高堆金錯盤滿堂凛凛五月寒桂林蒲萄新吐

[illegible]武城頭蜜未可滄軍中置酒夜撾鼓錦筵紅燭月
未午花門將軍善胡歌葉河蕃王能漢語知爾園林
壓渭濱夫人堂上泣羅裙魚龍川北盤谿雨鳥鼠山
西洮水雲臺中嚴君於我厚別後新詩滿人口自憐
棄置天西頭因君為問相思否

衛節度赤驃馬歌

君家赤驃畫不得一團旋風桃花色紅纓紫鞚珊瑚
鞭玉鞍錦韉黃金勒請君鞴出看君騎尾長窣地如
紅絲自矜諸馬皆不及却憶百金初買時香街紫陌
鳳城內滿城見者誰不愛揚鞭驟急白汗流弄影行
驕碧蹄碎紫髯胡雛金剪刀平明剪出三騣高櫪上

看時獨意氣衆中齊出偏雄豪騎將獵向南山口城南狐兎不復有草頭一點疾如飛却使蒼鷹翻向後憶昨看君朝未央鳴珂擁蓋滿路香始知邊將真富貴可憐人馬相輝光男兒稱意得如此駿馬長鳴北風起待君東去掃胡塵為君一日行千里

送費子歸武昌

漢陽歸客悲秋草旅舍葉飛愁不掃秋來倍憶武昌魚夢着只在巴陵道曾隨上将過祁連離家十年恒在邊劒鋒可惜虛用盡馬蹄無事今已穿知君開館恒愛客樗蒲百金每一擲平生有錢將與人江上故園空四壁吾觀費子毛骨奇廣眉大口仍赤髭看君

笑路傍如此人生貴賤那得知高秋八月歸南楚東

門一壺聊出祖路指鳳凰山北雲衣霑鸚鵡洲邊雨

莫嘆蹉跎白髮新應須守道勿羞貧男兒何必戀妻

子莫向江村老郤人

田使君美人如蓮花北鋋歌

美人舞如蓮花旋世人有眼應未見高臺滿地紅氍

毹試舞一曲天下無此曲胡人傳入漢諸客見之驚

且歎嫚臉嬌娥纖復穠輕羅金縷花葱龍回裾轉袖

若飛雪左鋋右鋋生旋風琵琶橫笛和未市花門山

頭黃雲合忽作出塞入塞聲白草胡沙寒颯々飜身

入破如有神前見後見回々新始知諸曲不可比采

道落梅徒聒耳山人學舜只是舜姿態豈能得如此

送魏升卿擢第歸東都因懷魏校書陸渾喬潭

井上梧桐雨灞亭卷秋風故人適戰勝匹馬歸山東
問君今年三十幾能使香名滿人耳君不見三峯直
上五千仞見君文章亦如此如君兄弟天下稀雄詞
健筆皆若飛將軍金印嚲紫綬御史鐵冠重繡衣喬
生作尉别来久因君為問平安否魏侯校理復何如
前日人来不得書陸渾山水佳可賞蓬閣閑時日應
往自料青雲未有期誰知白髮偏能長壚頭青絲白
玉瓶别時相顧酒如傾搖鞭舉袂忽不見千樹萬樹
空啼鳥

地上青草出經冬方始歸愽陵無近信猶未換春衣憐汝不忍別送汝上酒樓初行莫早發且宿灞陵頭功名須及早歲月莫虛擲早年已工詩近日兼註易何時過東洛早晚下盟津朝歌城邊柳嚲地長安道上花撲人去年四月初我正在河朔曾上君家縣北樓〻上分明見恒嶽中山明府待君来須計行程及早回到家速覔長安使待汝書封我自開

輪臺歌奉送封大夫出師西征

輪臺城頭夜吹角輪臺城北旄頭落羽書昨夜過渠黎單于已在金山西戍樓西望烟塵黑漢兵屯在輪

臺北上将擁旄西出征平明吹笛大軍行四邊伐鼓
雪海湧三軍大呼陰山動虜塞兵氣連雲屯戰場白
骨纏草根劍河風急雲片闊沙口石凍馬蹄脫亞相
勤王甘苦辛誓将報主静邊塵古来清史誰不見今
見功名勝古人

白雪歌送武判官歸京

北風卷地白草折胡天八月即飛雪忽如一夜春風
来千樹萬樹梨花開散入珠簾濕羅幕狐裘不暖錦
衾薄将軍角弓不得控都護鐵衣冷難着瀚海闌干
千尺氷愁雲慘澹萬里凝中軍置酒飲歸客胡琴琵
琶與羌笛紛紛暮雪下轅門風掣紅旗凍不翻輪臺

東門送君去之時雪滿天山路山回路轉不見君雪

上空留馬行處

青門歌送東臺張判官

青門金鎖平旦開城頭日出使車回青門柳枝正堪

折路傍一日幾人別東出青門路不窮驛樓官樹灞

陵東花撲征衣看似繡雲隨去馬色疑驄胡姬酒壚

日未午絲繩玉缸酒如乳灞頭落花沒馬蹄昨夜微

雨花成泥黄鸝翅濕飛轉低關東尺書醉懶題須史

望君不可見揚鞭揮鞍疾如箭借問使乎何時來莫

作東飛伯勞西飛燕

走馬川行奉送封大夫出師西征

君不見走馬川行雪海邊平沙莽莽黄入天輪臺九月風夜吼一川碎石大如斗隨風滿地石亂走匈奴草黄馬正肥金山西見烟塵飛漢家大將西出師將軍金甲夜不脱半夜軍行戈相撥風頭如刀面如割馬毛帶雪汗氣蒸五色連錢旋作氷幕中草檄硯水凝虜騎聞之應膽懾料知短兵不敢接車師西門佇獻捷

太白胡僧歌

聞有胡僧在太白蘭若去天三百尺一持楞伽入中峯世人難見但聞鍾窓邊錫杖解兩虎床下鉢盂藏一龍草衣不計夏不線兩耳垂肩眉覆面此曾手把

[illegible][illegible]矣手種青松今十圍[illegible]將流水同清淨身與浮

雲無是非商山老人已曾識願一見之何由得山中

有僧人不知城裏看山空黛色

函谷關歌送劉評事使關西

君不見函谷關崩城敗壁至今在樹根草蔓無古道

空谷千年長不改寂寞無人空舊山聖朝無事不須

關白馬公孫何處去青牛老人更不還蒼苔白骨空

滿地月與古時長相似野花不省見行人山鳥何曾

識關吏故人方乘使者車吾知郭丹却不如請君時

憶關外客行到關西多寄書

范公叢竹歌

世人見竹不解愛知君種竹府庭内此君托根幸得
所種来幾時聞已大盛夏脩〻衆色寒閑宵撼〻葉
聲乾能清案牘饗下見宜對琴書窓外看爲君成陰
將蔽日迸笋穿階踏還出守節偏凌御史霜虚心願
比郎官筆君莫愛南山松樹枝竹色四時也不移寒
天草木黄落盡猶自青〻君始知

燉煌太守後庭歌

燉煌太守才且賢郡中無事高枕眠太守到来山出
泉黄沙磧裏人種田燉煌耆舊鬢皓然願留太守更
五年城頭月出星滿天曲房置酒張錦筵美人紅妝
色正鮮側垂高髻插金鈿醉坐藏鈎紅燭前不知鈎

君老笤邊忝君手抹玦與鄣身彳半臥黄金鉞此中
樂事亦已徧

西亭子送李司馬

高〻城子郡城西直上千尺與雲齊盤崖緣壁試攀躋羣山向下飛鳥低使君五馬天半嘶絲繩玉壺為君提坐來一望無端倪紅花緑柳鶯亂啼千家萬井連君谿酒行未醉聞暮雞點筆操紙為君題為君題惜解攜草〻萋〻没馬蹄

胡笳歌送顔真卿使赴河隴

君不聞胡笳聲最悲紫髯緑眼胡兒吹〻之一曲猶未了愁殺樓蘭征戍兒涼秋八月蕭關道北風吹斷

天山草崑崙山南月欲斜胡人向月吹胡笳胡笳怨
兮將送君秦山遥望隴山雲邊城夜〻多愁夢向月
胡笳誰喜聞

邯鄲客舍歌

客從長安来驅馬邯鄲道傷人蕟臺下一旦生蔓草
客舍門臨漳水邊垂楊下繫釣魚舡邯鄲兒女夜沽
酒對客挑燈誇數錢酩酊醉時　正午一曲長歌爐
上眠

喜韓樽相過

三月灞陵春已老故人相逢耐醉倒甕頭春酒黄花
脂祿米只充沽酒資長安城中足年少獨共韓侯開

口笑[illegible]點[illegible]斑ミ有[illegible]留君[illegible]暫遲與君[illegible]
日携手卋上浮名好是閑

漁父

偏舟滄浪叟心與滄浪清不自道鄉里無人知姓名
朝從灘上飯暮向蘆中宿歌竟還復歌手持一竿竹
竿頭釣絲長丈餘鼓枻乘流無定居世人那得識深
趣此翁取適非取魚

偃師東與韓樽同詣景雲暉上人即事

山陰老僧觧楞伽穎陽歸客遠相過烟深草濕昨夜
雨ミ後西風度漕洞空山終日塵事少平郊遠見行
人小尚書積上黄昏鐘別鵝渡頭一歸鳥

韋員外家花樹歌

今年花似去年好去年人到今年老始知人老不如花可惜落花君莫掃君家兄弟不可當列卿御史尚書郎朝回花底恒會客花撲玉缸春酒香

蜀葵花歌

昨日一花開今日一花開昨日花正好今日花已老人生不得恒少年莫惜床頭沽酒錢請君有錢向酒家君不見蜀葵花

燕歌行　高達夫

漢家烟塵在東北漢將辭家破殘賊男兒本自重橫行天子非常賜顏色摐金伐鼓下榆關旌旆逶迤碣

間校尉羽書飛瀚海單于獵火照狼山〻川蕭條
極邊土胡騎憑陵雜風雨戰士軍前半死生美人帳
下猶歌舞大漠窮秋塞草腓孤城落日鬪兵稀身當
恩遇常輕敵力盡關山未解圍鐵衣遠戍辛勤久玉
筯應啼別離後小婦城南欲斷腸征人薊北空回首
邊庭飄〻那可度絕域蒼茫無所有殺氣三時作陣
雲寒聲一夜傳刀斗相看白刃血紛〻死節從來豈
顧勳君不見沙場征戰苦至今猶憶李將軍

古大梁行

古城莽蒼饒荊棘駈馬荒城愁殺人魏王宮觀盡禾
黍信陵賓客隨灰塵憶昨雄都舊朝市軒車照耀歌

鐘起軍容帶甲三十萬國步連營五千里全盛須臾那可論高臺曲池無復存遺墟但見狐狸跡古地空餘草木根莫天摇落傷懷抱撫劒悲歌對秋草俠客猶傳朱亥名行人尚識夷門道白璧黄金萬户侯寳刀駿馬填山丘年代凄凉不可問往来惟見水東流

同河南李七少尹畢員外家夜飲時洛陽告捷遂作春酒歌

故人美酒勝濁醪故人清詞合風騷長歌滿酌惟吾曹高譚正可揮麈毛半醉忽然持蟹螯洛陽告捷傾前後武矦腰間印如斗郎官無事時飲酒盃中緑蟻吹轉来甕上飛花拂還有前年持節將楚兵去年留

劍門蜀山裏昨逢軍人去奪我至家但見妻與子韃
得飲君春酒數十杯不然令我愁欲死

別韋參軍

二十解書劍西游長安城舉頭望君門屈指取公卿
國風冲融邁三五朝廷禮樂彌寰宇白璧皆言賜近
臣布衣不得干明主歸來洛陽無負郭東過梁宋非
吾土兔苑為農歲不登雁池垂釣心長苦世人向我
同衆人惟君於我最相親且喜百年有交態未嘗一
日辭家貧彈棊擊筑白日晚縱酒高歌綠柳春歡娛
未盡分散去使我惆悵驚心神丈夫不作兒女別臨
岐涕淚霑衣巾

封丘縣

我本漁樵孟諸野一生自是悠悠者乍可狂歌草澤中寧堪作吏風塵下秖言小邑無所為公門百事皆有期拜迎官長心欲碎鞭撻黎庶令人悲悲来向家問妻子舉家盡笑今如此生事應須南畝田世情付與東流水夢想舊山安在哉為銜君命且遲迴乃知梅福徒為尔却憶陶潛歸去来

寄宿田家

田家老翁住東陂說道平生隱在兹鬢白未曾記日月山青每到識春時門前種柳深成巷野谷流泉添入池牛壯日耕十畝地人閑常掃一茅茨客來滿酌

涯樵漁息與子吟方子話巖隙窟中藏鼯鼠潭邊竹裏隱鸕鷀村稀日落行人少醉後無心怯路歧今夜只應還寄宿明朝拂曙與君辭

邯鄲少年行

邯鄲城南游俠子自矜生長邯鄲裏千場縱博家仍富幾度報讎身不死宅中歌笑日紛紛門外車馬如雲屯未知肝膽向誰是令人却憶平原君君不見今人交態薄黃金用盡還疎索以茲感歎辭舊游更於時事無所求且與少年飲美酒往來射獵西山頭

畫馬篇

君侯櫪上驄貌在丹青中馬毛連錢蹄鐵色圖畫光

擺韁王勒馬行不動勢君来權奇蹴踏無塵埃感慈
絕代稀妙手邀令談者不容口麒麟獨步自可珍驚
駘萬疋知何有終未如他櫪上驄戴華轂騁双飛鴻
荷君剪拂與君用一日千里如旋風

賦得還山吟送沈四山人

還山吟天高日暮寒山深送君還山識君心人生老
大須恣意看君觧作一生事山間偃仰無不至石泉
淙〻若風雨桂花松子常滿地賣藥囊中應有錢還
山服藥又長年白雲勸君杯中物明月相隨何處眠
〻時憶問醒時意夢魂可以長周旋

丁各隹

君不見富家翁舊時貧賤誰比數一朝金多結豪貴
百事勝人健如虎子孫成行滿眼前妻能管絃妾能
舞自矜一身忽如此郤笑傍人獨愁苦東隣少年安
所如席門窮巷出無車有才不肯學干謁何用年〻
空讀書

九月九日酬顔少府　　崔顥

簷前白日應可惜籬下黄花為誰有行子迎霜未授
衣主人得錢始沽酒蘇秦顦顇人多厭蔡澤棲遲世
看醜縱使登高只斷腸不如獨坐空搔首

行路難

君不見建章宮中金明枝萬〻長條拂地垂二月三

月花如霰九重深幽君不見豔彩朝含四寶宮香風吹入朝雲殿漢家宮女春未闌愛此芳香朝暮看採看去看心不忘攀折將安鏡臺上雙〻素手剪不成兩〻紅妝笑相向建章昨夜起春風一花飛落長信宮長信麗人見花泣憶此珎樹何嗟及我昔初在昭陽時朝攀暮折登玉墀只言歲〻長相對不悟今朝遥相思

代閨人荅輕薄少年

妾家近隔鳳凰池粉壁紗窻楊柳垂本期漢代金吾壻悞嫁長安遊俠兒〻〻家夫壻多輕薄惜客探丸重然若平明來輦入新豐[illegible]

[illegible]
中花鳥闌花鬬陌上春將晚走馬鬬雞猶未返三時
出望無消息一去那知行近遠桃李花開覆井闌朱
樓落日卷簾看愁来欲奏相思曲抱得秦箏不忍彈

渭城少年行

洛陽二月梨花飛秦地行人初憶歸揚鞭走馬城南
陌朝逢驛使秦川客驛使前日發章臺傳道長安春
早来棠梨宫中燕初至蒲萄舘裏花正開念此使人
歸更早三月便達長安道長安道上春可憐摇風蕩
日曲江邊萬戶樓臺臨渭水五陵花柳滿秦川秦川
寒食盛繁華遊客春来不到家鬬雞下杜塵初

合走馬章臺日未斜章臺帝城稱貴里青樓日晚歌
鐘起貴里〻家家白馬驕五陵年少不相饒雙〻挾彈
來金市雨〻鳴鞭上渭橋渭城壚頭酒新熟金鞭白
馬誰家宿可憐錦瑟箏琵琶玉壺清酒就君家小婦
春來不惜羞嬌歌一曲楊柳花

孟門行

黃雀銜黃花翩〻傍簷隙本擬報君恩如何反彈射
金罍美酒滿座春平原愛才多衆賓滿堂盡是忠義
士何意得有讒諛人諛言反覆那可道能令君心不
自保北園新栽桃李枝根株未固何轉移成陰結實

長安道

長安甲第高入雲誰家居住霍將軍日晚朝回擁賓從路傍拜揖何紛紛莫言炙手手可熱須臾火盡灰亦滅莫言貧賤即可欺人生富貴自有時一朝天子賜顏色世事悠悠應始知

七夕

長安城中月如練家家此夜持針線仙裙玉佩空自知天上人間不相見長信深陰夜轉幽玉階金閣數螢流班姬此夜愁無限河漢三更看斗牛

鴈門胡人歌

高山代郡東接燕鴈門胡人家近邊解放胡鷹逐塞

烏能將代馬獵秋田山頭野火寒多燒雪裏孤峯濕作煙聞道遼西無鬬戰時時醉向酒家眠

川上女

川上女晚妝鮮日落青渚試輕䑸汀長花滿正迴船暮來浪起風轉緊自言此去橫塘近淥江無伴夜獨行獨行心緒愁無盡

聽董大彈胡笳聲兼語弄寄房給事　李頎

蔡女昔造胡笳聲一彈一十有八拍胡人落淚向邊草漢使斷腸對歸客古戍蒼蒼烽火寒大荒陰沉飛雪白先拂商絃後角羽四郊秋葉驚摵摵董夫子通神明深松竊聽來妖精言遲更速皆應手將往復旋

[illegible]
雁失群夜斷絶胡兒戀母聲川爲静其波鳥亦罷其
鳴烏珠部落家鄉遠邏迯沙塵哀怨生幽陰變調忽
飄洒長風吹林雨墮瓦迸泉颯颯飛木末野鹿呦呦
走堂下長安城連東掖垣鳳凰池對青瑣門高才脱
略名與利日夕望君抱琴至

放歌行答從弟墨卿

小來好文耻學武世上功名不解取雖沾寸禄已後
時徒欲出身事明主栢梁賦詩不及宴長楸走馬誰
相數斂跡俛眉心自甘高歌擊節聲半苦由是蹉跎
一老夫養雞放豕東城隅空歌漢代蕭相國肯事霍

家馮子都徒尔當年聲籍〻濫作詞林兩京客故人斗酒安陵橋黃鳥春風洛陽陌吾家令弟才不覊五言破的人共推興来逸氣如濤湧千里長江歸海時別離短景何蕭索佳句相思能間作舉頭遥望魯陽山木葉紛〻向人落

緩歌行

小来脫身攀貴游傾財破産無所憂暮擬經過石渠署朝將出入銅龍樓結交杜陵輕薄子謂言可生復可死一沉一浮會有時弃我䎖然如脫屣男兒立身須自强十年閉户潁水陽業就功成見明主擊鐘鼎食坐華堂二八蛾眉梳墮馬美酒清歌曲房下文昌

宮中賜錦衣長安陌上退朝歸五侯賓從莫敢視三
省官僚揖者稀早知今日讀書是悔作從前狂俠兒

古行路難

漢家名臣楊德祖四代五公享茅土父子兄弟綰銀
黄躍馬鳴珂連建章火浣單衣繡方領茱萸錦帶玉
盤囊賓客塡街復滿座片言出口生輝光世人逐勢
爭奔走瀝膽隳肝惟恐後當時一顧登青雲自謂生
死長隨君一朝謝病還鄉里窮巷蒼茫絕知己秋風
落葉閉重門昨日論交竟誰是薄俗嗟嗟難重陳深
山麋鹿可爲隣魯連所以蹈東海古往今來稱達人

送陳章甫

四月南風大麥黃棗花未落桐葉長青山朝別暮還見嘶馬出門思舊鄉陳侯立身何坦蕩虬鬚虎眉仍大顙腹中貯書一萬卷不肯低頭在草莽東門沽酒飲我曹心輕萬事如鴻毛醉卧不知白日暮有時空望孤雲高長河浪頭連天黑津吏停舟渡不得鄭國遊人未及家洛陽行子空嘆息聞道故林相識多罷官昨日今如何

送劉十

三十不官亦不娶時人焉識道高下房中惟有老氏書櫪上空餘少游馬往來嵩華與函秦放歌一曲前山春西林獨鶴引閑步南澗飛泉清角巾[illegible]

不得意歸卧東窗兀然醉諸兄相繼掌青史第五之
名齊驃騎亭葵摘果告我行落日夏雲縱復橫聞道
謝安掩口笑知君不免爲蒼生

送康洽入京進樂府詩

識子十年何不遇只愛懽遊兩京路朝吟左氏嬌女
篇夜誦相如美人賦長安春物舊相宜小苑蒲萄花
滿枝柳色偏濃九華殿鶯聲醉殺五陵兒曳裾此日
從何所中貴由來盡相許白袷春衫仙吏贈烏皮隱
几郎官與新詩樂府唱堪愁御妓應傳鳷鵲樓西上
雖因長公主終須一曲武陵侯

古從軍行

白首登山望烽火黄昏飲馬傍交河行人刁斗風沙
暗公主琵琶幽怨多野雲萬里無城郭雨雪紛〻連
大漠胡鴈哀鳴夜〻飛胡兒眼淚雙〻落聞道玉門
猶被遮應將性命逐輕車年〻戰骨埋荒外空見蒲
萄人數家

愛敬寺古藤歌

古藤池水盤樹根左攫右拏龍虎蹲橫空直上相淩
突丰茸離纚若無骨風雷霹靂連黒枝人言其下藏
妖魑空庭落葉乍開合十月苦寒常倒垂憶昨花飛
滿空殿密葉吹香飯僧徧南階雙桐一百尺相與年

鮫人歌

鮫人潛織水底居，側身上下隨游魚。輕綃文采不可識，夜夜澄波連月色。有時寄宿來城市，海島青冥無極已。泣珠報恩君莫辭，今年相見明年期。始知萬族無不有，百尺深泉架戶牖。鳥沒空山誰復望，一望雲濤堪白首。

送郝判官

楚城木葉落夏口，青山轉鴻雁向南。時君乘使者傳，楓林帶水驛夜火，明山縣千里送行人。蔡州如眼見，江連清漢東逶迤，遥望荆雲相蔽虧。應問襄陽舊風俗，爲余騎馬習家池。

古意

男兒事長征少小幽燕客賭勝馬蹄下由來輕七尺
殺人莫敢前鬚如蝟毛磔黃雲隴底白雲飛未得報
恩不得歸遼東小婦年十五慣彈琵琶解歌舞今為
羌笛出塞聲使我三軍淚如雨

送劉昱

八月寒葦花秋江浪頭白北風吹五兩誰是潯陽客
鸕鷀山頭宿雨晴揚州郭裏暮潮生行人夜雨金陵
渚試聽沙邊有鴈聲

酬李十六岐　王季友

鍊丹文武火未成賣藥販屨俱逃名出谷迷行洛陽
道乘流醉臥滑臺城々下故人久離怨一歡適我兩

家瓢簞飲杖懸沽酒錢莫餐囊有彭花餅子何車馬
日憧〻李膺門館爭登龍千賓揮詞若流水五經發
難如扣鐘下筆新詩行消辟立談古人坐在席間我
草堂有財雲知我山儲無儋石自耕自刈食爲天如
鹿如麋飲野泉亦知世上公卿貴且養丘中草木年

　　伏賀枝令譽贈沈千運

相逢問姓名亦存別時無子今有孫山上雙松長不
改百家惟有三家村〻南村西車馬道一宿通舟水
浩〻澗中磊〻十里石河上汻泥種桑麥平坡塚墓
皆我親滿田主人是舊客舉聲酸鼻問同年十人七
人歸下泉分手如何更此地回頭不去淚潸然

觀于舍人壁畫山水

野人宿在山家少朝見此山謂山緋半壁仍棲嶺上雲開巔欲放湖中鳥獨坐長松是阿誰再三招手起來逢于公大笑向余說小弟丹青能爾為

同張侍御宴北樓　　儲光羲

今之太守古諸侯出入雙旗垂七旒朝覽干戈時聽訟暮延賓客復登樓西山漠漠崦嵫色北渚沉沉江漢流良宵清淨方高會繡服光輝聯皂蓋魚龍悅惚階墀下雲霧杳冥窗户外水靈慷慨行泣珠游女飄颻思解珮蒼蒼低月半遥滅落落疏星滿太清不分開襟悲楚奏須言歌笑恨胡兵軒台青丘里契俞司

[illegible]

薔薇

裊〻長數尋青〻不作林一莖獨秀當庭心數枝分作滿庭陰春日遲〻欲將半庭影離〻正堪玩枝上嬌鶯不畏人葉底飛蛾自相亂秦家女兒愛芳菲畫眉相伴采葳蕤高處紅鬚欲就手低邊綠刺已牽衣蒲萄架上朝光滿楊柳園中暝鳥飛連袂踏歌從此去風吹香氣逐人衣

新豐主人

新豐主人新酒熟舊客還歸舊堂宿滿酌香含北砌花盈樽色泛南軒竹雲散天高秋月明東家少女解

秦箏醉来忘却巴陵道夢中疑似洛陽城·

高陽池送朱二　孟浩然

昔當襄陽全盛時山公常醉習家池〻邊釣女日相隨粧成照水競来窺紅波澹〻芙蓉發綠岸毿〻楊柳垂一朝物變人亦非四面荒涼人往稀意氣豪華何處在空餘草露濕羅衣此地朝来餞行者翻向此中牧征馬征馬分飛日漸斜見此空為人所嗟殷勤為訪桃源客余亦歸来松子家

送王七尉松滋

君不見巫山神女作行雲霏紅沓翠曉氛氳嬋娟流入襄王夢倏忽還隨零雨分空中飛去復飛来朝〻

暮々下陽臺愁君此去為仙蹤便逐行雲去不迴

夜歸鹿門歌

山寺鳴鐘晝已昏漁梁渡頭爭渡喧人隨沙岸向江村余亦乘舟歸鹿門鹿門月照開烟樹忽到龐公棲隱處巖扉松徑長寂寥惟有幽人自來去

湖中對酒作　張正言

夜坐不厭湖上月晝行不厭湖上山眼前一樽又長滿心中萬事如等閑主人有黍萬餘石濁醪數斗應不惜即今相對不盡懽別後相思復何益茱萸灣頭歸路賒願君且宿黄翁家風光若此人不醉參差孤負東園花

贈喬林

去年上策不見收今年寄食仍淹留羨君有酒能便醉羨君無錢能不憂如今五侯不待客羨君不問五侯宅如今七貴方自尊羨君不過七貴門丈夫會應有知己世上悠悠何足論

張公子行　常建

日出乘釣舟嫋嫋垂釣竿涉淇傍荷花驄馬閑金鞍使君白雲中腰間懸轆轤出門事嫖姚為君西擊胡胡兵漢騎相馳逐轉戰孤單海西北百尺旌竿沉黑雲邊笳落日不堪聞

古意

井底玉冰洞地明琥珀轆轤青絲縈仙人騎鳳披采
霞挽上銀瓶照天閣黃金作身雙飛龍口含明月噴
夫容一時瀉海望不見曉上青樓十二重

唐詩正音卷之三上

唐詩正音卷之二下

聽笛歌　刘文房

舊游憐我長沙謫載酒沙頭送遷客天涯望月自霑衣江上何人復吹笛横笛能令孤客愁淥波淡淡如不流商聲寥亮羽聲苦江天寂歷江楓秋靜聽關山聞一叫三湘月色悲猿嘯又吹楊柳激繁音千里春色傷人心隨風飄向何處落唯見曲盡平湖深明發與君離別後馬上一聲堪白首

望龍山懷道士許法稜

心惆悵望龍山雲之際鳥獨還懸崖絕壁幾千丈綠蘿弱弱不可攀龍山高誰能踐靈原中蒼翠晚嵐烟

瀑水如向人終日迸々空在眼中有一人披霓裳誦
經山頂飡瓊漿空林閑坐獨焚香真官列侍儼成行
朝入青霄禮玉堂夜掃白雲眠石床桃花洞裏居人
滿桂樹山中住日長龍山高々迸相望

齊一和尚影堂

一公住世忘世紛暫來復去誰能分身寄虛空如過
客心將生滅是浮雲蕭散浮雲往不還淒凉遺教歿
仍傳舊地愁看双樹在空堂只是一鐙懸一鐙長照
恒河沙双樹猶落諸天花天花寂々香深殿苔鮮蒼
蒼閑虛院昔余精念訪禪扉常接微言清道機今來
寂寞無所得惟共門人淚滿衣

王昭君歌

自矜嬌艶色不顧丹青人誰知粉繪能相負却使容
華翻誤身上馬辭君嫁驕虜玉顔對人啼不語北風
鴈急浮雲秋萬里獨見黄河流纖腰不復漢宫寵双
娥長向胡天愁琵琶絃中苦調多蕭〻羌笛聲相和
誰憐一曲傳樂府能使千秋傷綺羅

銅雀臺

嬌愛更何日高臺空數層含啼映双袖不忍看西陵
漳水東流無復来百花輦路為蒼苔青樓月夜長宗
寞碧雲日暮空徘徊君不見鄴中萬事非昔時古人
見今人悲春風不逐君王去草色年〻舊宫路宫

中哥發已浮雲空指行人往来處

客舍喜鄭三見寄

客舍逢君未授衣閉門愁見桃花飛遥想故園今已爾家人應念行人歸寂寞垂楊映深曲長安日暮靈臺宿窮巷無人鳥雀閑空庭新雨莓苔緑此中分與故交踈何幸仍回長者車十年未稱平生意好得辛勤謾讀書

長安道　韋應物

漢家宮殿含雲烟兩宮十里相連延晨霞出沒弄丹闕春雨依微自甘泉春雨依微春尚早長安貴游愛芳草寶馬横来下建章香車却轉避馳道貴游誰最

貴御寵世難比何能家主恩華遇還歷延歸来甲第
拱皇居朱門戟々臨九衢中有流蘇合懽之寶帳一
百二十鳳凰羅列含明珠下有錦鋪翠被之燦爛博
山吐香五雲散麗人綺閣情飄々頭上鴛鴦雙翠翹
低鬟㩉袖回春雪聚黛一聲愁碧霄山珍海錯棄藩
籬烹犢炰羔如折葵既請列侯封部曲還將金印授
廬兒憔悴若此何所苦但愁白日西南馳

聽鶯曲

東方欲曙花冥々啼鶯相喚亦可聽乍去乍来時近
遠綿々聞南陌又東城忽似上林翻下苑綿々蠻々如
有情欲轉不轉意自嬌羌兒弄笛曲未調前聲後聲

不捋又春又學箏指花滿須臾風聽乾已聽清音變
依百鳥啼誰家嬾婦驚殘夢何處愁人憶故園伯勞
飛過聲跼促戴勝下時桑田緑不及流鶯日〻啼花
間能使萬家春意閙有時斷續聽不了飛去花枝猶
裊〻還棲碧樹鏁千門春漏方残一聲曉

鸎銜泥

銜泥鸎聲嘍〻尾涎〻秋去何所歸春来復相見豈
不觧决絶高飛碧雲裏何為地上銜泥滓銜泥雖賤
意有營晝梁朝見巢欲成不見百鳥畏人林野宿翻
遭網羅俎其肉乗若銜泥入華屋鸎銜泥百鳥之智
莫與參

橫塘行

妾家住橫塘夫婿郗家郎玉盤的歷矢白魚湘簟玲
瓏透象床象床可寢魚可食不知郎意何南北岸上
種蓮豈得生池中種樹豈得成丈夫一去花落樹妾
獨長夜心未平

古東門行　　柳子厚

漢家三十六將軍東方雷動橫陣雲雞鳴函谷客如
霧貌同心異不可數赤丸夜語飛電光徼巡司隸眠
如羊當街一叱百吏走馮敬胸中函匕首兇徒側耳
潛愜心悻臣破膽皆杜口魏王臥内藏兵符子西掩
袂真無辜羌胡轂下一朝起敵國舟中非所擬安陵

詎教[illegible]碎千[illegible]回詎明[illegible]井里[illegible]骨[illegible]可補[illegible]

金[illegible]贈不如土

行路難

飛雪斷道冰成梁侯家熾炭雕玉房蟠龍吐耀虎喙張熊蹲豹躑爭低昂攢巒叢崿射朱光丹霞翠霧飄奇香美人四座回鳴璫雪山冰谷晞太陽星躔奔走不得止奄忽雙燕棲虹梁風臺露榭生光飾死灰棄置參與商盛時一去貴反賤桃笙葵扇安可常

漁翁

漁翁夜傍西巖宿曉汲清湘然楚竹煙銷日出不見人欸乃一聲山水綠迴看天際下中流巖上無心雲

千逐

楊白花

楊白花風吹渡江水坐令宮樹無顏色搖蕩春光千萬里茫茫曉日下長秋哀歌未斷城鴉起

北邙行　王仲初

北邙山頭少閑土盡是洛陽人舊墓舊墓人家歸葬多堆着黃金無置處天涯悠悠葬日促岡坂崎嶇不停轂高張素幔繞銘旌夜唱挽歌山下宿洛陽城北復城東魂車祖馬長相逢車轍廣若長安路蒿草少於松柏樹瀰底盤陁石漸稀盡向墳前作羊虎誰家[illegible]碑文字滅後人重取書年月明明車馬[illegible]

起大宅臨官堂

涼州行

涼州四邊沙浩〻漢家無人開舊道邊頭州縣盡胡兵將軍別築防秋城萬里征人皆已沒年〻旌節發西京多来中國收婦女一半生男為漢語蕃人舊日不耕犁相學如今種禾黍驅羊亦着錦為衣為惜氊裘防鬭時養蠶繰繭成疋帛那將繞帳作旌旗城頭山雞鳴角〻洛陽家〻學胡樂

溫泉宫行

十月一日天子来青繩御路無塵埃宮前内裏湯各別每箇白玉芙蓉開朝元閣向山上起城繞青山龍

暖水夜開金殿看星河宮女知更月明裏武皇得仙
王母去山雞晝啼宮中樹溫泉決決出宮流宮使年
年脩玉樓禁兵去盡無射獵日西麋鹿登城頭梨園
弟子偷曲譜頭白人間教歌舞

鏡聽詞

重々摩挲嫁時鏡夫壻遠行憑鏡聽回身不遣別人
知人意丁寧鏡神聖懷中收拾雙錦帶恐畏街頭見
驚惟嗟々嘖々下堂階獨自竈前來跪拜出門願不
聞悲哀身在任郎回未回月明地上人過盡好語多
同皆道來卷帷上床喜不定與郎裁衣失翻正可中
三日得相見重繡錦囊磨鏡面

長〻絲繩紫復碧嫋〻横枝高百尺少年女兒重秋千鞦巾結帶分兩邊身輕裙薄易生力雙手向空如鳥翼下來立地重繫衣復畏斜風高不得傍人送上那足貴終賭鳴璫鬪自起廻〻若與高樹齊頭上寶釵從墮地眼前爭勝難為休足踏平地看始愁

寒食行

寒食家〻出古城老人看屋少年行丘隴年〻無舊道車徒散行入衰草牧童驅牛下塜頭畏有家人來灑掃遠人無墳水頭祭還引婦姑望鄉拜三日無火燒紙錢紙錢那得到黄泉但看隴上無新土此中白

骨應無主

田家留客

人客少能留我屋客有新漿馬有粟遠行僮僕應苦飢新婦廚中炊欲熟不嫌田家破門户蠶房新泥無風土行人但飯莫畏貧明府上來何辛苦丁寧回語屋中妻有客勿令兒夜啼雙塚直西有縣路我教丁男送君去

田家行

男聲欣〻女顏悅人家不怨言語別五月雖熱麥風清簷頭索〻繰車鳴野蠶作繭人不取葉間撲〻秋蛾生麥收上場絹在軸的知輸得官家足不望入口

[illegible]

門身即樂

當窗織

歎息復歎息園中有棗行人食貧家女大富家織翁母隔墻不得为水寒手澁絲脆斷續来續去心腸爛草虫促く機下鳴兩日催成一匹半輸官上頭有零落姑未得衣身不着當窗却羨青樓娼十指不動衣盈箱

促剌行

促剌復促剌水中無魚山無不少年雖嫁不将歸頭白猶着父母衣田邊田宅非所有我身不及逐雞飛

出門若有歸死處猛虎當衢向前去百年不遣踏君門在家誰喚為新婦豈不見他鄰舍娘嫁來長在舅姑傍

行見月

月初生居人見月一月行月行一年十二月强半馬上看圓缺百年歡樂能幾何在家見少行見多不緣衣食相驅遣此身誰願長奔波篋中有帛倉有粟豈向天涯走碌〻家人見月望我歸正是道上思家時

白紵歌

天河漫〻北斗燦宮中烏啼知夜半新縫白紵舞衣

風生浪多夜長夜未曉月明燈光兩相照後庭歌聲
更窈窕
館娃宮中春日暮荔支木瓜花滿樹城頭烏棲休擊
鼓青娥彈瑟白紵舞夜天曈曈不見星宮中火照西
江明美人醉起無次第墮釵遺珮滿中庭此時但願
可君意回晝為宵亦不寐年年奉君君莫棄

失釵怨

貧女銅釵惜於玉失却來來三日哭嫁時女伴與作
粧頭戴此釵如鳳凰雙杯行酒六親喜我家新婦宜
拜堂鏡中乍無失髻樣初起猶疑在床上高樓翠鈿
飄舞塵明日從頭一遍新

精衛詞

精衛誰教尔填海々邊石子青磊々但得海水作枯池海中魚龍何所為口穿豈為空啣石山中草木無全枝朝在樹頭暮海裏飛多羽折時墮水高山未盡海未平願我身死子還生

射虎行

自去射虎得虎歸官差射虎得虎遲獨行以死當虎命兩人相疑終不定朝々暮々空手回山下綠苗已成徑遠立不敢汙箭鏃聞死還來分虎肉惜留猛虎着深山射殺恐畏終身閑

羽林行

長安惡少出名字樓下劫商樓上醉天明下直明光
宮散入五陵松柏中百回殺人身合死赦書尚有收
城功九衢一日消息定鄉吏籍中重改姓出來依舊
屬羽林立在殿前射飛禽

短歌行

人初生日初出上山遲下山疾百年三萬六千朝夜
裏分將强半日有歌有舞閑早為眠日健如今日時
人家見生男女好不知男女催人老短歌行無樂聲

神樹詞

我家〻西老棠樹須晴即晴雨即雨四時八節上杯
盤願神不離神處所男不着丁女在舍事官上下無

言語老身長健詞婆婆萬歲千秋作神主

遠將歸

遠將歸勝未別離時在家相見熟新歸懽不足去贖車輪遲迴思馬蹄速但令在家相對貧莫向天涯金繞身

望夫石

望夫處江悠々化為石不回頭山頭日々風和雨行人歸來石應語

楚宮行　張文昌

章華宮中九月時桂花未落紅橘垂江頭騎火照輦道君王夜從雲夢歸霓旌鳳蓋到雙闕臺上重々歌

吹發千門萬戶開相當燭龍左右列成行〻輦更衣
入洞房洞房侍女盡焚香玉階羅幕微有霜齊言此
夕樂未央玉酒淋〻盈華觴絲竹次第鳴中堂巴姬
起舞向君王迴身垂手結明璫願君千年萬年壽朝
出射麋夜飲酒

羇旅行

遠客出門行路難停車歛策在門端荒城無人霜滿
路野火燒橋不得度寒蟲入塞鳥歸巢僮僕問我誰
家去行尋田頭晴未息雙轂長轅礙荊棘緣岡入澗
投田家主人舂米為夜食晨雞喔〻茅屋傍行人起
掃車上霜舊山已別行已遠身計未成難復返長安

陌上相識稀遥望天門白日晩誰能聽我辛苦行為向君前歌一聲

賈客樂

金陵向西賈客多船中生長樂風波欲發移船近江口船頭祭神各澆酒停杯共說遠行期入蜀經蠻誰別離金多衆中為上客夜〻筭緡眠獨遲秋江初月猩〻語孤帆夜發瀟湘渚水工持檝防暗灘直過山邊及前侶年〻逐利西復東姓名不在縣籍中農夫稅多長辛苦弃業長為販寶翁

白頭吟

請君膝上琴彈我白頭吟憶昔君前嬌笑語兩情宛

韓女紫素宫中為子庭高樓更開花池種芳桂春天
百草秋始衰棄我不待頭白時羅襦玉珥色未暗今
朝已道不相宜楊州青銅作明鏡暗中持照不見影
人心回互自無窮眼前好惡那能定君息已去若爲
返昌蒲花開月長滿

車遥〻

征人遥〻出古城雙輪齊動駟馬鳴山川無處無歸
路念君長作萬里行野田人稀秋草緑日莫放馬車
中宿驚麏游兔在我傷獨唱鄉歌對僮僕君家大宅
鳳城隅年〻道上隨行車願爲玉鑾繫華軾終日有
聲在君側門前舊宅久已拋無由復得君消息

江南曲

江南人家多橘樹吳姬舟上織白苧土地卑濕饒蟲
蛇連木為牌入江住江村亥日長為市落帆度橋来
浦裏青莎覆城竹為屋無井家〻飲潮水長干午門
沽春酒高〻酒旗懸江口娼樓兩岸懸水柵夜唱竹
枝留北客江南風土懽樂多悠〻處〻盡經過

吳宮怨

吳宮四面秋江水江清露白芙蓉死吳王醉後欲更
衣座上美人嬌不起宮中千門復萬戶君恩反覆誰
能數君心與妾既不同徒向君前作歌舞茱萸滿宮
紅實垂秋風嫋〻生繁枝姑蘇臺上夕燕罷他人侍

寂寞獨歸白日在天光在地君今[illegible]得長相存

北邙行

洛陽北門北邙道喪車轔々入秋草車前齊唱薤露
歌高墳新起白峩々朝々暮々人送葬洛陽城中人
更多千金立碑高百尺終作誰家柱下石山頭松柏
半無主地下白骨多於土寒食家々送紙錢烏鳶作
窠銜上樹人居朝市未觧愁請君暫向北邙遊

烏啼引

秦烏啼啞々夜啼長安吏人家吏人得罪囚在獄傾
家賣產將自贖少婦起聽夜啼烏知是官家有赦書
下床心喜不重寐未明上堂賀舅姑少婦語啼烏汝

啼慎勿去借汝庭樹作高巢年〻不令傷爾雛

白苧詞

皎〻白苧白且鮮將作春衣稱少年裁縫長短不能定自持刀尺向姑前復恐蘭膏汙纖指常遣傍人收墮珥衣裳着時寒食下還把玉鞭〻白馬

各東西

遊人別一東復一西出門相背兩不返惟信車輪與馬蹄道路悠〻不知處山高海闊誰辛苦遠遊不定難寄書日〻空尋別時語浮雲上天雨墮地暫時會合終離異我今與子非一身安得死生不相弃

古歌

古釵墮井無顏色百尺泥中今復得鳳凰宛轉有古儀欲爲首飾不稱時女伴傳看不知主羅袖拂拭生光輝蘭膏已盡股半折雕文刻様無年月雖離井底入匣中不用還與墜時同

促促詞

促〻復促〻家貧夫婦懽不足今年爲人送租船去年捕魚在江邊家中姑老子復小自執吳綃輸稅錢家〻桑麻滿地黑念君一身空努力乍教牛蹄團〻羊角直君身長在應不得

讌客詞

上客不用顧金羈主人有酒君莫違請君看取園中

花北下漸多枝上稀山頭樹綠不見石谿水無風脫更碧人人齊醉起舞時誰覺翻衣與倒幘明朝花盡人已去此地獨行空繞樹

獨虎行

南山北山樹冥冥猛虎白日繞林行向晚一身當道食山中麋鹿盡無聲年年養子在空谷雌雄上山不相逐谷中近窟有山林長向村家取黃犢五陵年少不敢射空來林下看行跡

牧童詞

遠牧牛繞村四面禾黍稠陂中飢鳥啄牛背令我不得戲壠頭入陂草多牛散行白犢時向蘆中鳴隔堤

吹葉應同伴還鼓長鞭三四聲牛羊食草莫相觸官
家截尓頭上角

寄衣曲

纖素裁衣獨苦辛遠因回使寄征人官家亦自寄衣
去貴從妾手着君身高堂姑老無侍子不得自到邊
城裏殷勤爲看初着時征夫身上宜不宜

征婦怨

九月匈奴殺邊將漢軍全沒遼水上萬里無人收白
骨家〻城下招魂葬婦人依倚子與夫同居貧賤心
亦舒夫死戰場子在腹妾身雖存如晝燭

唐詩正音卷之二下

唐詩正音卷之三上

五言律詩

暉上人獨坐亭　陳伯玉

鍾巻經行處香牀坐入禪巖亭交雜樹石瀨瀉鳴泉
水月心方寂雲霞思獨玄寧知人代裏疲病得攀緣

春日登九華觀

白玉仙臺古丹丘別望遥山川亂雲日樓榭入烟霄
鶴舞千年樹虹飛百尺橋還逢赤松子天路坐相邀

晚次樂鄉縣

故鄉杳無際日暮且孤征川風迷舊國道路入邊城
野戍荒烟斷深山古木平如何此時恨噭噭夜猿鳴

春夜別友人

銀燭吐青烟金樽對綺筵離堂思琴瑟別路繞山川

明月隱高樹長河没曉天悠〻洛陽去期會在何年

度荊門望楚

遥〻去巫峽望〻下章臺巴国山川盡荊門烟霧開

城分蒼野外樹斷白雲隈今日狂歌客誰知入楚來

和韋承慶過義陽公主山池　杜必簡

逕轉孤峯逼橋危缺岸妨玉泉移酒味石髓換粳香

綰霧青絲弱牽風紫蔓長猶言宴樂少別向後池塘

秋夜宴臨津鄭明府宅

行止皆無地招尋獨有君酒中堪累月身外即浮雲

霜白霄鍾徹風清曉漏聞坐攜餘興往還似未離群

送崔融

君王行出將書記遠從征祖帳連河闕軍麾動洛城
旌旆朝朔氣笳吹夜邊聲坐覺烟塵掃秋風古北平

早春遊望

獨有宦遊人偏驚物候新雲霞出海曙梅柳度江春
淑氣催黄鳥晴光轉綠蘋忽聞歌古調歸思欲霑巾

遊少林寺　沈雲卿

長歌遊寶地徙倚對珠林鴈塔風霜古龍池歲月深
紺園澄夕霽碧殿下秋陰歸路烟霞晚山蟬處處吟

辭纜春風後鳴榔曉漲前陽烏出海樹雲鴈下江烟
積氣衝長島浮光溢大川不能懷魏闕心賞獨泠然

夜宿七盤嶺

獨遊千里外高卧七盤西山月臨窻近天河入户低
芳春平仲緑清夜子規啼浮客空留聽褒城聞曙雞

被試出塞

十年通大漠萬里出長平寒日生戈劒陰雲拂旆旌
飢烏啼舊壘疲馬戀空城辛苦臯蘭北胡塵損漢兵

從岐王過楊氏別業　王摩詰

楊子談經處淮王載酒過興闌啼鳥緩坐久落花多
徑轉迴銀燭林開散玉珂嚴城時未啓前路擁笙歌

同崔員外秋宵寓直

建禮高秋夜承明候曉過九門寒漏徹萬井曙鐘多月迥藏珠斗雲消出絳河更慚衰朽質南陌共鳴珂

早朝

柳暗百花明春深五鳳城之鵷睥睨曉宮井轆轤聲方朔金門侍班姬玉輦迎仍聞遣方士東海訪蓬瀛

晚春嚴少尹諸公見過

松菊荒三徑圖書共五車烹葵邀上客看竹到貧家雀乳先春草鶯啼過落花自憐黄髮暮一倍惜年華

送東川李使君

萬壑樹參天千山響杜鵑山中一夜雨樹杪百重泉

漢女輸橦布巴人訟芋田文翁翻教授不敢倚先賢

送楊長史赴果州

褒斜不容幰之子去何之鳥道一千里猨聲十二時

官橋祭酒客山木女郎祠別後同明月君應聽子規

送友人南歸

萬里春應盡三江鴈亦稀連天漢水廣孤客郢城歸

郎國稻苗秀楚人菰米肥懸知倚門望遙識老萊衣

送丘爲下第歸江東

憐君不得意況復柳條春爲客黃金盡還家白髮新

五湖三畝宅萬里一歸人知尔不能薦羞稱獻納臣

終南別業

中歲頗好道晚家南山陲興來每獨往勝事空自知
行到水窮處坐看雲起時偶然值林叟談笑滯還期

歸嵩山作

清川帶長薄車馬去閑閑流水如有意暮禽相與還
荒城臨古渡落日滿秋山迢遞嵩高下歸來且閉關

終南山

太乙近天都連山到海隅白雲迴望合青靄入看無
分野中峯變陰晴衆壑殊欲投人處宿隔水問樵夫

漢江臨泛

楚塞三湘接荊門九派通江流天地外山色有無中
郡邑浮前浦波瀾動遠空襄陽好風日留醉與山翁

送張道士歸山

先生何處去王屋訪茅君別婦留丹訣驅雞入白雲

人間若剩住天上復離群當作遼城鶴仙歌使爾聞

送李判官赴江東

聞道皇華使方隨皁蓋臣封章通左語冠冕化文身

樹色分楊子潮聲滿富春遥知辨璧吏恩到泣珠人

送嚴秀才還蜀

寧親爲令子似舅即賢甥別路經花縣還鄉入錦城

山連青塞斷江向白雲平獻賦何時至明君憶長卿

送平淡然判官

不識陽關路新從定遠侯黃雲斷春色畫角起邊愁

瀚海經年別交河出塞流須令外國使銜飲月支頭

送岐州源長史歸

握手一相送心悲安可論秋風正蕭索客散孟嘗門故騎通槐里長亭下槿源征西舊旌節從此向河源

山居即事

寂寞掩柴扉蒼蒼對夕暉鶴巢松樹遍人訪蓽門稀嫩竹含新粉紅蓮落故衣渡頭燈火起處處採菱歸

冬夜書懷

獨坐悲雙鬢空堂欲二更雨中山果落燈下草蟲鳴白髮終難變黃金不可成欲知除老病唯有學無生

風勁角弓鳴將軍獵渭城草枯鷹眼疾雪盡馬蹄輕
忽過新豐市還歸細柳營回看射鵰處千里暮雲平

南州有贈二首　賈幼隣

極浦三春草高樓萬里心楚山晴靄碧湘水暮流深
忽與朝中舊同爲澤畔吟停杯試北望還欲淚霑襟○
越井人南去湘川水北流江邊數杯酒海內一孤舟
嶺嶠同仙客京華即舊遊春心將别恨萬里共悠悠

宿雲門寺閣　孫逖

香閣東山下烟花象外幽懸燈千嶂夕卷幔五湖秋
畫壁餘鴻鴈紗窗宿斗牛更疑天路近夢與白雲遊

題韓少府水亭　祖詠

栴榻幽棲處往日不忘還鳥啼當戶竹花繞傍池山
水氣侵階冷藤[illegible]覆坐閑寧知武陵趣宛在市朝間

蘇氏別業

別業居幽處到來生隱心南山當戶牖灃水映園林
竹覆經冬雪庭昏未夕陰寥寥人境外閑坐聽春禽

晉別靈象

朝來已握手宿別更傷心灞水行人渡商山驛路深
故情君且足謫宦我難任直道皆如此誰能淚滿襟

江南旅情

楚山不可極歸路但蕭條海色晴看雨江聲夜聽潮

漢陽即事　　儲光羲

楚國千里遠孰知方寸違春遊憐有客夕寢賦無衣
江水帶冰綠桃花隨雨飛九歌有深意捐珮乃言歸

題陸山人樓

暮聲雜初鴈夜色涵早秋獨見海中月照君池上樓
山雲拂高棟天漢入雲流不惜朝光滿其如千里遊

臨江亭

古木嘯寒禽層城帶夕陰梁園多綠樹楚岸盡楓林
山際豈爲險江流長自深平生何以恨天地本無心

詠山泉

山中有流水借問不知名映地爲天色飛空作雨聲

轉來深澗漏分出小池平恬澹無人見年年長自清

與諸子登峴山　孟浩然

人事有代謝往來成古今江山留勝跡我輩復登臨
水落魚梁淺天寒夢澤深羊公碑尚在讀罷淚沾襟

臨洞庭

八月湖水平涵虛混太清氣蒸雲夢澤波撼岳陽城
欲濟無舟楫端居恥聖明坐觀垂釣者徒有羨魚情

歸終南山

北闕休上書南山歸敝廬不才明主棄多病故人疎
白髮催年老青陽逼歲除永懷愁不寐松月夜窗虛

宿武陽川

[illegible]

就枕滅明燭，扣舷聞夜漁。雞鳴問何處，人物似秦餘。

宿桐廬江

山暝聽猿愁，滄江急夜流。風鳴兩岸葉，月照一孤舟。建德非吾土，維揚憶舊遊。還將兩行淚，遥寄海西頭。

夜渡湘川

客行貪利涉，夜裏度湘川。露氣聞芳杜，歌聲識采蓮。榜人投岸火，漁子宿潭烟。行旅時相問，涔陽何處邊。

武陵泛舟

武陵川路狹，前棹入花林。莫測幽源裏，仙家信幾深。水迴青嶂合，雲度綠溪陰。坐聽閑猿嘯，彌清塵外心。

永嘉浦逢子容

逆旅相逢處江村日暮時衆山遥對酒孤嶼獨題詩

廨宇隣鮫室人烟接島夷鄉園萬餘里失路一相悲

秦中寄遠上人

一丘常欲臥三徑苦無資北土非吾願東林懷我師

黃金然桂盡壯志逐年衰日夕涼風至聞蟬但益悲

晚春

二月湖水清家々春鳥鳴花林掃更落徑草踏還生

酒伴来相命開尊共觧酲當杯已入手歌妓莫停声

赴京途中遇雪

[illegible]

歲除有懷

迢遞三巴路羇危萬里身乱山殘雪夜孤燭異鄉人漸與骨肉遠轉於僮僕親那堪正漂泊来日歲華新

裴司士見尋

府僚能枉駕家醞復新開落日池上酌清風松下来厨人具雞黍稚子摘楊梅誰道山翁醉猶能騎馬回

梅道士水亭

傲吏非凡吏名流即道流隱居不可見高論莫能酬水接仙源近山藏鬼谷幽再来迷處所花下問漁舟

過故人莊

故人具雞黍邀我至田家綠樹村邊合青山郭外斜
開筵面場圃把酒話桑麻待到重陽日還來就菊花

送劉評事充朔方判官賦得征馬嘶　高達夫

征馬向邊州蕭蕭嘶未休思深應帶別聲斷為兼秋
岐路風將遠關山月共愁贈君從此去何日大刀頭

贈杜二拾遺

傳道招提客詩書自討論佛香時入院僧飯屢過門
聽法還應難尋經剩欲翻草玄今已畢此外復何言

滻水東店送唐子歸嵩陽　岑參

野店臨官路重城壓御堤山開灞水北雨過杜陵西
歸夢秋能作鄉書醉懶題橋回忽不見征馬尚聞嘶

送張子尉南海

不擇南州尉高堂有老親樓臺重蜃氣邑里雜鮫人海暗三山雨花明五嶺春此鄉多寶玉慎莫厭清貧

送張都尉東歸

白羽綠弓弦年年只在邊還家劍鋒盡出塞馬蹄穿逐虜西踰海平胡北到天封侯應不遠燕頷豈徒然

送楊州王司馬

君家舊淮水水上到楊州海樹青官舍江雲黑郡樓東南隨去鳥人吏待行舟為報吾兄道如今已白頭

送王七錄事赴虢州

早歲即相知嗟君最後時青雲仍未達白髮欲成絲

小店關門道長河華嶽祠弘農民吏待莫遣馬行遲

送懷州吳別駕

灞上柳枝黄壚頭酒正香春流飲去馬暮雨濕行裝驛路通幽谷州城接太行單懷人總喜別駕得王祥

趙少尹南亭送鄭侍御

江亭酒醲香白面繡衣郎砌冷蟲喧坐簾踈月到床鐘催離思急絃逐醉歌長關樹應皆落隨君蒲路霜

虢宮送河丞市馬

關樹晩蒼蒼長安近夕陽回風醒別酒細雨濕行裝習戰邊塵黒防秋塞草黄知君市駿馬不是學燕王

[illegible]

谷口來相訪空齋不見君澗花然暮雨潭樹暖春雲門徑稀人跡簷峰下鹿群衣裳與枕席山靄碧氛氳

曉發五谿

客厭巴南地鄉鄰劍北天江村片雨外野寺夕陽邊芋葉藏山徑蘆花間渚田舟行未可住乘月且須牽

武威春莫聞宇文判官西使還已到晉昌

片雨過城頭黃鸝上戍樓塞花飄客淚邊柳掛鄉愁白髮悲明鏡青春換弊裘君從萬里去聞已到瓜州

友人山亭　殷遙

故人從薄宦往往涉青谿鑿牖對山月褰裳拂澗霓游魚逆水上宿鳥向風栖一見桃花發能令秦漢迷

江南意　王灣

客路青山外行舟綠水前潮平兩岸闊風正一帆懸
海日生殘夜江春入舊年鄉書何處達歸鴈洛陽邊

題破山寺　常建

清晨入古寺初日照高林竹徑通幽處禪房花木深
山光悅鳥性潭影空人心萬籟此俱寂惟聞鐘磬音

泊舟盱眙

泊舟淮水次霜降夕流清夜久潮侵岸天寒月近城
平沙依鴈宿候館聽雞鳴鄉國雲霄外誰堪羈旅情

唐詩正音卷之三下

迢遞遠進越來往任風波復送王孫去其如芳草何
岸明殘雪在潮滿夕陽多季子留遺廟停舟試一過

途中送權曙二兄

淮海風濤起江關幽思長同悲鵾繞樹獨作鴈隨陽
山曉雲和雪汀寒月映霜由來濯纓處漁父愛滄浪

送李中丞歸本道　　皇甫孝常

上將宜分閫雙旌復出秦關河三晉路賓從五原人
孤戍雲通海平沙雪度春酬恩看玉劍何處有烟塵

晚至華陰

臘盡促歸心行人及華陰雲霞仙掌出松柏古祠深
野渡冰生岸寒川燒隔林温泉看漸近宮樹晚沉沉

酬劉貟外見寄　戴正文

蘇耽佐郡時近出白雲司藥補清羸疾窓吟絶妙辭

栁塘春水慢花塢夕陽遲欲識懷君意朝朝訪楫師

仲夏江陰官舍寄裵明府　李從一

萬室邊江次孤城對海安朝霞晴作雨濕氣晚生寒

苔色侵衣桁潮痕上井欄題詩招茂宰思尔欲辞官

送王牧往吉州謁使君叔

細草緑汀州王孫耐薄遊年華初冠帶文采舊弓裘

野渡花争發春塘水亂流使君憐小阮應念倚門愁

至七里灘作

[illegible]

萬木迎秋序千峯駐晚暉行舟猶未已惆悵暮潮歸

送李中丞　劉文房

流落南征將曾驅十萬師罷歸無舊業老去戀明時
獨立三邊靜輕生一劒知茫茫漢江上日暮欲何之

雨中過袁稷巴陵山居

憐君洞庭上白髮向人垂積雨悲幽獨長江對別離
牛羊歸故道鳥雀聚寒枝明發遥相望雲山不可知

喜皇甫侍御相訪

荒村帶晚照落葉亂紛紛古道無行客空山獨見君
野橋經雨斷澗水向田分不爲憐同病何人到白雲

穆陵關北逢人歸漁陽

逢君穆陵路疋馬向桑乾楚國蒼山古幽州白日寒
城池百戰後耆舊幾家殘處處蓬蒿徧歸人掩淚看

新年作

鄉心新歲切天畔獨潸然老至居人下春歸在客先
嶺猨同旦暮江柳共風烟已似長沙傅從今又幾年

尋南溪常道上

一路經行處莓苔見屐痕白雲依靜渚芳草閉閑門
過雨看松色隨山到水源溪花與禪意相對亦忘言

松江獨宿

洞庭初下葉孤客不勝愁明月天涯夜青山江上秋
一宦成白首萬里寄滄州文字名虛設能無愧每鳴

餘干旅舍

搖落暮天迥青楓霜葉稀孤城向水閉獨鳥背人飛渡口月初上鄰家漁未歸鄉心正欲絕何處擣寒衣

漂母墓

昔賢懷一飯茲事已千秋古墓樵人識前朝楚水流渚蘋行客薦山木杜鵑愁春草茫茫綠王孫舊此遊

奉送從兄宰晉陵　　韋應物

東郊暮草歇千里夏雲生立馬愁將夕看山獨送行依微吳苑樹迢遞晉陵城慰此斷行別邑人多頌聲

送汾城王主簿

少年初帶印汾上又經過芳草歸時徧情人故郡多

禁鐘春雨細宮樹野烟和相望東橋別微風起夕波

送榆次林明府

無嗟千里遠亦是宰王畿策馬雨中去逢人關外稀邑傳榆石在路繞晉山微別思方蕭索新秋一葉飛

賦得暮雨送李胄

楚江微雨裏建業暮鐘時漠漠帆來重冥冥鳥去遲海門深不見浦樹遠含滋相送情無限沾襟比散絲

早朝　耿湋

鐘鼓餘聲裏千官向紫微冒寒人語少乘月燭來稀清漏聞馳道輕霞映瑣闈猶看嘶馬處未啓掖垣扉

淚滴沾後已是十年餘幾夢相憂何時定得書
月高城影盡霜重柳條疎且對尊中酒千般想未如

贈張將軍

寒落軍城暮重行反照閑鼓鼙經雨暗士馬過秋閑
慣守臨邊郡曾營海上山關西舊業在夜夜夢中還

題薦福寺衡嶽禪師房　韓君平

春城乞食還高論此中閒僧臘階前樹禪心江上山
疎簾看雪卷深戶映花關晚送門人去鐘聲杳靄間

題慈恩寺振上人房

披衣聞客至關鎖此時開鳴磬夕陽盡卷簾秋色來
名香連竹徑清梵出花臺身在心無住他方到幾回

同梁鍠文宴　錢仲文

客到衡門下，林香蕙草時。好風能自至，明月不須期。秋水翻荷影，清霜脆柳枝。微官是何物，許可廢言詩。

題隣若齊六司倉

況宜衆所遺，咫尺絕佳期。始覺衡門下，翛然太古時。雞聲共林巷，燭影隔茅茨。坐惜牛羊徑，芳蓀白露滋。

送僧自吳遊蜀

隨緣忽西去，何日返東林。世路無期別，空門不住心。人烟一飯少，山雪獨行深。天外猨聲夜，惟聞清梵音。

送僧歸日東

上國隨緣住，來途若夢行。浮天滄海遠，去世法舟輕。

水月通禪觀魚龍聽梵聲誰憐一燈影萬里眼中明

喜外弟盧綸見宿　司空文明

靜夜四無鄰荒居舊業貧雨中黄葉樹燈下白頭人以我獨沉久愧君相見頻平生自有分況是霍家親

雲陽館與韓紳宿別

故人江海別幾度隔山川乍見翻疑夢相悲各問年孤燈寒照雨深竹暗浮烟更有明朝恨離杯惜共傳

經廢寶慶寺

黄葉前朝寺無僧寒殿開池晴龜出曝松暝鶴飛回古砌碑横草陰廊畫雜苔禪宮亦銷歇塵世轉堪哀

送彭將軍　郎君胄

雙旌漢飛將萬里獨橫戈春色臨關盡黄雲出塞多
鼓鼙悲絶漠烽戍隔長河想到陰山路天驕已請和

送韋湛判官

高閣晴江上重陽古戍閒聊因送歸客更此望鄉關
惜别心能醉經秋鬢自斑臨流興不盡悵望水雲間

送别錢起

莫蟬不可聽落葉豈堪聞共是悲秋客那知此路分
荒城背流水遠鴈入寒雲陶令門前菊餘花可贈君

送張南史

雨餘深巷静獨酌送殘春車馬雖嫌僻鶯花不弃貧
[illegible]昔時山陽會如今有幾人

茂陵山行陪金部　李端

宿雨朝来歇空山天氣清盤雲雙鶴下隔水一蟬鳴古道黄花落平蕪赤燒生茂陵雖有病猶得伴君行

春日早朝應制　賈遺直

紫殿俯千官春松應合懽御爐香𩹉暖馳道玉聲寒乳燕翻珠綴祥烏集露盤宮花一萬樹不敢舉頭看

除夜宿石頭驛　戴叔公

旅館誰相問寒燈獨可親一年将盡夜萬里未歸人寥落悲前事支離笑此身愁顏與衰鬢明日又逢春

別友人

擾〻倦行役相逢陳蔡間如何百年内不見一人閑

對酒惜餘景問程愁亂山秋風萬里道又出穆陵關

早行寄朱山人　故

山晓旅人去天髙秋氣悲明河川上没芳草露中衰
此别又萬里少年能幾時心知剡谿路聊且寄前期

江上别張鷟

年〻五湖上厭見五湖春長醉非關酒多愁不爲貧
山川迷道路伊洛暗風塵今日扁舟别俱爲滄海人

聞笛　戎昱

入夜思歸切笛聲清更哀愁人不願聽自到枕邊来
風起塞雲斷夜深關月開平明獨惆悵落盡一庭梅

送人赴塞　王中初

祁晴天陌紫陌已上春樹城上路分處邊頭人去時

停車數行日勸酒問回期亦是茫茫客還從此別離

邊上送故人

百戰一身在相逢白髮生何時得家信每日筭歸程

走馬登寒隴驅羊入廢城羌歌三兩曲人醉海西營

汴路水驛

晚泊水邊驛柳塘初起風蛙鳴蒲葉下魚入稻花中

去舍已云遠問程猶向東近來多怨別不與少年同

汴路即事

千里河烟直青楓夾岸長天涯同此路人語各殊方

草市迎江貨津橋稅海商廻看故宫柳憔悴不成行

醉後憶山中人

花開草復秋雲水自悠悠因醉暫無事在生難免愁遇晴須看月聞健且登樓暗想山中伴如今盡白頭

南中

天南多鳥聲州縣半蕉城野市依蠻姓山村逐水名瘴烟沙上起陰火雨中生獨有求珠客年年入海行

薊北旅思　張文昌

日日望鄉國空歌白苧詞長因送人處憶得別家時失意還獨語多愁秪自知客亭門外柳折盡向南枝

春日留別

李遠人次訓雅粹發身花枝言采春又見莫埋年少時

臨行訂分處廻首是相思各向天涯去重来未有期

望行人

秋風窓下起旅鴈向南飛日日出門望家家行客歸
無因見邉使空待寄寒衣獨倚青樓暮烟深鳥雀稀

薊北春懷

渺〻水雲外别来音信稀因逢過江使却寄在家衣
問路更愁遠逢人空說歸今朝薊城北又見塞鴻飛

酬韓庾子

西街幽僻處正與懶相宜尋寺獨行遠借書常送遲
家貧無易事身病是閒時寂寞誰相問秖應君自知

宿江店

野店臨江浦門前有橘花停燈待賈客賣酒與漁家
夜靜江水白路迴山月斜閒尋泊船處潮落見平沙

夜到漁家

漁家在江口潮水入柴扉行客欲投宿主人猶未歸
竹深村路遠月出釣船稀遥見尋沙岸春風動草衣

送仁弟戴玄往蘇州

楊柳閶門路悠悠水岸斜乘舟向山寺着屐到漁家
夜月紅柑樹秋風白藕花江天詩景好迴日莫令賒

山中贈日南僧

獨向雙峯老松門閉兩涯翻經上蕉葉掛衲落藤花
鑿石新開井穿林自種茶時逢海南客蠻語問誰家

五言律詩附

酬蘇員外味玄夏晚寓直省中見贈　沈雲卿

並命登仙閣通宵直禮闈大官供宿膳侍史護朝衣
卷幔天河入開窗月露微小池殘暑退高樹早涼歸
冠劒無時釋軒車待漏飛明朝題漢柱三署有光輝

同韋舍人早朝

閶闔連雲起巖廊拂霧開玉珂龍影度珠履鴈行來
長樂宵鐘盡明光曉奏催一經傳舊德五字擢英材
儼若神仙去紛從霄漢回千春奉休歷分禁喜趍陪

早度蒲關　玄宗

鐘鼓嚴更曙山河野望通鳴鑾下蒲坂飛旆入秦中

陝隘關逾壯天平鎮尚雄秦川津樹合月落戍樓空
馬邑分朝貴雞聲逐晚風所希常道泰非復候繻同

遊感化寺　　王摩詰

翡翠香烟合瑠璃寶殿平龍宮連棟宇虎穴傍簷楹
谷靜惟松響山深無鳥聲瓊峯當戶拆金澗透林鳴
郢路雲端迥秦川雨外晴鴈兒銜果獻鹿女踏花行
抖擻辭貧里歸依宿化城繞籬生野蕨空館發山櫻
香飯青菰米嘉蔬綠芋羹誓陪清梵末端坐學無生

奉和聖製幸玉真公主山莊因題石壁十韻之作應制

碧落風烟外瑤臺道路賒如何連帝苑別自有仙家
比地回鸞駕緣谿轉翠華洞中開日月窗裏發雲霞

庭養沖天鶴谿留上漢查種日生白玉泥竈化丹砂
谷靜泉逾響山深日易斜御羹和石髓香飯進胡麻
大道今無外長生詎有涯還瞻九霄上來往五雲車

奉和　聖製上巳於望春亭觀禊飲應制

長樂青門外宜春小苑東樓開萬戶上輦過百花中
畫鷁移仙妓金貂列上公清歌邀落日妙舞向春風
渭水明秦甸黃山入漢宮君王來祓禊灞滻亦朝宗

曉行巴峽

際曉投巴峽餘春憶帝京晴江一女浣朝日衆雞鳴
水國舟中市山橋樹杪行登高萬井出眺迴二流明
人作殊方語鶯爲故國聲賴諳山水趣稍解別離情

送秘書晁監歸日本

積水不可極，安知滄海東。九州何處遠，萬里若乘空。向國惟看日，歸途但信風。鰲身映天黑，魚眼射波紅。鄉樹扶桑外，主人孤島中。別離方異域，音信若爲通。

登總持寺塔　　孟浩然

半空躋寶塔，時望盡京華。竹遶渭川遍，山連上苑斜。四門開帝宅，阡陌俯人家。累刼從初地，爲童憶聚沙。坐覺諸天近，空香逐落花。

宿香山寺石樓　　李頎

夜宿翠微半，高樓聞暗泉。漁舟帶遠火，山磬發孤烟。衣拂雲松外，門清河漢邊。峯巒低枕席，世界接人天。

語花出霧粮星曉川東林曙鳥滿惆悵欲言旋

行營酬呂侍御時尚書問罪襄陽軍次漢東境上侍御以州鄰寇賊復有水火迫於征稅詩以見諭　劉文房

不敢淮南臥來趨漢將營受辭瞻左鉞扶疾拜前旌井稅鶉衣樂壺漿鶴髮迎水歸餘斷岸烽至掩孤城晚日當千騎秋風合五兵孔璋才素健早晚檄書成

自道林寺西入石路至麓山寺過法崇禪師故居

山僧候谷口石路拂莓苔深入泉源去遥從樹杪回香隨青靄散鐘過白雲來野雪空齋掩山風古殿開桂寒知自發松老問誰栽惆悵湘江水何人更渡杯

貶謫後登干越亭作

天南愁望絶亭上柳條新落日獨歸鳥孤舟何處人
生涯投嶺徼世業陷胡塵江入千峯暮花連百越春
秦臺憐白首楚澤怨青蘋草色迷征路鶯聲傒逐臣
獨醒翻引笑直道不容身得罪風霜苦全生天地仁
青山數行淚滄海一窮[illegible]牢落機心盡空[illegible]憐鷗鳥親

杜中丞書院新移小竹　王仲初

此地本無竹遠從山寺移經年求養法隔日記澆時
嫩緑卷新葉殘黄依故枝色經寒不動聲與靜相宜
愛護出常數稀稠當自知貧家緣未有客散獨行遲

[illegible]戍[illegible]丈妻　張文昌

誤氏起居樓西臨城上[illegible]功臣不[illegible]

結構樓臺固虛明户檻幽魚龍卷旗幟霜雪積戈矛

暑雨歊蒸隔凉風宴位留地高形遠出山静氣清優

睥睨斜光徹闌干宿霧浮芊々杭稻色脉々苑谿流

郡化王丞相詩成沈隱侯居兹念行景殊勝峴山遊

唐音卷之三下

七言律詩

奉和春日幸望春宮應制　蘇廷碩

東望望春春可憐更逢晴日柳含烟宮中不見南山盡城上平臨北斗懸細草偏承回輦處飛花故落舞觴前宸遊對此懽無極鳥哢歌聲雜管絃

和賈舍人早朝大明宮　王摩詰

絳幘雞人送曉籌尚衣方進翠雲裘九天閶闔開宮殿萬國衣冠拜冕旒日色纔臨仙掌動香烟欲傍袞龍浮朝罷須裁五色詔珮聲歸到鳳池頭

奉和聖製從蓬萊向興慶閣道中留春望

渭水自縈秦塞曲黄山舊繞漢宮斜鑾輿迥出千門
柳閣道迴看上苑花雲裏帝城雙鳳闕雨中春樹萬
人家為乘陽氣行時令不是宸遊重物華

勑借岐王九成宮避暑

帝子遠辭丹鳳闕天書遥借翠微宮隔窗雲霧生衣
上卷幔山泉入鏡中林下水聲喧語咲巖前樹色隱
房櫳仙家未必能勝此何處吹簫向碧空

和大常韋主簿五郎寓目

漢主離宮接露臺秦川一半夕陽開青山盡是朱旂
繞碧澗翻從玉殿來新豐樹裏行人度小苑城邊獵
騎回聞道甘泉能獻賦懸知獨有子雲才

積雨輞川莊作

積雨空林烟火遲蒸藜炊黍餉東菑漠〻水田飛白鷺陰〻夏木囀黃鸝山中習靜觀朝槿松下清齋折露葵野老與人爭席罷海鷗何事更相疑

酬郭給事

洞門高閣靄餘暉桃李陰〻柳絮飛禁裏疏鐘官舍晚省中啼鳥吏人稀晨搖玉珮趨金殿夕奉天書拜瑣闈强欲從君無那老將因臥病解朝衣

送楊少府貶郴州

明到衡山與洞庭若為秋月聽猿聲愁看北渚三湘遠惡說南風五兩輕青草瘴時過夏口白頭浪裏[illegible]

[illegible]

酌酒與裴迪

酌酒與君〻自寬人情翻覆似波瀾白首相知猶按劍朱門先達笑彈冠草色全經細雨濕花枝欲動春風寒世事浮雲何足問不如高臥且加餐

春日與裴迪過新昌里訪呂逸人不遇

桃源面〻少風塵柳市南頭訪隱淪到門不敢題凡鳥看竹何須問主人城外青山如屋裏東家流水入西鄰閉戶著書多歲月種松皆作老龍鱗

早朝大明宮　賈幼鄰

銀燭朝天紫陌長禁城春色曉蒼〻千條弱柳垂青

瑣百囀流鶯繞建章劍珮聲隨玉墀步衣冠身惹御
爐香共沐恩波鳳池裏朝朝染翰侍君王

登安陽城樓　　孟浩然

縣城南面漢江流江嶂開成南雍州才子乘春來騁
望羣公暇日坐消憂樓臺晚映青山郭羅綺晴驕淥
水洲向夕波摇明月動更疑神女弄珠遊

黄鶴樓　　崔顥

昔人已乘白雲去此地空餘黄鶴樓黄鶴一去不復
返白雲千載空悠悠晴川歷歷漢陽樹芳草萋萋鸚
鵡洲日暮鄉關何處是烟波江上使人愁

岧嶤太華俯咸京天外三峯削不成武帝祠前雲欲
散仙人掌上雨初晴河山北枕秦關險驛路西連漢
畤平借問路傍名利客無如此處學長生

九日登仙臺呈劉明府　　崔曙

漢文皇帝有高臺此日登臨曙色開三晉雲山皆北
向二陵風雨自東來關門令尹誰能識河上仙翁去
不回且欲近尋彭澤宰陶然共醉菊花杯

送王李二少府貶潭峽　　高達夫

嗟君此别意何如駐馬銜杯問謫居巫峽啼猿數行
淚衡陽歸鴈幾封書青楓江上秋天遠白帝城邊古
木疎聖代只今多雨露暫時分手莫躊躇

送前衛縣李宷少府

黄鳥翩翩楊栁垂春風送客使人悲怨别自驚千里外論交却憶十年時雲開汶水孤帆遠路繞梁山疋馬遲此地從來可乘興留君不住益悽其

和賈至早朝　岑參

雞鳴紫陌曙光寒鶯囀皇州春色闌金闕曉鐘開萬戶玉階仙仗擁千官花迎劍珮星初落柳拂旌旗露未乾獨有鳳凰池上客陽春一曲和皆難

和祠部王員外雪後早朝即事

長安雪後似春歸積素凝華連曙輝色借玉珂迷曉騎光添銀燭晃朝衣西山落月臨天仗北闕晴雲捧

與閑閑道行良哥白雪甘來此甘和人

使君席夜送嚴河南赴長水

嬌歌急管雜青絲銀燭金杯映翠眉使君地主能相

送河尹天明坐莫辭春城月出人皆醉野戍花深馬

去遲寄聲報尔山翁道今日河南勝昔時

暮春虢州東亭送李司馬歸扶風別廬

柳嚲鶯嬌花復殷紅亭綠酒送君還到來函谷愁中

月歸去磻溪夢裏山簾前春色應須惜世上浮名好

是閑西望鄉園腸欲斷對君衫袖淚痕斑

赴嘉州過城固縣尋永安超禪師房

滿寺枇杷冬著花老僧相見具袈裟漢王城北雪初

霽倖信壇西日欲斜門外不須催五馬林中且聽演

三車豈料巴川多勝事爲君書此報京華

寄司勳盧員外　　李頎

流澌臘月下河陽草色新年發建章秦地立春傳太

史漢宮題柱憶仙郎歸鴻欲度千門雪侍女新添五

夜香早晚薦雄文似者故人今已賦長楊

送魏萬之京

朝聞遊子唱離歌昨夜微霜初度河鴻鴈不堪愁裏

聽雲山況是客中過關城曙色催寒近御苑砧聲向

晚多莫是長安行樂處空令歲月易蹉跎

題璿公山池

遠公遁跡廬山岑開士幽居祇樹林片石孤峯窺色
相清池白石照禪心指揮如意天花落坐卧閒房春
草深此外俗塵都不染惟餘玄度得相尋

宿瑩公禪房聞梵

花宮仙梵遠微微月隱高城鐘漏稀夜動霜林驚落
葉曉聞天籟發清機蕭條已入寒空靜颯沓仍隨秋
雨飛始覺浮生無住着頓令心地欲歸依

唐詩正音卷第四上

唐詩正音卷之四中

秋日東郊　皇甫茂政

閒看秋水心無事坐對寒松手自栽廬嶽高僧留偈
別茅山道士寄書來燕知社日辭巢去菊為重陽冒
雨開淺薄將何稱獻納臨岐終日獨裴回

同溫丹徒登萬歲樓

高樓獨上思依依極浦遥山合翠微江客不堪頻北
望塞鴻何事復南飛丹陽古渡寒烟積瓜步空洲遠
樹稀聞道王師猶轉戰誰能談笑解重圍

早朝日寄所知　皇甫孝常

長安雪後見歸鴻紫禁朝天拜舞同曙色漸分雙闕

門瀨聲[illegible]

上公共荷發生同雨露不應黃葉久從風

秋夕寄懷契上人

已見槿花朝委露獨悲孤鶴在人羣真僧出世心無
事靜夜名香手自焚窗臨絶澗同流水客至孤峯掃
白雲更想清晨誦經處獨看松上雪紛紛

送薛居士和州讀書　嚴正文

孤雲獨鶴共悠悠萬卷經書一葉舟楚地巢城民舍
少烟村社樹鷺湖秋蒿萊織妾晨炊黍隅地耕童夕
放牛年年少不應辭苦節諸生喜遇一封侯

蘇臺至望亭驛人家盡空悵然有作寄從弟紓　李從一

南浦菰蒲覆白蘋東吳黎庶逐黃巾野棠自發空流水江燕初歸不見人遠岸依依如送客平田渺渺獨傷春那堪回首長洲苑烽火年年報虜塵

早秋京口贈張侍御

移家避寇逐行舟厭見南徐江水流吳地征徭非舊日秣陵凋敝不宜秋千家閉戶無砧杵七夕何人望斗牛祗有同時驄馬客偏題尺牘問窮愁

與從弟兵曹宴集

竹窗幽戶有佳期美酒香茶慰所思嗣輔外甥還解易惠連羣從總能詩簷前花落春深後谷口鸎啼日暮時去路歸家仍待月便不[illegible]

暮春宜陽郡齋愁坐御詩因酬以答

手規夜〻啼攢巢遠道逢春半是愁芳草伴人還易老落花隨水亦東流山當睥睨常多雨地接瀟湘畏及秋為羡君為周柱史手持黄紙到滄洲

獻南平王　　　　劉文房

建牙吹角不聞喧亂世登壇衆所尊家散萬金酬士死身持一劒答君恩漁陽老將多回席楚國諸生半在門白馬翩〻春草細郡陵西去獵平原

送陸澧倉曹西上

長安此去欲何依先逹誰當薦陸機日下鳳翔双闕迥雪中人去二陵稀舟從故里難移棹家在寒塘獨

稚扉臨水自傷流落久贈君空有淚沾衣

謫官後卧病官舍簡賀蘭侍御

青春衣繡共稱宜白首垂絲恨不違江上幾回今夜月鏡中無復少年時生還北闕誰將引老向南方縱所悲歲歲任他芳草緑長沙未有定歸期

送皇甫曾赴工部

東遊久與故人違西去荒涼舊路微秋草不生三徑處行人獨向五陵歸離心日遠如流水回首川長共落暉楚客豈勞傷此別滄江欲暮自沾衣

別嚴士元

春風倚棹闔閭城水國春寒陰復晴細雨濕衣看不

見開花落地聽無聲日斜江上孤帆影草緑湖南萬
里情東道若逢相識問青袍今已誤儒生
三月李明府後亭泛舟
江南風景復如何聞道新亭更欲過處處紉蘭春浦
緑萋萋藉草遠山多壺觴須就陶彭澤時俗猶傳晉
永和更待持橈隨轉去微風落日水增波
賦得
鸎啼鸎語報新年馬色龍飛路幾千家住層城臨漢
苑心隨明月到胡天機中錦字論長恨樓上花枝笑
獨眠為問元戎竇車騎何時反旆勒燕然
送柳使君赴袁州

宜陽出守新恩至京口同家始願違五柳閉門高士去三苗按節遠人歸月明江路聞猨斷花暗山城見吏稀惟有郡齋窗裏岫朝〻長對謝玄暉

送李錄事兄歸襄陽

十年多難與君同幾處移家逐轉蓬白首相逢征戰後青春已過亂離中行人杳〻看西月歸馬蕭〻向北風漢水楚雲千萬里天涯此別恨無窮

送馬秀才落第歸江南

南客懷歸鄉夢頻東門悵別柳條新殷勤斗酒城陰暮蕩漾孤舟楚水春湘竹舊斑思帝子江蘺初綠怨騷人嗟君此去未得意陌上愁看淚滿巾

次安陸寄友人

新年草色遠萋萋久客將歸失路蹊莫雨不知涢口處春風只到穆陵西孤城盡日空花落三戶無人但鳥啼君在江南相憶否門前五柳幾枝低

青谿口送人歸岳州

洞庭何處鴈南飛江菼蒼蒼客去稀帆帶夕陽千里沒天連秋水一人歸黃花裛露開江岸白鳥銜魚上釣磯岐路相逢無可贈老來空有淚沾衣

自夏口至鸚鵡洲望岳陽寄阮中丞

汀洲無浪復無烟楚客相思益渺然漢口夕陽斜度鳥洞庭秋水遠連天孤城背嶺寒吹角獨戍臨江夜

泊船賈誼上書憂漢室長沙謫去古今憐

登餘干城

孤城上與白雲齊萬古蕭條楚水西官舍已空秋草没女墻猶在夜烏啼平沙渺渺迷人遠落日亭亭向客低飛鳥不知陵谷變朝来暮去弋陽溪

過賈誼宅

三年謫宦此棲遲萬里惟留楚客悲秋草獨尋人去後寒林空見日斜時漢文有道恩猶薄湘水無情吊豈知宋宋江山揺落處憐君何事到天涯

長安春望　盧允言

東風吹雨過青山却望千門草色閒家在夢中何日

到春来江上幾人還川原繚繞浮雲外宮闕參差落
照間誰念為儒逢世難獨將衰鬢客秦關

長安秋夜即事

九重深鎖禁城秋月過南宮漸映樓紫陌夜深槐露
滴碧空雲盡火星流清風刻漏傳三殿甲第歌鐘樂
五侯楚客病来鄉思苦寂寥燈下不勝愁

晚次鄂州

雲開遠見漢陽城猶是孤帆一日程估客晝眠知浪
靜舟人夜語覺潮生三湘愁鬢逢秋色萬里歸心對
月明舊業已隨征戰盡更堪江上鼓鼙聲

酬李端野寺病居寄

野寺昏鐘山上陰亂藤高竹水聲深田夫就餉還依草野雉驚飛不過林齋沐暫思同靜室清羸已覺助禪心宋寞日長誰問疾料君惟取古方尋

酬暢當尋嵩岳麻道士

閬逐樵夫閑看碁忽逢人出是秦時閑雲種玉嫌山淺渡海傳書怪鶴遲陰洞石幢微有字古壇松樹半無枝煩君遠示青囊錄願得相從一問師

早春歸盩厔舊居寄耿湋

野日初晴麥隴分竹園村巷鹿成群萬家廢井生秋草一樹繁花對古墳引水忽驚冰滿澗向田空見石和雲可憐荒歲青山下惟有松枝可寄君

同題仙游觀　韓君平

仙臺初見五城樓風物凄凄宿雨收山色遥連秦樹晚砧聲近報漢宫秋疎松影落空壇静細草春香小洞幽何用别尋方外去人間亦自有丹丘

送長沙李少府入蜀

行行獨出故關遲南望千山無盡期見舞巴童應暗笑聞歌蜀道又堪悲孤城晚閉清江上疋馬寒嘶白露時别後此心君自見山中何事不相思

送客歸江州

東歸復得采真遊江水迎君日夜流客舍不離青雀舫人家多住白鷗洲風吹山帶遥知雨露濕荷裳已

報秋聞道泉明居止近藍輿相訪可淹留

送友人遊江南　耿湋

遠別悠悠白髮新江潭何處是通津潮聲偏懼初來客海味惟甘久住人漠漠烟光漁浦晚青青草色定山春汀洲更有南回鴈亂起聯翩北向秦

和李員外扈幸溫泉宮　錢仲文

未央月曉度疎鐘鳳輦時巡出九重雪霽山門迎瑞日雲開水殿候飛龍輕寒不入宮中樹佳氣常浮仗外峯遙羨枚皐扈仙蹕偏承霄漢渥恩濃

贈闕下裴舍人

二月黃鸝飛上林春城紫禁曉陰陰長樂鐘聲花外

盡龍池柳色雨中深陽和不散窮途恨霄漢常懸捧
日心獻賦十年猶未遇休將短髮戴華簪

山中酬楊補闕見過

日暖風恬種藥時紅泉翠壁薜蘿垂幽谿鹿過苔還
靜深樹雲來鳥不知青草同心多逸興春山載酒遠
相隨却慚身外牽纓冕未免杯前倒接䍦

幽居春暮書懷

自咲鄙夫多野興貧居數畝半臨湍谿雲雜雨來茅
屋山鳥將雛傷藥欄仙籙滿床閑不厭陰符在篋老
羞看更憐童子宜春服花裏尋師到杏壇

寄韋司直　　郎君胄

聞君感歎二毛初舊友相依萬里餘烽火有時驚暫
定甲兵無處可安居客來吳地星霜久家在平陵音
信疎昨夜東風還入戶登山臨水復何如

贈王季友秋夜宿露臺見寄

石林精舍虎谿中夜扣禪扉憶遠公月在上方諸品
淨心持半法萬緣空著古道行應徧落木寒泉聽
不窮更憶双峯最高頂此心期與故人同

酬張芬赦後見寄　司空文明

紫鳳朝啣五色書陽春忽布網羅除已將心變寒灰
後豈料光生腐草餘建水風烟收客淚杜陵花竹夢
郊居勞君故有詩相贈欲報瓊瑶愧不如

酬李端見贈

綠槐垂穗乳烏飛忽憶山中獨未歸青鏡流年看髮變白雲芳草與心違乍逢酒客春遊慣久別林僧夜坐稀昨日聞君到城郭莫將簪弁勝荷衣

南原望漢宮

荒原空有漢宮名衰草茫々雉堞平連鴈下時秋水在行人過盡莫煙生西陵歌吹何年絕南陌登臨此日情故事悠々不可問寒禽野水自縱橫

夜投豐德寺謁海上人　李端

半夜中峯有磬聲偶尋樵者問山名上方月曉聞僧語下界林疎見客行野鶴巢邊松最老毒龍潛處水

偏清願得遂公知姓字焚香洗鉢過餘生

宿淮浦寄司空曙

愁心一倍長離憂夜思千重戀舊遊秦地故人成遠夢楚天涼雨在孤舟諸谿近海潮皆應獨樹邊淮葉盡流別恨轉深何處寫前程惟有一登樓

夏夜宿表兄宅話舊　竇遺直

夜合花開香滿庭夜深微雨醉初醒遠書珍重何曾達舊事淒涼不可聽去日兒童皆老大昔年親友半凋零明朝又是孤舟別愁見河橋酒幔青

登柳州城樓寄漳汀封連四州　柳子厚

城上高樓接大荒海天愁思正茫茫驚風亂颭芙蓉

密雨斜侵薜荔墻嶺樹重遮千里目江流曲似九

回腸共來百越文身地猶自音書滯一鄉

別舍弟宗一

零落殘魂倍黯然雙垂別淚越江邊一身去國六千里萬死投荒十二年桂嶺瘴來雲似墨洞庭春盡水如天欲知此後相思夢長在荊門郢樹烟

早春五門西望　王仲初

百官朝下五門西塵起春風渦御堤黃帕蓋鞍呈了馬紅羅纏項鬬回雞館松枝重牆頭出渠柳條長水面齋惟有教坊南草色古城陰處冷萋萋

周家谿亭

少年因病離天仗乞得歸來自養身買斷竹谿無別主散分泉石與新鄰山頭鹿下長驚犬池面魚游不怕人鄉使到門常款語還聞世上有功臣

寒食內宴　張文昌

城闕沉沉向曉寒恩當令節賜餘懽瑞烟入處開三殿香雨微時引百官寶樹樓前分繡幕綵花廊下映華欄宮筵戲樂年年別已得三回對御看

送楊少府赴鳳翔

詩名往日動長安首首人家卷裏看西學已行秦博士南宮新拜漢郎官得錢祗擬還書鋪借宅常時事藥闌今去故由主計簿後居扁近龍頭與

送韓侍御歸山

聞君久臥在雲間為佐嫖姚未得還新結茅廬招隱
逸獨騎驄馬入深山九靈洞口行應到五粒松枝醉
亦攀明日珂聲出城去家僮不復掃巖關

送汀州元使君

曾成趙北歸朝計曰拜王門最好官為郡暫辭雙鳳
闕全家遠過九龍灘山鄉祇有輸蕉戶水鎮應多養
鴨欄地僻尋常來客少刺桐花發共誰看

寄和州劉使君

別離已久猶為郡閒向春風倒酒瓶送客特過沙口
堰看花多上水心亭曉來江氣連城白雨後山光滿

郭青到此詩情應更遠醉中高詠有誰聽

寄陸渾趙明府

與君學省同官處常日相隨說道情新作陸渾山縣長早知三禮甲科名郭中時有仙人往城上應多藥草生公事稀疎來客少何妨着屐獨閑行

西塞懷古　劉夢得

王濬樓船下益州金陵王氣漠然收千尋鐵鎖沉江底一片降旛出石頭人世幾回傷往事山形依舊枕寒流今逢四海為家日故壘蕭蕭蘆荻秋

松滋渡望峽中

渡頭輕雨灑寒梅雲際溶溶雪水來夢渚草長迷楚

[illegible]陵王墓[illegible]春秋巴人淚應猿聲落蜀客船從鳥
道回十二碧峰何處所永安宮外是荒臺

唐詩正音卷之四中

唐詩正音卷第四下

錦瑟　李義山

錦瑟無端五十絃一絃一柱思華年莊生曉夢迷蝴蝶望帝春心託杜鵑滄海月明珠有淚藍田日暖玉生烟此情可待成追憶只是當時已惘然

茂陵

漢家天馬出蒲梢苜蓿榴花徧近郊內苑只知銜鳳觜屬車無復插雞翹玉桃偷得憐方朔金屋粧成貯阿嬌誰料蘇卿老歸國茂陵松柏雨蕭蕭

馬嵬一

海外徒聞更九州他生未卜此生休空聞虎旅鳴宵

休無復雞人報曉籌此日六軍同駐馬當時七夕笑
牽牛如何四紀為天子不及盧家有莫愁

籌筆驛

魚鳥猶疑畏簡書風雲長為護儲胥徒令上將揮神
筆終見降王走傳車管樂有才終不忝關張無命欲
何如他年錦里經祠廟梁父吟成恨有餘

隋宮

紫泉宮殿鎖烟霞欲取蕪城作帝家玉璽不緣歸日
角錦帆應是到天涯于今腐草無螢火終古垂楊有
暮鴉地下若逢陳後主豈宜重問後庭花

碧城

碧城十二曲闌干犀辟塵埃玉辟寒閬苑有書多附鶴女墻無樹不棲鸞星沉海底當窗見雨過河源隔坐看若是曉珠明又定一生長對水晶盤

重過聖女祠

白石巖扉碧蘚滋上清淪謫得歸遲一春夢雨常飄瓦盡日靈風不滿旗萼綠花來無定所杜蘭香去未移時玉郎會此通仙籍憶向天涯問紫芝

九成宮

十二層城閬苑西平時避暑拂虹蜺雲隨夏后雙龍尾風逐周王八馬蹄吳岳曉光連翠巘甘泉晚景上丹梯荔支盧橘沾恩幸鸞鵲天書濕紫泥

促漏遥鐘動静聞報章重疊吞難分舞鸞鏡匣收殘
黛睡鴨香爐換夕熏歸去豈知還向月夢來何處更
為雲南塘漸暖蒲堪結兩〻鴛鴦護水紋

重有感

玉帳牙旗得上游安危須共主君憂竇融表已來關
右陶侃軍宜次石頭豈有蛟龍愁失水更無鷹隼與
高秋晝號夜哭兼幽顯早晚星關雪涕收

登洛陽故城　許用晦

禾黍離〻半野蒿昔人城此豈知勞水聲東去市朝
變山勢北來宮殿高鴉噪暮雲歸古堞鴈迷寒雨下

空壕可憐緱嶺登仙子猶自吹笙醉碧桃

金陵懷古

玉樹歌殘王氣終景陽兵合戍樓空楸梧遠近千官塚禾黍高低六代宮石燕拂雲晴亦雨江豚吹浪夜還風英雄一去豪華盡惟有青山似洛中

淩歊臺

宋祖淩歊樂未回三千歌舞宿層臺湘潭雲盡暮山出巴蜀雪消春水來行殿有基荒薺合寢園無主野棠開百年便作萬年計巖畔古碑空綠苔

驪山

聞說先皇醉碧桃日華浮動鬱金袍風隨玉[illegible]

[illegible]

澄澄蛾眉沒後巡遊少尾落宮牆見野蒿

凌歊臺送韋秀才

雲起高臺日未沉數村殘照半巖陰野蠶成繭桑柘盡溪鳥引雛蒲稗深帆勢依依投極浦鐘聲杳杳隔前林故山迢遞故人去一夜月明千里心

咸陽城東樓

一上高城萬里愁蒹葭楊柳似汀洲溪雲初起日沉閣山雨欲來風滿樓鳥下綠蕪秦苑夕蟬鳴黃葉漢宮秋行人莫問當年事故國東來渭水流

送蕭處士歸緱山

醉斜烏帽髮如絲曾看山人一局棊賓館有魚為客

久鄉書無鴈到家遲緑山住近吹簫宿湘水行逢鼓

瑟祠今夜月明何處宿九疑雲盡緑參差

京口寄友人

吳門煙月昔同遊楓葉蘆花共客舟聚散有期雲北

去浮沉無計水東流一尊酒盡青山暮千里書回碧

樹秋何處相思不相見鳳樓宮闕楚江頭

晚自朝臺至韋隱居郊園

秋來凫鴈下方塘繫馬朝臺步夕陽村逕繞山松葉

暗紫門流水稻花香雲連海氣琴書潤風帶潮聲枕

簟涼[illegible]

四皓廟

桂花松暖廟門開獨瀉椒漿奠一杯秦法欲興鴻已去漢儲將廢鳳還來紫芝翳翳多青草白石蒼蒼半綠苔山下驛程南竄路不知冠蓋幾人回

七言排律附

寄賀田侍中功成　王仲初

使回高品滿城傳觀見沂公在陣前百里旂旛衝即斷兩重衣甲射皆穿探知點檢兵應怯算得新移柵未堅營被數驚乘勢破將經頻敗遂生全策招殘寇防人覺遇斬元兇恐自專首議諸軍無敢近功歸部曲不争先開通州縣斜連海交割山川直到燕戰馬

散騎還逐草肉牟齊敗却畊田府中獨拜將軍貴門
下無分牢相權居史上頭功第一春風雙珮好朝天
從裴相公上大原
還擢堂印向并州將相兼權是武侯時難獨當天下
事功成却進手中籌再三陳乞鑪烟裏前後分張玉
按頭朱架早朝排立戟綠槐殘雨看張油遥知鶯塞
從今好直到漁陽以北愁邊鋪恐巡旂盡換山城欲
過館重脩千君擎白刃兵迎節十對紅妝妓打毬聖主
分明教軸去不須高起見京樓

屋後清江曲蘋花兩岸分倚涼頻聽櫓待月每移

雲浪遠漁堪隱沙平鴈幾羣階前啼絡緯砧杵

隔林聞　吳江十七女郎葉瓊章作

唐詩正音卷之五上

五言絶句

途中寒食　　宋之問

馬上逢寒食途中屬暮春可憐江浦望不見洛橋人

別杜審言

卧病人事絶嗟君萬里行河橋不相送江樹遠含情

早發韶州

緑樹秦京道青雲洛水橋故園長在目䰟去不須招

昭君怨三首　　東方虬

漢道方全盛朝廷足武臣何須薄命妾辛苦事和親○

掩涕辭丹鳳銜悲向白龍單于浪驚喜無復舊時容○

胡地無花草春來不似春自然衣帶緩非是爲腰身

伊州歌二首　蓋嘉運

打起黄鸎兒莫教枝上啼〻時驚妾夢不得到遼西〇

閨道黄花戍頻年不解兵可憐閨裏月偏照漢家營

山中送别　王摩詰

山中相送罷日暮掩柴扉〻春草年〻緑王孫歸不歸

崔九弟欲往南山馬上口號與别

城隅一分手幾日還相見山中有桂花莫待花如霰

鳥鳴磵

人閑桂花落夜静春山空月出驚山鳥時鳴春磵中

上平　明

朝畊上平田莫畊上平田借問問津者誰知沮溺賢

孟城坳

新家孟城口古木餘衰柳來者復爲誰空悲昔人有

鹿柴

空山不見人但聞人語響返照入深林復照莓苔上

木蘭柴

蒼〻落日時鳥聲乱溪水緣谿路轉深幽興何時巳

南垞

輕舟南垞去北垞淼難即隔浦望人家遥〻不相識

欒家瀨

颯〻秋雨中淺〻石留瀉跳波自相濺白露鷩復下

白石灘

清淺白石灘綠蒲向堪把家住水東西浣紗明月下

竹里館

獨坐幽篁裏彈琴復長嘯深林人不知明月來相照

萍池

春水深且廣會待輕舟迴靡靡綠萍合垂楊掃復開

山中寄諸弟

山中多法侶禪誦自爲羣城郭遥相望惟應禮白雲

息夫人

莫以今時寵能忘舊日恩看花滿眼淚不共楚王言

班婕妤二首

宫殿生秋草君王恴幸踈那堪聞鳳吹門外度金輿○
玉窓螢影度金殿人聲絶秋夜守羅幃孤燈耿不滅

雜詩二首

家住孟津河門對孟津口常有江南船寄書家中否○
君自故鄉来應知故鄉事来日綺窓前寒梅著花未

別輞川別業　王夏卿

山月曉仍在林風涼不絶殷勤如有情惆悵令人別

孟城坳　裴迪

結廬古城下時登古城上古城非疇昔今人自来往

宫槐陌

門前宫槐陌是向欹湖道秋来風雨多落葉無人掃

白石灘

跂石復臨水弄波情未極日下川上寒浮雲澹無色

崔九弟欲往南山馬上口號與別

歸山深淺去須盡丘壑美莫學武陵人暫遊桃源裏

春江曲　郭元振

江水春沉〻上有双竹林竹葉壞水色郎亦壞人心

長安道　儲光羲

西行一千里暝色生寒樹暗聞歌吹聲知是長安路

洛陽道作獻呂四郎中三首

洛水春冰開洛城春樹綠朝看大道上落花亂馬足○

大道直如髮春日佳氣多五陵貴公子双〻鳴玉珂○

春風二月時道傍柳堪杷上枝覆官閣下枝拂車馬

江南曲二首

渌江深見底高浪直翻空慣是湖邊住舟輕不畏風○

日暮長江裏相邀歸渡頭落花如有意來去逐船流

春曉　孟浩然

春眠不覺曉處處聞啼鳥夜來風雨聲花落知多少

送友之京

君登青雲去予望青山歸雲山從此別淚濕薜蘿衣

宿建德江

移舟泊烟渚日暮客愁新野曠天低樹江清月近人

送朱大入秦

遊人五陵去寶劍直千金分手脫相贈平生一片心

洛陽道中

珠彈繁華子金羈游俠人酒酣白日暮走馬入紅塵

長干行　崔顥

家臨九江水来去九江側同是長干人生小不相識

江南行三首

君家何處住妾住在横塘停船暫借問或恐是同鄉○

下渚多風浪蓮船漸覺稀那能不相待獨自逆潮歸○

三江潮水急五湖風浪涌由来花信輕莫畏蓮舟重

怨詞　崔國輔

妾有羅衣裳秦王在時作為舞春風多秋来不堪着

古意

淨掃黄金階飛霜厚如雪下簾彈箜篌不忍見秋月

流水曲

帰来日尚早更欲向芳洲渡口水流急回船不自由

少年行

遺却珊瑚鞭白馬驕不行章臺折楊柳春日路傍情

長信草

長信宫中草年年愁處生時侵珠履迹不使玉階行

魏宫詞

朝日照紅粧擬上銅雀臺畫眉猶未了魏帝使人催

胡笳曲

湖南送君去湖北送君歸湖裏鴛鴦鳥双双他自飛

采蓮

玉溆花爭發金塘水亂流相逢畏相失並著采蓮舟

見渭水思秦川　岑參

渭水東流去何時到雍州憑添兩行淚寄向故園流

題三會寺蒼頡造字臺

野寺荒臺晚寒天古木悲空階有鳥跡猶似造書時

行軍九日思長安故園

強欲登高去無人送酒來遥憐故園菊應傍戰場開

采蓮曲　劉方平

落日清江裏荊歌艷楚腰采蓮從小慣十五即乘潮

長信宮

夢裏君王近宮中　河漢高秋風能再熱團扇不辭勞

唐詩正音卷之五上

唐詩正音卷之五下

婕妤春怨　皇甫孝常

花枝出建章鳳管發昭陽借問承恩者双蛾幾許長

秋怨

長信多秋色昭陽借月華那堪閉永巷聞道選良家

送王司直

西塞雲山遠東風道路長人心勝潮水相送過潯陽

送人罷別中書宮

海岸畊殘雪溪沙釣夕陽家中何所有春草漫著長

同諸公有懷

舊國遥江樹他鄉近海門移家南渡久童稚解方言

春草宫懷古　劉文房

君王不可見芳草舊宫春猶帶羅裙色青〻向楚人

送張起崔載華之閩中

朝無寒士達家在舊山貧相送天涯裏憐君更遠人

逢雪宿芙蓉山

日暮蒼山遠天寒白屋貧柴門聞犬吠風雪夜歸人

赴楚州次韻田途中阽淺問張南史

楚城今遠近積靄寒塘暮水淺舟且遲淮潮在何處

送友人往揚州

渡口發梅花山中動泉脉蕪城春草生君作揚州客

送張十八歸桐廬

歸人乘野艇帶月過江村正落寒潮水相隨夜到門

送方外上人

孤雲將野鶴豈向人間住莫買沃州山時人已知處

江中對月

空洲夕烟歛對月秋江裏歷々沙上人月中孤渡水

聽彈琴

泠々七絃琴靜聽松風寒古調雖自愛今人多不彈

韋應物

求友

明從何處去暗從何處來但覺年光老半是此中催

詠聲

萬物自生聽太空恒寂寥還從靜中起却向靜中銷

秋夜寄丘二十二員外

懷君屬秋夜散步詠涼天山空松子落幽人應未眠

對殘燈

獨照碧窗久欲隨寒燼滅幽人將遽眠解帶翻成結

同褒子秋齋獨宿

山月皎如燭霜風時動竹夜半鳥驚棲窗間人獨宿

宿永陽寄璨律師

遥知郡齋夜凍雪封松竹時有山僧來懸燈獨自宿

酬李益　盧允言

戚戚一西東，十年今始同。可憐歌酒夜，相對兩衰翁。

贈別司空曙

有月曾同賞，無秋不共悲。如何與君別，又是菊花時。

塞下曲

月黑鴈飛高，單于夜遁逃。欲將輕騎逐，大雪滿弓刀。

漢宮曲　韓君平

繡幕珊瑚鈎，春開翡翠樓。深情不肯道，嬌倚鈿箜篌。

秋日　耿湋

返照入閭巷，憂來與誰語。古道無人行，秋風動禾黍。

秋夜

春殘夜久從遠客雁來時守〻重門掩無人啓户思

江行無題四首　　錢仲文

翳日多喬木維舟取束新靜聽江叟語俱是厭兵人○

牽路緣江狹沙崩岸不平盡知行處險誰肯載時輕○

咫只愁風雨匡廬不可登祇疑香靄處猶有六朝僧○

斗轉月未落舟行夜已深有村知不遠風便數聲砧

竹間路

暗歸草堂靜半入花源去有時載酒来不與清風遇

石井

片霞照仙井泉底桃花紅那知幽石下不與武陵通

宿洞口館

野竹通谿冷秋泉入户鳴亂來人不到異草上階生

傷秋

歲去人頭白秋來樹葉黃搔頭向黃葉與尔共悲傷

金陵懷古　司空文明

輦路江楓暗宫湖野草春傷心庾開府老作北朝臣

翫花與衛象同醉

衰鬢千莖雪他鄉一樹花今朝與君醉忘却在長沙

留别盧秦卿

知有前期在難分此夜中無將故人酒不及石尤風

蕪城懷古　李端

風吹城上樹草没城邊路城裏月明時精靈自來去

拜新月

開簾見新月便即下階拜細語人不聞北風吹裙帶

送人下第

獻策未得意馳車東出秦莫年千里客落日萬家春

鳴箏

鳴箏金粟柱素手玉房前欲得周郎顧時々誤拂絃

宿潭上　暢當

夜潭有仙舸與月當水中佳賓愛明月游子驚秋風

登樓

迥臨飛鳥上高出世人間天勢圍平野河流入斷山

贈李唐山人　戴幼公

此意靜無事閉門風景遲柳條將白髮相對共垂絲

留別顧明府

江南雨初歇山暗雲猶濕未可動歸橈前程風正急

題秦隱君麗句亭

北人歸欲盡猶自住蕭山閉戸不暫出詩名滿世間

三閭廟

沅湘流不盡屈子怨何深日暮秋風起蕭〻楓樹林

江南曲　　李君虞

嫁得瞿塘賈朝〻誤妾期早知潮有信嫁與弄潮兒

照鏡

衰鬢臨明鏡將看却自疑慚君明似月照我白如絲

惜春

畏老身全老逢春解惜春今年看花伴已少去年人

夏夜作　　武伯蒼

夜久喧暫息池臺惟月明無因駐清景日出事還生

途中即事

南征復北還擾擾百年間自笑紅塵裏生涯不暫閑

玉臺體　　權載之

昨夜裙帶解今朝蟢子飛鉛華不可棄莫是藁砧歸

江雪　　柳子厚

千山鳥飛絕萬徑人蹤滅孤舟簑笠翁獨釣寒江雪

零陵早春

問春從此去幾日到秦原愁寄還鄉夢殷勤入故園

長沙驛前南樓感舊

海鶴一為别存亡三十秋今来數行淚獨上驛南樓

登柳州峨山

荒山秋日午獨上意悠ゝ如何望鄉處西北是融州

閨人贈遠二首　王廣津

鷺啼綠樹深燕語雕梁晚不省出門行沙場知近遠〇

遠戍功名薄深閨年貌傷粧成對春樹不語淚千行

野田　張文昌

漠ゝ野田草ゝゝ中牛羊道古墓無子孫白楊不得老

毛毛……

臺上絲綸看隙登不待人每當休暇日着複黄紗巾

宿雲亭

清淨當深處虚明向遠開卷簾無俗客應只見雲来

繡衣石榻

山城無別味藥草兼魚果時有繡衣人同来石上坐

梅谿

自愛新梅好行尋一逕斜不教人掃石愁損落来花

惜花

山中春已晚處處見花稀明日来無盡林間宿不歸

岸花

可憐岸邊樹紅蘂發青條東風吹度水衝着木蘭橈

寄西峰僧

松暗水涓々夜涼人未眠西峯月猶在遥憶草堂前

涇州塞

行到涇州塞唯聞羌戍鼙道邊雙古堠猶記向安西

田家　王仲初

啾々雀滿樹靄々東坡雨田家無夜食水中摘禾黍

故行宫

寥落古行宫々花寂寞紅白頭宫女在閑坐説玄宗

新嫁娘

三日入廚下洗手作羹湯未諳姑食性先遣小姑嘗

見刀裁歌　劉夢得

常恨言語淺不如人意深今朝兩相視脈脈萬重心

秋風

何處秋風至蕭蕭送鴈羣朝來入高樹孤客最先聞

六言絕句附

田園樂五首　王摩詰

采菱渡頭風急策杖村西日斜杏樹壇邊漁父桃花源裏人家

萋萋春草秋綠落落長松夏寒牛羊自歸村巷童稚不識衣冠

山下孤烟遠村天邊獨樹高原一瓢顏回陋巷五柳先生對門

桃紅復含宿雨柳綠更帶朝烟花落家僮未掃鳥啼山客猶眠

酌酒會臨泉水抱琴好倚長松南園露葵朝折西舍黄粱夜舂

送鄭二之茅山　皇甫茂政

水流絕澗終日草長深山暮春吠犬鳴雞幾處條桑種杏何人

無題

江上年〻春草津頭日〻人行借問山陰遠近猶聞簿暮鐘聲

春[illegible]　張[illegible]

何處通書

尋張逸人山居　劉文房

危石纔通鳥道空山更有人家桃源定在深處澗水
浮來落花

發越州赴潤州使院留別鮑侍御

對水看山別離孤舟日暮行遲江北江南春草獨向
金陵去時

送陸澧還吳中

瓜步寒潮送客楊柳暮雨沾衣故山南望何處秋草
連天獨歸

苕谿酬梁耿別後見寄

清川永路何極落日孤舟解攜鳥向平蕪遠近人隨流水東西

白雲千里萬里明月前溪後溪惆悵長沙謫去江潭芳草萋萋

歸山　顧逋翁

心事數莖白髮生涯一片青山空林有雪相待古道無人獨還

唐詩正音卷第五下

唐詩正音卷第六上

七言絶句

賀季真

采蓮曲

稽山罷霧鬱嵯峨鏡水無風也自波莫言春度
芳菲盡别有中流采芰荷

回鄉偶書

少小離鄉老大回鄉音無改鬓毛衰兒童相見
不相識笑問客從何處来

蓋嘉運

筷拘陸州

西去輪臺萬里餘故鄉音耗日應踈隴山鸚鵡能言語為報閨人數寄書

王摩詰

送元二使安西

渭城朝雨裛輕塵客舍青〻柳色新勸君更盡一杯酒西出陽關無故人

寄河上段十六

與君相見即相親聞道君家在孟津為見行舟試借問客中時有洛陽人

送別

送君南浦淚如絲君向東周使我悲爲報故人
憔悴盡如今不似洛陽時

九日憶山東兄弟

獨在異鄉爲異客每逢佳節倍思親遥知兄弟
登高處徧插茱萸少一人

寒食汜上作

廣武城邊逢暮春汶陽歸客淚霑巾落花寂寂
啼山鳥楊柳青青渡水人

戲題盤石

可憐磐石臨泉水復有垂楊拂酒杯若道春風
不解意何因吹送落花来

賈幼隣

送李侍郎赴常州

雪晴雲散北風寒楚水呉山道路難今日送君
須盡醉明朝相憶路漫漫

儲光羲

明妃詞二首

日莫驚沙亂雪飛傍人相勸易羅衣强来前殿
看歌舞共待單于夜獵歸

胡王知妾不勝悲樂府皆傳漢國辭朝来馬上
箜篌引稍似宫中閑夜時

同金壇令武平一退朝二首

朝来仙閣聽絃歌暝入花亭見綺羅池邊命酒
憐風月浦口還船惜芰荷
花潭竹嶼傍幽蹊畫檝浮空入夜溪芰荷覆水
船難進歌舞留人月易低

寄孫山人

新林二月孤舟還水滿清江花滿山借問故園
隱君子時時来去住人間

王之奐

涼州詞

黄河遠上白雲間一片孤城萬仞山羌笛何須怨楊柳春光不度玉門關

王少伯

閨怨

閨中少婦不曾愁春日凝粧上翠樓忽見陌頭楊柳色悔教夫壻覓封矦

西宮春怨

西宮夜靜百花香欲卷珠簾春恨長斜抱雲和

深見月朦朧獨色隐昭陽

長信秋詞

奉帚平明金殿開且將團扇輈裵佪玉顔不及
寒鵶色猶帶昭陽日影来
真成薄命久尋思夢見君王覺後疑火照西宮
知夜飲分明複道奉恩時

青樓曲

白馬金鞍從武皇旌旂十萬宿長楊樓頭小婦
鳴箏坐遥見飛塵入建章
馳道楊花滿御溝紅粧謾綰上青樓金章紫綬

千餘騎夫壻朝回初拜侯

西宮秋怨

芙蓉不及美人粧水殿風來珠翠香却恨含啼掩秋扇空懸明月待君王

春宮曲

昨夜風前露井桃未央前殿月輪高平陽歌舞新承寵簾外春寒賜錦袍

青樓怨

香幃風動花入樓高調鳴箏緩夜愁腸斷關山不解說依依殘月下簾鈎

采蓮曲

荷葉羅裙一色裁芙容向臉兩邊開亂入池中看不見聞歌始覺有人来

出塞行

白花原頭望京師黄河水流無盡期窮秋曠野行人絶馬首東来知是誰

别李浦之京

故園今在灞陵西江畔逢君醉不迷小弟隣莊尚漁獵一封書寄數行啼

寄穆侍御出幽州

一從恩譴度瀟湘塞北江南萬里長莫道薊門
書信少鴈飛猶得到衡陽

重別李評事

莫道秋江離別難舟船明日是長安吴姬緩舞
留君醉隨意青楓白露寒

李倉曹宅夜飲

霜天留飲故情懽銀燭金鑪夜不寒欲問吴江
別来意青山明月夢中看

觀獵

角鷹初下秋草稀鐵驄抛鞚去如飛少年獵得

平原兎馬後横擕意氣歸

蕭駙馬宅花燭

青鸞飛入合懽宫紫鳳銜花出禁中可憐今夜千家裏銀漢星回一道通

高蓬夫

除夜

旅舘寒燈獨不眠客心何事轉悽然故鄉今夜思千里秋鬢明朝又一年

塞上聽吹笛

雪淨胡天牧馬還月明羌笛戍樓間借問梅花

何處落風吹一夜滿關山

營州歌

營州少年猒原野狐裘蒙茸獵城下虜酒千鍾

不醉人胡兒十歲能騎馬

岑參

獻封大夫破播仙凱歌四章

漢將承恩西破戎捷書先奏未央宮天子預開

麟閣待祗今誰數貳師功

官軍西出過樓蘭營幕傍臨月窟寒蒲海曉霜

䩞馬尾愁山夜雪撲旌竿
鳴笳疊鼓擁回軍破國平蕃昔未聞丈夫鵲印
摇邊月大將龍旂掣海雲
日落轅門鼓角鳴千羣面縛出蕃城洗兵魚海
雲迎陣秣馬龍堆月照營

玉關寄長安主簿

東去長安萬里餘故人那惜一行書玉關西望
堪腸斷况復明朝是歲除

苜蓿峯寄家人

苜蓿峯邊逢立春葫蘆河上淚霑巾閨中只是

空相憶不見沙塲愁殺人

逢入京使

故園東望路漫漫雙袖龍鍾淚不乾馬上相逢無紙筆憑君傳語報平安

送人

汾水上白雲猶似漢時秋

西原驛路掛城頭客散江亭雨未休君去試看

春夢

洞房昨夜春風起遥憶美人湘江水枕上片時春夢中行盡江南數千里

酒泉太守席上醉後作

酒泉太守能劍舞高堂置酒夜擊鼓胡笳一曲斷人腸座上相看淚如雨

張正言

題張主人壁

丗人結交須黄金黄金不多交不深縱令然諾暫相許終是悠悠行路心

唐詩正音卷第六上

唐詩正音卷第六中

皇甫茂政

送魏十六還蘇州

秋夜沉〻此送君陰蟲切〻不堪聞孤舟明日毗陵道回首姑蘇是白雲

酧張繼

帳望南徐登北固迢〻西塞望東關落日臨川問音信寒潮惟帶夕陽還

張懿孫

楓橋夜泊

月落烏啼霜滿天江楓漁火對愁眠姑蘇城外

寒山寺夜半鐘聲到客船

閶門即事

耕夫占募逐樓船春草青青萬頃田試上吳門

看郡郭清明幾處有新烟

劉文房

昭陽曲

昨夜承恩宿未央羅衣猶帶御爐香芙容帳小

雲屏暗楊柳風多水殿涼

送裴郎中貶吉州

猨啼客散莫江頭人自傷心水自流同作逐臣君更遠青山萬里一孤舟

新息道中作

蕭條獨向汝南行客路多逢漢騎營古木蒼々離亂後幾家同住一孤城

贈崔九

憐君一見一悲歌歲々無如老去何白屋漸看秋草沒青雲莫道故人多

過鄭山人所居

寂々孤鶯啼杏園寥々一犬吠桃源落花芳草

無尋處萬壑千峯獨閉門

寄別朱拾遺

天書遠召滄浪客幾度臨岐病未能江海茫茫春欲徧行人一騎發金陵

尋盛禪師蘭若

秋草黄花覆古阡隔林遥見起人烟山僧獨在山中老唯有寒松見少年

韋應物

滁州西澗

獨憐幽草澗邊生上有黄鸝深樹鳴春潮帶雨

晚來急野渡無人舟自横

寒食寄京師諸弟

雨中禁火空齋冷江上流鶯獨坐聽把酒看花想諸弟杜陵寒食草青青

九日

今朝把酒復惆悵憶在杜陵田舍時明年此日知何處世難還家未有期

休暇日訪王侍御不遇

九日驅馳一日閑尋君不遇又空還怪來詩思清人骨門對寒流雪滿山

登寶意寺上方舊遊

翠嶺香臺出半天萬家烟樹滿晴川諸僧近住不相識坐聽微鐘記往年

登樓寄上卿

踏閣攀林恨不同楚雲滄海思無窮數家砧杵秋山下一郡荆榛寒雨中

酬柳郎中春日歸揚州南郭見别之作

廣陵三月花正開花裏逢君醉一迴南北相過殊不遠暮潮從去早潮來

子規啼

高林滴露夏夜清南山子規啼一聲隣家孀婦
抱兒泣我獨展轉何時明

盧允言

山店

登〻山路何時盡决〻谿流到處聞風動葉声
山犬吠幾家拊火隔秋雲

村南逢病叟

雙膝過頤頂在肩四隣知姓不知年卧驅烏雀
惜禾黍猶恐諸孫無社錢

韓君平

寒食

春城無處不飛花寒食東風御柳斜日暮漢宫傳蠟燭青烟散入五侯家

江南曲

長樂花枝雨點銷江城日莫好相邀春樓不閉葳蕤鎖渌水回通宛轉橋

錢仲文

歸鴈

瀟湘何事等閑回水碧沙明兩岸苔二十五絃彈夜月不勝清怨却飛來

郎君胄

聽隣家吹笙

鳳吹聲如隔采霞不知墻外是誰家重門深鎖無尋處疑有碧桃千樹花

柏林寺南望

谿上遥聞精舍鐘泊舟微徑度深松青山霽後雲猶在畫出西南三四峯

司空文明

峽口送友人

峽口花飛欲盡春天涯去住各霑巾來時萬里

同爲客今日翻成送故人

江村即事

罷釣歸來不繫船江村月落正堪眠縱然一夜風吹去只在蘆花淺水邊

崔峒

題蘭若

絶頂茅菴老此生寒雲孤木伴經行世人那得知幽逕遥向青峯禮磬聲

李端

長信宫

金壺漏盡禁門開飛燕昭陽侍寢回隨分獨眠
秋殿裏遥聞語笑自天来

衛象

古詞

鵲血調弓濕未乾鸊鵜新淬釗光寒遼東老將
鬓成雪猶向旄頭夜夜看

戴幼公

湘南即事

盧橘花開楓葉衰出門何處望京師沅湘日夜
東流去不為愁人住少時

劉月㕘元明府

山下孤城月上遲相留一醉本無期明年此夕遊何處縱有清光知對誰

送呂少府

共醉流芳獨歸去故園高士日相親深山古路無楊柳折取桐花寄遠人

戎昱

旅次寄湖南張郎中

寒江近戶漫流声竹影當窓亂月明歸夢不知湖水闊夜来還到洛陽城

移家別湖上亭

好是春風湖上亭柳條藤蔓繫離情黃鸝久住
渾相識欲別頻啼四五聲

顧逋翁

題葉道士山房

水邊楊柳赤闌橋洞裏神仙碧玉簫近得麻姑
書信否潯陽江上不通潮

宿昭應

武帝祈靈太一壇新豐樹色繞千官那知今夜
長生殿獨閉空山月影寒

李君虞

夜上受降城聞笛

回樂峯前沙似雪受降城外月如霜不知何處吹蘆管一夜征人盡望鄉

聽曉角

邊霜昨夜墮關榆吹角江城片月孤無限塞鴻飛不度西風吹入小單于

早發破訥沙

破訥沙頭鴈正飛鸊鵜泉上戰初歸平明日出東南地滿磧寒光生鐵衣

送客還幽州

惆悵秦城送獨歸薊門烟樹遠依依秋来莫射南来鴈縱遣乘春更北飛

宮怨

露濕晴花春殿香月明歌吹在昭陽似將海水添宮漏共滴長門一夜長

秦公緒

題明惠上人房

簷前朝暮雨添花八卜呉僧飯熟麻入定幾時還出定不知巢鷰污袈裟

武伯蒼

汴州聞角

何處金笳月裏悲悠〻邊〻客夢先知單于城上
關山月今日中原總解吹

楊巨源

和練師索秀才楊柳

水邊楊柳綠烟絲立馬煩君折一枝惟有東風
㝡相惜殷勤更向手中吹

柳子厚

柳州二月榕葉盡落偶題

宦情羈思共悽〻春半如秋意轉迷山城過雨
百花盡榕葉滿庭鶯亂啼

酬曹侍御過象縣見寄

破額山前碧玉流騷人遙駐木蘭舟春風無限
瀟湘意欲采蘋花不自由

銅魚使赴都寄親友

行盡關山萬里餘到時閒井是荒墟附庸惟有
銅魚使此後無因寄遠書

與浩初上人同看山寄京華親故

海畔尖山似劍鋩秋來處〻割愁腸若為化得

身千億散上峯頭望故鄉

夏晝偶作

南州溽暑醉如酒隱几熟眠開北牖日午獨覺無餘聲山童隔竹敲茶臼

陳羽

伏翼西洞送人

洞裏春晴花正開看花出洞幾時回殷勤好去武陵客莫引世人相逐來

竇常

上陽宮

愁雲漠〻草離〻太乙勾陳處〻疑日暮毁垣
春雨裏殘花猶發萬年枝

竇交封

南游感興

傷心欲問前朝事惟見江流去不回日暮東風
春草緑鷓鴣飛上越王臺

王仲初

宫中詞

魚藻宫中鎖翠娥先皇行處不曾過如今池底
休鋪錦菱角雞頭積漸多

金吾除夜進儺名畫袴朱衣四隊行院〻燒燈如白日沉香火裏坐吹笙

避暑昭陽不擲盧井邊含水噴鵶雛内中數日無呼喚搨得滕王蛺蝶圖

樹頭樹尾覓殘紅一片西飛一片東自是桃花貪結子錯教人恨五更風

金殿當頭紫閣重僊人掌上玉芙蓉太平天子朝元日五色雲車駕六龍

唐昌觀玉蘂花

一樹蘢葱玉刻成飄廊點地色輕〻女冠夜覓

香來處惟見階前碎月明

綺繡宮

三樓傾側粉墻空重疊青山繞故宮武帝去來
紅袖盡野花黃蝶領春風

江陵使至汝州

回首巴路在雲間寒食離家麥熟還日莫數峯
青似染商人說是汝州山

華清宮

酒幔高樓一百家宮前楊柳寺前花內園分得
温湯水二月中旬已進瓜

張文昌

送蜀客

蜀客南行聽碧雞木綿花發錦江西山頭日晚行人少時見猩〻樹上啼

逢賈島

僧房逢着欵冬花出寺行吟日已斜十二街中春雪徧馬蹄今去入誰家

與賈島閒遊

水北原南草色新雪消風暖不生塵城中車馬應無數能解閒行有幾人

李渤

五度谿頭躑躅紅嵩陽寺裏講時鐘春山處處
行應好一月看花到幾峯

秋思

洛陽城裏見秋風欲作家書意萬重復恐匆匆
說不盡行人臨發又開封

感春

遠客悠悠任病身誰家池上又逢春明年各自
東西去此地看花是別人

蠻中

痡水蠻中入洞流人家多住竹棚頭一山海上
無城郭惟見松牌記象州

閑行

老身不計人間事野寺秋晴每獨過病眼較来
猶斷酒邦𤍠行處菊花多

春别曲

長江春水緑堪染荷葉出水大如錢江頭橋樹
君自種那不長繫木蘭船

成都曲

錦江近西春水渌新雨山頭荔支熟萬里橋边

多酒家游人爱向誰家宿

寒塘曲

寒塘沉〻柳葉踈水暗人語驚棲鳧舟中少年醉不起持燭照水射游魚

山禽

山禽毛如白練帶棲我庭前栗樹枝猕猴半夜来取栗一雙中林向月飛

涼州詞

邊城莫雨鴈飛低蘆筍初生漸欲齊無數鈴聲遥過磧應䭾白練到安西

鳳林關裏水東流白草黄榆六十秋邊將皆承

主恩澤無人觧道取涼州

劉夢得

自朗州至京戲贈看花諸君子

紫陌紅塵拂面来無人不道看花回玄都觀裏

桃千樹盡是劉郎去後栽

再遊玄都觀

百畞庭中半是苔桃花淨盡菜花開種桃道士

帰何處前度劉郎又獨来

烏衣巷

朱雀橋邊野草花烏衣巷口夕陽斜舊時王謝
堂前鷰飛入尋常百姓家

石頭城

山圍故國周遭在潮打空城寂寞回淮水東边
舊時月夜深還過女墻来

聽舊宫人穆氏歌

曾随織女度天河記得雲間第一歌休唱貞元
供奉曲當時朝士已無多

與歌者何戡

二十餘年别帝京重聞天樂不勝情舊人惟有

何戡在更與殷勤唱渭城

踏歌詞

春江月出大隄平隄上女郎連袂行唱盡新詞懽不見紅霞暎樹鷓鴣鳴

竹枝詞

山桃紅花滿上頭蜀江春水拍山流花紅易衰似郎意水流無限似儂愁

瞿塘嘈嘈十二灘此中道路古來難長恨人心不如水等閒平地起波瀾

山上層層桃李花雲間烟火是人家銀釧金釵

来負水長刀短笠去燒畬

楊柳青青江水平聞郎江上唱歌聲東邊日出西邊雨道是無情還有情

楊柳枝詞

花萼樓前初種時美人樓上鬬腰肢如今抛擲長街裏露葉如啼欲恨誰

煬帝行宮汴水濱數株殘柳不勝春晚來風起花如雪飛入宮墻不見人

阿嬌怨

望見葳蕤舉翠華試開金屋掃庭花須臾宮女

傳来信言韋平陽公主家

元和甲午歲詔書盡徵江湘逐客余自

武陵赴京宿於都亭有懷續来諸君子

雷雨江湘起臥龍武陵樵客躡仙蹤十年楚水

楓林下今夜初聞長樂鐘

唐詩正音卷之六中

唐詩正音卷之六下

杜牧之

登樂遊原

長空澹々孤鳥没萬古銷沉向此中看取漢家
何似業五陵無樹起秋風

漢江

溶々漾々白鷗飛淥淨春深好染衣南去北来
人自老夕陽長送釣船歸

泊秦淮

烟籠寒水月籠沙夜泊秦淮近酒家商女不知

亡國恨隔江猶唱後庭花

赤壁

折戟沉沙鐵未銷自將磨洗認前朝東風不與周郎便銅雀春深鎖二喬

秋夕

銀燭秋光冷畫屏輕羅小扇撲流螢天階夜色涼如水臥看牽牛織女星

宮怨

監宮引出暫開門隨例雖朝不是恩銀鑰却收金鎖合月明花落又黄昏

寄揚州韓綽判官

青山隱〻水迢〻秋盡江南草木凋二十四橋
明月夜玉人何處教吹簫

送隱者

無媒徑路草蕭〻自古雲林遠市朝公道世間
惟白髮貴人頭上不曾饒

將赴吳興登樂遊原

清時有味是無能閑愛孤雲靜愛僧欲把一麾
江海去樂遊原上望昭陵

江南春

千里鶯啼綠映紅水村山郭酒旗風南朝四百
八十寺多少樓臺烟雨中
懷吳中馮秀才
長洲苑外草蕭蕭却筭遊程歲月遥惟有别時
今不忘暮烟秋雨過楓橋
退宫人
閑吹玉殿昭華管醉折梨園縹蔕花十年一夢
歸人世絳縷猶封繫臂紗
齊安郡後池
菱透浮萍綠錦池夏鶯千囀弄薔薇盡日無人

看微雨鴛鴦相對浴紅衣

題城樓

嗚軋江樓角一聲微陽瀲瀲落寒汀不用憑闌

苦回首故鄉七十五長亭

李羲山

龍池

龍池賜酒敞雲屏羯鼓声高衆樂停夜半燕歸

宮漏永薛王沉醉壽王醒

瑤池

瑤池阿母綺窻開黄竹歌声動地哀八駿日行

三萬里程王何事不重來

咸陽

咸陽宮闕鬱嵯峨六國樓臺艷綺羅自是當時天帝醉不關秦地有山河

漢宮詞

青雀西飛竟未回君王長在集靈臺侍臣最有相如渴不賜金莖露一杯

吳宮

龍檻沉沉水殿清禁門深掩斷人聲吳王宴罷滿宮醉日暮水漂花出城

賈生

宣室求賢訪逐臣賈生才調更無倫可憐夜半虛前席不問蒼生問鬼神

四皓廟

本爲留侯慕赤松漢庭方識紫芝翁蕭何只解追韓信豈得虛當第一功

有感

非關宋玉有微詞自是襄王夢覺遲一自高唐賦成後楚天雲雨盡堪疑

嫦娥

雲母屏風燭影深長河漸落曉星沉姮娥應悔
偷靈藥碧海青天夜夜心

宮詞

君恩如水向東流得寵憂移失寵愁莫向尊前
奏花落凉風只在殿西頭

過楚宮

巫峽迢迢舊楚宮至今雲雨暗丹楓浮生盡戀
人間樂只有襄王憶夢中

憶住一師

無事經年別遠公帝城鐘曉憶西峯爐烟銷盡

寒燈晦童子開門雪滿松

夜雨寄北

君問歸期未有期巴山夜雨漲秋池何當共剪西窗燭却話巴山夜雨時

訪隱者不遇

城郭休過識者稀哀猨啼處有柴扉滄江白石漁樵路日暮歸來雨滿衣

西亭

此夜西亭月正圓踈簾相伴宿風烟梧桐莫更翻清露孤鶴從來不得眠

月夕

草下陰蟲葉上霜朱闌迢遞壓湖光兔寒蟾冷
桂花白此夜姮娥應斷腸

偶題

小亭閒眠微醉消小榴海柏枝相交水紋簟上
琥珀枕傍有墮釵雙翠翹

唐詩正音卷之六下

地下骷髏眼無淚兒孫笑罷花間醉花

不開鬼當餒來哭者婦見笑者夫江南

生身江北食小姑嫁與襄陽客

雲間宋存

標清明詞

唐音遺響卷第一上

王無功

過酒家

此日長昏飲非關養性靈眼看人盡醉何忍獨為醒

章懷太子

黄臺瓜辭

種瓜黄臺下瓜熟子離離一摘使瓜好再摘令瓜稀三摘尚云可四摘抱蔓歸

王適

詠江濱梅

忽見寒梅樹開花漢水濱不知春色早疑是弄珠人

李義甫

詠烏

日裏颺朝彩琴中伴夜啼上林如許樹不借一枝棲

張說之

蜀道後期

客心爭日月来往預期程秋風不相待先至洛

陽城

喬知之

折楊柳

可憐濯濯春楊柳攀折將來就纖手妾容與此同盛衰何必君恩獨能久

張子壽

感遇

魚游樂深池鳥栖欲高枝嗟尔蜉蝣羽薨薨亦何為有生豈不化所感奚若斯神理日微滅吾心安得知浩蕩楊朱子徒然泣路岐

孤鴻海上來池潢不敢顧側見雙翠鳥巢在三
珠樹矯矯珍木巔得無金丸懼美服患人指高
明逼神惡今我游冥冥弋者何所慕

自君之出矣

自君之出矣無復理殘機思君如滿月夜夜減
容輝

齊洗心

長門怨

煢煢孤思逼宗宗長門夜妾妬亦知非君恩那
不借攜琴就玉階調悲聲未諧將心託明月流

影入君懷

吳貞節

步虛詞

扶桑誕初景羽蓋凌晨霞倏欻造西域嬉遊金母家碧津湛洪源灼爍敷荷花煌々青琳宮璨々列玉華真氣溢絳府自然思無邪俯矜區中士夭濁良可嗟

瓊臺劫為仞孤朕太羅表常有三素雲凝光自飛繞羽童汎明霞升降何縹緲鸞鳳鳴雅音栖翔絳林標玉虛無晝夜靈景何皎々一覩太上

京方知衆天小
二氣播萬有化機無停輪而我操其端乃能出
陶鈞寥寥大漠上所遇皆清真澄瑩含元和氣
同自相親釋樹結丹實紫霞流碧津以兹保童
嬰永用超形神

張巡

夜聞笛

岧嶢試一臨虜騎俯城陰不辯風塵色安知天
地心門開邊月近戰苦陣雲深旦夕更樓上遥
聞橫笛音

盧綸卿

鄉賦後自鞏還田家因謝鄰友見過之作

雞鳴出東邑馬倦登南嶺落日見桑柘翳然丘中寒鄰家多舊識投暝來相看且問春稅苦兼陳行路難園場近陰壑草木易凋殘峯暗雪猶積澗深冰已團浮名知何用歲晏不成懽置酒共君飲當歌聊自寬

陶翰

古塞下曲

進軍飛狐北窮寇勢將變日落塵沙昏背河更

一戰驛馬黄金勒雕弓白羽箭射殺左賢王歸奏未央殿欲言塞下事天子不召見東出咸陽門哀哀淚如霰

燕歌行

請君留楚調聽我吟燕歌家在遼水頭邊風意氣多出身為漢將正值戎未和雪中凌天山冰上度交河大小百餘戰封矦竟蹉跎歸來霸陵下故舊無相過雄劍委塵匣空門唯雀羅玉簪還趙妹瑶琴付齊娥昔日不為樂時哉今奈何

劉眘虚

暮秋揚子江寄孟浩然

木葉紛紛下東南日煙霜林山相晚暮天海空青蓊曠色空復久秋聲亦何長旅舟無徼月獨夜仍越鄉寒笛對京口故人在襄陽詠思勞今夕漢江遥相望

江南曲

美人何蕩漾湖上風日長玉手欲有贈徘徊雙明璫歌聲隨渌水怨色起青陽日暮還家望雲波横洞房

薛據

出青門往南山別業

舊居在南山夙駕自城闕榛莽相蔽虧去尔漸超忽散漫餘雪晴蒼茫季冬月寒風吹長林白日原上沒懷抱曠莫伸相知阻胡越弱年好棲隱鍊藥在巖窟及此離垢氛興來亦因物末路期赤松斯言庶不伐

賀蘭進明

古意

崇蘭生澗底香氣滿幽林采采欲為贈何人是同心日暮徒盈抱裵回幽思深慨然紉雜珮重

奏丘中琴

什路難二首

君不見門前柳榮耀絶時蕭索久君不見陌上花狂風吹去落誰家隣家思婦見之歎蓬首不梳心歷亂盛年夫壻長别離歲暮相逢色凋換君不見芳樹枝春花落盡蜂不窺君不見梁上泥秋風始高鷰不栖蕩子從軍事征戰蛾眉嬋娟守空閨獨宿自然堪下淚况復時聞烏夜啼

沈如筠

寄張徵古

宗歷遠山意微暝半空碧綠蘿無冬春彩𤇆竟
朝夕張子海内奇耐爲巖中客聖君勞夢想安
得老松石

閨怨

鴈盡書難寄愁多夢不成願隨孤月影流照伏
波營

李嶷

少年行

十八羽林郎戎衣侍漢王臂鷹金殿側挾彈玉
輿傍馳道春風起陪遊出建章

侍獵長楊下承恩更射飛塵生馬影滅箭落鴈
行稀薄霧隨天仗聯翩入瑣闈
玉劍膝邊横金杯馬上傾朝遊茂陵道夜宿鳳
凰城豪吏多猜忌毋勞問姓名

丁僊芝

江南曲

長干斜路北近浦是兒家有意來相訪明朝出
浣紗發向横塘口船開值急流知郎舊時意且
請攏船頭昨暝逗南陵風聲波浪阻入浦不逢
人歸家誰信汝未暝已成粧乘潮去茫茫回送

京口渡使報邰陵王始下夫容樓言發瑯琊岸

急為打船開惡許傷人見

吴象之

陽春歌

簾僱曉露濕簾櫳卷䴏鳶声急欲起抱箜篌如鬓彩

絃澁孫眠愁不轉點淚聲相及浄掃階上花風

来更吹入

張潮

襄陽行

玉盤轉明珠君心無定準昨見襄陽客剩說襄

陽好無盡襄漢水岘山裴漢水東流風北吹只言一世長嬌寵那悟今朝見别離君渡清羌渚知人獨不語君見木栖林憶君相思深莫作雲間鴻離声顧儔侶尚如匣中劍分形會同處是君嫦識君情怨君恨君爲此行下床一宿不可保况乃萬里襄陽城襄陽傳近大堤北君到襄陽莫廻惑大堤諸女兒憐錢不憐德

江南行

茨菰葉爛别西灣蓮子花開猶未還妾夢不離江上水人傳郎在鳳凰山

孟雲卿

古別離

朝日上高臺離人怨秋草但見萬里天不見萬里道君行本遥遠苦樂良難保宿昔夢同衾憂心夢傾倒含酸欲誰訴展轉傷懷抱結髮年已遲征行去何早寒暄有時謝顦顇難再好人皆羡年壽死者何曾老少壯無會期水深風浩浩

嚴武

早秋

昨夜秋風入漢關朔雲邊雪滿西山更催飛將

追騎虜莫遣沙場匹馬還

張彪

古别離

别離無遠近事歡情亦悲不聞車輪聲後會将何時去日忘寄書来日乖前期縱知明當還一息千萬思

劉灣

出塞曲

将軍在重圍音信絶不通羽檄如流星飛入甘泉宫倚是并州兒少年心膽雄一朝隨召募百

戰爭王公去年桑乾北今年桑乾東死是征人死功是將軍功汗馬牧秋月疲卒臥霜風仍聞左賢王更欲圍雲中

朱長通

銅雀妓

悵唱歌聲咽愁翻舞袖遲西陵日欲暮是妾斷腸時

題竹林寺

歲月人間促烟霞此地多殷勤竹林寺更得幾迴過

送温台

渺渺天涯君去時浮雲流水自相隨人生一世

長如客何必今朝是别離

張子同

漁父歌

西塞山前白鷺飛桃花流水鱖魚肥青篛笠緑

蓑衣斜風細雨不須歸

漁父

八月九月蘆花飛南谿老人垂鉤歸秋山入簾

翠滴滴野艇倚檻雲依依却把漁竿尋小逕閑

梳鶴髮對斜暉翻嫌四皓曾多事出為儲皇定
是非

劉希夷

代悲白頭翁

洛陽城東桃李花飛來飛去落誰家洛陽女兒
惜顏色行逢落花長歎息今年花落顏色改明
年花開復誰在已見松柏摧為薪更聞桑田變
成海古人無復洛城東今人還對落花風年年
歲歲花相似歲歲年年人不同寄言全盛紅顏
子應憐半死白頭翁此翁白頭真可憐伊昔紅

顏美少年公子王孫芳樹下清歌妙舞落花前
光祿池臺開錦繡將軍樓閣畫神仙一朝臥病
無相識三春行樂在誰邊宛轉蛾眉能幾時須
臾鶴髮亂如絲但看古來歌舞地惟有黃昏鳥
雀悲

唐音遺響卷第一　七

唐音遺響卷第一下

沈雲卿

擬古離別

白水東悠〻中有西行舟〻行有返棹水去無還流奈何生別者戚〻懷遠游〻〻誰當惜所悲會難收自君闊芳屣青陽四五遒皓月掩蘭室光風虛蕙樓相思無明晦長歎累冬〻秋離居久遲暮高駕何淹留

長門怨

月皎風泠〻長門次掖庭玉階聞墜葉羅幌見

飛螢清露凝珠綴流塵下翠屏妾心君未察愁歎劇繁星

銅雀臺

昔年分鼎地今日望陵臺一旦雄圖盡千秋遺令開綺羅君不見歌舞妾空來息共漳河水東流無重回

古歌

落葉流風向玉臺夜寒秋思洞房開水精簾外金波下雲母窗前銀漢迴玉階陰陰苔蘚色君王履綦難再得璇閨窈窕秋夜長繡戶徘徊秋

月光燕姬綵帳芙蓉色秦子金罏蘭麝香北斗七星横夜半清歌一曲斷君腸

王少伯

長歌行

曠野饒悲風颼颼〻多蒿草繫馬倚白楊誰知我懷抱所是同袍者相逢盡衰老况登漢家陵南望長安道上有枯樹根下有石鼠竄巢蒿里子孫盡千載無人過寶玉頻發掘精靈其奈何人生須信命有酒且長歌

齋心

女蘿覆石壁谿水幽濛朧紫葛蔓黄花娟娟寒
露中朝飲花上露夜卧松下風雲英化爲水光
彩與我同日月蕩精魄寥寥天府空

少年行

西陵俠少年客過短長亭青槐夾兩路白馬如
流星聞道羽書急單于寇井陘氣高輕赴難誰
顧燕山銘

塞上曲

蟬鳴空桑林八月蕭關道出塞入塞雲處處黄
蘆草從來幽并客皆向沙場老莫學游俠兒矜

詩紫騮好

和振上人秋夜懷士會

白露傍草木山風吹夜寒遥林夢親友高興發
巖巒郭外秋声急城邊月色殘瑶琴多遠思更
為客中彈

采蓮

越女作桂舟還將桂為楫湖上水渺瀰清江初
可涉摘取芙蓉花莫摘夫容葉將歸問夫壻顏
色何如妾

城傍曲

秋風鳴桑條草白狐兎驕邯鄲飯来酒未消城
北原平掣皂鵰射殺空營兩騰虎迴身却月彀
弓弰

初日

初日淨金閨先照床前暖斜光入羅幕稍〻親
絲管雲鬟不能梳楊花更吹消

崔顥

贈王威古

三十羽林將出身常事邊春風吹淺草獵騎何
翩〻插羽兩相顧鳴弓新上弦射麋入深谷飲

馬投荒泉馬上共傾酒野中聊割鮮相看未及
飲雜虜寇幽燕烽火去不息胡山高際天長駈
採東北戰觧城亦全郡國行赳難古来皆共然

贈輕巾

悠々遠行歸經春涉長道幽冀桑始青洛陽蠶
欲老憶昨戎馬此別時心草々烽火從北来邊
城閉常早平生少相遇未得展懷抱今日杯酒
間見君交情好

遼西

燕郊芳歲晚殘雪凍邊城四月青草合遼陽春

水生胡人王牧馬漢將日徵兵露重寶刀濕沙
虛金鼓鳴寒衣着已盡春服誰為成守語洛陽
使為傳邊塞情

相逢行

妾年初二八家住洛橋頭玉戶臨馳道朱門近
御溝使君何假問夫壻大長秋女弟新承寵諸
兄近拜侯春生百子殿花發五城樓出入千門
裏年年樂未休

長門怨

君王寵初歇棄妾長門宮紫殿青苔滿高堂明

月空夜愁生桃席春意羅薦纖泣盡無人問容
華落鏡中

王家少婦

十五嫁王昌盈盈入畫堂自矜年最少復倚婿
為郎舞愛前谿綠歌憐子夜長閒來鬭百草度
日不成妝

李頎

塞下曲

黃雲鴈門郡日暮風沙裏千騎黑貂裘皆稱羽
林子金笳吹朔雪鐵馬嘶雲水帳下飲蒲萄平

生寺心是

宋少府東谿泛舟

登岸還入舟水禽驚笑語晚葉低衆色濕雲帶殘暑落日乘醉歸谿流復幾許

祭公院各賦一物得初荷

微風和衆草大葉長圓陰晴露珠乘合夕陽花影深淺來不着水清净本自心

高達夫

宋中

梁王昔全盛賓客復多才悠悠一千年陳跡惟

西臺寂寞向秋草悲風千里來
梁苑白日暮梁山秋草時君王不可見脩竹令
人悲九月桑葉盡寒風鳴樹枝

薊門行

邊城十一月雨雪亂霏霏元戎號令嚴人馬亦
輕肥羌胡無盡日征戰幾時歸

幽州多騎射結髮重橫行一朝事將軍出入有
聲名紛紛獵秋草相向角弓鳴

崔國輔

香風詞

洛陽梨花落如霰河陽桃葉生復齊坐怨玉樓春欲盡紅綿粉絮裛妝啼

崔曙

山下晚晴

寥寥遠天淨谿路何空濛斜光照疏雨秋氣生白虹雲盡山色暝蕭條西北風故林歸宿處一葉下梧桐

古意

綠筍總成竹紅花亦成子能當此時好獨自幽閨裏夜夜苦更長愁來剔如死

劉方平

春怨

紗窗日落漸黄昏金屋無人見淚痕寂寞閑庭
春又晚梨花滿地不開門

棲烏詞

畫舸双檣錦爲纜芙容花發蓮葉暗門前月色
映横塘感郎中夜渡瀟湘

唐音遺響卷之一下

唐音遺響卷第三上目録

襄城楊士弘編次

右十人通得詩四十首皆中唐人詩不得其全以考之故不入正音而諸書中采其律調精粹者附於此云

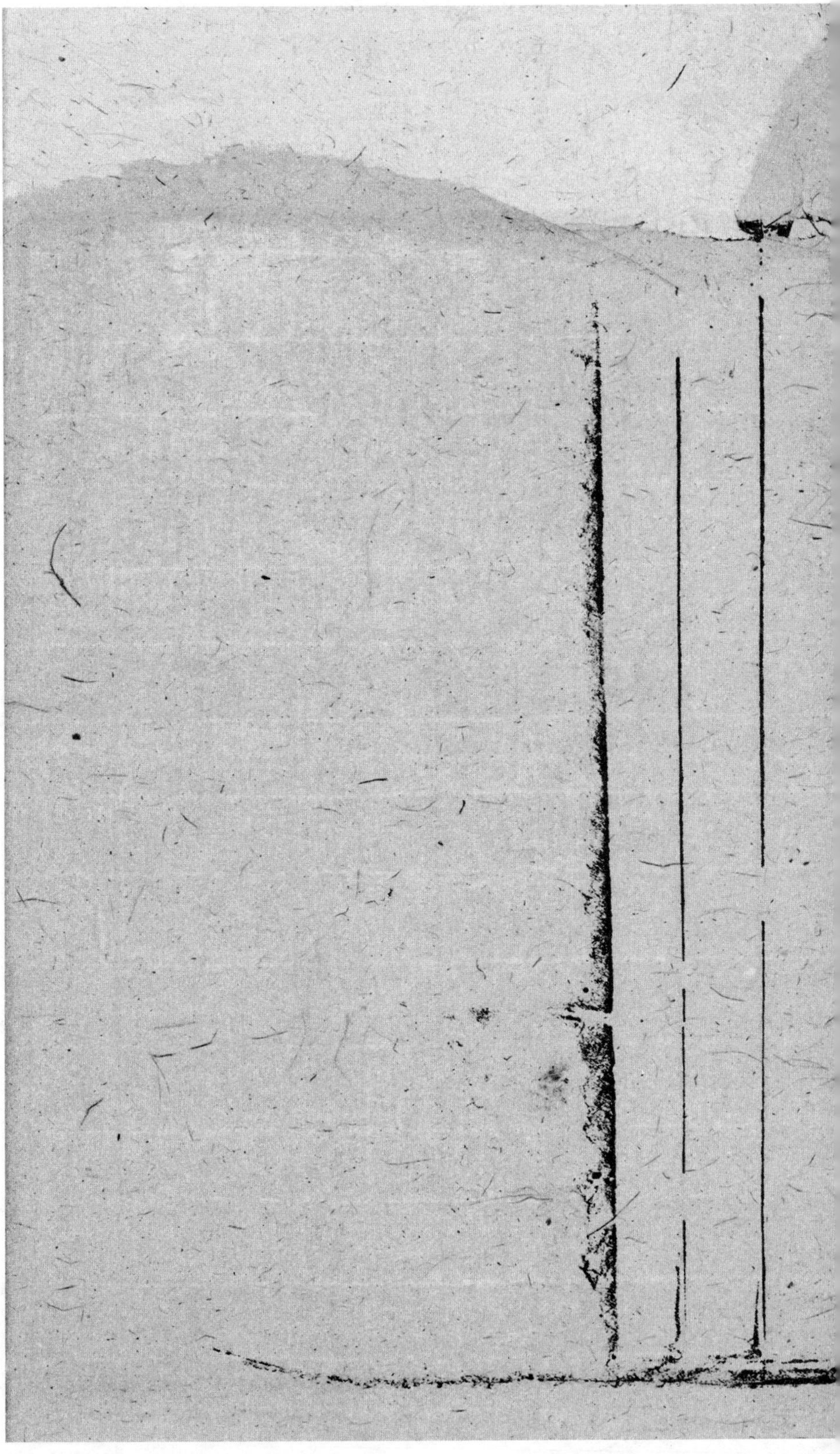

唐音遺響卷之三上

柳中庸

江行

繁陰乍隱洲，落葉初飛浦。蕭蕭楚客帆，暮入寒江雨。

凉州曲

關山萬里遠征人，一望關山淚滿巾。青海城頭空有月，黄沙磧裏本無春。

丘丹

答韋蘇州

露滴梧葉鳴秋風桂花叢中有學仙侶吹簫弄

山月

宋濟

東隣美女歌

花暖江城斜日陰鸎啼繡戶曉雲深春風不道

珠簾隔傳得歌聲與客心

劉商

合谿送王永歸東郭

君去春山誰共遊鳥啼花落水空流如今送別

臨谿水他日相思來水頭

酧後口號

春草秋風老此身一瓢長所任家貧醒來還愛

浮萍草漂寄官河不屬人

送王使君自楚移越

露冕行春向若耶野人懷惠欲移家東風二月

淮陰道惟見棠棃一樹花

羊士諤

郡中即事

紅衣落盡暗香殘葉上秋光白露寒越女含情

已無限莫教長袖倚闌干

雍裕之

五雜組

五雜組刺繡窠往復還織錦梭不得已成交河

自君之出矣

自君之出矣寶鏡為誰明思君如隴水長聞嗚咽聲

江邊柳

嫋嫋古堤邊青青一樹烟若為絲不斷畱取繫郎船

宮人斜

錢多紅粉香黄泥野鳥如歌又似啼應有春魂
化爲鷰年年飛入未央栖

長孫佐轄

尋山家

獨訪山家歇還涉茅屋斜連隔松葉主人聞語
未開門繞籬野菜飛黄蝶

令狐楚七

從軍行

胝心眠寒雪猶眼是秋沙萬里猶防塞三年不
見家

却望冰河闊前登雪嶺高征人幾多在又擬戰
臨洮

胡風千里驚漢月五更明縱有還家夢猶聞出
塞聲

宮中樂

月上宮花靜烟含苑樹深銀臺門已閉仙漏夜
沉〻

九重青瑣闥百尺碧雲樓明月秋風起珠簾上
玉鈎

思君恩

小苑鸎歌歇長門蝶舞多眼看春又去翠輦不曾過

紫禁香如霧青天月似霜雲韶何處奏秖是在昭陽

長相思

幾度春眠覺紗窗曉望迷朦朧殘夢裏猶自在遼西

遊春詞

閶闔春風起蓬萊雪水消相將折楊柳爭取最長條

少年行

少小邊州慣放狂驏騎蕃馬射黃羊如今年老無筋力獨倚營門數鴈行

楊中師

盧十五竹亭送姪歸山

落葉寒擁辟清霜夜霑石正是憶山時復送歸山客殷勤一尊酒曉月當窓白

白紵詞

玉纓翠珮雜輕羅香汗微漬朱顏酡爲君起唱白紵歌清聲裊雲思繁多凝笳哀琴時相和絃

盡半傾芳夜促梁塵霏霏暗紅燭令君安坐聽
終曲隊藍飄花難再復
躡珠履步瓊筵輕身起舞紅燭前芳姿艷態妖
且妍回時轉袖暗催絃涼風蕭蕭漏水急月華
泛艷紅蓮濕牽裙攬帶翻成泣

張仲素

春遊曲

烟柳飛輕絮風榆落小錢濛濛百花裏羅綺競

秋千

騁望登香閣爭高下砌臺林間踏青去席上意

錢來

行樂三春節林林一百和香當年重意氣先占鬬雞場

宮中樂

江果瑶池實金盤露井冰甘泉将避暑臺殿晚光凄

春江曲

摇漾越江春相将采白蘋歸時不覺夜出浦月隨人

春閨怨

裊裊邊城柳青青陌上桑提籠忘采葉昨夜夢漁陽

塞下曲

三代漁陽再渡遼騂弓在臂劍横腰匈奴似欲知名姓休傍陰山更射鵰

陰磧茫茫塞草腓桔槔烽上暮烟飛交河北望天連海蘇武曾將漢節歸

天馬辭

天馬初從渥水來歌曾唱得濯龍媒不知玉塞沙中路苜蓿殘花幾處開

蹀躞宛駒齒未齊摐金噴玉向風嘶来時行尽
金河道獵々輕風在碧蹄

漢花行

春風淡々影悠々鶯囀高枝燕入樓千步回廊
聞鳳吹珠簾處々上銀鈎

秋閨思

碧窻斜月藹深輝愁聽寒螿淚濕衣夢裏分明
見關塞不知何路向金微

唐音遺響卷之三中

郎士元

塞下曲

寶刀塞下兒輕身百戰曾百勝壯心竟未嫗知白草山頭日初沒黃沙戍下悲歌發蕭條静夜邊風吹獨倚營門望秋月

戴叔公

去婦怨

出戶不敢啼風悲日悽悽心知恩義絕誰忍分明別下坂車轔轔畏逢鄉里親空持床前幛郄

寄家中人忽辭王吉去為是秋胡死若比今日情煩寃不相似

女耕田行

乳鷰入巢筍成竹誰家二女種新穀無人無牛不及犂持刀斫地翻作泥自言家貧母年老長兄從軍未娶嫂去年災疫牛囤空截絹買刀都市中頭巾掩面畏人識以刀代牛誰與同姊妹相攜心正苦不見路人唯見土疏通畦隴防亂苗整頓溝塍待時雨日正南岡下餉歸可憐朝雉擾驚飛東鄰西舍花發盡共惜餘芳淚滿衣

柳花歌送客往桂陽

滄浪渡頭柳花發斷續因風飛不絕搖煙拂水積翠間綴雪含霜誰忍攀夾岸紛紛送君去鳴棹孫尋到何處移家深入桂水源種柳新成花更繁定知別後消散盡却憶今朝傷旅䰟

戎昱

苦哉行

妾家清河邊七葉承貂蟬身為最小女偏得渾家憐親戚不相識幽閨十五年有時最遠出秖到中門前前年狂胡來懼死翻生全今秋官軍

全豈意遥弋鋋匈奴為先鋒長梟黃鬚拳攣弓
獵生人百步牛羊擅脫身落虎口不及歸黃泉
苦哉難重陳暗哭著々天

采蓮曲

雖聽采蓮曲詎識采蓮心漾檝愛花遠回船愁
浪深烟生極浦色日落半江陰同侶憐波靜看
粧隨玉簪
潯陽女兒花滿頭毿々同泛木蘭舟秋風日暮
南湖裏爭唱菱歌不肯休

塞上曲

慘〻寒日没北風吹〻邊頭將軍領疲兵却入白
塞門迴首指陰山殺氣成黃雲
樓上畫角哀即知兵心苦試問左右人無言淚
如雨何意休明時終年事鼙鼓

長安秋夜

八月更漏長愁人起常早閉門寂無事滿院生
秋草昨宵西窗夢〻入荆南道遠客啼去來在
家貧亦好

客堂秋夕

隔窗螢影滅復流北風微雨虛堂秋蟲聲竟夜

引鄉淚蟋蟀何知人自愁四時不得一日樂以
此方悲客游惡索〻江城無所聞梧桐葉上偏
蕭索

顧逋翁

日晚歌

日窅〻兮下山望佳人兮不還花落兮屋上草
生兮階間日〻兮春風芳菲兮欲歇老不可兮
更少君胡為兮輕別

短歌行

城邊路今人犂田昔人墓岸上沙昔時江水今

人家今夕皆夫共長歎四序相催節回換明月皎皎入華池白雲飛飛度清漢

古意

新髻青絲百尺繩心在君家轆轤上我心皎潔君不知轆轤一轉一惆悵

陳羽

公子行

金羈白馬郎何處踏青來馬驕郎半醉躞蹀望樓臺似見樓上人玲瓏窻戶開隔花聞一笑落日不知回

楊巨源

大堤詞

二八嬋娟大堤女開壚相對依江渚待客登樓向水看邀郎卷幔臨花語細雨濛濛濕芰荷巴東商旅駐帆多自傳芳酒涴紅袖誰調妍粧回翠娥珍簟華鐙夕陽後當壚理瑟矜纖手月落星微五鼓聲春風摇蕩窗前柳歲歲逢迎沙岸間背人多整緑雲鬟無端嫁與五陵少離別煙波傷玉顔

王廣津

宫詞

白雪猧兒拂地行慣眠紅毯不曾驚深宫更有何人到只向金階吠晚螢

劉夢得

淮陰行二首

船頭大銅鐶摩挲光陣陣早晚使風来沙頭一眼認

何物令儂羨羨郎船尾鷰銜泥趂檣竿宿食長相見

武昌老人說笛歌

武昌老人七十餘手把庾令相問書自言少小學吹笛早事明皇曾賞激往來征鎮戍蘄州楚山蘄〻笛竹秋當時買材恣搜索典却身上烏貂裘古苔蒼〻封老節石上孫生飽風雪商聲五音隨指發水中龍應行雲絕曾將黃鶴樓上吹一聲占盡秋江月如今老去語猶遲音韻髙低耳不知氣力已無心尚在時〻一曲夢中吹

平蔡州

汝南晨雞喔〻鳴城頭鼓角音和平路傍老人憶舊事相與感激皆涙零老人收涙前致詞官

軍入城人不知忽驚元和十二載重見天寶承平時

堤上行三首

酒旗相望大堤頭堤下連檣堤上樓日暮行人爭渡急槳聲幽軋滿中流

江南江北望烟波入夜行人相應歌桃葉傳情竹枝怨水流無限月明多

長堤繚繞水徘徊酒舍旗亭次第開日晚上籠招賈客軻峩大艑落帆来

洛中逢韓七中丞之吳興口號

昔年意氣結羣英幾度朝回一字行海北天南零落盡两人相見洛陽城

和令狐相公別牡丹

平章宅裏一欄花臨到開時不在家莫道两京非遠別春明門外即天涯

瀟湘曲

斑竹枝斑竹枝淚痕點點寄相思楚客欲聽瑤瑟怨瀟湘深夜月明時

唐音遺響卷之二中

唐音遺響卷之二下目録

襄城楊士弘編次

李長吉二十一首　盧仝六首

孟東野二十一首　元微之六首

白樂天十三首

右五人通得詩六十七首中唐以来雖皆卓然成家然不能不墮於一偏之失如李之險怪盧之泛濫孟之寒苦元白之近俚皆唐風之變也故不録於正音而擇其粹者附於此云

唐音遺響卷之三下

李長吉

感諷

合浦無明珠龍洲無木奴足知造化力不給使君須越婦未織作吳蠶始蠕蠕縣官騎馬來獰色虯紫鬚懷中一方板板上數行書不因使君怒焉得詣尔廬越婦拜縣官桑牙今尚小會待春日晏絲車方擲掉越婦通言語小姑具黃粱縣官踏飧去簿吏復登堂

申胡子觱篥歌

顏熟感君酒含嚼蘆中聲花娘篸綏妥休睡夫
容屏誰截太平管列點排空星直貫開花風天
上驅雲行今夕歲華落令人惜平生心事如波
濤中坐時〻鷩翔客騎白馬劍弝懸蘭纓俊健
如生猱肯拾蓬中螢

蜀國絃

楓香晚花靜錦水南山影鷩石隧猨哀竹雲愁
半嶺涼月生秋浦玉沙粼〻光誰家紅淚客不
忍過瞿塘

仙人

彈琴石壁上翩翩一仙人手持白鸞尾夜掃南山雲鹿飲寒澗下魚歸清海濱當時漢武帝書鄭桃花春

馬詩

寶玦誰家子長聞俠骨香堆金買駿骨將送楚襄王

香襆赭羅新盤龍蹙鐙鱗迴看南陌上誰道不逢春

汗血到王家隨鸞撼玉珂少君騎海上人見是青騾

塘上行

藕花涼露濕花缺藕根澁飛下雌鴛鴦塘水聲

溢〻

秦宮詩

漢秦宮將軍梁冀之嬖奴也秦宮得寵内舍故以驕名大譟於人予擬傳作長辭〻以馮子都之事相對望又云昔有之詩

越羅衫袂迎春風玉刻麒麟腰帶紅樓頭曲宴

仙人語帳裏吹笙香霧濃人間酒暖春茫〻花

枝入簾白日長飛窓複道傳籌飲午夜銅盤膩燭黃禿衿小袖調鸚鵡紫綉麻霞踏哮虎斫桂燒金待曉筵白鹿青蘇夜半煑桐英永巷騎新馬内屋深屏生色畫開門爛用水衡錢卷起黃河向身瀉皇天厄運猶繾綣秦宫一生花底活鸞篦奪得不還人醉睡氍毹滿堂月

金銅仙人辭漢歌　并序

魏明帝青龍元年八月詔宫官牽車西取漢孝武捧露盤仙人欲立置前殿宫官既拆盤仙人臨載潛然淚下

唐諸王孫李長吉遂作金銅仙人辭

漢歌

茂陵劉郎秋風客夜聞馬嘶曉無跡畫欄桂樹懸秋香三十六宫土花碧魏官牽車指千里東關酸風射眸子空將漢月出宫門憶君清淚如鉛水衰蘭送客咸陽道天若有情天亦老攜盤獨出月荒涼渭城已遠波聲小

浩歌

南風吹山作平地帝遣天吴移海水王母桃花千徧紅彭祖巫咸幾回死青毛驄馬參差錢

春楊柳含細烟箏人勸我金屈巵神血未凝身問誰不須浪飲丁都護山上英雄本無主買絲繡作平原君有酒唯澆趙州土漏催水咽玉蟾蜍衛娘髮薄不勝梳看見秋眉換新綠二十男兒那刺促

李憑箜篌引

吳絲蜀桐張高秋空山凝雲頹不流江娥啼竹素女愁李憑中國彈箜篌崑山玉碎鳳凰叫芙容泣露香蘭笑十二門前融冷光二十三絲動紫皇女媧鍊石補天處石破天驚逗秋雨夢入

神山教神嫗老龍跳波瘦蛟舞吳質不眠倚桂樹露脚斜飛濕寒兎

天上謡

天河夜轉漂回星銀浦流雲學水聲玉宮桂樹花未落仙妾采香垂珮纓秦妃卷簾北窓曉囪前植桐青鳳小王子吹笙鵝管長呼龍畊烟種瑤草粉霞紅綬藕絲裙青洲步拾蘭苕春東指羲和能走馬海塵新生石山下

春坊正字劒子歌

先輩匣中三尺水曾入吳潭斬龍子隙月斜明

露寒練帶平鋪吹不起蛟胎皮老蒺藜刺鸊
鵜淬花白鷴尾直是荊軻一片心莫教照見春
坊字挼絲團金懸簏簌神光欲截藍田玉提出
西方白帝驚嗷〻鬼母秋郊哭

李夫人

紫皇宮殿重〻開夫人飛入瓊瑤臺綠香繡帳
何時歇青雲無光宮水咽翩聯桂花墜秋月孤
鸞驚啼商絲發紅壁闌珊懸佩璫歌臺小妓遙
相望玉蟾滴水雞人唱露華蘭葉參差光

鴈門太守行

黑雲壓城〻欲摧甲光向月金鱗開角声滿天
秋色裏塞上臙脂凝夜紫半卷紅旗臨易水霜
重鼓聲寒不起報君黄金臺上意提攜玉龍為
君死

貴主征行樂

奚騎黄銅連鎖甲羅旗香縣金畫葉中軍留醉
河陽城驕嘶紫鷰踏花行春營騎將如紅玉走
馬搯鞭上空緑女垣素月角咿〻牙帳未開分
錦衣

神絃別曲

巫山小女隔雲別春風松花山上發綠益獨穿芳逕歸白馬花竿前子〻蜀江風澹水如羅隨蘭誰泛相經過南山桂樹為君死雲衫淺汙紅脂花

江南弄

江中綠霧起涼波天上疊巘紅嵯峨水風浦雲生老竹渚暝蒲帆如一幅鱸魚千頭酒百斛酒中倒臥南山綠吳歈越吟未終曲江上團〻帖寒玉

少年樂

芳草落花如錦地二十長遊醉鄉裏紅纓不重白馬驕乘柳金絲香耕水吳娥未笑花不開綠鬢聳墮蘭雲起陸郎倚醉　牽羅袂奪寶釵金翡翠

夢天

老兔寒蟾泣天色雲樓半開壁斜白玉輪軋露濕團光鸞珮相逢桂香陌黄塵清水三山下更變千年如走馬遥望齊州九點烟一泓海水杯中瀉

蝴蝶舞

楊花撲帳春雲熱龜甲屏風醉眼纈東家胡蝶
西家飛白騎少年今日歸

昌谷北園新笋

斫取青光寫楚辭膩香春粉黑離離無情有恨
何人見露壓煙啼千萬枝

盧仝

新月

仙宮雲箔卷露出玉簾鈎清光無所贈相憶鳳
皇樓

有所思

當時我醉美人家美人顏色嬌如花今日美人弃我去青樓珠箔天之涯娟娟姮娥月三五二八盈又缺翠眉蟬鬢生別離一望不見心斷絕心斷絕幾千里夢中醉臥巫山雲覺來淚滴湘江水湘江兩岸花木深美人不見愁人心含愁更奏綠綺琴調高絃絕無知音美人兮美人不知為暮雨兮為朝雲相思一夜梅花發忽到囱前疑是君

樓上女兒曲

誰家女兒樓上頭指揮婢子掛簾鈎林花撩乱

心之愁卷卻羅袖彈箜篌〻〻歷亂五六絃羅袖掩面啼向天相思向天情不斷落花紛〻心欲穿心欲穿憑闌干相憶柳條綠相思錦帳寒直緣感君恩愛一回顧使我雙淚長珊〻我有嬌靨待君笑我有嬌蛾待君掃鶯花爛熳君不來及至君來花已老心腸寸斷誰得知玉階羃歷生青草

思君吟

我思君兮河之壖我為河中之泉君為河中之青天〻青〻泉泠〻泉含青天〻隔泉我思君

兮心亦然此心復在天之側我心為風兮淅〻
君身為雲兮冪〻此風引此雲兮雲下來風兮
雲兮何悠揚與我身心雙裵佪

蕭三十三赴歙州昏期僕客楊州早春
書寄一絕

淮上客情殊冷落蠻方春早客何如相思莫道
無來使回鴈峯前好寄書

逢鄭三游山

相逢之處花茸〻峭壁攢峯千萬重他日期君
何處好寒流石上一株松

孟東野

與韓愈李翱張籍別

朱絃奏離別華燈少光輝物色豈有異人心顧將違客程殊未已歲華忽然微秋桐故葉下寒露新鴈飛遠遊起重恨送人念先歸夜集類饑鳥晨光失相依馬跡繞川水鴈書還閨闈常恐親朋阻獨行知慮非

古薄命

不惜十指絃為君千萬彈常恐新聲至坐使故聲殘棄置今日悲即是昨日懽將新變故易持

故為新難青山有蘼蕪淚葉長不乾空令後代人采擷幽思攅

古樂府雜怨

貧女鏡不明寒花日少容暗蛩有虛織短線無長縫浪水不可照狂夫不可從浪水多散影狂夫多異蹤持此一生薄空成萬恨濃

怨別

一別一回老志士白髮早在富易為容居貧難自好沉憂損性靈服藥亦枯槁秋風游子衣落日行遠道君問去何之賤身難自保

遊終南

南山塞天地日月石上生高峯夜留景深谷晝未明山中人自正路險心亦平長風驅松柏聲拂萬壑清到此悔讀書朝朝近浮名

送淡公

銅斗飲紅酒醉拍銅斗歌儂是拍浪兒飲則拜浪婆脚踏小船頭獨速舞短蓑笑伊漁陽摻空恃文章多閑倚青竹竿白日奈我何

短蓑不怕雨白鷺相爭飛短檝畫菰蒲鬬作豪橫婦笑伊水健兒浪戰無光輝不如竹枝弓射

鴉無是非

游子吟

慈母手中線游子身上衣臨行密〻縫意恐遲遲歸誰言寸草心報得三春暉

塘下行

塘邊日欲斜年少早還家徒将白羽扇調妾木蘭花不是城頭樹那栖來去鴉

征婦怨

君淚濡羅巾妾淚滴路塵羅巾去在手今得隨妾身路塵如得風得上君車輪

漁陽千里道近如中門限中門有時踰漁陽長在眼
生在綺羅下不識漁陽道良人自戍來夜夜夢中到

古別

欲別牽郎衣問郎游何處不恨歸日遲莫向臨邛去

古怨

試妾與君淚兩處滴池水看取芙蓉花今年爲誰死

樂府戲贈陸大夫十二丈

蓮葉未開時苦心終日卷春水徒蕩漾荷花未開展

閨怨

妾恨比斑竹下鱕煩冤根有笋未出土中已含淚痕

出門行

長河悠悠去無極百齡同此可歎息秋風白露霑人衣壯心凋落奪顏色少年出門將訴誰川無梁兮路無岐一聞陌上苦寒奏使我佇立歎

且悲君今得意嚴裝肉骨復念我貧賤時

海風蕭蕭天雨霜窮愁獨坐夜何長驅車舊憶

太行險始知游子悲故鄉美人相思隔天關長

望雲端不可越手持琅玕欲有贈愛而不見心

斷絕南山峩峩白石爛碧海之波浩漫漫參辰

出沒不相待我欲橫天無羽翰

巫山高

巴江上峽重復重陽臺碧峭十二峯荊王獵時

逢暮雨夜臥高丘夢神女輕紅流烟濕艷姿行

雲飛去明星稀目極魂斷望不見猿啼三聲淚

沾衣

臨池曲

池上春蒲葉如帶紫菱成角蓮子大羅裙蟬鬢
倚迎風雙上伯勞飛向東

寒食

長安落花飛上天南風引至玉階前可憐春色
亦朝謁唯我孤吟濟水邊

元微之

桃花

桃花淺深處似匀深淺粧春風助腸斷吹落

衮棠

和樂天早春見寄

雨香雲淡覺微和誰送春聲入棹歌萱近北堂穿土早柳偏東面受風多湖添水色消殘雪江送潮頭湧濁波同受新年不同賞無由縮地欲如何

劉阮山

夫容脂肉綠雲鬟罨畫樓臺青黛山千樹桃花萬年藥不知何事憶人間

聞樂天左降江州

殘鐙無燄影幢幢此夕聞君謫九江垂死病中
驚起坐暗風吹雨入寒窗

重贈商玲瓏兼寄樂天

休遣玲瓏唱我辭我辭多是寄君詩明朝又向
江頭別月落潮平是去時

憶事

夜深閑到戟門邊遶柳繞行廊又獨眠明月滿庭
池水淥桐花垂在翠簾前

白樂天

新辭

聲色鮮宫殿秋聲脆管絃聖明千載樂歲歲似
今年

池上

小娃撑小艇偷采白蓮回不解藏蹤跡浮萍一
道開

尋郭道士不遇

琵中乞假来相訪洞裏朝元去不逢看院秖留
雙白鶴入門唯見一青松藥鑪有火丹應伏雲
碓無人水自舂欲問參同契中事未知何日得
相從

後宫詞

淚盡羅巾夢不成夜深前殿按歌聲紅顔未老恩先斷斜倚熏籠坐到明

楊柳枝

紅板江橋青酒旗館娃宫暖日斜時可憐雨歇東風定萬樹千條各自垂

采蓮曲

菱葉縈波荷颭風荷花深處小船通逢郎欲語低頭笑碧玉搔頭落水中

寒閨怨

寒月沉〻洞房靜真珠簾外梧桐影秋霜欲下
手先知鐙底裁縫剪刀冷

同李十一醉憶元九

花時同醉破春愁醉折花枝當酒籌忽憶故人
天際去計程今日到梁州

杏園花下贈劉郎中

怪君把酒偏惆悵曾是貞元花下人自別花来
多少事東風二十四回春

春題華陽觀

帝子吹簫逐鳳凰空留仙洞號華陽落花何處

堪惆悵頭白宮人掃影堂

期不至

紅燭清尊久延佇出門入門天欲曙星稀月落

君不来烟柳朧朧鵲飛去

竹枝詞

瞿塘峽口冷烟低白帝城頭月向西唱到竹枝

聲咽處寒猿晴鳥一時啼

巴東船舫上巴西波面風生雨脚齊水蓼冷花

紅簇簇江蘺濕葉碧萋萋

唐音遺響卷之二下

唐音遺響卷第三上目録

襄城楊士弘編次

右八人通詩七十五首，皆晚唐以來名家之作也。惜其音律流靡，若賈之清刻、溫之靡縟，尚不合乎正音，況其下者乎？是以就其所長而采之，附於此云。

唐音遺響卷之三上

賈浪仙

旅遊

此心非一事書札若爲傳舊國别多日故人無少年空巢霜葉落疎牖水螢穿留得林僧宿中宵坐嘿然

山中道士

頭髮梳千下休糧帶瘦容養雛成大鶴種子作高松白石通宵煑寒泉盡日舂不曾離隱處那得世人逢

題李凝幽居

閑居少鄰並草徑入荒園鳥宿池中樹僧敲月下門過橋分野色移石動雲根暫去還來此幽期不負言

送朱可久歸越中

石頭城下泊北固暝鐘初汀鷺衝潮起船窗過月虛吳山侵越衆隋柳入唐疏日欲供調膳辟來何府書

壯士吟

壯士不曾悲悲即無回期如何易水上未歌淚

先甚

宿村家亭子

床頭枕是谿中石，井底泉通竹下池。宿客未眠過夜半，獨聞山雨到來時。

渡桑乾

客舍幷州已十霜，歸心日夜憶咸陽。無端更渡桑乾水，却望幷州是故鄉。

三月晦日

三月正當三十日，風光別我苦吟身。共君今夜不須睡，未到曉鐘猶是春。

温飛卿

西州詞

悠々復悠々昨日下西州西州風色好遥見武昌樓武昌何鬱々儂家定無匹小婦被流黄登樓撫瑶琴朱絃繫復輕素手直淒清一彈三四解掩抑似含情南樓登且望西江廣復平艇子揺兩槳催過石頭城門前烏桕樹慘澹天将曙鸂鶒飛復還郎隨早帆去廻頭語同伴定復負情儂去帆不安幅作抵使西風他日相尋索莫作西州客西州人不歸春草年々碧

湘宮人歌

池塘芳意濕夜半東風起生綠畫羅屏金壺貯春水黄粉楚宮人芳花玉刻麟娟娟照棊燭不語兩含嚬

碧澗驛曉思

香燈伴殘夢楚國在天涯月落子規歇滿庭山杏花

郭處士擊甌歌

佶栗金虬石潭古勺陂瀲灩幽脩語湘君寶馬上神雲碎珮蕤鈴滿烟雨吾聞三十六宮花離

雞軟風吹春星斗稀玉晨冷磬破昏夢天露未乾香着衣蘭釵委墜垂雲髮小響丁當逐迴雪晴碧烟滋重疊山羅裙半掩桃花月太平天子駐雲車龍鑪勃鬱雙蟠拏宮中近臣抱扇立侍女低鬟落翠花亂珠觸續正跳蕩須頭不覺金烏斜我亦為君長歎息緘情遠寄愁無色莫沾香夢緑楊絲千里春風正無力

張靜婉采蓮曲

蘭膏膩髮紅玉春燕釵拖頸抛盤雲城西楊柳向嬌晚門前溝水波粼粼麒麟公子朝天客珂

馬塗々度春陌掌中無力舞衣輕剪斷蛾綃破
春碧抱月飄烟一尺腰麝臍龍髓憐嬌娥秋羅拂
水碎光動露重花多香不銷鸂鶒交々塘水滿
綠芒如粟蓮莖短一夜西風送雨來粉痕零落
愁紅淺船頭折藕絲暗牽藕根蓮子相留連郎
心似月々易缺十五十六清光圓

舞衣曲

蘤膓纖縷抽輕春烟機漠々嬌蛾顰金梭淅瀝
透空薄剪落交刀吹斷雲張家公子聽秋雨夜
向蘭堂思舞蟬衫麟帶壓愁香偷得鶯黃鎖

金縷管含蘭氣嬌語悲胡槽雪腕鴛鴦絲夫容力弱應難定楊柳風多不自持迴嚬笑語西窗客星斗寥寥波脈脈不逐秦王卷象床滿樓明月梨花白

湖陰詞

祖龍黃鬚珊瑚鞭鐵驄金面青連錢虎髯拔劍欲成夢日壓賊營如血鮮海旗風急驚眠起甲重光搖照湖水蒼黃追騎塵外歸森索妖星陣前死五陵愁碧春萋萋灞川玉馬空中嘶羽書如電入青瑣雪腕如槌催畫鞞白虬天子金煌

鑾高臨帝座迴龍輦吳波不動楚山晩花壓闌
干春晝長

懊惱曲

藕絲作線難勝針蘂粉染黄那得深玉白蘭芳
不相顧青樓一笑輕千金莫言自古皆如此健
劍刜鐘鉛繞指三秋庭緑盡迎霜唯有荷花守
紅死廬江小吏朱斑輪柳縷吐芽香玉春兩股
金釵已相許不令獨作空成塵悠悠楚水流如
馬恨紫愁紅滿平野野土千年怨不平至今燒
作鴛鴦死

晚歸曲

格〻水禽飛帶波漲光斜匝夕陽多湖西山淺似相笑菱刺惹衣攢黛蛾青絲繫船向江木蘭芽出土吴江曲水極晴搖泛艷紅草平春深灼綿綠玉鞭騎馬楊叛兒刻金作鳳光參差丁〻暖濕滴花影催入景陽人不知戀堤弱柳遥相矚雀扇團〻掩香玉蓮塘艇子歸不歸柳暗桒穠聞布谷

曉仙謡

玉妃喚月歸海宫月色澹白涵春空銀河欲轉

星靨〻雲浪疊山埋早紅宮花有露如新淚小苑萋〻入寒翠綺閣空傳唱漏聲網軒未辨凌雲字遥〻珠帳連湘烟鶴扇如霜金骨仙碧簫曲盡綵霞動下視九州皆悄然秦王女騎紅尾鳳乘空回首晨鷄天霧盡紅塵億兆家世人猶作牽情夢

春愁曲

紅絲穿露珠簾冷百尺啞〻下纖綆遥翠愁山入臥屛兩重雲母空烘影凉簪墜髮春眠重玉兎爐氤氳柳如夢錦疊空床委墜紅颸〻掃尾雙

金鳳蜂嗔蝶駐俱悠揚柳拂赤闌纖草長覺後
梨花委平綠春風和雨吹池塘

湘東宴曲

湘東夜宴金貂人楚女含情嬌翠嚬玉管將吹
插鈿帶錦囊斜拂雙麒麟重城漏斷孤帆去唯
恐瓊籤報天曙萬戶沉沉碧梱圓雲飛雨散知
何處欲上香車俱脉脉清歌響斷銀屏隔堤外
紅塵蠟炬啼樓前瀉月連江白

錦城曲

蜀山攢黛留晴雪簝筍蕨芽縈九折江風吹巧

剪霞綃花上千枝杜鵑血杜鵑飛入巖下猨夜
啼思歸山月中巴水漾情ゝ不盡文君織得春
機紅怨覓未歸芳草死江頭學種相思子樹成
寄與望鄉人白帝荒城五千里

蘭塘詞

塘水汪ゝ鳬唼喋憶上江南木蘭檝繡頸金鬚
蕩倒光團圓跛緑鷄頭葉露瀼荷卷珠凈圓紫
菱刺短浮根鮮小姑歸晚紅妝淺鏡裏夫容睞
水妍東滿濡ゝ勞回首欲寄一杯瓊液酒知道
無郎却有情長教月照相思柳

織錦辭

丁東細漏侵瓊瑟影轉高梧月初出簇簌金梭萬縷紅鴛鴦艷錦初成匹錦中百結皆同心蘂亂雲盤相間深此意欲傳々不得玫瑰作柱朱絃琴為君裁破合懽被星斗迢々共千里象齒熏鑪未覺秋碧池已有新蓮子

塞寒行

燕弓弦勁霜封瓦樸簌寒鵰睇平野一點黄塵起鴈喧白龍堆下千蹄馬河源怒濁風如刀剪斷朔雲天更高晚出榆關遂征北驚沙飛近衝

貂袍心許凌烟名不滅年年錦字傷離別彩毫
一畫竟何榮空使青樓淚成血

春洲曲

韶光染色如蛾翠綠濕紅鮮水容媚蘇小慵多
蘭渚閑融融浦日鵁鶄寐紫騮蹀躞金銜嘶岸
上揚鞭烟草迷門外平橋連柳堤歸來晩樹黄
鸎啼

陽春曲

雲母空窗曉寒薄香昏龍氣凝暉閣霏霏霧雨
杏花天簾外春威着羅幙曲欄伏檻金麒麟沙

苑芳郊遅翠盖㾾馬何能嚙芳草路人不敢隨流塵

春曉曲

家臨長信往來道乳燕雙雙掠烟■草油壁車輕金犢肥流蘇帳曉春鷄早籠中嬌鳥曖猶睡簾外落花閑不掃衰桃一樹近前池似惜紅顏鏡中老

蓮浦謡

鳴橈軋軋溪溶溶廢緑平烟吳苑東水清蓮媚兩相向鏡裏見愁愁更紅白馬金鞭大堤上西

江日〻多風浪荷恣有霞似鷺鷥不是真鷗亦

摇蕩

經陳琳墓

曾於青史見遺文今日飄蓬過古墳詞客有靈

應識我霸才無主始憐君石麟埋沒惟春草銅

雀荒凉有暮雲莫怪臨風倍惆悵欲將書劍學

從軍

瑶瑟怨

冰簟銀床夢不成碧天如水夜雲輕鴈聲遠過

瀟湘去十二樓中月自明

車駕西游因而有作
宣曲長楊瑞氣凝上林狐兔待秋鷹誰將詞賦
陪雕輦寂寞相如卧茂陵
贈彈箏者
天寶年中事上皇曾將新曲教寧王鈿蟬金鴈
皆零落一曲伊州淚萬行
經故衮學士居
劍逐驚波玉委塵謝安門下更何人西州城外
花千樹盡是羊曇醉後春
李涉

六歎

綺羅香風翡翠車晴明獨傷春容宗〻上有雲鬟洞仙〻女逞羅掩縠烱〻語風月頻驚桃李時滄波久別鴛鴦信欲傳一札孤飛翼山長水遠無消息却鏁重門一院深〻半夜空庭明月色深院梧桐夾金井〻上有轆轤青絲索美人清晝汲寒泉〻〻欲上銀瓶落〻〻碧甃千餘尺竟日倚闌空歎息惆悵不來照明鏡却掩洞房花宗〻

牧童詞

朝牧牛牧牛下江曲夜牧牛〻村口谷荷蓑出林
山雨細蘆管臥吹沙草緑亂插蓬蒿箭滿腰不
怕猛虎欺黃犢

過襄陽寄上于司空

方城漢水舊城池陵谷依然世自移歇馬獨來
尋故事逢人唯說峴山碑

從秦城回再題武關

遠別秦城萬里游亂山高下入商州關門不鎖
寒谿水一夜潺湲送客愁

題鶴林寺僧室

終日昏昏醉夢間忽聞春盡強登山因過竹院
逢僧話又得浮生半日閑

春晚遊鶴林寺寄使府諸公

野寺尋花春已遲背巖惟有兩三枝明朝攜酒
猶堪賞爲報春風且莫吹

開元寺

宿雨初收艸木濃羣鴉飛散下堂鐘長廊無事
僧歸院盡日門前獨看松

竹枝詞

十二峯頭月欲低空濛灘上子規啼孤舟一夜

東歸客泣向東風憶建谿

張承吉

穆護砂

玉管朝朝美清歌日日新折花當驛路寄與隴頭人

思歸樂

萬里春歸盡三江鴈亦稀連天漢水廣孤客未言歸

金殿樂

入夜秋砧動千聲起四隣不緣樓上月應爲隴

頭人

鴂頭花

䗁蟀鳴洞房梧桐落金井為君裁舞衣天寒剪刀冷

續曲歌

不見心相許徒云腳譍勤摘荷空摘葉是底采蓮人

昭君怨

萬里邊城遠千山行路難舉頭惟見日何處是長安

車遥〻

東方曨〻車軋〻地色不分新去轍閶門半掩

床半空斑〻枕花殘淚紅君心若車千萬轉妾

身如轍遺漸遠碧川樓〻山宛〻馬蹄在耳輪

在眼棄門女兒情不淺莫道野蚕能作繭

題金山寺

一宿金山寺微茫水國分僧歸夜船月龍出曉

堂雲樹影中流見鐘聲兩岸聞回悲在城市終

日醉醺〻

胡滑州

亭亭孤月照行舟寂寂長江萬里流鄉國不知何處是雲山漫漫使人愁

集靈臺

虢國夫人承主恩平明上馬入金門却嫌脂粉汚顔色淡掃蛾眉朝至尊

邠王小管

虢國潛行韓國隨宜春深院鬭花枝金輿遠輦無人見偷把邠王小管吹

施斋聖

古曲

可憐江北女慣唱江南曲摇蕩木蘭舟双鳬不成浴

郎為巳上香妾為籠下灰郎時相暖熱去後生塵埃

夜裁鴛鴦綺朝織蒲萄綾欲試一片心待縫三天冰

衝夜行

夜行無月時古路多荒榛山鬼遥把火自照不照人

幼女詞

幼女纔六歲未知巧與拙向夜在堂前學人拜新月

效古興

金雀無舊釵緗綺無舊裾惟有一寸心長貯萬里夫南軒夜蟲織已促北牖䖺蛾繞殘燭只言衆口鑠黄金誰信獨愁銷片玉不知歲晚婦不婦又將啼眼縫征衣

李文山

傷思

八月白露濃芙蓉抱香死紅枯金粉墮寒落寒

塘水西風團葉下疊鼓參差迎不見棹歌人空乘綠房子

古詞

一合相思淚臨江灑素秋碧波如會意却與向西流

雨夜呈長官

遠客坐長夜雨聲孤寺秋請量東海水看取淺深愁

火爐前坐

孤燈照不寐風雨滿西林多少關心事書兵一到

夜深

黄陵廟

小姑洲北浦雲邊二女明粧共儼然野廟向江春寂寂古碑無字草芊芊東風近墓吹芳芷落日深山哭杜鵑猶似含嚬望巡狩九疑如黛隔湘川

黄陵廟

黄陵廟前莎草春黄陵女兒茜裙新輕舟短棹唱歌去水遠山長愁殺人

南莊春晚

草腰沙長望去舟微茫炟浪向巴丘沅湘宗宗
春啼盡水緑蘋香人自愁

鮑德源

采蓮曲

美舟朅来南塘水荷葉暎身摘蓮子暑衣鮮淨
鴛鴦喜作浪舞花鷺一不起殷勤護惜纖纖指水
芰初熟多新刺

襄陽懷古

襄陽太守沉碑意身後身前幾年事襄江千歲
永爲陵水底魚龍應識字

贈楊鍊師

道士夜誦蘂珠經白鶴下繞香烟聽夜深經盡人上鶴天風吹入秋冥冥紫烟衣上繡春雲清隱山書小篆文明月在天將鳳管夜深吹向玉宸君

陸魯望

古意

遠心莫淡薄妾意方悃託願得雙車輪一夜生四角

江南曲

魚戲蓮葉間參差隱葉扇鵁鶄鸂鶒瑰窺瀲灧無

因見

雙吹管

長短裁浮篘參差作飛鳳高樓明月夜吹出江

南天

東飛鳧

裁得尺錦書欲寄東飛鳧翅短脛亦短雌雄戀

菰蒲

鄴宫

花飛蝶駭不愁人水殿雲廊別置春曉日靚粧

千騎女白櫻桃下紫綸巾

唐音遺響卷之三上

唐音遺響卷之三中目録

襄城楊士弘編次

許用晦六首

杜牧之十首

李義山二十九首

右三人通詩四十五首晚唐來衆作之中獨能音拔取其音律近合盛唐者已附正音再擇其可録者附於此云

唐音遺響卷第三中

杜牧之

九日齊山登高

江涵秋影鴈初飛與客攜壺上翠微塵世難逢開口笑菊花須插滿頭歸但將酩酊酬佳節不用登臨恨落暉古往今來只如此牛山何必淚霑衣

寄題甘露寺北軒

曾上蓬萊宮裏行北軒闌檻最留情孤高堪弄桓伊笛縹緲宜聞子晉笙天接海門秋水色烟

龍隋苑蒼鐘聲他年會着荷衣去不向山僧道
姓名

獨酌

窓外正風雲擁爐開酒缸何如釣船雨蓬底睡
秋江

罷家

稚子牽衣問歸來何太遲共誰爭歲月贏得鬢
成絲

齊安郡中偶題

兩竿落日溪橋上半縷輕烟柳影中多少綠荷

相倚恨一時回首背西風

過華清宮

長安回望繡成堆山頂千門次第開一騎紅塵
妃子笑無人知是荔支來

息夫人廟

細腰宮裏露桃新脉脉無言度幾春至竟息亡
緣底事可憐金谷墜樓人

念昔遊

李白題詩水西寺古木回巖樓閣風半醒半醉
遊三日紅白花開烟雨中

山行

遠上寒山石徑斜白雲生處有人家停車坐愛

楓林晚霜葉紅於二月花

宣州開元寺

松寺曾同一鶴栖夜深臺殿月高低何人為倚

東樓柱正是千山雪漲谿

許用晦

塞下

夜戰桑乾北秦兵半不歸朝來有鄉信猶自寄

征衣

緱山廟

王子求仙月滿臺玉簫清轉鶴裴徊山終飛去
不知處山下碧桃春自開

送宋處士

賣藥修琴歸去遲山風吹盡桂花時世間甲子
須臾事逢着仙人莫看棊

客有卜居不遂薄游汧隴者

海燕西飛白日斜天門遥望五侯家樓臺深鎖
無人到落盡春風第一花

謝亭送客

勞歌一曲解行舟紅樹青山水急流日暮酒醒
人已遠滿天風雨下西樓

秋思

琪樹西風枕簟秋楚雲湘水憶同游高歌一曲
掩明鏡昨日少年今白頭

李義山

無題

八歲偷照鏡長眉已能畫十歲去踏青芙蓉作
裙衩十二學彈箏銀甲不曾卸十四藏六親懸
知猶未嫁十五泣春風背面秋千下

西谿

悵望西谿水潺湲奈爾何不驚春物少只覺夕陽多色染妖嬈柳光含窈窕蘿人間從倒海天上莫為河鳳女彈瑤瑟龍孫撼玉何京華他夜夢好〻寄雲波

樂遊原

向晚意不適驅車登古原夕陽無限好只是近黃昏

悼傷後赴東蜀辟至散關遇雪

劍外從軍遠無家與寄衣散關三尺雪回夢舊

鴛機

巴江柳

巴江可惜柳〻色綠侵江好向金鑾殿移陰入

綺窓

早起

風露澹清晨簾間獨起人鶯花啼又歇畢竟是

誰春

微雨

初隨林靄動稍共夜涼分函過侵燈

虛近

水間

絶句

滯雨長安夜殘燈獨客愁故鄉雲水地歸夢不宜秋

柳枝

本是丁香樹春條結始生玉作彈碁局中心亦不平

畫屏繡步障物物自成雙如何湖上望只是見鴛鴦

燕臺詩　秋

月浪衝天天宇濕涼蟾落盡疎星入雲屛不動

捲簾頻西樓一夜風箏急欲織相思花寄遠終
日相思却相怨但聞北斗聲迴環不見長河水
清淺金魚鎖斷紅桂春古時塵滿鴛鴦茵堪悲
小苑作長道玉樹未憐亡國人瑶瑟愔愔藏楚
奚越羅冷薄金泥重簾鈎鸚鵡夜驚霜喚起南
雲繞雲夢雙璫丁丁聯尺素内記湘川相識處
歌唇一世銜雨看可惜馨香手中故

湖中曲

閶門日中吴歌遠陂路緑菱香滿滿後溪暗起
鯉魚風船旗閃斷芙蓉幹輕身奉君畏身輕双

攏兩將軍渭清溪因風雨濕閨雲綺亂山斷腸催此聲低攏小逕城內道猶自金鞍對芳草

寫意

燕鴈迢迢隔上林高秋望斷正長吟人間路有潼江險天上山惟玉壘深日向花間留返照雲從城上結層陰三年已制思鄉淚更入新年恐不禁

代贈

楊柳路盡處芙容湖上頭雖同錦步障獨映鈿箜篌鴛鴦可羨頭俱白飛去飛來烟雨秋

寄令狐郎中

嵩雲秦樹久離居雙鯉迢迢一紙書休問梁園舊賓客茂陵秋雨病相如

寄成都高苗貳從事

家近紅蕖曲水濱全家羅襪起秋塵莫將越客千絲網網得西施別贈人

送王三十校書分司

多少分曹掌祕文洛陽花雪夢隨君定知何遜緣聯句每到城東憶范雲

東還

自有仙才自不知十年長夢采華芝秋風動地
黄雲暮歸去嵩陽尋舊師

華師

孤鶴不睡雲無心衲衣筇杖來西林院門晝鎖
回廊静秋日當階柿葉陰

昨夜

不辞䳗鴂妬年芳但惜流塵暗竹房昨夜西池
凉露滿桂花吹斷月中香

楚吟

山上離宫宫上樓樓前宫畔暮江流楚天長短

黄昏雨宋玉無愁亦自愁

席上作

淺雲輕雨拂高唐玉殿秋來夜正長料得也應
憐宋玉一生唯事楚襄王

無題

聞道閶門萼綠華昔年相望尚天涯豈知一夜
秦樓客偷看吳王内苑花

花下醉

尋芳不覺醉流霞倚樹沉眠日已斜客散酒醒
深夜後更持紅燭賞殘花

晚歌妓

水精如意玉連環下蔡城危莫破顔紅綻櫻桃含白雪斷腸聲裏唱陽關

槿花

風露凄凄秋景繁可憐榮落在朝昏未央宫裏三千女但保紅顔莫保恩

詠史

北湖南埭水漫漫一片降旛百尺竿三百年間同曉夢鍾山何處有龍盤

東阿王

國事分明屬灌均西陵魂斷夜來人君王不得
為天下半為當時賦洛神

李衛公

絳紗弟子音塵絕鸞鏡佳人舊會稀今日致身
歌舞地木綿花發鷓鴣飛

唐音遺響第三　中

唐音遺響卷第三下

姚合

架水藤

濛濛紫花藤下覆清谿水若遣隨波流不如風
飄起風飄或近人隨波千萬里

春日早朝寄劉起居

九衢寒霧斂雙闕曙光分綵仗迎春日香烟接
瑞雲珮聲清漏間天語侍臣聞莫笑馮唐老還
來謁聖君

任翻

題天台寺壁

絕頂新秋生夜涼鶴翻松露滴衣裳前峯月照半江水僧在翠微開竹房

孫革

訪羊尊師

松下問童子言師采藥去只在此山中雲深不知處

朱慶餘

宮詞

寂寂花時閉院門美人相並立瓊軒含情欲說

宫中事鸚䳇前頭不敢言

趙承祐

宫烏栖

宫烏栖處玉樓深微月生簷夜夜心香輦不回花自發春来空帶辟寒金

宛陵館冬青樹

碧樹如烟覆晚波清秋欲盡客重過故園亦有如烟樹鴻鴈不来風雨多

經汾陽舊宅

門前不改舊山河破虜曾輕馬伏波今日獨經

歌舞地古塊疎冷夕陽多

靈巖寺

館娃宮畔千年寺水闊雲多客到稀聞說春来

惆悵百花深處一僧帰

江樓書感

獨上江樓思渺然月光如水水如天同来望月

人何處風景依稀似去年

雍陶

公子行

公子風流輕錦繡新裁白苧作春衣金鞭留當

誰家消擲柳穿花信馬嘶

城西訪友人別墅

灃水橋邊小路斜日高猶未到君家村園門巷多相似處處春風枳殼花

章處士郊居

滿庭詩境飄紅葉繞砌琴聲滴暗泉門外晚晴秋色老萬條寒玉一谿烟

過南鄰花園

莫怪頻過有酒家多情長是惜年華春風堪賞還堪恨幾見開花又落花

宿嘉陵驛

離思茫茫正值秋每因風景却生愁今宵難作刀州夢月色江聲共一樓

天津橋春望

津頭春水浸紅霞烟柳風絲拂岸斜翠輦不來金殿閉宮鶯銜出上陽花

和孫明府懷舊山

五柳先生本在山偶然爲客落人間秋來見月多歸思自起開籠放白鷳

貧居春怨

貪屋盡日令風燭獨向簷床看雨眠寂寞春風
花落盡消庭榆莢似秋天

孟遲之

懷鄭消

風蘭舞幽香雨葉隨寒滴羨人来不来前山看
向夕

長信宮

君恩已盡欲何歸猶有殘香在舞衣自恨身輕
不如燕春来還繞御簾飛

閨情

山上有山歸未得湘江暮雨鷓鴣飛蘼蕪亦是
王孫草莫送春香入客衣

韓成封

暮春滻水送別

緑暗紅稀出鳳城暮雲宮闕古今情行人莫聽
宮前水流盡年光是此聲

楊枝詞

枝鬬纖腰葉鬬眉春來無處不成絲灞陵原上
多離別少有長條拂地垂

薛陶氏

涼州詞

千里東歸客無心憶舊遊挂帆遊白水高枕到青州、

君住孤山下烟深夜徑長轅門渡緑水遊苑繞垂楊、

樹發花如錦鶯啼柳若絲更遊懽宴地愁見别離時、

薛大拙

銅雀臺

魏帝當時銅雀臺黄花深映棘叢開人生富貴須回首此地豈無歌舞來

宫詞

自是三千第一名內家叢裏獨分明芙蓉殿上中元日水拍銀盤弄化生

老圃堂

邵平瓜地接吾廬谷雨乾時偶自鋤昨日春風欺不在就床吹落讀殘書

歸鴈

瀟湘何事等閑回水碧沙明兩岸苔二十五絃彈夜月不勝清怨却飛來

郎謂

古樂府

對酒彈古琴絃中發新音新音某不可辨十指幽怨深美顏不自保四時如車輪不知今夜月曾照幾時人露滴夫容香〻銷心亦死良時無可留殘紅謝池水

苦別離

十五為君婚二十入君門自從入戶後見君長
出門朝看相送人暮看相送人若遣折楊柳此
地樹無根願為陌上土得作馬蹄塵願為曲木
枝得作双車輪安得太行山移來君馬前

覧鏡

一照一回悲再照顏色衰日月自流水不知身
老時昨日照紅顏今朝照白絲々々與紅顏相
去咫尺間

漢宮井

轆轤聲絕離宮靜斑々綫麽照金井梧桐老去

殘花開猶似當時美人影

方雄飛

君不來

遠路東西欲問誰寒來無處寄寒衣去時初種
庭前樹樹已勝巢人未歸

于武陵

長信宮

簟涼秋氣初長信恨何如拂黛月生指解鬟雲
滿梳一從悲畫扇幾度泣前魚坐聽南宮樂清
風搖翠裾

一朱輦前恩羅衣生暗塵唯應清夜月猶伴向
愁人長信翠娥老昭陽紅粉新君恩似秋節不
使草長春

勸酒

勸君金屈卮滿酌不須辭花發多風雨人生足
別離

高樓

遥天明月出照此誰家樓上有羅衣裳涼風吹
不休

陳蔦

閑居雜興

一頃豉園力有餘烏稟閑鈎五谿魚中原莫道無麟鳳只是吾家結網來

曹鄴之

金井怨

西風吹急景美人照金井不見面上花却恨井中影

情詩

東西是長江南北是官道牛羊不戀山只戀山中草

蛺蝶空中飛夭桃庭中春見他夫婿好有女初嫁人

庭草

庭草根自淺造化無遺功低回一寸心不敢怨春風

劉司南

醒後

醉臥芳草間酒醒日落後壺觴半傾寫客去無已久不記折花時何淂花在手

紫臺詞

前㳫與後㳫築城畢不住我願縣更高得見秦皇墓

秦娥

秦娥十四五面白於指爪羞人夜不出發裹䞈勝髻

牧童

牧童見客拜山果懷中落晝日驅牛下前谿風雨惡

于子漪

山村曉思

開門省禾黍隣翁水頭住今朝南澗波夜來西
山雨牧童披短蓑腰笛期烟渚不管冢邊人騎
牛望田去

青樓曲

青樓臨大道一上一回老所思終不見極目傷
春草

司馬札

古思

春華惜妾態秋草含妾心始知井邊桐不如堂
上琴月落却羞鏡花飛猶奏琴門前長江水一

去終不回

宮怨

柳色參差掩畫樓曉鶯啼送滿宮愁年年花落
無人見空逐春泉出御溝

聶坦之

長安道

此地無駐馬夜中猶走輪所以路傍草少於衣
上塵

曹堯賓

小遊仙

方士飛軒駐碧霞酒香風冷月初斜不知誰唱
歸春曲落盡谿頭白玉花
芝蓋芸花爛熳春瑞香烟露濕衣巾玉童私地
誇書信偷寫雲謠暗贈人

裴交泰

長門宮

自閉長門經幾秋羅衣濕盡淚還流一種蛾眉
明月夜南宮歌管北宮愁

李忱

楚調曲

何處期郎遊小苑花臺閑相憶不可見且復乘月還

高千里

步虛詞

青谿道士人不識上天下天鶴一隻洞房深鎖碧窗寒滴露研朱點周易

山亭夏日

綠樹陰濃夏日長樓臺倒影入池塘水精簾動微風起滿架薔薇一院香

高蟾

漁家

野水千年在閑花一夕空近來浮世狹何似釣船中

春

明月斷魂清靄靄平蕪歸思綠迢迢人生莫遣頭如雪縱得春風亦不消

旅夕

風散古陂驚宿鴈月臨荒戍起啼鴉不堪吟罷無人見時復寒燈落一花

下第後上高侍郎

天上碧桃和露種日邊紅杏倚雲栽夫容生在
秋江上不向春風怨未開

鄭谷

淮上與友人别

楊子江頭楊柳春楊花愁殺渡江人數聲風笛
離亭晚君向瀟湘我向秦

唐彦謙

曲江春望

杏艷桃嬌奪晚霞樂游無廟有年華漢朝冠蓋
皆陵墓十里宜春下苑花

小院

小院無人夜烟斜月轉明清宵易惆悵不必有

離情

崔道融

班婕好

寵極辭同輦恩深棄後宮自題秋扇後不敢怨

春風

春閨

寒食月明雨落花香消泥佳人持錦字無鴈寄

遼西

欲剪宜春字春寒入翦刀遼陽在何處莫忘寄征袍

長門怨

長門花泣一枝春爭奈君恩別處新錯把黃金買詞賦相如自是薄情人

楚懷王

宮花一朵掌中開緩急翻爲敵國媒六里青山天下笑張儀容易去還來

杜常

華清宮

行盡江南數十程曉風殘月入華清朝元閣上西風急都入長楊作雨聲

崔魯

晦日送別

野酌亂無巡送君兼送春明年春色至莫作未歸人

華清宮

草遮回磴絕鳴鑾雲樹深深碧殿寒明月自來還自去更無人倚玉闌干

門横金鎖悄無人落日秋聲渭水濱紅葉下山

寒米〻濕雲如夢雨如塵

王蜴

古意

天戍蕭關妾在吳西風吹〻妾〻憂夫〻一行書信

千行淚寒到君邊衣到無

社日

鵝湖山下稻粱肥豚柵雞塒半掩扉桑柘影斜

春社散家〻扶得醉人歸

雨晴

雨前不見花間葉雨後全無葉底花蜂蝶飛來

過墻去却恐春色在隣家

羅鄴

賞春

芳草和烟暖更青閑門要路一時生年年點檢人間事唯有東風不世情

韓致堯

效崔國輔體

澹月照中庭海棠花自落獨立俯閑階風動秋千索

雨後碧苔院霜來紅葉樓閑階上斜日鸚鵡伴

人愁

羅幕生春寒繡窓愁未眠南湖夜來雨應濕采蓮船

寄隣莊道侶

聞說經旬不啓關藥窓誰伴醉開顔夜來雪壓前谿竹剩見谿南幾尺山

褒漢旅道軍後有感

水自潺湲日自斜盡無雞犬有鳴鴉千村萬落如寒食不見人烟空見花

野塘

侵曉乘涼偶獨來不因魚躍見萍開卷荷忽被
微風觸瀉下清香露一杯
吴子華
秋色
染不成乾畫未銷霏霏拂拂又遥遥曾從建業
城邊過蔓屮寒烟鎖六朝
涼思
松間小檻接波平月淡烟沉暑氣清半夜水禽
棲不定綠荷風動露珠傾
王貞白

折楊柳宮詞

枝枝交影鎖長門，嫩色曾霑雨露恩。鳳輦不來春欲暮，空留鶯語到黄昏。

水殿年年占早芳，柔條偏惹御鑪香。而今萬乘多巡狩，輦路無陰緑草長。

嫩葉初齊不耐寒，和風時拂玉闌干。君王去日曾攀折，泣雨傷春翠黛殘。

張泌

寄人

别夢依依到謝家，小廊廻合曲欄斜。多情只有

春庭月猶為離人照落花
酷憐風月為多情還到春時別恨生倚樹尋思
倍惆悵一塲春夢不分明

春曉謠

雨微〻烟霏〻小庭半拆紅薔薇鈿箏斜倚屏
屏曲零落幾行金鴈飛蕭關夢斷無尋處萬疊
春波起南浦淩亂楊花撲繡簾晩窓時有流鶯
語

春江雨

雨冥〻風泠〻老松瘦竹臨烟汀空江泠落野

雲重重中孤燭微如星夜鷺鷥上漁人起溺灘
蓬聲消愁耳子規叫斷獨未眠罷篷岸春濤打船
尾

李十江

繡嶺宮

春草萋萋春水綠野棠開盡飄香玉繡嶺宮前
鶴髮翁猶唱開元太平曲

韋莊

臺城

江雨霏霏江草齊六朝如夢鳥空啼無情最是

臺城柳依舊煙籠十里堤

衢州江上別李秀才

千山紅樹萬山雲把酒相看日又曛一曲離歌兩行淚不知何地更逢君

搖落

搖落秋天酒易醒淒淒長似別離情黃昏倚柱不歸去腸斷綠荷風雨聲

吳商浩

秋塘曉望

鐘盡疏桐散曙鴉故山煙樹隔天涯西風一夜

秋塘曉零落殘紅藕花

僧靈澈

答韋丹

年老心閑無外事麻衣草坐亦容身相逢盡道休官去林下何曾見一人

歸湖南

山遙水遙行月明賒向人間借路行如今還向山邊去只有湖水無行路

僧無本

行次漢上

習家池沼草萋萋嵐樹光中信馬蹄漢主廟前

湘水碧一聲風角夕陽低

薛奇童

楚之調

禁苑春風起流鶯繞合懽玉窓通日氣珠箔卷

輕寒楊葉垂陰砌梨花入井欄君王好長袖新

作舞衣寬

南海女子

送兄

別路雲初起離亭葉正飛所嗟人異鴈不作一

行嬌

郎大家宋氏

擬古神女宛轉歌

風已清月朗琴復鳴掩柳非千遂殷勤是一聲

歌宛轉〻〻和且長願為双黄鵠比翼共翱翔

日已暮長簷鳥應度望君〻不来思君〻不顧

歌宛轉〻〻 那能與穪宿願為形與影出入恒

相逐

劉采春

羅嗊曲

不喜秦淮水生憎江上船載兒夫壻去經歲又經年

莫作商人婦金釵當卜錢朝〻江口望錯認幾人船

那年離別日只道往桐廬〻〻人不見今得廣州書

吉中孚妻

拜新月

拜新月拜月出堂前暗魄初籠桂虛弓未引弦

拜新月拜月妝樓上鸞鏡始安臺蛾眉已相向

拜月不勝情庭花風露清月臨人自老人望月長生東家阿母亦拜月一拜一悲聲斷絶昔年拜月逞容輝如今拜月双淚垂回看衆女拜新月却憶紅閨年少時

張文姬

谿上雲

溶溶谿口雲纔向谿中吐不復歸谿中還作谿頭雨

薛濤

送友人

水國蒹葭夜有霜月寒山色共蒼蒼誰言千里
自今夕離夢杳如關塞長、

題竹郎廟

竹郎廟前多古木夕陽沉沉山更緑何處江村
有笛聲聲聲盡是迎郎曲

劉瑤

暗別離

槐花結子桐葉焦單飛越鳥啼青霄翠軒輾雲
輕遙遙燕脂淚迸紅線條瑶草歇芳心耿耿玉
佩無聲畫屏冷朱絃暗斷不見人風動花枝月

卻欲青鸞脈脈西飛去海闊天高不知處

古意曲

梧桐階下月團團洞房如水秋夜闌吳刀剪破機頭錦茱萸花墜相思枕綠幄宜宜背燈時暗數寒更不成寢

君山父老

閑吟

湘中老人讀黃老手援紫藟坐碧草春至不知湖水深日暮忘却巴陵道

太上隱者

荅人

偶來松樹下，高枕石頭眠。山中無曆日，寒盡不知年。

山中客

別酒主人

酒盡君莫沽，壺乾我當發。城市多囂塵，還山弄明月。

無名氏

琵琶

粉胷繡臆誰家女，香撥星星共春語。七盤嶺上

聽鸞鈴十二峯頭雲雨ゝゝ悲ゝ萬恨四五絃ゝ
中中馬聲驕閙山倚槎破瑠璃鉢壯士擊手折珊
瑚悽ゝ ゝゝ ゝ折裂交戛玉磬須瀉眞珠滑海神
驅趁夜濤回江娥蹙踏春冰裂滿座紅粧盡淚
哭望鄉之客不勝悲曲終調絕忽飛去洞簫月
落孤雲歸

胡笳曲

月明星稀霜滿野氈車夜宿陰山下漢家自失
李將軍單于公然來牧馬

國家出版基金資助項目

國家社會科學基金重大招標項目（16ZDA174）

國家出版基金項目

詹福瑞 陳紅彦 主編

唐人五言排律選

歷代唐詩珍稀選本彙編

（唐宋金元卷）

46

鳳凰出版社

圖書在版編目（CIP）數據

唐人五言排律選／詹福瑞，陳紅彦主編. -- 南京：鳳凰出版社，2025. 3. --（歷代唐詩珍稀選本彙編）.
ISBN 978-7-5506-4411-3

Ⅰ. I222.742

中國國家版本館CIP數據核字第20256H5K01號

書　　名　唐人五言排律選
主　　編　詹福瑞　陳紅彦
責任編輯　李相東　姜　嵩
裝幀設計　姜　嵩
責任監製　程明嬌
出版發行　鳳凰出版社（原江蘇古籍出版社）
　　　　　　發行部電話025-83223462
出版社地址　江蘇省南京市中央路165號，郵編：210009
照　　排　南京新華豐製版有限公司
印　　刷　金壇古籍印刷廠有限公司
　　　　　　江蘇省金壇市晨風路186號，郵編：213200
開　　本　718 毫米×1005 毫米　1/16
印　　張　35.5
版　　次　2025年3月第1版
印　　次　2025年3月第1次印刷
標準書號　ISBN 978-7-5506-4411-3
定　　價　360.00圓

（本書凡印裝錯誤可向承印廠調換，電話：0519-82338389）

目　次

唐人五言排律選

《唐人五言排律選》提要

《唐人五言排律選》十卷，元李存編。李存（一二八一—一三五四）字明遠，又字仲公，饒州安仁（今江西余江）人。元仁宗延祐年間開科舉，李氏一試不第，以授館爲業，修書室，題爲『竢菴』。與祝蕃遠、舒元易、吴尊光志同道合，號稱『江東四先生』。順帝至正十四年卒，年七十四。《四庫全書總目提要》稱其詩文『平正醇雅，不露圭角，粹然有儒者之意』。著有《竢庵集》三十卷。

李存自序追溯五言排律發展歷史，認爲其發源於《國風》《離騷》，及沈約倡聲律説而有長足發展，至初唐『沈詹事、宋考功始裁成六律，彰施五彩』，『緣情綺靡之功，至是始備』。之後『擬議益工，體裁愈巧』，蔚成大觀，『若擅數首，名一篇者，不可以枚舉』。因而編成此集。其論蓋承襲唐獨孤及《唐故左補闕安定皇甫公集序》而來，文字多有雷同。李氏又以唐玄宗尤爲『一代之雄』，故引爲壓卷。又以試帖詩『上以是取士，下以爲先資，揣摩合度，不失分存』，故單設一類。繼以『初盛中晚諸名作，而後排律之變態悉備』。其編選的最終目的在於通過此選追溯六朝漢魏之五言，以今返古。這正與其詩尊漢魏之創作旨趣相吻合。

全書依此分爲十卷，首卷爲『御製』，專選唐玄宗皇帝詩十三首。卷二爲『試帖』，又分上、下，以詩作主題編排，各選詩一百二十三、一百六十九首。卷三、四爲初唐，入選詩人十九位，詩九十六首。卷五、六爲盛唐，入選詩人二十一位，詩一百八十九首。卷七、八爲中唐，入選詩人十六位，詩一百零六首。卷九、十爲晚唐，入選詩人三十一位，詩二百零五首。全書共選詩九百零一首。

《唐人五言排律選》爲專選唐人排律之始。李存對五言排律之體式特徵等虽無過多闡釋，然其對明以後專選唐人排律的選本皆産生影響。此选首以初盛中晚分期，崇尚聲律，对後代唐詩選本亦産生很大影響。此外，《全唐詩》收無名氏《清風戒寒》，本書署作者爲張聿，《全唐詩》收無名氏《郊壇聽雅樂》，本書署作者爲胡直鈞，或可爲二詩之作者歸屬提供綫索。

此书傳世僅有清刻本。復旦大學圖書館、鄭州大學圖書館藏有清敬業堂刻本。國家圖書館藏有一部清刻本（書號：一八三一一），爲每半葉十一行，行二十二字，白口，四周單邊。刊刻者不詳，缺李存自序。本次影印依據國家圖書館藏本。

（孫欣欣）

唐人五言排律選

國家圖書館藏清刻本

唐人五言排律選目錄

元李竢菴先生選定

崔立之一首　李竦一首
裴大章一首　薛有誠二首
劉公興一首　柳宗元一首
馬戴一首　丘爲一首
劉瑰一首　張子容一首
徐敞二首　皇甫冉一首
張子容一首　杜周士一首
張濯一首　張嗣初一首
林藻一首　沈亞之一首
李季何一首　鄧倚一首
裴澄一首　李景一首

張少博一首　周　徹一首
李　程一首　紀元皐一首
康翊仁一首　白行簡一首
盧　征一首　張仲素一首
陳　季一首　王若岩一首
錢可復一首　劉莊物一首
李體仁一首　濮陽瓘一首
張　籍一首　顧　偉一首
崔　曙一首　耿　湋一首
獨孤良器一首　鄧　陟一首
王損之一首　白居易一首

潘存實一首　王維一首
羅綸一首　潘炎一首
朱延齡一首　劉得仁一首
范傳正一首　白居易一首
鄭愿貞一首　貟南溟一首
李正封一首　李瞻一首
李冑一首　張喬一首
吳武陵一首　鄭谷一首
王泠然一首　朱慶餘一首
蔣防一首　周渭一首
賈謩一首　王貞白一首

荆冬倩一首　李　頻一首

鄭　谷一首　韓　愈一首

第二卷下

試帖

李　岑一首　王季友一首

丁　澤一首　張　莒一首

沈亞之一首　張叔良一首

李　絳一首　葉元良一首

薛有誠一首　劉公輿一首

陳　諷一首　陶　拱一首

熊孺登一首　蔣　防一首

張仲素一首　敬括一首
滕邁一首　張嗣初一首
李正辭一首　陸暢一首
羅讓一首　李頻一首
紇干諷一首　冷朝陽一首
白行簡一首　張仲素一首
周存一首　王涯一首
可頻瑜一首　喻鳧一首
顏粲一首　黄頗一首
左牢一首　張聿一首
李沛一首　崔立之一首

白行簡一首　楊洙一首
王約一首　樊陽源一首
陸贄一首　李胄一首
鄭畋一首　戴察一首
獨孤綬一首　竇常一首
陳翥一首　張公乂一首
鄭述誠一首　黎逢一首
楊淩一首　崔績一首
張季略一首　陳羽一首
歐陽詹一首　宋迪一首
梁鍠一首　白居易一首

蔣防一首　曹松一首
徐敞一首　朱慶餘二首
獨孤良弼一首　張仲素一首
張佐一首　孫欣一首
李頻二首　許彬一首
吳融一首　韓愈二首
李洞一首　李虞中一首
宋華一首　王維一首
劉眘虛一首　祖詠一首
一首　失名　王季友一首
丁澤一首　莫宣卿一首

張謂一首　豆盧榮一首

一首　失名　裴乾一首

羅讓一首　張元正一首

鄭求一首　裴元一首

李勳一首　徐敞一首

裴次元一首　何儒亮一首

徐寅二首　朱林一首

裴夸一首　曹著一首

殷堯泰一首　令狐楚一首

林寬一首　孔温業一首

王良士一首　孔封一首

吳叔達一首　陳　潤一首
郭　邕一首　叔孫𠃔觀一首
侯　冽一首　許堯佐一首
一首　失名　陳昌言一首
李行敏一首　杜荀鶴一首
于尹躬一首　李　程一首
周　存一首　元　稹二首
張蕭遠一首　羅　維一首
吕　温一首　周　存一首
崔　護一首　鄭　轅一首
施肩吾一首　張　後一首

李坤一首　　錢衆仲一首

冷朝陽一首　　呂温一首

劉得仁一首　　黃滔二首

一首　失名　　黃滔一首

鍾輅一首　　顧況一首

葉季良一首　　李商隱一首

公乘億一首　　項斯一首

李益一首　　一首　失名

黃頗一首

第三卷

初唐

楊　炯二首　駱賓王二首
蘇味道一首　崔　融一首
陳子昂二首　杜審言一首
李　嶠五首　沈佺期六首
宋之問八首　李　乂一首
徐彦伯一首　張　説十四首
蘇　頲八首　趙冬曦二首

第四卷

初唐

宋　璟三首　張九齡三十三首
王　翰一首　徐安貞一首

鄭　審一首　　宋　昱一首

李　白十二首　　王昌齡二首

第六卷

盛唐

杜　甫六十一首

第七卷

中唐

錢　起十七首　　劉長卿十五首

耿　湋四首　　皇甫冉四首

嚴　維一首　　韋應物一首

韓　翃二首　　常　袞一首

盧　綸七首　顧　况一首

楊巨源一首　劉禹錫二首

權德輿一首　韓　愈九首

柳宗元七首

第八卷

中唐

元　稹十四首　白居易十九首

第九卷

晚唐

杜牧之十九首　李商隱二十六首

温庭筠九首　許　渾十六首

李群玉二首　趙　嘏二首
盧　肇一首　姚　鵠二首
馬　戴七首　劉得仁二首
韓　琮二首　李　郢二首
李　頻三首　張　喬一首
許　棠二首　薛　能十五首

第十卷

晚唐

皮日休六首　陸龜蒙九首
韓　偓八首　鄭　谷十二首
唐彦謙六首　李　洞十二首

唐人五言排律選目録終

唐人五言排律選第一卷

元李㳟菴先生　選定

玄宗皇帝詩

千秋節宴

蘭殿千秋節稱名（一作君）萬壽（一作歲）觴風傳率土慶日表繼
天祥玉宇開花蕚宮（一作金）縣動會昌衣冠白鷺下帟幕翠
雲長獻遺成新俗朝儀入舊章月衘花綬鏡露綴絲絲囊
處處祠田祖年年宴杖鄉深思一德事小獲萬人康

春中興慶宮酺宴

九達長安道三陽別館春還將聽朝暇迴作豫遊晨不戰

要荒服無刑禮樂新合酺覃土宇歡宴接羣臣玉斝飛千
日瓊筵薦八珍舞衣雲曳影歌扇月開輪伐鼓魚龍雜撞
鐘角觝陳曲終酣興晚須有醉歸人

春晚宴兩相及禮官麗正殿學士探得風字

乾道運無窮恒將人代工陰陽調曆象禮樂報㢲穹介胄
清荒外衣冠佐域中言談延國輔詞賦引文雄野霽伊川
綠郊明鞏樹紅冕旒多暇景詩酒會春風

同二相以下羣官樂遊園宴

撰日巖廊暇需雲宴樂初萬方朝玉帛千品會簪裾地入
南山近城分北斗餘池塘垂柳密原野雜花疎帟幕看逾
暗歌鐘聽自虛興闌歸騎轉還奏弼違書

遊興慶宮作

代邸青門右，離宮紫陌陲。庭如過沛日，水若渡江時。綺觀連雞岫，朱樓接鴈池。從來敦棣萼，今此茂荊枝。萬葉傳餘慶，千年志不移。凭軒聊屬目，輕輦共追隨。務本方崇訓，相輝保羽儀。時康俗易漸，德薄政難施。鼓吹迎飛蓋，絃歌送羽危。所希覃率土，孝弟一同歸。

早渡蒲關

鐘鼓嚴更曙，山河野望通。鳴鑾下蒲坂，飛旆入秦中。地險關逾壯，天平鎮尚雄。春來津樹合，月落戍樓空。馬色分朝景，雞聲逐曉風。所希常道泰，非復棄繻同。

途經華嶽

飭駕去京邑鳴鑾指洛川循（一作脩）途經太華迴蹕暫周旋翠崿留斜影懸巖冒（一作凝）夕煙四方皆石壁五位配金天彷彿看高掌依稀聽子先終當銘歲月從此記靈仙

南出雀鼠谷答張說

雷出應（一作膺）乾象風行順國人川途猶在晉車馬漸歸秦背陝關山險横汾鼓吹頻（一作震）草依陽谷變花待北巖春聞有鴛鸞客清詞雅調新求音思欲報心跡竟難陳

早登太行山中言志

清蹕度河陽凝笳上太行火龍明鳥道鐵騎繞羊腸白霧埋陰壑丹霞助曉光澗泉含宿凍山木帶餘霜野老茅爲屋樵人薜作裳宣風問耆艾敦俗勸耕桑凉德慙先哲徽

歆慕昔皇不因今展義何以冒垂堂

左丞相說右丞相璟太子少傅乾耀同日上官命宴東一作都堂賜詩

赤帝收三傑黃軒舉二臣由來丞相重分掌國之鈞我有握中璧雙飛席上珍子房推道要仲子訶風神復輟台衡老將爲調護人鵷鸞同拜日車騎擁行塵樂聚南宮宴觴連北斗醇俾余成百揆垂拱問彝倫

送張說巡邊

端拱復垂裳長懷御遠方股肱申教義戈劍靜要荒命將綏邊服雄圖出廟堂三台入武帳八座起文昌瑤冑匡韓主華宗輔漢王茂先慚博物平子謝文章盡節恢時佐輸

誠禦寇場三軍臨朔野駟馬即戎行鼓吹威夸狄旌軒溢洛陽雲臺先著美今日更貽芳

餞王晙巡邊

振武威荒服揚文肅遠墟金壇申將禮玉節授軍符免胄三方外銜刀萬里餘昔時吳會靜今日□庭虛分閫仍推轂援桴且訓車風揚旌旆遠雨洗甲兵初坐見台堦謐行聞袄祲除檄來雖插羽箭去亦飛書舟檝功須著鹽梅望匪疎不應陳七德欲使化先敷

王屋山送道士司馬承禎還天台

紫府求賢士清溪祖逸人江湖與城闕異跡且殊倫聞有幽棲者居然厭俗塵林泉先得性芝（一作松）桂欲調神地道

踰稽嶺天台接海濱（一作瀕）音徽從此閒萬古一芳春

唐人五言排律選一卷終

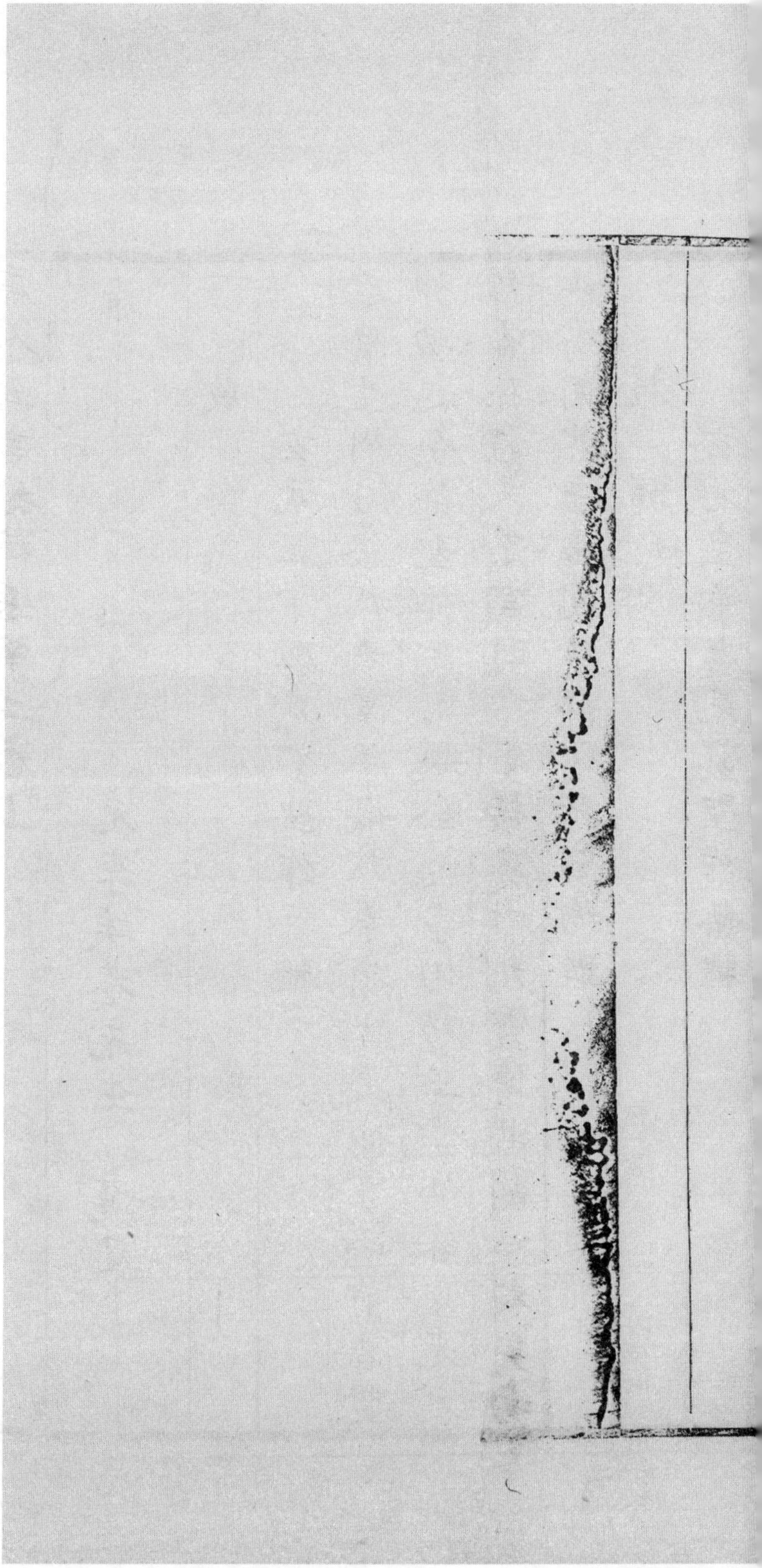

唐人五言排律選第二卷上

元李竢菴先生　選定

殷寅

玄元皇帝應見賀聖祚無疆

應曆生周日修祠表漢年復兹秦嶺上更似霍山前昔贊神功起今符聖祚延已題金簡字仍訪玉堂仙睿聖光元始曾孫體又ち言因六夢接慶叶九靈傳北闕心超矣南山壽固然無由同慶拜竊抃賀陶甄

趙驊一作鏵

玄元皇帝應見賀聖祚無疆

聖主令司禘神功格上玄豈惟求傅野更有叶鈞天審夢
南山下焚香北闕前道光尊聖日福應集靈年咫尺眞容
近巍峩大象懸觴從百僚獻形為萬方傳聲教惟皇矣英
容固邈然慚無美周頌徒上祝堯篇

陸復禮

中和節詔賜公卿尺

春仲令初吉歡娛樂大中皇恩貞百度寶尺賜羣公欲使
方隅法還令規矩同捧觀珍質麗拜受聖心崇如荷丘山
重恩酬方寸功從茲度天地與國慶無窮

裴度

中和節詔賜公卿尺

淑景節一作風光媾皇明寵賜重具僚頒玉尺成器幸良工
豈止尋常用將傳度量同人何不取則物亦賴其功紫翰
宣殊造丹誠勵匪躬奉之無失隊恩澤自天中

韓濬

清明日賜百僚新火

朱一作騎傳紅燭天厨賜近臣火隨黄道見煙逺白榆新
榮耀分他日一作室恩光共紫宸更調金鼎味一作膳還焕玉
堂人灼灼千門曉輝輝萬井春應憐螢聚夜瞻望及東鄰

王濯

清明日賜百僚新火

御火傳香殿華光及侍臣星流中使馬燭耀九衢人轉影

連金屋分輝麗錦茵焰迎紅蕊發煙染線條春助律和風
早添爐煥氣新誰憐一寒玉猶望照東鄰

崔立之

南至日隔霜仗見含元殿爐煙

千官賀長至萬國拜含元隔仗爐光出浮霜烟氣翻飄飄
縈内殿漠漠澹前軒聖日開如捧卿雲近欲渾輪烟灑宫
闕蕭索散乾坤顥惹天風便披香奉至尊

李竦

長至日上公獻壽

應律三微陽一作首朝天萬國同斗邊看子月臺上候祥風
五夜鐘初曉千門日正融玉堦文物盛仙仗虎一作武唐諱虎字

貔雄率舞皆羣辟稱觴即上公南山爲聖壽長對未央宫

裴大章

恩賜魏文貞公諸孫舊第以道直臣

邢茅雖舊錫第邸是初榮迹往傷遺事恩深慼直聲雲孫方慶襲池館忽春生古甃開泉井新禽繞畫楹自然垂帶礪况復激忠貞必使千年後長書竹帛名

薛有誠

御題國子監門

宸翰符今造榮題國子門筆鋒迴日月字勢動乾坤檐下雲光絶梁間鵲影翻張英聖莫擬索靖妙難言爲著盤龍迹能彰舞鳳蹲更隨垂露像常似沐皇恩

御箭連中三兎

宸遊經上苑羽獵向閑田狡兎初迷窟纖驪詎著鞭三驅仍百步一發遂雙連影射含霜草魂消向月弦歡聲動寒木喜氣滿晴天那似陳王意空隨樂府篇

劉公輿

望禁苑祥光

佳氣生天苑葱蘢幾效祥樹遥三殿際日暎九城傍山霧寧同色卿雲未可彰眺汾疑鼎氣臨渭想縈光當並春陵發應開聖曆長微臣時一望短羽欲飛翔

柳宗元

觀慶雲圖

談色方成象卿雲示國都九天開秘旨百辟贊嘉謨抱日

依龍衮非煙近御爐高標連汗漫迴望接虛無裂素雲光

發舒華瑞色敷恆將配堯德垂慶代河圖

馬　戴

府試觀開元皇帝東封圖

儼若翠華舉登封圖乍開冕旒明主立冠劍侍臣陪跡類

飛仙去光同拜日來粉痕疑檢玉黛色訝生苔挂壁雲將

起凌風仗若迴何年復東幸魯叟望悠哉

丘　爲一作張籍

夏日可畏

赫赫温風扇炎炎夏日徂火威馳迥野畏景爍遥途勢矯

翔陽翰功分造化鑪禁城千品燭黃道一輪孤落照頻空
簟餘暉卷夕梧如何倦遊子中路獨踟躕

劉珹

三讓月成魄

爲禮依天象周旋逐月成教人三讓美爲客一宵生初進
輪猶暗終辭影漸明幸陪賓主位取舍任虧盈

張子容

璧池望秋月

涼夜窺青沼池空水月秋滿輪沉玉鏡半魄落銀鉤蟾影
搖輕浪菱花渡淺流漏移光漸潔雲斂色偏浮似璧偏三
獻疑珠怯再投能將千里意來照楚鄉愁

稚切

徐敞

〇月映清淮流　清

淮月秋偏靜，含虚夜轉明。桂花窺鏡發，蟾影映波生。澄瀲輪初上，徘徊魄正盈。遥塘分草樹，近浦寫山城。桐柏流光逐，蠙珠濯景清。孤舟方利涉，更喜照前程。

圓靈水鏡

浮光上東洛，揚彩滿圓靈。明滅淪江水，盈虚逐砌蓂。不分沙岸白，偏照海山青。練色臨牕牖，蟾光靄户庭。成輪疑璧影，初魄類弓形。遠近凝清質，娟娟出衆星。

皇甫冉

東郊迎春

曉見蒼龍駕，東郊春已迎。彩雲天仗合，糸象泰階平。佳麗

山川秀，和風政令行。鉤陳霜騎肅，御道雨師清。律向韶陽

變，人隨草木榮。遙歡上林苑，今日遇遷鶯。

張子容

○○長安早春

開國移東井，城池對北辰。咸歌太平日，共樂建寅春。雪盡

黃山樹，冰開黑水津。草迎金埒馬，花伴玉樓人。鴻漸看無

數，鶯遷聽欲頻。何當桂枝擢，還及柳條新。

杜周士

閏月定四時

得閏因貞歲，吾君敬授時。體元承夏道，推曆法堯咨。直取

歸餘改非如再失欺葭灰初變律斗柄正當離寒暑功前
定春秋氣可推更憐幽谷羽鳴躍尚須期

張濯

迎春東郊春

顓頊時初謝勾芒令復陳飛灰將應節賓日已知春考曆
明三統迎祥受萬人衣冠宵執玉壇墠曉清塵肅穆來東
道回環拱北辰仗前花待發旂處柳凝新雲斂黃山際氷
開素滻濱聖朝多慶賞希爲薦沉淪

張嗣初

春色滿皇州

何處年華好皇州淑氣勻韶陽潛應律草木暗迎春柳變

金堤畔蘭抽曲水濱輕黃垂輦道微綠映天津麗景浮丹
闕晴光擁紫宸不知幽遠地今日幾枝新

林藻一作吳泌

青雲干呂

應節偏干呂亭亭在紫氛綴雲初度一作綴空初布影捧日已成
文結蓋祥光迴爲樓一作峯翠色分還同起封上更似出橫
汾作瑞來藩國呈形表聖君徘徊如有托一作有謂如誰道比
閒雲

沈亞之

春色滿皇州

何處春歸一作輝好偏宜在雍州花明夾城道柳暗曲江頭

風軟遊絲重光融瑞氣浮鬬雞憐短草乳燕傍高樓綉轂盈香陌新泉溢御溝行迴一作看日欲暮迴騎似川流

李季何

立春日曉望三素雲

靄靄青春曙飛仙駕五雲浮輪初縹緲承蓋下氤氳薄影隨風度殊容向日分羽毛紛共遠環珮杳猶聞靜合煙霞色遥將鸞鶴羣年年贍此御應許從元君

鄧倚

春雲　風

搖拽自西東依林又逐風勢移青道裏影泛綠波中夕霽方明日朝陽復蔽空度關隨去馬出塞引歸鴻色任寒暄

變光將遠近同爲霖如見用還得助成功

裴澄

春雲

漠漠復溶溶乘春任所從映林初展葉觸石未成峯旭日

浮寒翠晴煙點淨容霏微將似滅深淺又如重薄彩臨溪

變輕陰帶雨濃空餘負樵者嶺上自相逢

李景

都堂試貢士慶春雪

密雪分天路羣才坐粉廊靄空迷晝景臨宇借寒光似暎

花消地無聲玉滿堂灑詞偏誤曲留硯忽因方幾處曹風

比何人謝賦長春暉早相照莫滯九衢芳

孫　顧

清露被皐蘭

九皐蘭葉茂八月露花清稍與秋陰合還將曉色幷向空羅細影臨水泫微明的皪添幽興芊綿動遠情夕芳人未採初降鶴先驚爲感生成惠心同葵藿傾

鮑　溶

薦冰

西陸宜先啓春寒寢廟清曆官分氣候天子薦精誠已辨瑤池色如和玉珮鳴禮餘神轉肅曙後月殘明雅合冰光潔非同雪體輕空憐一掬水珍重此時情

馬　戴

刻畫始字

府試水始氷

南池寒色動北陸歲陰生薄薄流澌聚灕灕（一作微微）翠瀲平
暗霑霜稍厚迥照日還輕乳竇懸殘滴湘流減恨聲即堪
金井貯會映玉壺清潔白心雖識空期飲此明

舒元輿

履春氷

投迹清氷上凝光動早春兢兢愁陷履步步怯移身烏照
微生水狐聽或過人細遷形外影輕躡鏡中輪咫尺憂偏
遠危疑懼已頻顧堅容足分莫使獨驚神

裴杞

風光草際浮

澹蕩和風至芊綿碧草長徐吹遥撲翠半偃乍浮光葉似
翻宵露藂疑扇夕陽逶迤明曲渚照耀滿迴塘白蕊生還
暮崇蘭泛更香誰知結攬處含思尚餘芳

吴　秘

風光草際浮

草色春沙裏風光曉正幽輕明摇不散郁昱麗仍浮吹緩
苗難轉暉閒葉本柔碧疑煙彩入紅是日華流耐可披襟
對誰應滿掬收恭聞掇芳客爲此尚淹留

張　槖

春風扇微和

木德生和氣微微入曙風暗吹南面葉漸翥北歸鴻澹蕩

侵氷谷悠揚轉蕙蔈拂塵迴廣路泛瀨過遥空暎上煙光
際雲移律候中扶摇如可借從此戾蒼穹

柳道倫

春風扇微和

青陽初入律淑氣應春風始辨梅花裡俄分柳色中依微
開夕照一作曉澹蕩媚晴空拂水生蘋末經巖觸桂叢稍抽
蘭葉紫微吐杏花紅願逐仁風布將裨生植功

盧肇

風不鳴條

習習和風至過條不自鳴暗通青律起遠一作煗望白蘋生
拂樹花仍落經林鳥自驚幾牽蘿蔓動潛惹柳絲輕入谷

秀绝

一作幽澗迷松響開窗一作閒窗失竹聲熏絃方在御萬國仰皇情

公乘億

、春風扇微和春

麗日催遲景和風扇早春暎浮丹鳳闕韶媚黑龍津灩蕩

迎仙仗霏微送輦輪綠搖宮柳散紅待禁花新舞席潛迴

雪歌筵暗起塵應當陽候律一願及佳辰

張良器

河出榮光

符命自陶唐吾君應會昌千年積德水九折滿縈光極岍

浮佳氣微波照夕陽澄輝明貝闕散彩入龍堂近帶閬雲

紫遙連日道黃馮夸矜海若漢武貴宣房漸沒孤槎影仍

呈一葦航撫躬悲未濟作頌喜時康

呂牧

、涇渭揚清濁

涇渭横秦野逶迤近帝城二渠通作潤萬户映皆清明晦看殊色潺湲聽一聲岍虚深草掩波動曉烟輕御獵思投釣漁歌好濯纓合流知禹力同共到滄瀛

鄭谷

奉詔試一作漲曲江池

王澤尚通津恩波此日新深宜一夜雨遠一作宛似五湖春泛灩翹振鷺澄清躍紫鱗翠低孤一作葉低臨嶼柳香濕半汀蘋鳳輦尋佳境龍舟命近臣桂華如入手願作從遊人

童翰卿一作司馬復

昆明池石織女

一片昆明石千秋織女名象星何皎皎依水更盈盈苔作輕裾色波爲促杼聲岈雲連鬢濕沙月對眉生有臉蓮同笑無心鳥不驚還如明鏡裡形影兩分明

薛能

天際識孤一作認歸舟

斜日滿江樓天涯照背流同人在何處遠目認孤舟帆省當時席歌聞舊日謳人一浮津濟晚棹泛泬寥秋晴闊欣全見歸遲怪久遊離居意無限貪此望難休

令狐陌

釋奠日國學觀禮聞雅頌

肅肅先師廟依依冑子羣滿庭陳舊禮開户拜清芬萬舞當華燭簫韶入翠雲頌聲清曉聽雅吹度風聞澹泊調元氣中和美聖君惟餘東魯客舞蹈向南薰

厲　糸

緱山月夜聞王子晉吹笙

緱山明月夜岑寂隔塵氛紫府參差曲清宵次第聞韻流多入洞聲度半和雲拂竹鸞驚侶經松鶴舞羣蟾光聽處合仙路望中分坐惜千岀曙遺音過汝墳

錢　起

湘靈鼓瑟

神來之候

善鼓（一作撫）雲和瑟常聞帝子靈馮夷空自舞楚客不堪聽苦調淒（一作逸）金石清音入（一作發）杳冥蒼梧來（一作成）怨慕白芷動芳馨流水傳湘浦悲風過洞庭曲終人不見江上數峰青

陳季

神女泛瑤瑟古祠嚴野亭楚雲來泱漭湘水助清泠妙指徽幽契繁聲入杳冥一彈新月（一作斜日）白數曲暮山青調苦荆人怨時遥帝子靈遺音如可賞試奏爲君聽

戴叔倫

曉聞長樂鐘聲

漢苑鐘聲早秦郊曙色分霜凌萬户徹風散一城聞已啓

蓬萊殿初朝鴛鷺羣虛心方應物大扣欲干雲近雜雞人唱新傳皃氏文能令翰苑客流聽思氤氳

聽霜鐘

寥亮來豐嶺分明辨古鐘應霜如自擊中節每相從靜聽非閑扣潛應蘊聖蹤風間時斷續雲外更春容虛警和清籟雄鳴隅亂峰因知之一作諭知已者一作感激更難逢

獨孤申叔

終南精舍月中聞磬

精廬𢥞夜景天宇滅埃氛幽磬此時擊餘音幾處聞隨風樹梢去支策月中分斷絶如殘漏淒清不隅雲羈人方罷夢獨雁忽迷羣響盡河漢落千山空糾紛

鮑溶

風箏

何響與天通瑶箏挂望中彩弦非觸指錦調忽聞風雁柱虛連勢鸞歌且隊空夜和霜擊磬晴引鳳歸桐幽咽誰生怨清泠自匪躬秦姬收寶匣搔首不成功

張少博

尚書郎上直聞春漏

建禮含香處重城待漏辰徐聲傳鳳闕曉唱辨雞人銀箭聽將盡銅壺滴更新催籌當五夜移刻及三春杳杳從天遠泠泠出禁頻直廬殘響曙肅穆對鈎陳

周徹

地即尚書省人惟鵷鷺行審時傳玉漏直夜遞星郎歷歷聞仙署泠泠出建章自空來斷續隨月散淒鏘物靜知音近寒輕覺夜長聽餘殘月落曙色滿東方

李程

、春臺晴望

曲臺送春日景物麗新晴靄靄烟收翠欣欣木向榮靜看遲日上閑愛野雲平風慢遊絲轉天開遠水明登高塵慮息觀徼道心清更有仙橋意翩翩出谷鶯

紀元皐

魚上氷一作柯橋亮

春生寒氣減一作減稍動伏泉魚乍喜東風至來觀曲浦初

近氷朱鬣見望日錦鱗舒漸覺流澌退還忻掉尾魚喁
情自樂涵泳意寧疎儻得隨鯤化終聽一作能庚太虛

康翊仁

鮫人潛織

珠館馮夸室靈鮫信所潛幽閒雲碧牖滉瀁水晶簾機動
龍梭躍絲縈藕緯添七襄牛女恨三日大人嫌古樂府焦仲卿妻三日斷五匹大人故嫌遲透手擊吳練凝氷笑越纖無因聽札札空想
濯纖纖

白行簡

歸馬華山

牧野初成後周王戰馬閒驅馳休伏皁飲齕任依山逐日

朝仍去隨風暮自還氷生疑隴坂葉落似榆關躞蹀仙峯下騰驤渭水灣幸逢時偃武不復鼓鼙間

盧征

天驥呈材

異產應堯年龍媒順制牽權奇初得地躞蹀欲行天詎假調金埒寧須動玉鞭嘶風深有戀逐日定無前周滿跡常駿燕昭恨不傳應知流赭汗來自海西偏

張仲素

緱山鶴

羽客驂仙鶴將飛駐碧山映松殘雪在度嶺片雲還清唳因風遠高姿閒對一作水閒笙歌應憶一作天上城郭歎人間

幾變霜毛潔方殊藻質班蓬瀛如可到逸翮詎能攀

陳季

鶴警露

南國商飈動東皐野鶴鳴溪松寒暫宿露草滴還驚欲有高飛意空聞召侶情風間傳藻質月下引清聲未假雲霄路焉知羽翼輕吾君開太液顧得應皇明

[illegible]

越裳獻白翟

素翟宛昭彰遥遥自越裳冰清朝映日玉羽夜寒霜歲月三年遠山川九譯長來從碧海路入見白雲鄉作瑞輿周后登歌美漢皇朝天資孝理惠化且無疆

錢可復

鶯出谷

玉律陽和變時禽羽翮新載飛初出谷一囀已驚人拂柳宜煙暖衝花覺路春搏風翻翰疾向日𡖖吭頻求友心何切遷喬幸有因華林高玉樹棲托及芳晨

劉莊物

幸因辭舊谷從此及芳晨欲語如調舌一作求友初飛似畏人風調歸影便日暖吐聲頻翔集知無阻聯綿貴有因喜遷喬木近寧厭對花新堪念微禽意關關也愛春

李體仁

飛鴻響遠音

漠漠微霜夕翩翩出渚鴻清聲流迥野高韻入寥空舊質經寒塞殘音響遠風縈雲猶類網避月尚疑弓弱羽雖能振丹霄竟未通欲知多怨思聽取暮烟中

濮陽瓘

出籠鶻

玉鏃分花袖金鈴出彩籠摇心長捧日逸翰鎮生風一點青霄裡千聲碧落中星眸隨狡兔霜爪落飛鴻每念提攜力常懷搏擊功以君能惠好不敢没遥空

張籍

徐州試反舌無聲

夏木多好鳥偏知反舌名林幽仍共一作歸舊宿時過即一作已

無聲竹外天空曉溪頭雨自晴居人宜寂寞深院益淒清
入霧暗相失當風聞易驚明年上林苑知爾最先鳴

顧偉

雪後聽猿吟

寒煙飛暮雪絕壁夜猿吟歷歷和羣雁寥寥思客心繞枝
猶避箭過嶺却投林風冷聲偏苦山寒響更深聽時無有
定靜裡固難尋一宿扶桑月聊看懷好音

崔曙

明堂火珠

正位開重屋凌空一作中天出火珠夜來雙月滿一作合曙後一
星孤天淨光難滅雲生望欲無遥知太平代一作還知國聖明代

寶在名都

耿湋

驪珠

是日重泉下言探經寸珠龍鱗令不逆魚目也應殊掌上星初滿盤中月正孤酬恩光莫及照乘色難踰欲問投人否先論按劍無儻憐希代價敢對此氷壺

獨孤良器

沉珠於淵

欲潔澄泉水熒煌照乘珠沉非將寶契還與不貪符風折璿成浪空涵影似浮深看星并入静向月同無光價憐時重忘情信道樞不應無脛至自爲暗投珠

鄧陟

珠還合浦

至寶含沖粹清虛映浦灣素輝明蕩漾圓彩色玢璘昔逐
諸侯去今隨太守還影摇波裏月光動水中山魚目徒相
比驪龍乍可攀願將車飾用長得耀君顔

王損之

濁水求珠

積水非澄徹明珠不易求依俙沈極浦想像在中流瞪目
思清淺褰裳恨暗投徒看川色媚空愛夜光浮月入疑龍
吐星歸似蚌遊終希識珍者採掇冀宜搜

白居易

玉水記方流

良璞含章久寒泉徹底幽矩浮光灩灩一作泛泛方折浪悠悠凌亂波文異縈迴水性柔似風摇淺瀨如一作疑月落清流潛頴應傍達藏眞豈上浮玉人如不記淪棄即千秋

潘存實

玉聲如樂

表質自堅貞因人一扣鳴靜將金並響妙與樂同聲杳杳疑風送泠泠似曲成韵含湘瑟切音帶舜絃清不獨藏虹氣猶能暢物情后夔如爲聽從此振琤琤

王維

清如玉壺氷

玉壺何用好。偏許素冰居。一作藏冰玉壺裡冰水類方諸未共銷丹日。還
同照綺疎。挹明終不隱。含靜外疑虛。氣似庭霜積。光言砌
月餘。曉凌飛鵲鏡。宵映聚螢書。若向貪夫一作夫君比。貞一作清
心定不如。

盧綸

玉壺冰始結循吏政初成既有虛心鑒還如照膽清瑤池
慚洞徹金鏡讓澄明氣若朝霜動形隨夜月盈臨人能不
蔽待物本無情怯對圓光裡妍蚩自此呈

潘炎

玉壺冰

糸律陰風勁堅冰在玉壺暗中花更出曉後色全無涸沍

誰能伴淒清詎可渝任圓空似壁照物不成珠素質情方
挈孤明道豈殊幽人若相比還得詠生芻

朱延齡

秋山極天淨

雨洗高秋淨天臨大野閒蔥蘢清萬象繚繞出層山日落
千峰上雲銷萬壑間綠蘿霜後翠紅葉雨來殷散彩輝吳
甸分形壓楚關欲尋霄漢路延首願登攀

劉得仁

監試蓮花峰

太華萬餘重岧嶤只此峰當秋倚寥泬入望似芙蓉翠拔
千尋直青危一朵穠氣分毛女秀靈有羽人蹤倒影侵關

路香風激廟松塵埃終不及車馬自憧憧

范傳正

謝真人仙駕過舊山

麾蓋從仙府笙歌入舊山水流丹竈缺風起草堂關白鹿
行爲衛青鸞舞自閑種松鱗未老移石蘚成斑望路煙霄
外迴輿嶺岫閒豈惟遼海外空歎令威還

白居易

宣州試窗中列遠岫

天靜秋山好窗開曉翠通遥憐峰窈窕不隔竹蒙籠萬點
當虛室千重疊遠空列檐攢秀氣緣隙助清風碧愛新晴
後明宜反照中宣城郡齋在望與古詩同一作時同

鄭思貞

日暖萬年枝

禁樹敷榮早，偏將麗日宜。光遥連北闕，影泛滿南枝。得地方知照，逢時異赫曦。葉和盈數積，根是永年移。宵露猶殘潤，熏風更共吹。餘暉誠可托，况近鳳凰池。

貟南溟

〇〇禁中春松

鬱鬱真松樹，陰陰在紫宸。葱蘢偏近日，青翠更宜春。雅韻風來起，輕煙霽後新。葉深棲語鶴，枝亞拂朝臣。全節長依地，凌雲欲致身。山苗蔭不得，生植荷陶鈞。

李正封

貢院樓北新栽小松

青蒼初得地華省植來新尚帶山中色猶含洞裏春近樓
依北户隱砌淨遊塵鶴壽應成蓋龍形未有鱗爲梁資大
夏封爵恥嬴秦幸此觀光日清風屢得親

李暀

尚書都堂瓦松

華省秘仙蹤高堂露瓦松葉因春後長花爲雨來濃影混
鴛鴦色光含翡翠容天然斯所寄地勢太無從接棟臨雙
闕連甍近九重寧知深澗底霜葉歲兼封

李冑

幽人折芳桂

刻切

厚地生芳桂遥林聳榦長葉開風裡色花吐月中光曙烏
唬餘翠幽人愛早芳動時垂露滴攀處拂衣香日調聲猶
苦孤（一作因）高力自强一枝終是折榮耀在東堂

張喬

華州試月中桂

與月（一作向）轉鴻濛扶蘇萬古同根非生下土葉不蹐秋風每以
圓時足還隨缺處空影高羣木外香滿一輪中未種
丹霄日應虛玉（一作白）兎宮如何當（一作當因）何羽化細得問玄
功

吳武陵

貢院樓北新栽小松

拂檻愛貞容移根自遠峯曾經芳一作已曾經草沒終不任苔

封葉少初凌雪鱗生欲化龍乘春濯雨露得地近垣墉逐

吹香微動含煙色漸濃時迴日月照爲謝小山松

鄭谷

府試木向榮題中用韻

園林青氣動衆木散寒聲敗葉牆陰在滋條雪後榮欣欣

春令早藹藹日華輕庾嶺梅先覺隋堤柳暗驚山川應物

候皐壤起農情秖待花開日連棲出谷鶯

王泠然

古木臥平沙

古木臥平沙摧殘歲月賒有根横水石無葉拂煙霞春至

苕爲葉冬來雪作花不逢星漢使誰辨是靈槎

朱慶餘

震爲蒼筤竹

爲權東方秀蕭一作脩然異衆筠青蔥纔映粉蒙密正含春嫩籜霑微雨幽根絶細塵乍憐分徑小偏覺帶烟新結實皆留鳳垂陰似庇人願爲竿在手深水釣一作挂赬鱗

蔣防

秋稼如雲

肆目如雲處三田大有秋葱蘢初滿埜一作薮野散漫正盈疇稍混從龍勢寧同觸石幽紫芒分冪冪青野一作清夜澹油油始愜倉箱望終無滅裂憂西成知不遠雨露復何由

周　渭

、花發上林

灼灼花凝雪春來發上林向風初散蕊垂葉欲成陰人過香隨遠烟晴色自深凈時空結霧疎處未藏禽萃茸何年植間關幾日吟一枝如可冀不負折芳心

賈　蕃

、芙蓉出水

的皪舒芳豔紅姿映綠蘋搖風開細浪出沿媚清晨翻影初迎日流香暗襲人獨披千葉淺不競百花春魚戲參差動龜遊次第新涉江如可採從此免迷津

王貞白

宮池產瑞蓮帖經日試

雨露及萬物，嘉祥有瑞蓮。香飄雞樹近，榮占鳳池先。聖日臨雙麗，恩波照並妍。願同指佞草，生向帝堯前。

張昔

小苑春望宮池柳色

小苑春初至，皇衢日更清。遥分萬條柳，迥出九重城。隱映龍池潤，參差鳳闕明。影宜宮雪霽，色帶禁煙晴。深淺殘陽變，高低曉吹輕。年光正堪折，欲寄一枝榮。

元友直

柳色新池遍，春光御苑晴。葉依清閣密，條向碧流傾。路暗陰初重，波摇影轉清。風從垂處度，烟就望中生。斷續遊蜂

聚飄颻戲蝶輕怡然變芳節願及一枝榮

賈稜

御溝新柳

御苑陽和早章溝柳色新託根偏近日布葉乍迎春秀質方含翠清陰欲庇人輕煙度斜景多露滴行塵嫋嫋堪離贈依依獨望頻王孫如可賞攀折在芳晨

温庭筠

原隰荑綠柳

迥野韶光早晴川柳滿（一作映柳）堤拂塵生嫩綠披雪見柔荑碧玉芽猶短黃金縷未齊腰肢弄寒吹眉意入春閨預恐狂夫折迎牽逸客迷新鶯將出谷應借一枝棲

陸贄

御園芳草

陰陰御園裏瑤草日光長靃靡含煙霧依俙帶夕陽雨餘
荂更密風暖蕙初香擁仗緣馳道乘輿入建章濕煙搖不
散細影亂無行恒恐韶光晚何人辨早芳

陳翊（一作詡）

龍池春草

青春光鳳苑細草遍龍池曲渚交蘋葉迴塘惹柳枝因風
初苒苒覆岸欲離離色帶金堤靜陰連玉樹移日光浮靃
靡波影動參差豈比生幽遠芳馨衆不知

殷文圭

春草碧色

細草含愁碧芊綿南浦濵萋萋如恨别苒苒共傷春踈雨烟華潤斜陽細彩勻花黏繁鬬錦人藉軟勝茵淺映宮池水輕遮輦路塵杜.同如可結.誓作報恩身

王轂

習習東風扇萋萋草色新淺深千里碧高下一時春嫩葉舒煙際微香動水濵金塘明夕照輦路惹芳塵造化功何廣陽和力自均今當發生日瀝懇祝良辰

鄭昉

人不易知

權衡諒匪易愚智信難移九德皆殊進三端豈易施同稱

昆岫寶共握桂林枝鄭鼠今奚别齊竽或濫吹瑤臺有光鑑屢照不應疲片善當無掩先鳴貴在斯龍門峻且極驥足庶來馳太息李元禮期君幸一知

張籍

行不由徑

田裡有微徑賢人不復行孰知求（一作趨）捷步又（一作惟）恐異端生（一作成）從易終多欲安難患亦平（一作生）誰能達天道（一作達大路）共此竟（一作兢）前程子羽有遺訓孔門傳舊聲今逢大君子士節自（一作再）應明

竇常

求自試

仙禁祥雲合高梧彩鳳遊沇冥求自試通鑑果蒙收文墨悲無位詩書誤白頭陳王抗表日毛遂請行秋雙劍曾埋獄司空問斗牛希垂拂拭憝感激願相投

張光朝

天門街西觀榮王聘妃

仙媛來朱邸名山出紫微三周初展義百兩遂言歸鄭國通梁苑天津接帝畿橋成烏鵲助蓋轉鳳皇飛霜仗迎秋色星釭滿夜輝從兹磐石固應爲得賢妃

梁鉉

帝子乘龍夜三星照户前兩行宮火出十里道鋪筵羅綺明中識簫韶暗裡傳燈攢九華扇帳撒五銖錢交頸文鴛

合和鳴彩鳳連欲知來日美雙拜紫微天

白居易

太社觀獻入翰林試以功字爲韻

淮海妖氛滅乾坤喜氣通班師郊社内操袂凱歌中廟算無遺榮天兵不戰功小臣同鳥獸率舞向皇風

張　隨

河中獻捷

叛將忘恩久王師不戰通凱歌千里内喜氣二儀中冠盡條山下兵迴漢苑東將軍初執訊明主欲論功落日烟塵靜寒郊碧疊空蒼生幸無事自此樂堯風

吴　秘一作顔粲

吳宫教戰

客獻陳兵計功成欲霸吳玉顔承將略金殿賜軍符轉旆風雲暗鳴鼙錦繡趨雪花頻落粉香汗盡流珠掩笑誰干令嚴師必用誅至今孫子去猶可静邊隅

林藻一作葉李良

强吳矜霸略講武在深宫盡出嬌娥輩先觀上將風揮戈羅袖卷擐甲汗裝紅輕一作掩笑分旗下含羞入隊中鼓停行未整刑舉令方崇自可威鄰國何勞騁戰功

白行簡

李太尉重陽日得蘇屬國書

降虜意何如窮荒九月初三秋異鄉節一紙故人書對酒

情無極開緘思有餘感時空寂莫懷舊幾躊躇雁盡平沙
迥煙銷大漠虛迴頭向南望掩淚對雙魚

張友正

錦帶佩吳鈎

帶劍誰家子春朝紫陌遊結邊霞聚錦懸處月隨鈎縿縷
迴文出雄芒練影浮葉依華裡豔霜向鍔中秋的皪宜驄
馬斕斒映綺裘應須待報國一劍月支頭

薛能

國學試風化下

霽闕露穹崇含生仰聖聰英明髙比日聲教下如風靜發
宸居內低來品物中南熏歌自溥北極響皆通蘋末看無

狀人間覺有功因令委泥者覩此忘途窮

李益

府試古鏡

舊是秦時鏡今藏古匣中龍蟠初挂月鳳舞欲生風石黛曾留殿珠光適在宮應祥知道泰鑑物覺神通肝膽誠難隱妍媸信易窮幸居君子室長願免塵蒙

喻鳧

監試夜雨滴空堦

霎霎復淒淒飄松又灑槐氣濛蛛網檻聲疊蘚花堦古壁青燈動深庭濕葉埋徐乖舊鴛瓦競歷小茅齋冷與陰蟲間清將玉漏諧病身唯輾轉誰見此時懷

荆冬倩

奉試詠青

路闢天光遠春還月道臨草濃河畔色槐結路邊陰未映

君王史先標胄子襟經明如可拾自有致雲心

李頻

府試丹浦非樂戰

自古爲君道垂衣致理難懷仁須去殺用武即勝殘毒熾

誅方及兵臨釁可觀居來彭蠡固戰罷洞庭寛雪國知天

遠霜林是血丹吾皇則堯典薄伐至桑乾

鄭谷

京兆府試殘月如新月

與鞠躬盡瘁死而後已同意

榮落何相似初終却一般猶疑和夕照誰信墮朝寒水木
輝華別詩家比象難佳人應誤拜棲鳥反求安屈指期輪
滿何心謂影殘庚樓清賞處吟徹曙鐘看

韓愈

學諸進士作精衛銜石填海

鳥有償冤者終年抱寸誠口銜山石細心望海波平渺渺
功難見區區命已輕人皆譏造次我獨賞專精豈計休無
日惟應盡此生何慚刺客傳不著報仇名

唐人五言排律選二卷上終

唐人五言排律選第二卷下

元李𡼏菴先生　選定

李岑

玄元皇帝應見賀聖祚無疆

皇綱歸有道帝系祖乎元運表南山祚神通北極尊大同齊日月興廢應乾坤聖后趨庭禮宗臣稽首言千官欣肆覲萬國賀深恩錫宴雲天接飛聲雷地喧祥光浮紫閣喜氣繞皇軒未預承天命空勤望帝門

王季友

皇帝移晦日爲中和節

皇心不向晦改節號中和淑氣同風景佳名別詠歌湔裙
移舊俗賜尺下新科曆象千年正酺醵四海多花隨春令
發鳥度歲陽過天地齊休慶歡聲欲盪波

丁　澤

主上元日夢王母獻白玉環

夢中朝上日闕下拜天顔彷彿瞻王母分明獻玉環靈姿
趨甲帳悟道契玄關似見霜姿白如看月彩彎霓裳歸物
外鳳曆曉人寰仙聖非相遠昭昭寤寐間

張　莒

元日望含元殿御扇開合

萬國來初歲千年覲聖君輦迎仙仗出扇匝御香焚俯對

朝元近（一作見）先知曙色分冕旒開處見鐘鼓合時聞影動
承朝日花攢似慶雲蒲葵那可比徒用隔炎氛

沈亞之

九月九日勤政樓下觀百僚獻壽

御氣黃花節臨軒紫陌頭早陽生彩仗霽色入仙樓獻壽
皆鴛鷺瞻天盡冕旒菊罇過九日鳳曆肇千秋樂奏薰風
起盃酣瑞影收年年歌舞度此地慶皇休

張叔良

長至日上公獻壽

鳳闕晴鐘度（一作動）雞人曉漏長九重初啓鑰三事盡（一作正）
稱觴日至龍顏近天旋聖曆昌休光連雪淨瑞氣雜爐香

化被君臣洽恩沾士庶康不因稽舊典誰得記（一作紀）朝章

李　絳（一作崔宗）

恩賜耆老布帛

渙汗中天發殊私海外存褒顔逢聖代華髮受皇恩燭物明堯日垂衣闢禹門惜時悲落景賜帛慰餘魂厚澤沾翔泳徽生保子孫盛明今尚齒歡奉（一作洽）九衢罇

葉元良

御製段大尉碑

多難全高節時清軫聖君園塋標石篆雨露降天文義激忠貞没詞傷蘭蕙焚國人皆隕涙玉府已銘勲揭出臨新陌長留對古墳睿情幽感處應使九泉聞

薛有誠

觀南郊回仗

傳警千門寂南郊綵仗迴但驚龍再見誰識日雙開德澤施雲雨恩光變燼灰閱兵貔武振聽樂鳳皇來候刻移宸輦尊時集館臺多慚遠臣賤不得禮容陪

華清宫望幸

驪岫接新豐嶤岧駕碧空鑿山開秘殿隱霧蔽仙宫絳闕猶棲鳳雕梁尚帶虹温泉曾浴日華館舊迎風肅穆瞻雲輦深沈閉綺櫳東郊望幸處瑞氣靄濛濛

謁見日將至雙闕

曉色臨雙闕微臣禮位陪遠驚龍鳳覩誰識冕旒開藹藹

千年盛顒顒萬國來天文標日月時令布雲雷迥出黄金殿全分白玉臺雕蟲竟何取瞻戀不知迴

劉公輿

晨光動翠華

早朝開紫殿佳氣逐清晨北闕華旌在東方曙景新影連香露合光媚慶雲頻鳥羽飄初定龍文煦轉真直疑冠佩入長愛冕旒親揺動祥雲裏朝朝映侍臣

陳諷

冬日可愛

寒日臨清晝寥天一望時未消埋逕雪先映讀書帷屬思光難駐舒情影若遺晉臣曾比德謝客昔言詩散彩寧偏

照流陰信不迴餘輝如可就迴燭幸無私

陶拱一作洪

、秋日懸清光

廖廓涼天靜晶明白日秋圓光含萬象碎影入閒流迴與清冥合遥同江甸浮晝陰殊衆木斜影下危樓宋玉登高怨張衡望遠愁餘輝如可託雲路豈悠悠

熊孺登

日暮天無雲

杳杳復蒼然無雲日暮天象分青氣外景盡赤霄前漸吐星河色遥生水木煙從容難附麗顧步欲澄鮮但見收三素何能測上玄應非暫呈瑞不許出山川

蔣防

秋月懸清輝

秋月沿霄漢亭亭委素輝山明桂花發池滿夜珠歸入牖人偏攬臨枝鵲正飛影連平野淨輪度曉雲微晶晃浮輕露徘徊映薄帷此時千里道延望獨依依

張仲素

玉繩低建章

迢迢玉繩下茫彩正闌干稍復臨鳷鵲方疑近露寒微明連粉堞的皪映仙盤横接河流照低將夜色殘天榆隨影沒宫樹與光攢遐想西垣客長吟欲罷難

敬括

七月流火

前庭一葉下言念忽悲秋變節金初至分寒一作空火正流
氣含涼夜早光拂夏雲收助月微明散沿河麗景浮禮標
時令奭詩異一作興國風幽自此觀邪正深知王業休

李頻

府試老人星見

良宵出戶庭極目向青冥海內逢康日天邊見壽星臨空
遥的的竟曉獨熒熒春後先依丙秋來忽近丁垂休臨有
道作瑞掩前經豈比周王夢徒言得九齡

紇干諷

新陽改故陰

律管才推候寒郊忽變陰徵和方應節積慘已辭林暗覺
餘澌斷潛驚麗景侵禁城佳氣換北陸翠煙深有澤知遐
布無私荷照臨韶光如可及鶯谷免幽沈

冷朝陽

立春

玉律傳佳節青陽應北辰土牛呈歲稔綵燕表年春臘盡
星迴次寒餘月建寅風光行處好雲物望中新流水初銷
凍潛魚欲振鱗梅花將柳色偏思越鄉人

白行簡

春從何處來

欲識春生處先從木德來入門潛報柳度嶺暗驚梅透雪

銀花散消氷水鑑開曉迎郊祀發夜逐斗杓迴淑氣空中

變新聲曲裏一作雨後催偏能調律呂應是候陽臺

滕　邁一作薛能

春色滿皇州

藹藹復悠悠春歸十二樓最明雲裏闕光滿日邊州色媚

青門外光摇紫陌頭上林榮舊樹太液鏡一作泛新流映帶

祥煙起清一作晴添瑞景浮陽和如啓蟄從此事芳遊

張嗣初

白雲起封中

英英白雲起呈瑞出封中表聖寧因地逢時豈待風浮光

彌皎潔流影更冲融自叶堯年美誰云漢日同金泥光乍

掩玉檢氣潛通欲與非煙並亭亭不散空

李正辭一作陳希烈

千年泰山頂雲起漢皇封不作奇峰狀寧分觸石容爲霖雖易得表聖自難逢冉冉排空上依依疊影重素光非曳練靈貺是從龍豈學無心出東西任所從

陸暢

山出雲

靈山蓄雲彩紛郁出清晨望樹繁花白看峯小雪新𥅽松張蓋影依澗布魚鱗高似從龍處低如觸石頻濃光藏半岫淺色類飄塵玉葉開天際遥憐占早春

羅讓一作曹松

梢雲

殊質資靈貺，凌空發瑞雲。梢梢含樹影，一作彩郁郁動霞文。不比因風起，全非觸石分。葉光閑泛灩，枝杪靜氤氲。隱見心無宰，徘徊慶自君。翻飛如可託，長願在横汾。

張仲素

寒雲輕重色

佳期當可許，託思望雲端。鱗影朝猶落，繁陰暮自寒。因風方𡡉𡡉，問石已漫漫。隱映看鴻度，霏微覺樹攢。凝空多似黛，引素乍如紈。每向愁中覽，含毫欲狀難。

周存一作焦郁

白雲向空盡

白雲生遠岫搖曳入晴空乘化隨舒卷無心任始終欲消

仍向（一作帶）日將斷或（一作更）因風勢薄飛難定天高色易窮

影收元氣表光滅太虛中況（一作儻）若從龍去（一作出）還施潤

（一作濟）物功

王涯

望禁門松雪

宿雲開霽景佳氣此時濃瑞雪凝清禁祥烟冪小松依俙

鴛瓦出隱映鳳樓重金闕祥光照瓊枝瑞色封葉鋪全賴

玉柯偃乍疑龍詎比寒山上風霜老昔容

可頻瑜

牆陰殘雪

積雪還因地牆陰久尚殘影添斜月白光借夕陽寒皎潔開簾近清熒步履看狀花飛著樹如玉不成盤氷薄方寧及霜濃比亦難誰憐高臥處歲暮歎袁安

喻鳧

春雨如膏

羃羃斂輕塵濛濛濕野春細光添柳重幽點濺花匀慘澹遊絲景陰沉落絮辰迴低飛蝶翅寒滴語禽身灑岳摧餘雪吹江疊遠蘋東城與西南一作陌晴後趣何新

顏粲

白露爲霜

悲秋將歲晚繁露已成霜徧渚蘆先白霑籬菊自黃應鐘

鳴遠寺擁雁度三湘氣逼襦衣薄寒侵宵夢長滿庭添月色拂水斂荷香獨念蓬門下窮年在一方

黃頗一作舒元輿

風不鳴條

五緯一作習習起祥飇無聲瑞聖朝稍開含露蕊一作萼纔轉惹煙條密葉應潛變一作長低枝幾暗揺林間鶯欲囀花下蝶微飄初滿緣堤草因生逐水苗太平無一事天外奏虞一作雲韶

左牢一作章孝標

旭日懸清景微風在綠條入松聲不發過柳影空揺長養應潛變一作遍扶疎每暗飄有林時嫋嫋無樹漸蕭蕭誤逐

青煙散輕和樹色饒豐年知有待歌詠美唐堯

張聿

清風戒寒

蕭颯清風至悠然發思端入林翻别葉繞樹敗紅蘭曉拂輕霜度宵分遠籟攢稍依簾隙盡遍覺座隅寒乍逐驚蓬振偏催急漏殘遥知洞庭水此夕起波瀾

李沛

空水共澄鮮

悠然四望通渺渺水無窮海鶴飛天際煙林出鏡中雲霄澄遍碧霞起澹微紅落日清光滿遥山翠色同樵聲喧竹嶼棹唱入蓮叢遠客舟中顧煩襟暫一空

崔立之

寒流聚細文

曉野方閒眺橫溪賞亂流寒文趨浦急圓折逐煙浮不謂飄疎雨非關浴遠鷗觀魚鱗共細間石影疑稠獵獵風吟夕潺潺瀨響秋仙槎如共泛天漢適淹留

徐元弼

册上公太常奏雅樂

司樂陳金石逶迤引上公奏音人語絶清韻珮聲通應律煙雲改來儀鳥獸同得賢因舉頌修理便觀風聖壽三春內天歡九奏中寂寥高曲盡猶自滿宸聰

陸贄

曉過南宫聞太常清樂

南宫聞古樂拂曙聽初驚煙靄遥迷處絲桐暗辨名節隨新曆改聲帶緒風輕合雅將移俗同和自感情遠音兼曉漏餘響過春城九奏明初日寥寥天地清

胡直鈞

郊壇聽雅樂

泰壇恭祀事彩仗下寒坰展禮陳嘉樂齊心動衆靈韻長飄更遠曲度靜宜聽泛響何清越隨風散杳冥微懸和氣聚旋退曉山青本自鈞天降還疑列洞庭

鄭絪

寒夜聞霜鐘

霜鐘初應律寂寂出重林拂水宜清聽淩空散迥音春容時未歇摇曳夜方深月下和虚籟風前間遠砧浄兼寒漏徹閒畏曙更侵遥想千山外泠泠何處尋

盧景亮

洪鐘發長夜清響出層岑暗入繁霜切遥傳古木深何城亂遠漏幾處雜疎砧已警離人夢仍知旅客襟待時當命侶抱器本無心倘若無知者誰能設此音

張少博

雪夜觀象闕待漏

殘雪初晴後鳴珂奉闕庭九門傳曉漏五夜候晨扃北斗横斜漢東方落曙星烟氛初重色簪珮未分形雪重猶垂

白山遥不辨青雞人更唱處偏入此時聽

嚴巨川

太清宫聞滴漏

玉漏移中禁齊車入太清漸知催辨色復聽續餘聲乍逐微風轉時因雜佩輕青樓人罷夢紫陌騎將行殘魄樓初盡餘寒滴更生憇非朝謁客空有振衣情

吴晃

魚上氷

春水潛鱗發寒潭舊藻疎揚鬐順氣後振鬣上氷初戲廣憐空潔浮清媚景虚戒貪還避餌思遠每懷書濕映流澌薄時游觸浪餘終希泮渙澤爲化北溟魚

鄭　黄

天驥呈材

毛骨合天經，權奇步驟輕。曾邀于闐駕，新出貳師營。噴勒金鈴響，追風汗血生。酒亭留去迹，吴坂認嘶聲。力可通衢試，材堪聖代呈。王良如顧盼，垂耳欲長鳴。

章孝標

騏驥長鳴

有馬骨堪驚，無人眼暫明。力疲吴坂峻，嘶苦朔風生。逐逐懷良御，蕭蕭顧樂鳴。瑶池期弄影，天路欲飛聲。皎月誰知種，浮雲莫問程。鹽車終願脱，千里爲君行。

陳　季

鶴鳴九皋

胎化呈仙質長鳴在九皋排空散清唳映日委霜毛萬里
思寥廓千山望鬱陶香凝光不斷風積韻彌高鳳侶攀何
及雞羣思忽勞昇天如有應飛舞出蓬蒿

賈　島

黃鵠下太液池

高飛空外鵠下向禁中池岸印行蹤淺波搖立影危來從
千里島舞拂萬年枝踉蹌孤風起徘徊水沫移幽音清露
滴野性白雲隨太液無彈射靈禽翅不垂

孫昌徹

越裳獻白翟

聖哲符休運伊臯列上台覃恩丹徼遠入貢素翬來北闕
欣初見南枝顧未迴斂空殘雪淨矯翼片雲開馴擾將無
懼翻飛幸莫猜甘從上苑裏飲啄自徘徊

陸　扆

禁林聞曉鶯

曙色分層漢鶯聲繞上林報花開瑞錦催柳綻黄金斷續
隨風遠間關送月沈語當温樹近飛覺禁園深繡户鶯殘
夢瑶池囀好音願將棲息意從此沃天心

趙存約

鳥散餘花落

春曉遊禽集幽庭幾樹花坐來驚豔色飛去墮晴霞翅拂

繁枝落風添舞影斜彩雲飄玉砌絳雪下仙家分散音初靜凋零蕊帶葩空階瞻翫久應共惜年華

李頻

振振鷺

有鳥生江浦霜華作羽翰君臣將比潔朝野用爲歡月影林梢下氷光水際殘飛翻時共樂飲啄道皆安迴翥宜高詠羣棲入靜看由來鴛鷺侶濟濟列千官

沈鵬

寒蟬樹

一葉初飛日寒蟬益易驚入林慙質細依樹媿身輕大幹時容息喬枝或借鳴心由飲露浄響爲逐風清忝有翩翾

分（一作翼）應憐嘒唳聲不知微薄影早晚掛綾纓

獨孤綬

沈珠於淵

至道歸淳朴明珠被棄捐失真來照乘成性却沈泉不是靈蛇吐猶疑合浦旋岸旁隨日落波底共星懸致遠終無脛懷貪遂比肩欲知恭儉德所寶在唯賢

張　籍（一作黎逢）

罔象得玄珠

赤水今何處遺珠已渺然離婁徒四目罔象乃通玄皎潔因成性圓明不在泉暗中看（一作驅）夜色塵外照情田無脛真難掬懷疑實（一作寔）易還今朝搜擇得應自（一作免）媚晴川

莫宣卿

水懷珠

長川含媚色波底孕靈珠素魄生蘋末圓規照水明淪漣
氷彩動蕩漾瑞光鋪迴夜星同貫清秋岸不枯江妃思在
掌海客亦忘軀合浦當還日恩威信已敷

管雄甫

戞玉有餘聲

戞玉音難盡凝人思轉清依俙流户牖髣髴在簷楹更逐
松風起還將澗水并樂中和舊曲天際轉餘聲縹一作飄渺

浮煙遠溫柔入耳輕想如君子佩時得上堂鳴

張惟欽

西戎獻白玉環

當時無外守方物四夸通列土金河北朝天玉塞東自將

金璞比不與鄭環同正朔雖傳漢衣冠尚帶戎幸承提珮

寵多媿琢磨功絶域知文教争趨上國風

白行簡

金在鎔

巨橐方鎔物洪鐘欲範金紫光看漸發赤氣望逾深鮻爇

晴雲變煙浮晝景陰堅剛由我性鼓鑄任君心踴躍徒標

異沈潛自可欽何當得成器待叩向知音

楊洙

登雲梯

謝客常遊處層巒枕碧溪經過殊俗境登陟象雲梯步步
勞山屐行行躡澗霓迴臨天路廣霞眺夕陽低賞詠情彌
愜風塵事已暌前修如可慕投足固思齊

王　約

日映萬年枝

靄靄形庭裏沇沇玉砌陲初升九華日潛映萬年枝煦嫗
光偏好青葱色轉宜每因韶景麗長沐惠風吹隐映當龍
闕氛氳隔鳳池朝陽光照處唯有近臣知

樊陽源

風動萬年枝

珍木羅前殿乘春任好風振柯方裊裊舒葉乍蒙蒙影動

丹墀上聲傳紫禁中離披偏向日凌亂半分空輕拂祥煙散低摇翠色同長令占天眷四氣借全功

陸贄一作白行簡

禁中春松

陰陰清禁裏蒼翠滿春松雨露恩偏近陽和色更一作正濃高枝分曉日虛吹一作韻靈雜宵鐘香助鑪烟遠形疑蓋影重願符千載一作歲壽不羨五株封儻一作長得迴天眷全勝老碧峯

李冑

秋風生桂枝

寒桂秋風動蕭蕭自一枝方將擊林變不假舞松移散翠

幽花落搖青密葉離哀猿驚助裛花露滴争垂遺韻連波聚流音萬木隨常聞小山裏逋客最先知

鄭畋

麥穗兩岐

聖慮憂千畝嘉苗薦兩岐如雲方表盛成穗忽標奇瑞露縱横滴祥風左右吹謳謡連上苑化日遍平陂史策書堪重丹青畫更宜願依連理樹俱作萬年枝

戴察

月夜梧桐葉上見寒露

蕭疎桐葉上月白見初圓滴瀝珠光滿熒煌素彩寒風摇愁玉墜枝動惜珠乾氣冷初秋晚聲微覺夜闌凝霜流欲

徧潤物淨宜看莫厭窺臨倦將晞聚更難

獨孤授

花發上林

上苑韶容早芳菲正吐花無言向春日閉笑任年華潤色籠輕靄晴光艷晚霞影連千户竹香散萬人家幸繞樓臺近仍懷雨露賒願君垂採摘不使落風沙

竇常

花發上林

上苑曉沇沇花枝亂綴陰色浮雙闕近春入九門深向晚風初歇餘寒雪尚侵豔迴秦女目愁處越人心繞繞時縈蝶關關乍引禽寧知幽谷羽一舉欲依林

陳蕭

曲江亭望慈雲寺杏園花發

曲池晴望好近接梵王家十畝開金地千林發杏花映雲猶誤雪照日欲成霞紫陌傳香遠紅泉落影斜園中春尚早亭上路非賒芳景堪遊處其如惜物華

張公乂

金谷園花發懷古

今日春風至花開石氏園未全紅豔折半與素光翻點綴疎林遍徵明古徑繁窺臨鸎欲語寂莫李無言谷變迷鋪錦臺餘認樹萱川流人事共近一作千載竟誰論

鄭述誠

華林園早梅

曉日東樓路，林端見早梅。獨凌寒氣發，不逐衆花開。素彩風前艷，韶光雪後催。蕊香霑（一作繁香）紫陌，枝亞拂青苔。止渴曾爲用，和羹舊有才。含情欲攀折，瞻望幾徘徊。

黎逢

小苑春望宮池柳色

上宮新柳變，小苑暮天晴。始見和烟密，遥憐拂水輕。色侵陽氣重，陰助御樓清。不厭隨風弱，仍宜向日明。客中愁（一作愁觀）美景，池上仰光榮。漸到依依處，思聞出谷鶯。

楊凌

上苑閑遊早，東風柳色輕。儲胥遥掩映，池水隔微明。春至

條偏弱寒餘葉未成和煙變濃澹轉日異陰晴不獨芳菲

好還因雨露榮行人望攀折遠翠暮愁生

崔績

帝京春氣早御柳已先榮嫩葉隨風散浮光向日明悠揚

生別意斷續引芳聲積翠連馳道飄花出禁城柔條依草

弱遠色帶煙輕南望龍池畔斜光照晚晴

張季略

韶光歸漢苑柳色發春城半見離宫出纔分遠水明青葱

當淑景隱映媚新晴積翠烟初合微黄葉未生迎春看尚

嫩照日見先榮儻得辭幽谷高枝寄一鳴

陳羽

御溝新柳

宛宛如絲柳含黄一望新未成溝上暗且向日邊春嫋娜方遮水低迷欲醉人託空方鬱鬱逐溜影鱗鱗弄色滋宵露垂枝染夕塵夾堤連太液還似映天津

歐陽詹

東風韶景至垂柳御溝新緒作千門秀連爲一道春柔荑生女指嫩葉長龍鱗舞絮迴青岍飛煙拂緑蘋王孫初命賞楚客欲幾一作傷神芳意堪能一作相贈一枝先遠人

宋迪

龍池春草

鳳闕韶光遍龍池草色匀煙波全讓緑堤柳不爭新翻葉

迎紅日飄香借白蘋幽姿偏占暮芳意欲留春已勝生金埒長思藉玉輪翠華如見幸正好及兹辰

梁鍠

方士進恒春草

東吴有靈草生彼剡谿傍既亂莓苔色仍連菡萏香掇之稱遠士持以奉明王北闕顔彌駐南山壽更長金膏徒騁妙石髓莫矜良儻使霑涓滴還遊不死方

白居易

觀劍南獻捷

遐圻新破□名將應舊一作登壇戎首西南至氈裘長幼觀邊疆氛已息矛戟血猶殘紫陌歡聲動丹墀喜氣盤唐虞

方德易衞霍比功難共覩停囚入賡歌萬國安

蔣防

題杜賓客新豐里幽居

退跡依三逕辭榮繼二疏聖情容解印帝里許懸車已去龍樓籍猶分御廩儲風前輸耳目松竹助乎盧調護心常在山林意有餘應嗤紫芝客遠就白雲居

曹松

武德殿退朝望九衢春色

玉殿朝初退天街一望春南山初過雨北闕淨無塵夾道天桃滿連溝御柳新蘇舒同舜澤煦嫗並堯仁佳氣浮軒蓋和風襲縉紳自兹憐萬物同入發生辰

徐敞

金莖

武帝貴長生，延年餌玉英。銅盤貯珠露，仙掌抗金莖。拂曙氛塵斂，淩空沆瀣清。岧嶤捧瑞氣，巃嵸出宮城。勢入浮雲聳，形標霽色明。大君當御宇，何必去蓬瀛。

朱慶餘

晦日同志昆明泛舟

故人同泛處，遠色望中明。靜見沙痕露，微思月魄生。周迴餘雪在，浩渺暮雲平。戲鳥隨蘭棹，空波盪石鯨。劫灰難問理，島樹偶知名。自省曾追遊（一作賞），無如此日情。

朱慶餘

靈沼疑河漢蕭條見斗牛煙生知岸近水淨覺天秋落月低前樹清輝滿去舟興因孤嶼起心爲白蘋留曉吹兼漁唱閒雲伴客愁龍津如可上長嘯且乘流

獨孤良弼

上巳連一作接清明遊宴

上巳觀初罷清明賞又追閏年侵舊曆令節併芳時細雨鬭飛重春風酒醒遲翫花迷白雪看柳折青絲淑氣如相待天和竟爲誰卻一作呼嗟名未立空詠宴遊詩

張仲素

上元日聽太清宫步虚

仙客開金籙元辰會六京靈歌賓紫府雅韵出層城磬雜

音徐一作餘徹風飄響更清紆餘空外盡斷續聽中生舞鶴紛將集流雲住未行誰知九陌上塵俗却遺聲

張佐

秦鏡

樓上秦時鏡千秋獨有名菱花寒不落氷質夏長清龍在形難掩人來膽易呈昇臺疑遠照閉匣乍藏明皎色新磨出圓規舊鑄成愁容如可鑒當欲拂塵纓

孫欣

奉試冷井

仙闈井初鑿靈液沁成泉色湛青苔裏寒疑紫綆邉銅缾向影落玉甃抱虛圓永願調神鼎堯時泰萬年

李頻

府試風雨聞雞

不爲風雨變雞德一何貞在暗長先覺臨晨即自鳴陰霾方見信頃刻詎移聲向晦如相警知時似獨清蕭蕭和斷漏喔喔報重城欲識詩人興中含君子情

府試觀蘭亭圖

往會人何處遺蹤事可觀林亭今日在草木古春殘筆想吟中駐盃疑飲後乾向青穿峻嶺當白認回湍月影窓間夜湖光枕上寒不知詩酒客誰更慕前歡

許彬

府試萊城晴日望三山

不易識蓬瀛憑高望有程盤根出巨浸遠色到孤城隱隱排雲峻層層就日明淨收殘靄盡浮動嫩嵐輕縱目徒多暇馳心累發誠從容更何在此路徹三清

吴　融

府試雨夜帝里聞猿聲

雨滴秦中夜猿聞峽外聲已吟何遜恨還賦屈平情暗逐哀鴻唳遥含禁漏清直疑遊萬里不覺在重城霎霎侵燈亂啾啾入夢驚明朝臨曉鏡别有鬢絲生

韓　愈

春雪間早梅（一作映。以下二首皆擬者試作）

梅將雪共春彩艷不相因逐吹能争密排枝巧妬新誰令

香滿座獨使淨無塵芳意饒呈瑞寒光助照人玲瓏開已徧點綴坐來頻那是俱疑似須知兩逼真熒煌初亂眼浩蕩忽迷神未許瓊華比從將將一作從玉樹親先期迎獻歲更伴占茲辰晨一作願得長輝映輕微嚴一作敢自珍

早春雪中聞鶯

朝鶯雪裏新雪樹眼前春帶澀先迎氣侵寒已報人共矜初聽早誰貴後聞頻暫轉那成曲孤鳴豈及辰風霜徒自保桃李詎相親寄謝幽棲友辛勤不爲身

李洞

龍池春草省試擬作

龍池清禁裏芳草傍池春旋長方遮岸全生不染塵和風

輕動色湛露靜流津淺得承天步深疑遶御輪魚尋倒影
没花帶濕光新肯學長河畔綿綿思遠人

李虞中

府試初日照鳳樓

旭景開宸極朝陽燭帝居斷霞生峻宇通閣麗晴虚流彩
連朱檻騰輝照綺疏賓寅趨陛後羲駕奉車初黄道龍光
合丹暈鳥翼舒儻蒙迴一顧願上十輝書

宋　華一作朱華

海上生明月

皎皎秋中月團團海上生影開金鏡滿輪抱玉壺清漸出
三山上將凌一漢横素娥甞藥去烏鵲繞枝驚照水光偏

白浮雲色最明此時堯砌下蓂莢正敷榮

王維

賦得秋日懸清光

寥廓涼天淨晶明白日秋圓光含萬象碎影入閑流迥與青冥合遥同江甸浮晝陰殊衆木斜影下危樓宋玉登高怨張衡望遠愁餘暉如可托雲路豈悠悠

劉眘虚

積雪爲小山

飛雪仲春還春庭曉自閑虚心應任道遇賞遂成山峰小形全秀巖虚勢莫攀以幽能皎潔謂近可循環孤影臨氷鏡寒光對玉顔不隨遲日盡留顧歲華間

祖詠

終南積雪

終南陰嶺秀積雪浮雲端林表明霽色城中增暮寒

失名

霜隼下晴皐

九皐霜氣勁翔隼下初晴風動閑雲遠星馳白草平稜稜方厲疾肅肅自縱橫搶地秋毫迴投身逸翮輕高墉全失影逐雀乍飛聲薄暮寒郊外悠悠萬里情

王季友

玉壺氷

玉壺知素潔止水復中澄堅白能虛受清寒將自凝分形

同曉鏡照物掩宵燈壁映圓光徹人驚爽氣凌金罍何足
貴瑤席幾回升正直求珪瓚提携共飲氷

丁　澤

良田無晚歲

人功雖未及地力信非常不任耕耘早偏宜黍稷良無年
皆有穫後種亦先芳膴膴盈千畝青青保萬箱何須祭田
祖詎要察農祥況直春臺啓和風日又長

莫宣卿

百官乘月早朝聽殘漏

建禮儼朝冠重門耿夜闌碧空蟾影度清禁漏聲殘候曉
車輿合凌霜劍珮寒星河猶皎皎銀箭尚珊珊杳藹祥光

近霏微瑞氣攢忻逢明聖代長願接鴛鸞

張　謂

賦得落日山照曜

徘徊空山下睆晚殘陽落圓影過峰巒半規入林薄餘光徹羣岫亂彩布幽壑石鏡共澄明巖潭佐昭灼棲禽去杳杳晚烟生漠漠此意誰復知獨懷謝康樂

豆盧榮

賦得春風扇微和

春晴生縹緲軟吹和初遍池影動波瀾山谷發葱蒨遲遲入綺閤習習披芳甸樹杪颺鶯啼堦前落花片韶光恐閒放旭日宜游宴文客拂塵衣仁風願迴扇

失名

府試焚裘

令主臨螭陛懲奢爇雉裘忽看陽焰起如睹吉光流綵翟辭宸幄飛翬出御樓烟隨良冶發火以負薪投五緎輸三粲千羊不一收敝貂懷儉德敢爲晏嬰羞

裴乾餘

早春殘雪

霽日彫瓊彩幽庭減夜寒梅飄餘片積日踊晚光殘零落偏依桂霏微不掩蘭陰林披霧縠小沼破氷盤曲檻霜凝砌疎篁玉碎竿已聞三徑好猶可訪袁安

羅讓

閏月定四時

月閏隨寒暑疇人定職司餘分將考日積算自成時緯候
行宜表陰陽運不欺氣熏灰管驗數扐掛辭推六曆文明
序三年步暗移當知歲功立唯是奉無私

張元正

臨淵羨魚

有客百愁侵求魚正在今廣川何渺漫高岸幾登臨風水
寧相阻烟波豈憚深不應同逐鹿詎肯比從禽結網非無
力忘筌自有心永存芳餌在佇立思沈沈

郭求

日暖萬年枝

旭日升溟海芳枝散曙烟温和臨樹久煦嫗在條偏陽德
符君惠嘉名表聖年似承恩渥厚幸屬棟梁賢生植雖依
地光華只信天不才甘仄陋徒望向榮先

裴　元

律中應鍾

律窮方數寸室暗在三重冷管灰先動秦正節已逢商聲
辭玉笛羽調入金鐘密葉翻霜彩輕氷斂水容望鴻南去
絶迎氣北來濃顧托無凋性寒林自比松

李　勳

泗濱得石磬

浮磬潛清深依依呈碧潯出水見貞質在懸含玉音對此

喜還嘆懷之昔至今罷古契良覿韻和諧宿心何爲值明鑒適得推幽沉自茲入清廟無復泥沙侵

徐敞

圓靈水鏡

浮光上東洛。揚彩滿圓靈。明滅淪江水。盈虛逐砌蓂。不分沙岸白。偏照海山青。練色臨窓牖。蟾光靄户庭。成輪疑辟影。初魄類弓形。遠近疑清質。依微出衆星。

裴次元

亞父碎玉斗

雄謀竟不決。寶玉將何愛。倏爾霜刃揮。霎若春氷碎。飛光動旌旗。雜響震環珮。霜推繡帳前。星流錦筵内。霸主業已

虛爲鹵語空悔獨有青史中英風冠千載

何儒亭

嬴氏昔解綳楚王有遺躅破關旣定秦碎首聞獻玉貞姿應刃散清響藉風續匪循切泥功將洗懷璧辱莫量漢祖懷空受項王勳事去見前心千秋渭波綠

徐寅

省試東風解凍

暖氣發蘋末凍痕銷水中扇氷初覺泮吹海旋成空入律三春變朝宗萬里通岍分天影濶色照日光融波起輕摇綠鱗遊乍躍紅殷勤拂弱羽飛翥趂和風

都堂試貢士日慶春雪

錫瑞來豊歲旌賢入貢辰飄來梅共笑飛作柳邊春遠砌
封瓊屑依階噴玉塵蜉蝣吟更苦科斗映還新白珩迷難
辨氷壺鑒易真因歌大君德率舞詠陶甄

朱　林

賦得春水緑波

芳時淑氣和春水澹成波滉瀁滋蘭杜淪漣長芰荷江光
扶翠澈潭影瀉清莎歸雁追飛盡纖鱗游泳多朝宗終到
海潤下每盈科願假中流便從兹發棹歌

裴　夸

觀淬龍泉劍

區冶將成器風胡喜見逢發硎思切玉投水化爲龍不復

藏深匣終期用剸鐘蓮花生寶鍔秋日勵霜鋒練影纔三
尺吹毛過萬重礱磨如不倦提握敢辭從

曹著

曲江亭望慈恩寺杏園花發

渚亭臨净域憑望一開軒曉日分初地東風發杏園空門
饒色相御陌間寒暄寺自遊時入花從宴處繁香迷亭外
路紅出塢東垣只有閑桃李芳菲不自言

殷堯泰

府試中元節觀道流步虛

乔都開秘籙白石禮先生上界秋光净中元夜景清星辰
朝帝列鸞鶴步虛聲玉洞花長發珠宫月最明埽壇天地

肅授簡鬼神驚倘賜刀圭藥還成不死名

令狐楚

青雲干呂

郁郁復紛紛青霄干呂雲色令天下見候向管中分遠覆無人境遥彰有道君瑞容驚不散冥感信希聞湛露羞依草南風耻帶熏恭惟漢皇帝餘烈尚氛氳

林寬

省試臘後望春宫

皇都初度臘鳳輦出深宫高凭樓臺上遥瞻灞滻中仗凝霜草白袍映日華紅柳眼方開霧鶯聲漸囀風御溝穿斷靄驪岫倚斜空時見宸遊興同觀稼穡功

孔温業

賦得鳥散餘花落

美景春堪賞芳園白日斜共看飛好鳥復見落餘花來往驚翻電經過想散霞雨餘飄處處風送滿家家求友聲初去離枝色可嗟從兹換時節詎謂惜年華

王良士

南至日隔仗望含元殿鑪煙

抗殿疏龍首高臺接上斿節當南至日星是北辰天霜羅仙仗金鑪引御煙迴瞻雙闕麗通望九門連拂曙祥光滿分晴瑞色鮮一陽今在曆引領在陶甄

孔封

省試行不由徑

欲速竟何成康莊亦砥平天衢皆利往吾道本方行不復由蓬徑無因訪蔣生三條遵廣達九軌尚安貞紫陌悠悠去芳塵步步清澹臺千載後公道有遺名

吴叔達

言行相顧

聖人垂政教萬古意常傳立志言爲本修身行乃先相須寧得闕相顧在無偏榮辱當于已忠貞必動天大名如副寶至道亦通乎千里猶能應何云邇者焉

陳　潤

秋河曙耿耿

曉望高秋夜微明欲曙河橋成鵲已去織罷女應過月上殊開練雲行類動波尋源不可到耿耿復如何

郭邕

洛出書

德合天貺呈龍飛聖人作光宅被寰區圖書出河洛象登四氣順文闢九疇錯氤氳瑞彩浮左右靈儀廓微造功不宰神行利悠博一見皇國華方知禹功薄

叔孫玠觀

清洛含温溜玄龜薦寶書波開緑字出瑞應紫宸居物著羣靈首文成列卦初美珍翔閣鳳慶邁躍舟魚如德惟何遠休皇復在諸東都主人意歌頌望乘輿

侯洌

金谷園花發懷古

金谷千年後春花發滿園紅芳徒笑日穠艷尚迎軒雨濕

春光軟風搖碎影翻猶疑施錦帳堪嘆罷朱紈愁思鶯吟

澁啼容露綴繁殷勤問前事桃李竟無言

許堯佐

石季倫金谷故園

石氏遺文在淒凉見故園清風來奏樂衰草念行軒舞榭

蒼苔掩歌臺落葉繁斷雲歸舊壟流水咽新源曲沼殘烟

斂叢篁宿鳥喧惟餘池上月猶似對金樽

失名

寫盡荒凉之狀

春風生紫澤遲暮映花林欲問當時事因傷此日心繁華
人已沒桃李意何深澗咽歌聲在雲歸葢影沈地形開萬
古笑價失千金遺跡應無限芳菲不可尋

陳昌言

賦得玉水記方流

明娟如懷玉奇姿寄托幽白虹深不見綠水折空流方珏
清沙遍縱橫氣色浮類圭才有角寫月讓成鈎久處深潛
貴希當特達收滔滔在何許揭厲願從遊

李行敏

省試觀慶雲圖

縑素傳休祉丹青狀慶雲非烟凝漠漠似葢乍紛紛尚駐

從龍意全舒捧日文光從五色起影向九霄分裂素留嘉瑞披圖賀聖君寧同窺汗漫方此睹氤氲

杜荀鶴

御溝新柳

律到九重春溝連柳色新細籠穿禁水輕拂入朝人日近韶光早天低聖澤匀谷鶯棲未穩宮女畫難真楚國空摇浪隋堤暗惹塵何如帝城裏先得覆龍津

于尹躬

南至日太史登臺書雲物

至日行時令登臺約禮文官稱伯趙氏色辨五方雲晝漏聽初發陽光望漸分司天爲歲備持簡出人羣惠愛周微

物生靈荷聖君長當有嘉瑞郁郁復紛紛

李程

賦得竹箭有筠

常愛凌寒竹堅貞可喻人能將先進禮義與後凋鄰冉冉猶全節青青尚有筠陶鈞二儀內柯葉四時春待鳳花仍吐停霜色更新方將不易操對此欲觀身

周存

西戎獻馬

天馬從東道皇威被遠戎來參八駿列不假貳師功影別流沙路嘶流上苑風望雲時蹀足向月每開騣地異才難敵標奇志未同驅馳如見許千里一朝通

元稹

河鯉登龍門

魚貫終何益龍門在此登有成當作雨無用恥爲鵬激浪誠難泝雄心自可憑風雷潛會合鬐鬣忽騰凌澒涬辭河濁烟霄見海澄迴瞻順流輩誰敢望同升

玉卮無當

共惜連城寶翻爲無當卮詎慙君子貴深諒拙工隳泛蟻功全少如虹色不移可憐殊礫石何計辨糟醨江海誠難滿盤筵莫妄施縱乖斟酌意猶得奉光儀

張蕭遠

履春氷

一步一愁新輕輕恐阽人薄光全透日殘色半銷春蟬想
行時翼魚驚踏處鱗底虛難動足岸濶怯迴身豈暇踟躕
久寧容顧盼頻顧將矜慎意從此越通津

羅維

水精環

王室符長慶環中得水精任圓情不極見素質仍貞信是
天然瑞非因樸斵成無瑕勝玉美至潔過氷清未肯齊珉
價寧同雜珮聲能銜任黃雀亦欲應時明

呂温

河南府試鄉飲酒

酌言雖舊典刈楚始登堂百拜賓儀盡三終樂奏長來同

鶯出谷坐比雁成行禮罷知何適隨雲入帝鄉

周存

禁中春松

幾歲含貞節青青紫禁中日華留偃蓋塵尾轉春風不爲繁霜改憑將衆卉同千條攢翠色百尺澹晴空影密金莖近花明鳳沼通安知幽澗側獨與散樗叢

崔護

花發上林

上苑春何早繁花已滿林笑迎明主仗香拂美人簪地接樓臺近天垂雨露深晴光來舞蝶夕影動棲禽欲托凌雲勢先開捧日心試看桃李樹何處不成陰

鄭轅

清明日賜百官新火

改火清明候優恩賜近臣漏殘丹禁曉燧發白榆新瑞彩來雙闕神光煥四鄰氣回侯第煖烟散帝城春利用調羹鼎餘輝燭縉紳皇明如照隱願及聚螢人

施肩吾

賦得宿烟含白露

柎柎有新意微微曙色幽露含疎月靜光與曉烟浮迥野遥凝素空林望已秋着霜寒未結凝葉滴還流比玉偏能潔如珠詎可收徘徊阡陌上瞻顧一淹留

張復

山出雲

山靜雲初吐霏微觸石新無心離碧岫有意占青春散類如虹氣輕同不讓塵凌空還似翼映潤欲成鱗異起臨汾鼎凝隨出峽神爲霖終濟旱非獨降賢人

李坤

杳靄祥雲起飄颻翠袖新縈峰開石秀吐葉間松青林靜翻空少山明度嶺頻迴崖時掩鶴過澗或隨人姑射朝凝雪陽臺晚作神悠悠九霄上應坐玉京賓

錢衆仲

貢院樓北新栽小松

愛此凌霄榦移來獨占春貞心初得地勁節始依人晚月

烟猶落當軒色轉新枝低無宿羽葉靜不留塵每與芝蘭
近常懃雨露匀幸因逢顧盼生植及茲辰

冷朝陽

賦得春從何處來

玉律傳佳節青陽應北辰土牛呈歲稔綵燕表年春臘盡
星迴次寒餘月建寅風光行處好雲物望中新流水初銷
凍潛魚甫振鱗欲知韶景至須問日邊人

呂温

白雲起封中

封開白雲起漢帝坐齋宫望在泥金上疑生秘玉中攢柯
初繚繞布葉漸朦朧日觀祥光合天門瑞氣通無心還出

岫有勢欲凌風倘遺成膏澤從茲傍太空

劉得仁

京兆府試目極千里

獻賦多年客低眉恨且千此心常極矣縱目忽超然送驥登長路看鴻入遠天古墟烟羃羃窮野草緜緜樹與金城接山疑桂水連如何當霽日無物翳平川

黄滔

省試内出白鹿宣示百官

上瑞何曾乏毛羣表色難推于五靈少宣示百僚觀形奪場駒潔光交月兎寒已馴瑶草别孤立雪花團戴豸慚多士描毫躍史官貴臣歌詠日皆作白麟看

省試奉詔漲曲江池

地脈寒來淺恩波住後新引將諸派水別貯大都春幽咽
疏通處清泠迸入辰漸平連杏岸旋闊映樓津沙没迷行
逕洲寬恣躍鱗願當舟楫便一附濟川人

失　名

廣州試越臺懷古

南越千年事興懷一旦來歌鐘非舊俗烟月有層臺北望
人何在東流水不回吹窗風雜瘴沾檻雨經梅壯氣曾難
揖空名信可哀不堪登覽處花落與花開

黄　滔

襄州試白雲歸帝鄉

杳杳復霏霏應緣有所依不言天路遠終望帝鄉歸高嶽和霜過遥闗帶月飛漸憐雙闕近寧恨衆山違陣觸銀河亂光連粉署微旅人隨計日自笑比麻衣

鍾　輅

緱山月夜聞王子晉吹笙

月滿緱山夜風傳子晉笙初聞盈谷遠漸聽入雲清杳異人間曲遥分鶴上情孤鸞驚欲舞萬籟寂無聲此夕留烟駕何時返玉京惟愁音響絶曉色出都城

顧　况

空梁落燕泥

卷幙參差燕常啣濁水泥爲黏朱履跡未等畫梁齊舊點

痕猶淺新巢緝尚低不緣頻上落那得此飛棲

葉季良

月照氷池

霽日雲初斂棲娥月未虧圓花生碧海素色滿瑶池天迴輪空見波凝影詎窺浮霜玉比彩照像鏡同規皎潔寒偏静徘徊夜轉宜誰憐幽境在長與賞心違

李商隱

皓月方離海堅氷正滿池金波雙激射壁彩對參差影占徘徊處光含的皪時高低連素色上下接清規顧兎飛難定潛魚躍未期鵲驚俱欲繞狐聽始無疑似鏡將盈手如霜恐透肌獨憐遊玩意達曉不知疲

公乘億

郎官上應列宿

北極貯文昌南宫早拜郎紫泥乘帝澤銀印佩天光緯結
三台側鈎連四輔傍佐商依傅說任漢笑馮唐委佩摇秋
色峨冠帶曉霜自然符列象千古耀巖廊

項斯

賦得濁水求珠

靈魄自沉浮由來任濁流顧從深處得不向暗中投圓月
時堪惜滄波路可求沙尋龍窟遠泥訪蚌津幽是寶終知
貴惟恩且用酬如能在公掌端不負明眸

李益

笙磬同音

笙磬同何處淒鏘宛在東激揚音自徹高下曲宜同歷歷俱盈耳盈盈遞散空猷同繁奏舞人感至和通詎間洪纖韵能齊搏拊功四懸今盡美一聽便移風

失名

西戎即叙

懸首藁街中天兵破犬戎營收低隴月旗偃度湟風肅殺三邊勁蕭條萬里空元戎咸服罪餘孽盡輸忠聖理符軒化仁恩契禹功降逾洞庭險梟擬郅支窮已報軍容捷還資廟算通今朝觀即叙非與猷蔡同

黄頗

明月照高樓

月滿長空朗樓侵碧落横波文流藻井桂魄拂雕楹深鑒羅紈薄寒搜户牖清氷鋪梁燕噤霜覆瓦松傾阜午收全影斜懸轉半明佳人當此夕多少别離情

唐人五言排律選二卷下終

唐人五言排律選第三卷

元李㦤菴先生　選定

楊炯

和劉侍郎入隆唐觀

福地陰陽合仙都日月開山川臨四險城樹隱三臺伏檻排雲出飛軒遶澗迴參差凌倒影瀟灑軼浮埃百果珠爲實羣峰錦作苔懸蘿暗疑霧瀑布響成雷方士燒丹液眞人泛玉杯還如問桃水更似得蓬萊漢帝求仙日相如作賦才自然金石奏何必上天台

送李庶子致仕還洛

此地傾城日由來供帳華亭逢李廣騎門接邵平瓜原野
妖氛匝關河遊望賒白雲斷巘岫綠草覆江沙詔賜扶陽
宅人榮御史車灞池一相送流涕向煙霞

駱賓王

邊城落日

紫塞流沙北黄圖灞水東一朝辭俎豆萬里逐沙蓬候月
恒持滿尋源屢鑿空野昏邊氣合烽迥戍烟通膂力風塵
倦疆場歲月窮河流控積石山路遠崆峒壯志凌蒼兕精
誠貫白虹君恩如可報龍劒有雌雄

浮槎

昔負千尋質高臨九仞峰貞心凌晚桂勁節掩寒松忽值

風颸折坐爲波浪衝摧殘空有恨擁腫遂無庸渤海三千里泥沙幾萬重似舟飄不定如梗泛何從仙客終難托良工豈易逢徒懷萬乘器誰爲一先容

蘇味道

贈封御史入臺

故事推三獨兹辰對兩闈夕鴉共鳴舞屈草接芳菲盛府題清一作持青槖殊章動繡衣風連臺閣起霜就簡書飛凛凛當朝色行行滿路威惟當擊隼去復覩落鵰歸

崔融

和梁王衆傳張光禄是王子晉後身

聞有冲天客披雲下帝畿三年上賓去千載忽來歸昔偶

浮丘伯今同丁令威中郎才貌是柱一作藏史姓名非祇召

趨龍闕承恩拜虎闈丹成金鼎獻酒至玉杯揮天杖分旌

節朝容間羽衣舊壇何處所新廟坐光輝漢主存仙要淮

南愛道機朝朝緱氏鶴長向洛城飛

陳子昂

白帝城懷古

日落滄江晚停橈問土風城臨巴子國臺沒漢王宮荒服

仍周甸深山尚禹功巖懸青壁斷地險碧流通古木生雲

際孤帆出霧中川途去無限客思坐何窮

峴山懷古

秣馬臨荒甸登高覽舊都猶悲墮淚碣尚想臥龍圖城邑

遥分楚山川半入吴丘陵徒自出賢聖幾凋枯野樹蒼烟
斷津樓晚氣孤誰知萬里客懷古正踟躕

杜審言

和李大夫嗣真使存撫河東

六位乾坤動三微曆數遷謳歌移火德圖讖在金天子月
開階統房星受命年禎符龍馬出寶籙鳳凰傳地卽交風
雨都仍卜澗瀍明堂唯御極清廟乃尊先不宰神功運無
爲大象懸八荒憑物土四海接人煙已屬群生泰猶言至
道偏璽書傍問俗旌節近推賢秩比司空位官臨御史員
雄詞執刀筆直諫罷樓船國有大臣器朝加小會筵將行
備禮樂送别仰神仙城闕周京轉關河陝服連稍觀汾水

曲俄揩絳臺前姑射聊長望平陽遂宛然舜耕餘草木禹
鑿舊山川昔出諸侯上無何霸業全中軍歸戰敵外府絕
兵權隱隱帝鄉遠瞻瞻肅命虔西河偃風俗東壁挂星躔
井邑枌榆社陵園松柏田榮光晴掩代佳氣曉侵燕雨霈
鴻私滌風行睿旨宣惸嫠訪疾苦屠釣採貞堅人樂逢刑
措時康洽賞延賜踰秦氏級恩倍漢家錢擁傳咸翹首稱
觴競比肩拜迎彌道路舞詠溢郊鄽殺氣西衡白窮陰北
暝乎飛霜遥渡海殘月迥臨邊緬邈朝廷問周流朔塞旋
輿來探馬策俊發抱龍泉學總八千卷文傾三百篇澄清
得使者作頌有人焉莫以崇班閟而云勝託捐偉材何磊
落陋質幾翩翻江海寧爲讓巴渝轉自牽一闈歌聖道助

曲荷陶甄

李嶠

奉和天樞成宴夸夏羣僚應制

轍迹光西嶮，勳庸紀北燕。何如萬方(一作國)會，頌(一作諷)德九門前。灼灼(一作的的)臨黃道，迢迢入紫烟。仙盤正下露，高柱欲承天。山類叢雲起，珠疑大火懸。聲流塵作劫，業固海成田。帝(一作聖)澤傾堯酒，宸歌掩(一作風入)薰舜絃。欣逢下生日，還覩上皇年。

奉和幸韋嗣立山莊侍宴應制

南洛師臣契，東巖王佐居。幽情遺紱冕，宸眷屬樵漁。制下峒山蹕，恩迴灞水輿。松門駐旌蓋，薜幄引簪裾。石磴平黃

陸煙樓半紫虛雲霞仙路近琴酒俗塵疎喬木千齡外懸泉百丈餘崖深經錬藥穴古舊藏書樹宿摶風鳥池潛一作遊縱壑魚寧知天子貴尚憶武侯廬

王屋山第之側雜搆小亭暇日與羣公同遊

桂亭依絕巘蘭榭俯迴谿綺棟魚鱗出雕甍鳳羽棲引泉聊漲沼鑿磴且通蹊席上山花落簾前野樹低弋林開曙景釣渚發晴霓狎水鷩梁鴈臨風聽楚雞復看題柳葉彌喜蔭桐圭

軍師凱旋自邕州順流舟中

鳴鞞入嶂口汎舸歷川湄尚想江陵陣猶疑下瀨師岸迴帆影疾風逆鼓聲遲苹葉沾蘭槳林花拂桂旗弓鳴蒼隼

落劒動白猿悲芳樹吟羌管幽篁入楚詞全軍多勝筞無戰在明時寄謝山東妙長纓徒自欺

劉侍讀見和山邸篇什重申此贈

神嶽瑶池圃仙宫玉樹林垂時警天御清暑滌宸襟梁駕陪乎賞淄庭掩翠岑對巖龍岫出分壑鳳（一作鴈）池深簷迴松蘿映牕高石鏡臨落泉奔澗響驚吹助猿吟野氣迷涼燠山花雜古今英藩盛賓侶勝景（一作境）想招尋䟫徑披蘭葉攀崖引桂陰穆生時泛醴鄒子或調琴雉翳分塲合魚鈎向浦沈朝遊極斜景夕宴待横參顧已慙鉛鍔叨名齒璘簪暫依朱邸館還暢白雲心丘壑信多美煙霞得所欽寓言攄宿志竊吹簡知音奬價踰珍石酬文重振金方從

仁智所攜手濯清潯

沈佺期

仙蕚池亭侍宴應制

步輦尋丹嶂行宫在翠微川長看鳥滅谷轉聽猿稀天磴扶階迥雲泉透户飛閑花開石竹幽葉吐薔薇徑狹難留騎亭寒欲進衣白龜來獻壽仙吹返彤闈

奉和聖製幸禮部尚書竇希玠宅

北闕垂旒暇南宫聽履迴天臨翔鳳轉恩向躍龍開蘭氣承薰一作仙帳榴花引御杯水一作日從金穴吐雲自玉衣來池影摇歌席林香散舞臺不知行漏晚清蹕尚徘徊

釣竿篇

朝日斂紅烟垂竿向綠川人疑天上坐魚似鏡中懸避檝
時驚透猜鈎每誤牽湍危不理轄潭靜欲留船釣玉君徒
尚徵金我未賢爲看芳餌下貪得會無筌

上元夕夜遊

今夕重門啓遊春得夜芳月華連晝色燈影雜星光南陌
青絲騎東鄰紅粉妝管絃遥辨曲羅綺暗聞香人擁行歌
路車攢鬬舞場經過猶未已鐘鼓出長楊

和韋舍人早朝

閶闔連雲起巖廊拂霧開玉珂龍影度珠履鴈行來長樂
宵鐘盡明光曉奏催一經推一作傳舊德五字擢英才儼若
神仙去紛從霄漢迴千春奉休曆分禁喜趨陪

酬蘇員外味道夏晚寓直省中見贈

並命登仙閣分曹一作宵直禮闈大官供宿膳侍史護朝衣卷幔天河入開窻月露微小池殘暑退高樹早一作晚涼歸冠劍無時釋軒車待漏飛明朝題漢柱三署有光輝

自考功員外授給事中

南省推丹地東曹貴鎖闈惠移雙管筆恩降五時衣出入宜眞選遭逢每濫飛噐慙公理拙才謝子雲微案牘遺常禮朋僚隔等威上台行揖讓中禁動光輝旭日千門起初春八舍歸贈瑣闈宿昔談樹隱芳菲何幸鹽梅處惟憂對問機省躬知任重寧止冒榮非

宋之問

奉和晦日幸昆明池應制

春豫靈池會（蔣元正云用春豫字便好）滄波帳殿開舟凌石鯨度槎拂
斗牛迴節晦蓂全落（又云要見得是正月晦急着偶句以足其意）春遲柳暗催
象溟看浴景燒刼辨沈灰鎬飲周文樂汾歌漢武才不愁
明月盡自有夜珠來

奉和幸三會寺應制

六飛迴玉輦雙樹謁金仙瑞鳥呈書字神龍吐浴泉淨心
遙証果睿想獨超禪壒湧香花地山圍日月天梵音迎漏（一作雨）
徹空樂倚雲懸今日登仁壽長看法鏡圓

春日鄭協律山亭陪宴餞鄭卿

潘園枕郊郭愛客坐相求尊酒東城外騄騑南陌頭池平

分洛水林缺見嵩丘晴竹侵山徑垂楊拂妓樓彩雲歌處
斷遲日舞前留此地何年別蘭房芳一作空自幽

早發始興江口至虛氏村作

候曉踰閩嶠乘春望越臺宿雲鵬際落殘月蚌中開薜荔
摇青氣桄榔翳碧苔桂香多露裛石響細泉回抱葉乡猿
嘯銜花翡翠來南中雖可悅北思日悠哉鬒髮俄成素丹
心已作灰何當首歸路行剪故園萊

靈隱寺

鷲嶺鬱岧嶤龍宮鎖寂寥樓觀滄海日門對浙江潮桂子
月中落天香雲外飄捫蘿登塔遠刳木取泉遥霜薄花更
發氷輕葉互凋夙齡尚遐異搜對滌煩囂待入天台路看

余度石橋

遊法華寺

高岫擬耆闍真乘引妙車空中結樓殿意表出雲霞後果纏三足前因感六牙宴林薰寶樹水溜滴金沙寒谷梅猶淺温庭橘未華臺香紅葉亂塔影綠篁遮果漸輪王族緣超梵帝家晨行踏忍草夜誦得靈花江郡將何匹天都亦未加朝來沿汎所應是逐仙槎

和姚給事寓直之作

清論滿朝陽高才拜夕郎還從避馬路來接珥貂行寵就黄扉日威回白簡霜柏臺遷烏茂蘭署得人芳禁靜鐘初徹更疎漏漸長曉河低武庫流火度文昌寓直恩【一作光】輝

重乘秋藻翰揚暗投空欲報下調不成章

宋公宅送甯諫議

宋公爰創宅庾氏更誅茅閒出人三秀平臨楚四郊漢臣來絳節荆牧動金鐃樽溢宜城酒笙裁曲沃匏露荷新變節風柳夕鳴梢一散陽臺雨方隨越鳥巢

李乂

春和幸望春宫送朔方軍大總管張仁亶

邊郊草具腓河塞有兵機上宰調梅寄元戎細柳威武貔東道出鷹隼北庭飛玉匣謀中野金輿下太微投膠銜餞酌緝衮事征衣勿謂公孫老行聞奏凱歸

徐彦伯

送特進李嶠入都祔廟

特進三公下台臣百揆先孝圖開寢石祠主卜牲筵恩級
青綸賜徂裝紫橐懸綢繆金鼎席宴餞玉潢川北斗分征
路東山起贈篇樂池歌綠藻梁苑藉紅荃騎轉商巖日旌
摇關塞煙廟堂須鯁議錦節佇來旋

張說

奉和聖製暇日與兄弟同遊興慶宫作應制

漢武横汾日周王宴鎬年何如造區夏復此睦親賢巢鳳
新成閣飛龍舊躍泉棣華歌尚在桐葉戲仍傳禁籞氛埃
隔平臺景物連聖慈良有裕王道固無偏問俗兆人阜觀
風五教宣獻圖開益地張樂奏鈞天侍酒酌一作衢樽滿詢

匆諫鼓懸永言形友愛萬國共周旋

奉和聖製花萼樓下宴應制

萬心翹樂宴三舍緩昌時山接夏雲陰臺留春日遲節移芳未歇興隔賞仍追醉後傳嘉惠樓前舞聖慈皇恩與時合天意若人期故發前旬雨新垂湛露詩

奉和聖製巡省途次上黨舊宮應制

葱鬱興王郡殷憂啓聖圖周成會西土漢武幸南都歲卜鑾輿邁農祠鴈政敷武威稜外域文教靡中區警蹕干戈捧朝宗萬玉趨舊藩人事革新化國容殊辟有眞龍畫庭餘鳳鳥梧叢觴祝堯壽合鼎獻湯廚陽樂寒初變春恩蟄更蘇三耆須命服五稔復田輸君賦大風起人歌湛露濡

從臣觀玉葉方頤紀靈符

奉和聖製途中經華嶽應制

西嶽鎮皇京中峰入太清玉鑾重嶺應緹騎薄雲迎霽日懸高掌寒空映削成軒遊會神處漢幸望仙情舊廟青林古新碑綠字生羣臣願封岱還駕勒鴻名

奉和聖製送王晙巡邊應制

六月歌周雅三邊遣一作論夏卿欲施攻戰法先作簡稽行禮樂知謀帥春秋識用兵一勞堪定國萬里即長城築有和戎利威傳破□名軍前雨灑道樓上月臨營別藻瑶華降同衣錦褾榮關山由義近戎馬一作甲為恩輕絲竹路傍散風雲馬上生朝廷謂吉甫邦國望君平

端午三殿侍宴應制探得魚字

小暑下弦應徽音一作微陰商管初頤齋一作齊長命縷來續大恩餘三殿寒珠箔羣官上玉除助陽嘗麥彘順節進竃魚甘露垂天酒芝花一作盤捧御書含丹同蝘蜓灰骨慕蟾蜍今日傷蚍意銜珠遂闕如

春晚侍宴麗正殿探得開字

聖政惟稽古賓門引上才坊因購書立殿爲集賢開髦彥星辰下傃章日月迴宇如龍負出韻是鳳銜來庭柳餘春駐宮櫻早夏催喜承芸閣宴幸奉柏梁杯

三月二十日詔宴樂遊園賦得風字

樂遊形勝地表裏望郊宮北闕連雲一作天頂南山對掌中

皇恩一作情貸芳月旬宴美成功魚泳芙蓉水鶯啼楊柳風春光看欲暮天澤戀無窮長袖招斜日留光待曲終

恩賜樂遊園宴

上苑佳遊地軒庭近侍臣共持榮幸日來賞豔陽春饌玉須王篚摐金下帝鈞池臺草色徧宮觀柳條新花綬光連榻朱顏暢飲醇聖朝多樂事天意每隨人

將赴朔方軍應制

禮樂逢明主韜鈐用老臣恭凴神武策遠御一作靜鬼方人供帳榮恩餞山川喜詔巡天文日月麗一作送朝賦管絃新幼志傳三略衰材謝六鈞膽猶忠作屏心故道爲鄰漢保河南地胥清塞北塵連年大軍後不日小康辰劍舞輕離

别歌酣忘苦辛從來思博望許國不謀身

宿直温泉宫羽林獻詩

冬狩美秦政新豐樂漢行星陳乎武閣月對羽林營寒木羅霜仗空山響夜更恩承一作深靈液爰節效一作勁古松貞文武皆王事輸心不爲名

喜度嶺

東漢興唐曆南河復禹謀寧知瘴癘地生入帝皇州雷雨蘇蟲蟄春陽放鷺鳩洄沿炎海畔登降閩山陬嶺路分中夏川源得上流見花便獨笑看草即忘憂自始居重譯天星已再周鄉關絶歸望親戚不相求棄杖枯還植窮鱗涸更浮道消黄鶴去運啓白駒留江妾晨炊黍津童夜濯舟

盛明良可遇莫後洛城一作陽遊

清遠江峽山寺

流落經荒外逍遥此梵宫雲峰吐日月石壁淡煙虹寶塔靈仙湧懸龕造化功一作工天香涵竹罷虛唄引松風詹牖飛花入廊房激水通猨鳴知谷静魚戲辨江空静默將何貴惟應心境同

送蘇合宫頲

都邑羣芳首商泉舊俗訛變風須愷悌成化佇絃歌疇昔珪璋友雍容文雅多振纓遊省闥鏘玉宰京河别曲鸞初下行軒雉尚過百壺非餞意流詠在人和

蘇頲

敬和崔尚書朝堂雨後望終南山見示之作

奕奕輕車至清晨朝未央未央在霄極中路視咸陽委曲漢京近周迴秦塞長日華動涇渭天翠合岐梁五丈旌旗色百層枌橑光東連歸馬地南指鬬雞場晴壑照金苑秋雲合辟璫由余窺霸國蕭相奉興王功後隱不見頌聲存復揚權宜珎構絶聖作寶圖昌在德朔巢燧居安法禹湯冢卿才順美多士賦成章價重三臺一作台後名超百羣良焉知掖垣下陳力自迷方

奉和崔尚書贈大理陸卿鴻臚劉卿見示之作

戢藻嘉魚樂棲梧高鳳飛類從皆有名聲應乃無違美價逢時出奇才選衆稀避堂貽後政掃第一作地發前幾出曳

仙人履還薰侍女衣省中何赫弈庭際滿芳菲吏部端清
鑒丞郎肅紫機會心歌詠是迴迹宴言非北寺鄰鄉闕南
城寫翠微參差交隱見髣髴接光輝賓序嘗柔德刑孚已
霽威巨源林下契不速自同歸

奉和聖製途次舊居應制

潞國臨淄邸天王別駕輿出潛離隱跡小往大來初東陸
行春典南陽卽舊居約川星罕駐扶道日旂施雲履連行
在風迴助掃除木行城邑望皐落土田疏昔試邦輿后今
過俗徯予示威寧校獵崇讓不陳魚府吏趨宸扆鄉耆捧
帝車帳傾三飲處閑整六飛餘盛業銘汾鼎昌期應洛書
願陪歌賦末留比蜀相如

秋夜寓直中書呈黄門舅

簾櫳上夜鈎清切聽更籌忽共雞枝老還如騎省秋循庭喜三入對渚憶雙遊紱紱名初拜黄縑迹尚留月舒當北幌雲賦直東樓恩渥迷天施童蒙慰我求遲君台鼎節闡義一承流

奉和馬常侍寺中之作

怨暑時云謝慾陽澤暫偏鼎陳從祀日鑰動問刑年絳服龍雩寢彤冠馬使旋作霖期傅説爲旱聽周宣河嶽陰符起星辰暗檄傳浮涼吹景氣飛動灑空煙颯颯將秋近沈沈與暝連分湍涇水石合穎雍州田德施超三五文雄賦十千及私何以樂明主敬人天

同餞楊將軍兼源州都督御史中丞

右地接鼉沙中朝任虎牙然名方改俗去病不爲家將禮登壇盛軍容出塞華朔風摇漢鼓邊馬思肩笳旗合無邀正冠危有觸邪當看勞還旋一作日及此御溝花

餞澤州盧使君赴任

關道降綸書爲邦建綵旟政憑循吏往才以貴卿除詞賦良無敵聲華藹有餘榮承四岳後請絶五天初關路通秦辟城池繞晉墟撰期行子賦分典列侯居别望喧追餞離言繫悰舒平蕪寒蛩亂喬木夜蟬疎寥泬秋先起推移月向諸舊交何以贈客至待烹魚

御箭連中雙兔

宸遊經上苑羽獵向閑田狡兎初迷窟纖驪詎著鞭三驅
仍百步一發遂雙連影射含霜草魂消向月弦歡聲動寒
木喜氣滿晴天那似陳王意空隨樂府篇

趙冬曦

奉和聖製同二相以下羣官樂遊園宴

爽塏三秦地芳華二月初酺承奠壁罷宴是合錢餘柳翠
垂堪結桃紅卷欲舒從容會鵷鷺延蔓戲龍魚喜氣流雲
物歡聲浹里閭聖恩將報厚請述記言書

奉和聖製送張說上集賢學士賜宴賦得蓮字

淺術方觀海深恩忽見天學開丹殿籍名與石渠賢良輔
膺休命微生謬采甄春餘仍弄鳥夏近未舒蓮賤札來宸

禁衣冠集詻筵史官知醉德欲記升中年

唐人五言排律選三卷終

唐人五言排律選第四卷

元李嵈菴先生　選定

宋璟

奉和聖製同二相以下羣官樂遊園宴

侍飲終酺會承恩續勝遊戴天惟慶幸選地即殊尤北向秖雙闕南臨賞一丘曲江新溜暖上苑雜花稠疊疊韶絃屢戔戔貴帛周醉歸填畛陌榮耀接軒裘

奉和聖製璟與張說源乾曜同日上官命宴都堂賜詩應制

丞相邦之重非賢諒不居老臣庸且憊何德以當諸厚秩

先爲忝崇班復此除太常陳禮樂中掖降簪裾聖酒山河
潤仙文象緯舒冒恩懷寵錫陳力省空虛郭隗慚無駿馮
諼愧有魚不知周勃者榮幸定何如

奉和聖製送張說巡邊

帝道薄溥一作存兵王師尚有征是關司馬法爰命總戎行
晝閫崇威信分麾盛寵榮聚觀方結轍出祖遂傾城聖酒
江河潤天詞象緯明德風邊草偃勝氣朔雲平宰國推良
弼爲軍挹壯聲至和常得體不戰即忘精以智泉寧竭其
徐海自清遲還廟堂坐贈别故人情

張九齡

奉和聖製南郊禮畢酺宴

配天昭聖業率土慶輝光春發三條路酺開百戲場流恩均庶品縱觀聚康莊妙舞來平樂新聲出建章分曹日抱戴赴節鳳歸昌幸奏承雲樂同晞湛露陽氣和皆有感澤厚𣅜無疆飽德君臣醉連歌奏柏梁

奉和聖製登封禮畢洛城酺宴

大君畢能事端扆樂成功運與千齡合歡將萬國同漢酺歌聖酒韶樂舞熏風河洛榮光遍雲煙喜氣通春華頓覺早天澤倍知崇草木皆沾被猶言不在躬

恩賜樂遊園宴應制

寶筵延厚一作錫命供帳序羣公形勝宜春接威儀建禮同晞陽人似露解慍物從風朝慶千齡始年華二月中輝光

遍草木和氣發絲桐歲歲無爲化寧知樂九功

奉和聖製早渡蒲津關

魏武中流處軒皇問道迴長堤春樹發高掌曙雲開龍負王舟渡人占仙氣來河津會日月天仗役風雷東顧重關盡西馳萬國陪還聞股肱郡元首詠康哉

奉和聖製同二相南出雀鼠谷

設險諸侯地承平聖主巡東君朝二月南旆擁三辰寒出重關盡年隨行漏新瑞雲叢捧日芳樹曲迎春舞詠先馳道恩華及從臣汾川花鳥意併奉屬車塵

奉和聖製早登太行山率爾言志

孟月攝提貞乘時我后征晨嚴九折度暮駕六軍行日御

馳中道風師捲太清戈鋋林表出組練雪間明動植希皇
豫高深奉睿情陪遊七聖列望幸百神迎氣色煙猶喜恩
光草尚榮之罘稱萬歲今此復同聲

奉和聖製經河上公廟

昔日河邊叟誰知隱與仙姓名終不識章句此空傳跡為
坐忘晦言猶强著詮精靈竟何所祠宇獨依然道在紆宸
睠風行動睿篇從茲化天下清淨復何先

奉和聖製送尚書燕國公赴朔方

宗臣事有征廟算在休兵天與三台座人當萬里城朔南
方偃革河右覲揚旌寵錫從仙禁光華出漢京山川勤遠
略原隰軫皇情為奏薰琴唱仍題寶劒名聞風六郡伏計

日五戎平山南歸應疾留侯功復成歌鍾旋可望衽席豈
難行四牡何時入吾君憶履聲

洪州西山祈雨是日輒應因賦詩言事

兹山蘊靈異走望良有歸丘禱雖一作亦已久吡心難重違
遲明申藻薦先夕旅巖扉獨宿雲峯下蕭條人吏稀我來
不外適幽抱自中徽靜入風泉奏涼生松栝圍窮年滯遠
想寸晷閱清暉虛美悵無屬素情緘所依詭隨嫌弱操羈
束謝貞肥義濟亦吾道誠存為物祈靈心倏已應甘液幸
而飛閑閣且無責隨車安敢希多慚德不感知復是耶非

城南隅山池春中田袁二公盛稱其美夏首獲賞
果會夙言故有此詠

憶昨聞佳境駕言尋昔蹊非唯初物變亦與舊遊睽幽渚爲君説清晨卽我攜途深獨睥睨歷險共攀躋林笋苞青籜津揚委緑荇荷香初出浦草色復緣堤樂處將鷗狎譚瑞用鹿齊且言臨海郡兼話武陵谿異壤風煙絶空山巖徑迷如何際朝野從此待金閨

與弟遊家園

定省榮君賜來歸是晝遊林烏飛舊里園菓讓新（一作先）秋枝長南庭樹池臨（一作連）北澗流星霜屢爾別蘭麝爲誰幽善積家方慶恩深國未酬棲棲將義動安得久情留

晚憩王少府東閣

披軒肆流覽雲壑見深重空水秋彌淨林煙晚更濃坐隅

分洞府檐際列羣峰窈窕生幽意參差多異容還慙大隱跡空想列仙蹤賴此昇攀處蕭條得所從

嘗與大理丞袁公太府丞田公偶詣一所林沼尤勝因並坐其次相得甚歡遂賦詩焉以詠其事

方駕與吾友同懷不異尋偶逢池竹處便會江湖心夏近林方密春餘水更深清華兩輝映閑步一窺臨蘋藻復佳色鳧鷖亦好音韶芳媚洲渚蕙氣襲衣襟蕭散皆爲樂徘徊從所欽謂予成宿志歲晚共抽簪

登樂遊原春望書懷

城隅有樂遊表裏見皇州策馬既長遠雲山亦悠悠萬壑清光滿千門喜氣浮花間直城路草際曲江流凭眺兹爲

美離居方獨愁已驚乎髮换空庭綠莕柔奮翼籠中鳥居
心海上鷗既傷日月逝且欲桑榆收變豹焉能及鷽鳴非
可求願言從所好初服返林丘

西江夜行

遥夜人何在澄潭月裏行悠悠天宇曠切切故鄉情外物
寂無擾中流澹自清念歸林葉一作春服换愁坐露華生猶有
汀洲鶴宵分乍一鳴

自始興谿夜上赴嶺

嘗蓄名山意兹爲世網牽征途屢及此初服已非然日落
青巖際谿行綠篠邊去舟乘月後歸鳥息人前數曲迷幽
障連圻觸闇泉深林風緒結遥夜客情懸非梗胡爲泛無

膏亦自煎不知于役者相樂在何年

侯使登石頭驛樓作

山檻憑高（一作南）望川途渺北流遠林天翠合前浦日華浮萬井緣津渚千艘咽渡頭漁商多末事耕稼少良疇自守陳蕃榻嘗登王粲樓徒然騁目處豈是獲心遊向迹雖愚谷求名異盜丘息陰芳木所空復越鄉憂

登臨沮樓

高深不可厭巡屬復來過本與衆山絕況茲韶景和危樓入水倒飛檻向空摩雜樹緣青壁樛枝挂綠蘿潭清能徹底魚樂好跳波有象言難（一作雖）具無端思轉多同懷不在此孤賞欲如何

商洛山行懷古

園綺值秦末嘉遯北山阿陳迹向千古荒途始一過碩人久淪謝喬木自森羅故事昔嘗覽遺風今豈訛泌泉空活活樵叟獨皤皤是處清暉滿從中幽興多長懷赤松意復憶紫芝歌避世辭軒冕逢時解薜蘿盛明今在運吾道竟如何

初發江陵有懷

極望涔陽浦江天渺不分扁舟從此去鷗鳥自爲羣他日還眞賞中年負俗紛適來果微向倏爾會斯文復想金閨籍何如夢渚雲我行多勝寄浩思獨氤氳

登襄陽峴山

昔年函攀踐征馬復來過信若山川舊誰如歲月何蜀相
吟安在羊公碣已磨令圖猶寂寞嘉會亦蹉跎宛宛樊城
峴悠悠漢水波逶迤春日遠感寄客情多地本原林秀朝
來煙景和同心不同賞留歎此巖阿

奉和吏部崔尚書雨後朝堂望南山

迢遞終南頂朝朝閶闔前竭來青綺外高在翠微先雙鳳
褭爲闕羣龍儼若仙還如到彡圃更是謁甘泉夜雨塵初
滅秋空月正圓詭容紛入望霽色宛成妍東極華陰踐西
彌嶓冢連奔峰出嶺外瀑水落雲邊漢帝宮將苑商君陌
與阡林華鋪近甸煙靄遶晴川既庶仁斯極分憂政已宣
山公啓事罷吉甫頌聲傳濟濟金門步洋洋玉樹篇徒歌

雖有屬清越豈同年

和崔尚書喜雨

積陽雖有晦經月未爲災上念人天重先祈雲漢回仁心及草木號令起風雷照爛陰霞止交紛瑞雨來三辰祓黍稷四達屏氛埃池溜因添滿林芳爲灑開聽中聲滴瀝望處影徘徊惠澤成豐歲昌言發上才無論驗石鼓不是御雲臺直頌皇恩浹崇朝遍九垓

和許給事直夜簡諸公

未央鍾漏晚仙宇藹沉沉武衛千廬合嚴扃萬户深左掖知天近南牕見月臨樹遥金掌露庭接玉樓陰他日聞更直中宵屬所欽聲華大國寶夙夜近臣心逸興乘高閣雄

飛在禁林寧思竊抃者情發爲知音

酬通事舍人寓直見示篇中兼贈起居陸舍人景獻

軒掖殊青秘才華固在斯輿因膏澤灑情與惠風吹所羨應人譽何私亦我儀同聲感喬木比翼謝長離價以陸生減賢懸鮑叔知薄遊嘗獨愧芳訊乃兼施此夜金閨寂伊人瓊樹枝飛鳴復何遠相顧幸媞媞

酬趙二侍御使西軍贈兩省舊僚之作

石室先鳴者金門待制同操刀嘗願割持斧竟稱雄應敵兵初起緣邊□欲空使車經隴月征旆繞河風忽枉兼金訊非徒秣馬功氣清（一作凌）蒲海曲聲滿柏臺中顧已塵華

省欣君震遠戎明時獨匪報嘗欲退微躬

酬宋使君見贈之作

時來不自意宿昔謬樞衡翊聖負明主妨賢媿友生罷歸猶右職待罪尚南荆政有留棠舊風因繼組成一作清高軒一作軒車問疾苦烝一作黎庶荷仁明衰廢時將薄祇言僚舊情

酬宋使君見貽

陟鄉初禀訓獻策幸逢時朝列且云忝君恩復若兹庭闈際海曲軺傳荷天慈顧已歡烏鳥聞君泣素絲才明應主召禍善豈神欺但願白心在終然湼不緇

與袁補闕尋蔡拾遺會此公出行後蔡有五韻詩見贈以此篇荅焉

轍迹陳家巷詩書孟子鄰偶來乘興者不值草芥人契是忘年合情非累日申聞君還薄暮見眷及茲辰贈我如瓊玖將何報所親

初發道中贈王司馬兼寄諸公

昔歲嘗陳力中年退屏居承顏方弄鳥放性或觀魚會是安疵拙誠非議卷舒林園事益簡煙月賞恒餘不意棲愚谷無階奉詔書湛恩均大造弱植愧空虛肅命趨仙闕僑裝撫傳車念行開祖帳憐別降題輿誰謂風期許叨筵禮數殊義沾投分末情及解攜初追餞扶江介光輝燭里閭子雲應寂寞公叔一作緒為吹噓景物春來異音容日向疏川原行稍穩鐘鼓聽猶徐林隔王公輦雲迷班氏廬戀親

唯委咽思德更躊躇御義當由此懷安乃闕如顧酬明主惠行矣豈徒歟

南還以詩代書贈京師舊僚

薄宦晨昏闕尊尊義取斯窮愁年貌改寂蔑一作歷爾胡爲不諂詞多忤無容禮益卑微生尚何有遠迹固其宜思繞梁山曲情遙越鳥枝故園從海上良友邈天涯雲雨歎一別川原勞載馳上慚伯梁顧中負叔牙知去國誠寥落經途弊險巇歲逢霜雪苦林屬蕙蘭萎欲贈幽芳歇行悲舊賞移一從關作限兩見月成規苒苒窮年籥行行盡路岐征鞍税北渚歸帆指南垂樹晚猶蔥蒨江寒尚泓瀰土風從楚別山水入湘奇石瀨相奔觸煙林更蔽虧層崖夾洞

浦輕舸泛澄漪松篠行皆傍禽魚動輒隨惜哉邊地隔不與故人窺疇昔陪鵷鷺朝陽振羽儀來音雖寂寞棲景每逶迤朝罷冥塵事賓來話酒巵邀歡逐芳草結興寫華池及此風成歎何時霧可披自憐無用者誰念有情離望美音容闊懷賢夢想疲因聲達霄漢持拙守東陂

郡中每晨興輒見羣鶴東飛至暮又行列而返哢唳雲路甚和樂焉予愧獨處江城常目送此意有所羨遂賦以詩

雲間有數鶴撫翼意無違曉日東田去烟霄北渚歸歡呼良自適羅列好相依遠集長江靜高翔衆鳥稀豈煩仙子馭何畏野人機却念乘軒者拘留不得飛

同綦毋學士月夜聞鴈

棲宿豈無意飛飛更遠尋長途未及伴中夜有遺音月思關山笛風號流水琴空聲兩相應幽感一何深避繳歸南浦離羣叫北林聯翩俱不定憐爾越鄉心

王翰

奉和聖製同二相已下羣臣樂遊園宴

未極人心暢何如帝道明仍嫌酺宴促復寵樂遊行陸海披珍重天河直斗一作望斗城四關青靄合數處白雲生飪餗調元氣歌鐘溢雅聲空慚堯舜日至德杳難名

徐安貞

奉和聖製答二相出雀鼠谷

兩臣初入夢二月扈巡邊澗北寒猶在山南春半傳頌聲

先奉御辰象復回天雲日明千里旌旗照一川柳陰低輦

路草色變新田還望汾陽近宸遊自窅然

孫　逖

江行有懷

秋水明川路輕舟轉石圻霜多山橘熟寒至浦禽稀飛席

乘風勢迴流蕩日暉晝行疑海若夕夢識江妃野霧看吳

盡天長望路非不知何歲月一似暮潮歸

立秋日題安昌寺北山亭

樓觀倚長霄登攀及霽朝高如石門頂勝擬赤城標天路

雲虹近人寰氣象遥山圍伯禹廟江落伍胥潮徂暑迎秋

薄涼風是日飄果林餘苦李萍水覆甘蕉覽古嗟夸漫凌空愛泬寂一作寥更聞金刹下鐘梵晚蕭蕭

奉和李右相書壁畫山水

廟堂多暇日山水契中情欲寫高深趣還因藻繪成九江臨户牖三峽繞檐楹花柳窮年發烟雲逐意生能令萬里近不覺四時行氣染荀香馥光含樂鏡清詠歌齊出處圖畫表冲盈自保千年遇何論八載榮李公詩云八載添司存

送新羅法師還國

異域今無外高僧代世一作所稀苦心歸寂一作窮滅宴坐得精微持鉢何年至傳燈是日歸上卿輝別藻中禁下禪衣海闊杯還渡雲遥錫更飛此行迷處所何以慰虔祈

唐人五言排律選四卷終

唐人五言排律選第五卷

元李裕菴先生　選定

王　灣

秋夜寓直即事懷贈蕭令公裴侍郎兼通簡南省諸友人

聖主萬年興賢臣數載升古靈傳嶽秀宏量稟川澄鐵甸
舉長榮風霜秉直繩出車遙俗震登閣滿朝稱賦簡流亡
輯農安政理憑還家新長幼巡壠舊溝塍忠梗大勛立寰
瀛隋業懲焚香熏御史懸鏡委中丞旟隼當朝立臺驄發
郡乘司徒漢家重國典潁川徵雲路俄平入台堦忽上凌

秉鈞調造化宣綍慰黎烝金省方秋作瑶軒直夜憑中書
贈陳準右相簡王陵三傑賢更穆百僚歡且兢遥懷及賓
友計曲辨淄澠閶闔暝陰散鈎陳爽氣凝月深宫樹轉河
近禁樓氷旱吏夙驅策微消效斗升望麾宵繼火書板曙
懷蒸彼此雖流盼規模轉服膺惠將霄漢隔勞或歲時矜
位重恩寧濫才輕懾不勝林巒甘獨往疵賤苦相仍敢忘
啣花雀思同附驥蠅平生逐烏雀何日嗣蒼鷹

王　維

奉和聖製十五夜然燈繼以酺宴應制

上路笙歌滿春城刻漏長遊人多晝日明月讓燈光魚鑰
通翔鳳龍輿出建章九衢陳廣樂百福透名香仙伎來金

殿都人遶玉堂定應偷妙一作艷舞從此學新粧奉引迎三
事司儀列萬方願將天地壽同以獻君王

三月三日勤政樓侍宴應制

綵仗連宵合瓊樓拂曙通年光三月裏宮殿百花中不數
秦王日誰將洛水同酒筵嫌落絮舞袖怯春風天保無爲
德人歡不戰功仍臨九衢宴更達四門聰

奉和聖製與太子諸王三月三日龍池春禊應制

故事修春禊新宮展象遊明君移鳳輦太子出龍樓賦掩
陳王作杯如洛水流金人來捧劍畫鷁去迴舟苑樹浮宮
闕天池照冕旒宸章在雲漢一作表垂象滿皇州

奉和聖製上巳於望春亭觀禊飲應制

長樂青門外宜春小苑東樓開萬井一作戶上輦過百花中
畫鷁移仙仗金貂列上公清歌邀落日妙舞向春風渭水
明秦甸黄山入漢宫君王來祓禊灞滻亦朝宗

三月三日曲江侍宴應制

萬乘親齋祭千官喜豫遊奉迎從上苑祓禊向中流草樹
連容衛山河對冕旒畫旗摇浦溆春服满汀洲仙籞龍媒
下神皐鳳蹕留從今億萬歲天寶紀春秋

奉和聖製重陽節宰臣及羣官上壽應制

四海方無事三秋大有年百官逢此日萬壽願齊天芍藥
和金鼎茱萸插玳筵玉堂開右个天樂動宫懸御柳疎秋
景城鴉拂曙煙無窮菊花節長奉柏梁篇

奉和聖製慶乡元皇帝玉像之作應制

明君夢帝先寳命上齊天秦后徒聞樂周王恥卜年玉京移大像金籙會羣仙承露調天供臨空敞御筵斗迴迎壽酒山近起爐烟顧奉無爲化齋心學自然

奉和聖製幸玉眞公主山莊因題石壁十韻之作應制

碧落風煙外瑶臺道路賒如何連帝苑别自有仙家匝地迴鸞駕緣谿轉翠華洞中開日月窗裡發雲霞庭養冲天鶴谿流上漢槎種田生白玉泥竈化丹砂谷静泉逾響山深日易斜御羹和石髓香飯進胡麻大道今無外長生詎有涯還瞻九霄上來往五雲車

奉和聖製暮春送朝集使歸郡應制

萬國仰宗周衣冠拜冕旒玉乘迎大客金節送諸侯祖席傾三省褰帷向九州楊花飛上路槐色蔭通溝來預鈞天樂歸分漢主憂宸章類河漢垂象滿中州

春日直門下省早朝

騎省直明光雞鳴謁建章遥聞侍中珮闇識令君香玉髓隨催一作銅吏天書拜問一作夕郎旌旗映閶闔歌吹滿朝陽官舍梅初紫宫門柳欲黄願將遲日思同與聖恩長

東谿玩月

月從斷山口遥吐柴門端萬木分空霽流陰中夜攢光連虛象白氣與露風寒谷静秋泉響巖深青靄殘清澄入幽

夢破影抱空巒恍惚琴牕裡松谿曉思難

田家

舊穀行將盡良苗（一作田）未可希老年方愛粥卒歲且無衣雀乳青苔井雞鳴白板扉柴車駕羸牸草履牧豪豨夕（一作多）雨紅榴拆新秋綠芋肥餉田桑下憩旁舍草中歸住處名愚谷何煩問是非

濟州過趙叟家宴

雖與人境接閉門成隱居道言莊叟事儒行魯人餘深巷斜暉靜閑門高柳疎荷鋤條藥圃散帙曝農書上客摇芳翰中廚饋野蔬夫君第高飲景晏出林閭

過盧四員外宅看飯僧共題七韻

三賢異七賢青眼慕青蓮乞飯從香積裁衣學水田上人飛錫杖檀越施金錢趺坐檐前日焚香竹下烟寒空法雲地秋色淨居天身逐因緣法心過次第禪不須愁日暮自有一燈燃

與蘇盧二員外期遊方丈寺而蘇不至因有是作（一作王昌齡詩）

共仰頭陀行能忘世諦情迴看雙鳳闕相去一牛鳴法向空林說心隨寶地平手巾花氎淨香帔稻畦成聞道邀同舍相期宿化城安知不來往翻得似（一作似得）無生

青龍寺曇壁上人兄院集

高處敞招提虛空詎有倪坐看南陌騎下聽秦城雞眇眇

孤烟起芊芊遠樹齊青山萬井外落日五陵西眼界今無
染心空安可迷

遊化感寺

翡翠香烟合琉璃寶地平龍宫連棟宇虎穴傍檐楹谷静
唯松響山深無鳥聲瓊峰當户拆金澗透林鳴一作明郢路
雲端迥秦川雨外晴雁王銜果獻鹿女踏花行抖擻辭貧
里皈依宿化城繞籬生野蕨空館發山櫻香飯青菰米嘉
蔬紫芋羹一作緑蓊薹誓陪清梵末端坐學無生

曉行巴峽

際曉投巴峽餘春憶帝京晴江一女浣朝日衆禽一作雞鳴
水國舟中市山橋樹杪行登高萬井出眺迥二流明人作

殊方語鶯爲故舊一作國聲賴多山水趣稍解別離情

和僕射晉公扈從温湯

天子幸新豐旌旗渭水東寒山天仗外一作裡温谷幔城中

奠玉羣仙座焚香太乙宫出遊逢牧馬罷獵見一作有非熊

上宰無爲化明時太古同靈芝三秀紫陳粟萬箱紅王禮

尊儒教天兵小戰功謀猷歸哲匠詞賦屬文宗司諫方無

闕陳詩且未工長吟吉甫頌朝夕仰清風

和宋中丞夏日遊福賢觀天長寺即陳左相宅所

施之作

已相殷王國空餘尚父谿釣磯開月殿築道出雲梯積水

浮香象深山鳴白雞虚空陳伎樂衣服製虹霓墨點三千

界丹飛六一泥桃源匆遽返再訪恐君迷

和陳監四郎秋雨思從弟據

娟娟秋風動凄凄烟雨繁聲連鵁鶄觀色暗鳳凰原細柳疎高閣輕槐落洞門九衢行欲斷萬井寂無喧忽有愁霖唱更陳多露言平原思令弟康樂謝賢昆逸興方三接衰顏强七奔相如今老病歸守茂陵園

沈十四拾遺新竹生讀經處同諸公作

閑居日清静修竹自檀欒嫩節留餘籜新叢出舊欄細枝風響亂疎影月光寒樂府裁龍笛漁家伐釣竿何如道門裏青翠拂仙壇

上張令公

珥筆趨丹陛垂璫上玉除步檐青鎖闥方幰畫輪車市閱
千金字朝聞一作闢五色書致君光帝典薦士滿公車伏奏
迴金駕横經重石渠從兹罷角觝且復幸儲胥天統知堯
後王章笑魯初匈□遥俯伏漢相儼簪裾賈生非不遇汲
黯自堪疎學易思求我言詩或起予當從太夫後何惜隸
人餘

山中示弟等

山林吾喪我冠帶爾成人莫學嵇康嬾且安原憲貧山陰
多北户泉水在東鄰緣合妄相有惟空無所親安知廣成
子不是老夫身

贈焦道人

海上遊三島淮南預八公坐知千里外跳向一壺中縮地朝珠闕行天使玉童飲人聊割酒送客作分風天老能行氣吾師不養空謝君徒雀躍無可問鴻濛

贈東嶽焦煉師

先生千餘歲五嶽遍曾居遥識齊侯鼎新過王母廬不能師孔墨何事問長沮玉管時來鳳銅盤即釣魚竦身空裡語明目夜中書自有還丹術持論太素初頻蒙露版詔特降軟輪車山静泉逾響松高枝轉疎揹一作頤問樵客世上復何如

送禰郎中

東郊春草色驅馬去悠悠况復鄉山外猿啼湘水流島夸

傳露版江館候鳴騶冉服爲諸吏珠官拜本州孤鶯吟遠

壄野杏發山郵早晚方歸奏南中纔忌秋

送李太守赴上洛

商山包楚鄧積翠藹沇沇驛路飛泉灑關門落照深野花

開古戍行客響空林板屋春多雨山城晝欲陰丹泉通虢

路白羽抵荆岑若見西山爽應知黄綺心

送康太守

城下滄江水江邉一作高高黄鶴樓朱欄將粉堞江水映悠悠

鐃吹發夏口使君居上頭郭門隱楓岸候吏趨蘆洲何異

臨川郡還勞一作來康樂侯

送熊九赴任安陽

魏國應劉後寂寥文雅空漳河如舊日之子繼清風阡陌

銅臺下閭閻金虎中送車盈灞上輕騎出關東相去千餘

里西園明月同

送秘書晁監還日本國

積水不可極安知滄海東九州何處遠一作所萬里若乘空

向國惟看日歸帆但信風鰲身應天黑魚眼射波紅鄉樹

扶桑外主人孤島中别離方異域音信若爲通

雜書

朝因折楊柳相見洛陽隅楚國無如妾秦家自有夫對人

傳玉腕映燭解羅襦人見東方騎皆言夫壻殊持謝金吾

子煩君提玉壺

孟浩然

長安早春

關戍一作開國惟東井城池起北辰咸歌太平日共樂建寅春
雪盡青山樹冰開黑水濱草迎金埒馬花伴玉樓人鴻漸
看無數鶯啼聽欲頻何當遂榮一作桂枝擢歸及柳條新

題長安主人壁

久廢南山田謬一作叨陪東閣賢欲隨平子去猶未獻甘泉
枕藉一作席琴書滿褰帷遠岫連我來如昨日庭樹忽鳴蟬
促織驚寒女秋風感長年授衣當九月無褐竟誰憐

臘月八日於剡縣石城寺禮拜

石壁開金像香山倚一作繞鐵圍下生彌勒見回向一心歸

竹柏禪庭古樓臺世界稀夕嵐增氣色餘照發光輝講席
邀談柄泉堂施沐衣願承功德水從此濯塵機

西山尋辛諤

漾舟尋（一作乘）水便因訪故人居落日清川裏誰言獨羨魚
石潭窺洞徹沙岸歷紆徐竹嶼見垂釣茅齋聞讀書款言
忘景夕清興屬涼初回也一瓢飲賢哉常晏如

冬至後過吳張二子檀谿別業

卜築因自然檀谿更不穿園廬二友接水竹數家連直與
南山對非關選地偏（宋本此下有卜鄰依孟母共井讓王宣曾是歌三樂乃聞詠五篇四句）
草堂時偃曝蘭枻日周旋外事情都遠中流性所便閑垂
太公釣興發子猷船余亦幽棲者經過竊慕焉梅花殘臘

月日一作柳色半春天鳥泊隨陽雁魚藏縮項鯿停杯問山簡何似習池邊

登龍興寺閣

閣道乘空出披軒遠目開逶迤見江勢客至屢緣迴茲郡何堪委遥山復幾哉蒼蒼皆草木處處盡樓臺驟雨一陽散行舟四海來鳥歸餘興遠周覽更徘徊

登總持寺浮圖

半空躋寶塔晴望盡京華竹遶渭川遍山連上苑斜四門一作郭開帝宅阡陌俯人家累劫從初地爲童憶聚沙一窺功德見彌益道心加坐覺諸天近空香送一作遂落花

同王九題就師山房

晚憩支公室故人逢右軍軒牕避炎暑翰墨動新文竹蔽簷前（一作牕裏）日雨隨堦下雲周旋（一作同遊）清蔭徧吟卧夕陽曛江靜棹歌歇谿深樵語聞歸途未忍去携手戀青芬

來闍黎新亭作

八解禪林秀三明給苑才地偏香界遠心净水亭開傍險山查立尋幽石逕廻瑞花長自下靈藥豈須栽碧網交紅樹清泉盡緑苔戲魚聞法聚閑鳥誦經來棄象玄應悟忘言理必該靜中何所得吟詠也徒哉

陪張丞相祠紫蓋山途經玉泉寺

望秩宣王命齋心待漏行青衿列胄子從事有參卿五馬尋歸路雙林指化城聞鐘度門近照膽玉泉清阜蓋依松

憩緇徒擁錫迎天宮上兜率沙界豁迷明欲就終焉志先（一作恭）聞智者名人隨逝水歎波逐覆舟傾想像若在眼周流空復情謝公還欲卧誰與濟蒼生

陪張丞相自松滋江東泊渚宮

放溜下松滋登舟命檝師詎（一作寧）忘經濟日不憚沍寒時洗幘豈獨古濯纓良在茲政成人自理機息鳥無疑雲物凝孤嶼江山辨四維晚來風稍急（一作緊）冬至日行遲獵響驚雲夢漁歌激楚辭渚宮何處是川溟欲安之

陪盧明甫泛舟迴作

百里行春返清流逸興多鷁舟隨雁泊（一作鳥沒）江火共星羅已救田家旱仍醫（一作夏）俗化訛文章推後輩風雅激頹波

高峄迷陵谷新聲滿棹歌猶憐不才子白首未登科

盧明府九日峴山宴袁使君張郎中崔員外

宇宙誰開闢江山此鬱盤登臨今古用風俗歲時觀地理

荆州分天涯楚塞寬百城今刺史華省舊郎官共美重陽

節俱懷落帽歡酒邀彭澤載琴輟武城彈獻壽先浮菊尋

幽或藉蘭烟虹鋪藻翰松竹挂衣冠叔子神如在山公興

欲闌傳聞騎馬醉還向習池看

奉先張明府休沐還鄉海亭宴集

自君理畿甸予亦經江淮萬里音信斷數年雲雨乖歸來

休澣日始得賞心諧朱紱恩雖重滄洲趣滿懷樹低新舞

閣山對舊書齋何以發秋興陰蟲鳴夜堦

宴張記室宅

甲第金張館門庭車騎多家封漢陽郡文會楚材過曲島浮觴酌前山入詠歌妓堂花映發書閣柳逶迤玉指調箏柱金泥飾舞羅寧一作誰知書劍者歲月獨蹉跎

宴崔明府宅夜觀妓

畫堂觀妙妓長夜正留賓燭吐蓮花艷粧成桃李春髻鬟低舞席衫袖掩歌脣汗濕偏宜粉羅輕詎着身調移箏柱促歡會酒杯頻倘使曹王見應嫌洛浦神

夜登孔伯昭南樓時沈太清朱昇在庵

誰家無風月此地有琴樽山水會稽郡詩書孔氏門再來值秋杪高閣夜一作閑無喧華燭罷然蠟清絃方奏鵾沈生

隐侯亂朱子買臣孫好我意不淺登茲共話言

韓大使東齋會岳上人諸學士

郡守虚陳榻林間召楚材山川祈雨畢品一作雲物喜晴開
抗禮尊縫掖臨流揖渡杯徒攀朱仲李更一作誰薦和羹梅
翰墨緣情製高深以意裁滄洲趣不遠何必問蓬萊

上巳日澗南園期王山人陳七諸公不至

搖艇候明發花源弄晚春在山還綺季臨漢憶荀陳上巳
期三月浮杯興十旬坐歌空有待行樂恨無鄰日晚蘭亭
北煙開花一作曲水濱浴蠶逢姹女采艾值幽人石壁堪題
序沙場好解紳羣公望不至虚擲此良辰

夜泊宣城界

西塞沿江島南陵問驛樓溯平津濟濶風止客帆收去去懷前事（一作浦）茫茫泛夕流石逢羅刹礙山泊敬亭幽火識梅根冶烟迷楊葉洲離家復水宿相伴賴沙鷗

下灨石

灨石三百里沿洄千嶂間沸聲常活活游勢亦潺潺跳沫魚龍沸垂藤猿狖攀榜人苦奔峭而我忘險艱放溜情深（一作彌）愜登艫目自閑瞑帆何處宿（一作泊）遥指落星灣

行出東山望漢川

異縣非吾土連山盡緑篁平田出郭少盤坂入雲長萬壑歸於漢千峰劃彼蒼猿聲亂楚峽人語帶巴鄉石上攢椒樹藤間綴蜜房雪餘春未暖嵐解晝初陽征馬疲登頓歸

帆愛渺茫坐欣沿溜下信宿見維桑

和宋太史北樓新亭

返耕意未遂日夕登城隅誰謂山林近坐爲符竹拘麗樵非改作軒檻是新圖遠水自嶓冢長雲呑具區願爲(一作隨)江燕賀蓋逐府寮趨欲識狂歌者(一作客)丘園一豎儒

和張判官登萬山亭因贈洪府都督韓公

韓公是襄士日賞城西岑結構意不淺巖潭趣轉(一作亦)深皇華一動詠荊國幾謡(一作謳)吟舊徑蘭勿剪新堤柳欲陰砌傍餘怪石沙上有閑禽自牧豫章郡空瞻楓樹林因聲寄留水善聽在知音耆舊渺不接崔徐無處尋物情多貴遠賢俊豈無今遲爾長江暮澄江一洗心

同張明府碧溪贈答

別業聞新製同聲和者多還看碧溪答不羨綠珠歌自有陽臺女朝朝拾翠過綺筵鋪錦繡妝牖閉藤蘿秩滿休閑日春餘景氣（一作色）和仙鳧能作伴羅襪共凌波曲（一作別）島尋花藥迴潭折芰荷更憐斜日照紅粉艷青娥

荆門上張丞相

共理分荆國招賢媿楚材召南風更闡丞相閣還開觀止欣眉睫沈淪拔草萊坐登徐孺榻頻接李膺杯始慰蟬鳴柳俄看雪間梅四時年籥盡千里客程催日下瞻歸翼沙邊厭曝鰓佇聞宣室召星象列三台（一作中台）復

久滯越中貽謝南池會稽賀少府

陳平無產業尼父倦東西負郭昔云翳問津今亦迷未能忘魏闕空此滯秦稽兩見夏雲起再聞春鳥啼懷仙梅福市訪舊若耶溪聖主賢爲寶君何隱遯棲

呈山南諸隱

習公有遺坐高在白雲陲樵子不見識山僧賞自知以余爲好事攜手一來窺竹露閑夜滴松風清晝吹從來抱微尚況復感前規於此無奇策蒼生無以爲

秦中苦雨思歸贈袁左丞賀侍郎

苦一作爲學三十載閉門江漢陰用賢遭聖日一作明敭逢聖代羇旅屬秋霖豈直昏墊苦亦爲權勢沈二毛催白髮百鎰罄黃金淚憶峴山墮愁懷湘水深謝公自憤懣莊舄空謠吟

躍馬非吾事狎鷗宜（一作直）我心寄言當路者去矣北山岑

陪張丞相登荊州城樓因寄薊州張使君及浪泊戍主劉家

薊門天北畔銅柱日南端出守聲彌遠投荒法未寬側身聊倚望攜手莫同歡白璧無瑕玷青松有歲寒府中丞相閣江上使君灘興盡迴舟去方知（一作行）路難

與崔二十一遊鏡湖寄包賀二公

試覽鏡湖物中流到（一作見）底清不知鱸魚味但識鷗鳥情帆得樵風送春逢穀雨晴將探（一作特尋）夏禹穴稍背越王城府掾有包子文章推賀生滄浪醉後唱因此寄同聲

峴山送蕭員外之荊州

峴山江岸曲郢水郭門前自古登臨處非今獨黯然亭樓明落照井色秀通川澗竹生幽興林風入管絃再飛鷗激水一舉鶴冲天佇立三荊使看君駟馬旋

送韓使君除洪州都督

述職撫荊衡分符襲寵榮往來看擁傳前後賴專城勿翦棠猶在澄波水更清重推江漢理一作治旋改豫章行召父多遺愛羊公有令名衣冠列祖道耆舊擁前旌一作程峴首晨風送一作接江陵夜火迎無才慚孺子千里愧同聲

送王昌齡二首

洞庭去遠近楓葉早驚秋一作經秋峴首羊公愛長沙賈誼愁土毛無縞紵鄉味有槎頭已抱沈痾疾更貽魑魅憂數年

同筆硯茲夕間衾裯意氣今何在相思望斗牛

峴山南郭外送別每登臨沙岸江村近松門野寺深一言予有贈三峽爾將尋祖席宜城酒征途雲夢林蹉跎遊子意眷戀故人心去矣勿淹滯巴東猿夜吟

送莫甥兼諸昆弟從韓司馬入西軍

念爾習詩禮未曾違户庭平生偏早露（一作嚴君先早露）萬里更飄零坐棄三牲養（一作冬業）行觀八陣形飾裝辭故里謀策赴邊庭壯志吞鴻鵠遥心伴鶺鴒所從文與武不戰自應寧

李頎

宿香山寺石樓

夜宿翠微半高樓聞暗泉漁舟帶遠火山磬發孤烟衣拂

（一作壯）殿雲松外門清河漢邊峰巒低枕席世界接人天靄靄花出霧輝輝星映川東林曙鶯滿惆悵欲言旋

龍門送裴侍御監五嶺選

萬里番禺地官人繼帝憂君爲柱下史將命出東周歇馬傷川路張燈臨石樓稜稜静踈木灂灂響寒流榔葉四荒外梅花五嶺頭明珠尉佗國翠羽夜郎洲夸俗富珍產土風資宦遊心清物不雜弊革事無留舉善必稱最持姦當去尤何辭桂江遠今日用賢秋

送盧少府赴延陵

問君從宦所何日府中趨遥指金陵縣青山天一隅行人懷寸禄小吏獻新圖北固波濤險南天風俗殊春天連橋

柚晚景媚菰蒲漠漠花生渚亭亭雲過湖灘沙映春火水霧斂檣烏回首東門路鄉書不可無

聖善閣送裴迪入京

雪一作雲華滿高閣苔色上鈎欄藥草空堦靜梧桐返照寒清吟可愈疾携手暫同歡墜葉和金磬飢烏鳴露盤伊流一作川惜東別灞水向西看舊託含香署雲霄何足難

送喬琳

草綠小平津花開伊水濱今君不得意孤負帝鄉春口不言金帛心常任屈伸阮公惟飲酒陶令肯羞貧陽羨風流地滄江遊寓人菱歌五湖遠桂樹八公鄰青鳥迎一作迴孤棹白雲隨一身潮隨秣陵上月映石頭新未可逃名利應

須在縉紳汀洲芳杜色勸爾暫垂綸

送皇甫曾遊襄陽山水兼謁韋太守

峴山枕襄陽滔滔江漢長山深卧龍宅水浄斬蛟鄉元凱春秋傳昭明文選堂風流滿今古煙島思微茫白雁暮衡雪青林寒帶霜蘆花獨戍晚柑實萬家香舊國欲兹别輕舟渺未央百花亭漫漫一柱觀蒼蒼按俗荆南牧持衡吏部郎逢君立五馬應醉習家塘

奉送漪叔遊潁川兼謁淮陽太守

罷吏今何適辭家方獨行嵩陽入歸夢潁水半前程聞道淮陽水東南卧理清郡齋觀政日人馬望鄉情疊嶺雪初霽寒砧霜後鳴臨川嗟拜手寂寞事躬耕

贈别張兵曹

漢家蕭相國功盖五諸侯勲業三河重丹青錫命優君爲禁𤄃壻争看玉人遊荀令焚香日潘郎振藻秋新成鸚鵡賦能衣鷫鸘裘不憚軒車遠仍尋薜荔幽苑梨飛絳葉伊水浄寒流雪滿故關道雲遮祥鳳樓一身輕寸禄萬物任虚舟别後如相問滄波雙白鷗

題少府監李丞山池

能向府亭内置兹山與林他人驌驦馬而我薜蘿心雨止禁門肅鶯啼官柳深長廊閱軍器積水背城陰牕外王孫草牀頭中散琴清風多仰慕吾亦爾知音

魏倉曹宅各賦一物得當軒石竹

羅生殊衆色獨爲表華滋雖雜蕙蘭處無爭桃李時同人趨府暇落日後庭期密葉散紅點靈條驚紫蕤芳菲看不厭采摘願來兹

祖詠

清明宴司勳劉郎中別業

田家復近臣行樂不違親霽日園林好清明煙火新以文長會友唯德自成鄰池沼𥥆陰晚杯香藥味春簷前花覆地竹外鳥窺人何必桃源裏深居作隱倫

家園夜坐寄郭微

前堦微雨歇開户散窺林月出夜方淺水凉池更深餘風生竹樹清露薄衣襟遇物遂遥歎懷人兹遠心依稀成夢

想影響絶徽音誰念窮居者明時嗟陸沉

汝墳秋同仙州王長史翰聞百舌

秋天聞好鳥驚起出簾帷却念殊方月能鳴已後時遷喬誠可早出谷抑何遲顧影慚無對懷羣空所思凄凉歲欲晚蕭索燕一作路將辭留聽未終曲彌令心獨悲高飛憑力致巧囀任南姿返覆知而静間關斷若遺花繁上林路霜落汝川湄且長凌霄翮乘風自有期

崔國輔

奉和上巳祓禊應制

元巳秦中節吾君灞上遊鳴鑾通禁苑别館遶芳洲鵷鷺千官列魚龍百戲浮桃花春欲盡穀雨夜來收慶向堯樽

祝歡從楚棹謳逸詩何足對官作掩東周

九日侍宴應制

運偶千年聖時傳九日神堯樽列鐘鼓漢闕闢鈎陳金籙

三清降瓊筵五老巡始驚蘭佩出復詠柏梁新雲鳫樓前

晚霜花酒裏春歡娱無限極書劒太平人

丘爲

送閻校書之越

南入剡中路草雲應轉微湖邉好花照山口細泉飛此地

饒古跡世人多忘歸經年松雪在永日世情稀芸閣應相

望芳時不可違

蕭頴士

越江秋曙

扁舟東路遠曉月下江濆瀲灧信潮上蒼茫孤嶼分林聲寒動葉水氣曙連雲㬥日浪中出榜歌天際聞伯鸞常去國安道惜離羣延首剡谿近詠言懷數君

張均

岳州觀競渡

畫作飛凫艇雙雙競拂流袨裝川色變急棹水華浮土尚三閭俗江傳二女遊齊歌迎孟姥獨舞送陽侯鼓發南湖溠標爭西驛樓並馳常詫速非畏日光遒

岳州西城

水國何遼曠風波遂極天西江三汜合南浦二湖連危堞

臨清境煩憂蹔豁然九圍觀掌内萬象閱眸前日去長沙渚山横雲夢田汀葭變秋色津樹入寒烟潛穴探靈詭浮山揖聖仙至人今不見迹滅事空傳

張謂

同諸公遊雲公禅寺

共許尋雞足還能惜馬蹄長空淨雲雨斜日半虹霓簷下千峯轉窓前萬木低看花尋徑遠聽鳥入林迷地與喧卑（一作聞）隔人將物我齊不知樵客意何事武陵谿

送僧

童子學修道誦經求出家手持貝多葉心念優曇花得度北州近隨緣東路賒一身求清淨百衲誰袈裟鍾嶺更飛

錫爐峯期結跏深心大海水廣願恒河沙此去不堪别波
行安可涯慇勤結香火來世上牛車
獨孤及
奉和中書常舍人晚秋集賢院即事寄贈徐薛二
侍御
漢家金馬署帝座紫微郞圖籍凌羣玉歌詩冠柏梁陰陰
萬年樹肅肅五經堂揮翰忘朝食研精待夕陽晴空露盤
迥秋月瑣窻涼遠興生斑鬢高情寄縹囊葳蕤雙鸑鷟夙
昔並翺翔汲冢同刊謬蓬山共補亡差池摧羽翮流落限
江湘禁省一分袂旻天三兩霜石渠遺跡滿水國暮雲長
早晚朝宣室歸時道路光

江寧訓鄭縣劉少府兄贈別作

往歲脫縫掖接武仕關西結綬腰章並趨揩手板齊仙山
不用買朋酒日相攜抵掌誇潭壑忘情向組珪事遷時既
往年長迹逾睽何謂青雲飈猶嗟濁水泥役牽方遠別道
在或先迷莫見良田晚遭時亦伏藜

送李賓客荆南迎親

宗室劉中壘文場謝客兒當爲天北斗曾使海西陲毛節
精誠著銅樓羽翼施還伸供帳別言赴倚門期恩渥霑行
李晨昏在路岐君親兩報遂不敢議傷離

顏眞卿

刻清遠道士詩因而繼作

不到東西寺于今五十春竭來從舊賞林壑宛相親吴子
多藏日秦王厭勝辰劍池穿萬仞磐石坐千人金氣騰爲
虎琴臺化若神登壇仰生一捨宅歎珣珉中嶺分雙樹迴
巒絶四鄰窺臨江海接崇飾四時新客有神遷者於兹雅
麗陳名高清遠峡文聚斗牛津跡異心寧間聲同質豈均
悠然千載後知我揖光塵

與耿湋水亭咏風聯句

清風何處起拂檻復縈洲 幼清 回入飄華幕輕來疊晚流
楊憑 乘箑今已展羽翣且從收 楊凝 經竹吹彌切過松韻
更幽 左輔元 直散青蘋末偏隨白浪頭 陸士修 山山催雨
過浦浦發行舟動樹蟬爭噪開簾客罷愁 陸羽 度絃方解

熅臨水已迎秋顏真卿涼爲開襟至清因作頌留皎然周回
隨遠夢騷屑滿離憂湋豈獨銷繁暑偏能入迴樓喬王風
今若此誰不荷明休

又溪館聽蟬聯句

高樹多涼吹踈蟬足斷聲憑已催居客感更使別人驚凝
晚夏猶知急新秋別有情器危湍和不似細管學難成羽
當數附金重無貪曜火明真卿青松四面落白髮一重生
湋向夕音彌厲迎風巽更輕喬單嘶出迴樹餘響思空城
幼清嘒唳松間坐蕭寥竹裏行伯成如何長飲露高潔未
能名皎然

五言月夜啜茶聯句

泛花邀坐客代飲引情言 陸士修 醒酒宜華席留僧想獨園
薦 不須攀月桂何假樹庭萱 萼 御史秋風勁尚書北斗尊
崔萬 流華淨肌骨疏瀹滌心原 真卿 不似春醪醉何辭綠
綺繁 晝 素瓷傳靜夜芳氣滿閑軒 袁高

五言夜宴咏燈聯句

桂酒牽詩興蘭釭照客情 士修 詎慙珠乘朗不讓月輪明
張薦 破暗光初白浮雲色轉清 真卿 帶花疑在樹比燎欲
分庭 晝 顧已慙微照開簾識近汀 袁高

高適

送柴司户充劉卿判官之嶺外

嶺外資雄鎮朝端寵節旄月卿臨幕府星使出詞曹海對

羊城潤山連象郡高風霜驅瘴癘忠信涉波濤別恨隨流水交情脱寶刀有才無不適行矣莫徒勞

陪竇侍御靈雲南亭宴詩 并序

涼州近肓高下其池亭蓋以耀蕃落也幕府董帥雄勇徑踐戎庭自陽關而西猶枕席矣軍中無事君子飲食宴樂宜哉白簡在邊清秋多興況水具舟楫山兼亭臺始臨泛而寫煩俄登涉以寄傲絲桐徐奏林木更爽觴蒲萄以遞歡指蘭茝而可掇肓天一望雲物蒼然雨蕭蕭而牧馬聲斷風嫋嫋而邊歌幾處又足悲矣員外李公曰七日者何牛女之夕也夫賢者何得謹其時請賦南亭詩列之于後

人幽空眺聽目極喜亭臺風景知愁在關山憶夢回祇言
殊語默何意忝遊陪連唱波瀾動冥搜物象開新秋歸遠
樹殘雨擁輕雷簷外長天盡尊前獨鳥來常吟塞下曲多
謝幕中才河漢徒相望嘉期安在哉

信安王幕府詩 并序

開元二十年國家有事林胡詔禮部尚書信安王總
戎大舉時考功郎中王公司勳郎中劉公主客郎中
魏公侍御史李公監察御史崔公咸在幕府詩以頌
美斅公見子詞云

雲紀軒皇代星高太白年廟堂咨上策幕府制中權磐石
藩維固昇壇禮樂先國章榮印綬公服貴貂蟬樂善旌深

德輸忠格上兮剪桐光寵錫題劍美貞堅聖祚雄圖廣歸
貞武德虔雷霆七校發旌旆五營連華省徵羣入霜臺擧
二賢豈伊公望遠曾是茂才遷並秉韜鈐術兼該翰墨筵
帝思麟閣像臣獻柏梁篇振玉登遼甸摐金歷薊壖虔河
飛羽檄横海泛樓船北伐聲逾邁東征務以專講戎喧涿
野料敵静居延軍勢持三略兵戎自九天朝瞻授鉞去時
聽偃戈旋大漠風沙裏長城雨雪邊雲端臨碣石波際隱
朝鮮夜壁衝高斗寒空駐綵旃倚弓兮兎月飲馬白狼川
庶物隨交泰蒼生解倒懸四郊增氣象萬里絶風煙闗塞
鴻勳著京華甲第全落梅横吹後春色凱歌前直道常兼
濟微才獨弃捐曳裾誠已矣投筆尚悽然作賦同元淑能

詩匪仲宣雲霄不可望空欲仰神仙

奉酬睢陽李太守

公族稱王佐朝經允帝求本枝彊我李盤石冠諸劉禮樂光輝盛山河氣象幽系高周柱史名重晉陽秋華省應推擇青雲寵宴遊握蘭多具美前席有嘉謀賦得黃金賜言皆白璧酬著鞭驅駟馬操刃解全牛出鎮兼方伯承家復列侯朝瞻孔北海時用杜荊州廣固幾登涉毘陵忽阻修三台爯入夢四岳尚分憂郡邑連京口山川望石頭海門當建節江路引鳴騶俗見中興理人逢至道休先移白額橫更息赭衣偷梁國歌來晚徐方怨不留豈伊齊政術將以變澆浮訟簡知能吏刑寬察要囚坐堂風偃草行縣雨

隨輪地是蒙莊宅城遺闕伯丘孝王餘井徑微子故田疇冬至招採轉天寒蟏蛸收猿岩飛雨雪兎苑落梧楸列戟霜侵户褰幃月在鉤好賢常解榻乗興每登樓逸足横千里高談注九流詩題青玉案衣贈黑貂裘窮巷軒車静閑齋耳目愁未能方管樂翻欲慕巢由講德良難敵觀風豈易儔寸心仍有適江海一扁舟

同郭十題楊主簿新廳

華館曙沈沈惟良正在今用材兼柱石開物象高深更得芝蘭地兼營枳棘林向風扃戟户當曙近棠陰勿以安卑節聊閑理劇心多君有知己一和郢中吟

送蔡少府赴登州推事

膠東連即墨萊水入滄溟國小常多事人訛屢抵刑公才

徵郡邑詔使出郊坰標格誰當犯風謡信可聽峥嶸大峴

口邐迤汶陽亭地迥雲偏白天秋山更青祖筵方卜日王

事急侵星勸爾將爲德斯言盍有聽

岑參

早秋與諸子登虢州西亭觀眺

亭高出鳥外客到與雲齊樹點千家小天圍萬嶺低殘虹

挂陝北急雨過關西酒榼緣青壁瓜田傍緑溪微官何足

道愛客且相攜唯有鄉園處依依望不迷

六月十三日水亭送華陰王少府還縣

亭晚人將别池凉酒未酣關門勞夕夢仙掌引歸驂荷葉

藏魚艇藤花罥客簪殘雲收夏暑新雨帶秋嵐失路情無適離懷思不堪賴兹庭户裏別有小江潭

送郭僕射節制劍南

鐵馬擐紅纓幡旂出禁城明王親授鉞丞相欲專征玉饌天厨送金杯御酒傾劍門乘險過閣道踏空行山鳥驚吹笛江猨看洗兵曉雲隨去陣夜月逐行營南仲今時往西戎計日平將心感知己萬里寄懸旌

送嚴黄門拜御史大夫再鎮蜀川兼覲省

授鉞辭金殿承恩戀玉墀登壇漢主用講德蜀人思副相韓安國黄門向子期刀州重入夢劍閣再題詞春草連青綬晴花間赤旗山鶯朝送酒江月夜供詩許國分憂日榮

親色養時蒼生望已久來去不應遲

和刑部成員外秋宵寓直寄臺省知已

列宿光三署仙郎直五宵時衣天子賜廚膳大官調長樂
鐘應近明光漏不遥黄門持被覆侍女捧香燒筆為題詩
點燈緣起草挑竹喧交砌葉柳彈拂窗條粉署榮新命霜
臺憶舊寮名香播蘭蕙價重藴瓊瑶擊水翻滄海摶風透
赤霄微才喜同舍何幸忽聞韶

盧象

送綦毋潛

夫君不得意本自滄波來髙足未云騁虚舟空復迴淮南
楓葉落灞岸桃花開出處暫為耳沈浮安繫哉如何天覆

物還遺世遺才欲識秦將漢還聞王與裴離筵對寒食別
雨乘春雷會有辟書至荷衣莫漫裁

送趙都護赴安西

下客候旌麾元戎復在斯門開都護府兵動羽林兒黠□
多翻覆謀臣有別離智同天所授恩共日相隨漢使開賓
幕育茄送酒卮風霜近馬首雨雪事魚麗上策應無戰深
情屬載馳不應行萬里明主寄安危

王縉

遊悟真寺

聞道黄金地仍開白玉田擲山移巨石咒嶺出飛泉猛虎
同三徑愁猨學四禪買香燃緑桂乞火蹈紅蓮草色摇霞

上松聲泛月邊山河窮百二世界接三千梵宇聊憑視王城遂湫然灞陵纔出樹渭水欲連天遠縣分諸郭孤邨起白烟望雲思聖主披霧憶羣賢薄宦慚尸素終身擬尚乎誰知草菴客曾和柏梁篇

鄭審

奉使巡檢兩京路種果樹事畢入秦因詠歌

聖德周天壤韶華滿帝畿九重承渙汗千里樹芳菲陜塞餘陰薄關河舊色微發生和氣動封植衆心歸春露條應弱秋霜果定肥影移行子蓋香撲使臣衣入逕迷馳道分行接禁闈何當扈仙蹕攀折奉恩輝

宋昱

樟亭觀濤

濤來勢轉雄獵獵駕長風雷震雲霓裏山飛霜雪中激流起

吹澇上侵空禽闢乾坤異盈虛日月同艅艎從陸起洲浦隔阡通跳沫噴岩翠翻波帶景紅怒湍初抵北卻浪復歸東寂聽堪增勇晴看自發蒙伍生傳或謬枚叟說難窮來信應無已申威亦匪躬衝騰如決勝迴合似相攻委質任平視誰能涯始終

李白

江夏使君叔席上贈史郎中

鳳凰丹禁裏銜出紫泥書昔放三湘去今還萬死餘仙郎久為別客舍問如何涸轍思流水浮雲失舊居多慙華省

貴不以逐臣疎復似竹林下叨陪芳宴初希君生羽翼一

化北溟魚

春日歸山寄孟六浩然

朱紱遺塵境青山謁梵筵金繩開覺路寶筏度迷川嶺樹

攢飛栱岩花覆谷泉塔形標海月樓勢出江煙香氣三天

下鐘聲萬壑連荷秋珠已滿松密蓋初圓鳥聚疑聞法龍

參若護禪愧非流水韻叨入伯牙絃

宣州九日聞崔四侍御與宇文太守遊敬亭子時

登響山不同此賞醉後寄崔侍御

九卿天上落五馬道旁來列戟朱門曉褰帷碧嶂開登高

望遠海召客得英才紫綬歡情洽黃花逸興催山從圖上

見谿向鏡中迴遥羡重陽作應過戲馬臺

送友人尋越中山水

聞道稽山去。偏宜謝客才。千巖泉灑落。萬壑樹縈迴。東海横秦望。西陵繞越臺。湖清霜鏡曉。濤白雪山來。八月枚乘筆。三吴張翰杯。此中多逸興。早晚向天台。

送梁公昌從信安北征

入幕推英選。捐書事遠戎。高譚百戰術。欝作萬夫雄。起舞蓮花劍。行歌明月弓。將飛天地陣。兵出塞垣通。祖席留丹景。征麾拂彩虹。旋應凱歌入。麟閣佇深功。

金陵送張十一再遊東吴

張翰黄花句。風流五百年。誰人今繼作。夫子世稱賢。再動

遊吳棹還浮入海船春光白門柳霞色赤城天去國難爲別思歸各未旋空餘賈生淚相顧共凄然

送紀秀才遊越

海水不滿眼觀濤難稱心即知蓬萊石却是巨鰲簪送爾遊華頂令余發舄吟仙人居射的道士住山陰禹穴尋谿入雲門隔嶺深綠蘿秋月夜相憶在鳴琴

送二季之江東

初發强中作題詩與惠連多慚一日長不及二龍賢西塞當中路南風欲進船雲峯出遠海帆影挂長川禹穴藏書地匡山種杏田此行俱有適遲爾早歸旋

送儲邕之武昌

黄鶴西樓月長江萬里情春風三十度空憶武昌城送爾
難爲別銜杯惜未傾湖連張樂地山逐泛舟行諾謂楚人
重詩傳謝眺清滄浪吾有曲寄入棹歌聲

江上答崔宣城

太華三芙蓉明星玉女峯尋仙下西嶽陶令忽相逢問我
將何事湍波歷幾重貂裘非季子鶴氅似王恭謬忝燕臺
召而陪郭隗蹤水流知入海雲去或從龍樹繞蘆洲月山
鳴鵲鎮鐘還期如可訪台嶺蔭長松

秋日登楊州西靈塔

寶塔凌蒼蒼登攀覽八荒頂高元氣合標出海雲長萬象
分空界三天接畫梁水摇金刹影日動火珠光鳥拂瓊簾

度霞連繡拱張目隨征路斷心逐去帆揚露浴梧楸白霜

摧橘柚黃玉毫如可見於此照迷方

秋日與張少府楚城韋公藏書高齋作

下空庭暮城荒古跡餘地形連海盡天影落江虛舊賞

𠌫隔新知樂未疎彩雲思作賦丹壁問藏書楫擁隨流

開出水魚夕來秋興滿回首意何如

王昌齡

與蘇盧二員外期遊方丈寺而蘇不至因有此作

共仰頭陀行能忘世諦情迴看雙鳳闕相去一牛鳴法向

空林說心隨寶地平手巾花氎淨香帔稻畦成閒道邀同

舍相期宿化城安知不來往翮得[illegible]生

穆西[illegible]前

止堯心萬國同汾陰備冬禮長樂應和風賜慶

留歡舊渚宮樓臺生海上簫鼓出天中霧曉筵初

曲未終雨隨行幙合日照舞羅空玉陛分朝列文

聖聽愚臣忝書賦歌詠頌絲桐

唐人五言排律選第五卷終

唐人五言排律選第六卷

元李竢菴先生　選定

杜甫

冬日洛城北謁玄元皇帝廟

配極玄都閟憑虛一作高又作空禁禦一作籞長守祧嚴具禮掌節鎮非常碧瓦初寒外金莖一氣旁山河扶繡戶日月近雕梁仙李盤根大猗蘭奕葉光世家遺一作隨舊史道德付一作冠今王畫手看前輩吳生遠擅場森羅移地軸妙絕動宮墻五聖聯晉作連龍袞千官列一作引雁行冕旒俱秀發旌旆盡飛揚翠柏深留景紅梨迥得霜風箏吹玉柱露井凍英華

作動銀牀身退畢周室經傳拱漢皇谷神如不死養拙更何鄉一作方

贈韋左丞文濟

左轄頻虛位今年得舊儒相門韋氏在經術漢臣一作官須時議歸前烈吳作列天倫恨莫俱鴒原荒宿艸鳳詔接亨衢有客雖安命衰容豈壯夫家人憂几杖甲子混泥途不謂矜餘力還來謁大巫歲寒仍顧遇日暮且踟躕老驥思千里飢鷹待一呼君能徵感激亦足慰榛蕪一云折骨效區區

投贈哥舒開府二十韵

今代麒麟閣何人第一功君王自神武駕馭必英雄開府當朝傑論兵邁古風先鋒百勝一作戰在略地一作妙略兩隅空

青海無（英華作飛）傳箭天山早挂弓廉頗仍走敵魏絳已和戎
每惜河湟棄新兼節制通智謀垂睿想出入冠諸公日月
低秦樹乾坤繞漢宫肓人愁逐北宛馬又從東受命邊沙
遠歸來御席同軒墀曽寵鶴畋獵舊飛熊茅土加名數山
河誓始終策行遺戰伐契合動昭融勲業青冥上交親氣
槩中未爲朱履客已見白頭翁壯節初題柱生涯獨轉蓬
幾年春草歇今日暮途窮軍事留孫楚行間識呂蒙防身
一長劍將欲倚崆峒

上韋左相二十韻

鳳曆軒轅紀龍飛四十春八荒開壽域一氣轉洪鈞霖雨
思賢佐丹青憶老臣應圖求駿馬驚代得麒麟沙汰江河

調和鼎鼐新韋賢初相漢范叔已歸秦盛業今如此傳
經固絶倫豫樟深出地滄海闊無津北斗司喉舌東方領
搢紳持衡留藻鑑聽履上星辰獨步才超古餘波德照鄰
聰明過管輅尺牘倒陳遵豈是池中物由來席上珍廟堂
知至理風俗盡還醇才傑俱登用愚蒙但隱淪長卿多病
久子夏索居頻回首驅流俗生涯似衆人巫咸不可問鄒
魯莫容身感激時將晚蒼茫興有神爲公歌此曲涕淚在
衣巾

奉贈太常張卿二十韻

方丈三韓外崑崙萬國西建標天地闊詣絶古今迷氣得
神仙迥恩承雨露低相門清議衆儒術大名齊軒冕羅天

（一作高）闕琳瑯識介珪伶官詩必誦夔樂典猶稽健筆淩鸚鵡銛鋒瑩鸊鵜友于皆挺拔公望各端倪通籍踰青瑣亨衢照紫泥靈虬傳夕箭歸馬散霜蹄能事聞重譯嘉譽及遠黎弼諧方一展班序更何躋適越空顛躓遊梁竟慘悽謬知終畫虎微分是醯雞萍泛無休日桃陰想舊蹊吹噓人所羨騰躍事仍睽碧海真難涉青雲不可梯顧深慚鍛鍊才小辱提攜檻束哀猿叫枝驚夜鵲棲幾時陪羽獵應指釣橫溪

敬贈鄭諫議十韻

諫官非不達詩義早知名破的由來事先鋒孰敢爭思飄雲物外律中鬼神驚毫髮無遺恨波瀾獨老成野人寧得

所天意薄浮生多病休儒服冥搜信客旌築居仙縹緲旅

食歲峥嶸使者求顏闔諸公厭禰衡將期一諾重歘使寸

心傾君見途窮哭宜憂阮步兵

奉贈鮮于京兆二十韻

王國稱多士賢良復幾人異才應閒出爽氣必殊倫始見

張京兆宜居漢近臣驊騮開道路鷹隼離風塵侯伯知何

等文章實致身奮飛超等級容易失沉淪脫略磻溪釣操

持郢匠斤雲霄今已逼台衮更誰親鳳穴雛皆好龍門客

又新義聲紛感激敗績自逡巡途遠欲何向天高難重陳

學詩猶孺子鄉賦念嘉賓不得同晁錯吁嗟後郄詵計疏

疑翰墨時過憶松筠獻納紆皇眷中間謁紫宸且隨諸彥

集方覬薄才伸破膽遭前政陰謀獨秉鈞徵生需忌剋萬事益酸辛交合丹青地恩傾雨露辰有儒愁餓死早晚報平津

贈特進汝陽王二十韵

特進羣公表天人夙德升霜蹄千里駿風翮九霄鵬服禮求毫髮惟一作推忠忘寢興聖情常有眷朝退若無憑仙醴一作來一作求浮蟻奇毛或賜鷹清關塵不雜中使日相乘晚節嬉遊簡平居孝義稱自多親棣萼誰敢問山陵學業醇儒富辭一作才華哲匠能筆飛鸞聳立章罷鳳騫騰精理通談笑忘形向友朋寸長堪繾綣一諾豈驕矜已忝歸曹植何知對李膺招要恩屢至崇重力難勝披霧初歡夕高

秋爽氣澄樽罍臨極浦鳧雁宿張燈花月窮遊宴炎天避
鬱蒸硯寒金井水簷動玉壺冰瓢飲唯三徑岩棲在百層
且持蠡測海況挹酒如澠鴻寶寧全秘丹梯庶可凌淮王
門有客終不愧孫登

奉寄河南韋尹丈人

有客傳河尹逢人問孔融青囊仍隱逸章甫尚西東鼎食
分門戶詞場繼國風尊榮瞻地絕疎放憶途窮濁酒尋陶
令丹砂訪葛洪江湖漂短褐霜雪滿飛蓬牢落乾坤大周
流道術空謬懃知薊子真怯笑揚雄盤錯神明懼謳歌德
義豐尸鄉餘土室難說祝雞翁

與李十二白同尋范十隱居

李侯有佳句往往似陰鏗余亦東蒙客憐君如弟兄醉眠
秋共被攜手日同行更想幽期處還尋北郭生入門高興
發侍立小童清落景聞寒杵屯雲對古城向來吟橘頌誰
欲討蓴羹不願論簪笏悠悠滄海情

臨邑舍弟書至苦雨黃河泛溢隄防之患簿領所
憂因寄此詩用寬其意

二儀積風雨百谷漏波濤聞道洪河坼遥連滄海高職思
憂悄悄郡國訴嗷嗷舍弟卑棲邑防川領簿曹尺書前日
至版築不時操難假黿鼉力空瞻烏鵲毛燕南吹畎畝濟
上没蓬蒿螺蚌滿近郭蛟螭乗九臯徐關深水府碣石小
秋毫白屋留孤樹青天矢萬艘吾衰同泛梗利涉想蟠桃

倚賴天涯釣猶能掣巨鰲

送蔡希曾都尉還隴右因寄高三十五書記

蔡子勇成癖彎弓西射盲健兒寧鬬死壯士恥爲儒官是先鋒得材緣挑戰須身輕一鳥過槍急萬人呼雲幕隨開府春城赴上都馬頭金狎帢駝背錦糢糊咫尺雲山路歸飛青海隅上公猶寵錫突將且前驅漢使黄河遠凉州白麥枯因君問消息好在阮元瑜

贈翰林張四學士

翰林逼華蓋鯨力破滄溟天上張公子宮中漢客星賦詩拾翠殿佐酒望雲亭紫誥仍兼綰黄麻似六經内分金帶赤恩與荔枝青無復隨高鳳空餘泣聚螢此生任春艸垂

老獨漂萍儻憶山陽會悲歌在一聽

贈比部蕭郎中十兄

有美生人傑由來積德門漢朝丞相系梁日帝王孫蘊藉

爲郎久魁梧秉哲尊詞華傾後輩風雅藹孤騫宅相榮姻

戚兒童惠討論見知真自幼謀拙醜諸昆漂蕩雲天闊沈

埋日月奔致君時已晚懷古意空存中散山陽鍜愚公野

谷邨寧紆長者轍歸老在乾坤

承沈八丈東美除膳部員外阻雨未遂馳賀奉寄

此詩

今日西京掾多除南省郎通家惟沈氏謁帝似馮唐詩律

群公問儒門舊史長清秋便寓直列宿頓輝光未暇申宴

慰含情空激揚司存何所比膳部默凄傷貧賤人事略經
過霖潦妨禮同諸父長恩豈布衣忘天路牽騏驥雲臺引
棟樑徒懷貢公喜颯颯鬢毛蒼

奉留贈集賢院崔于二學士

昭代將垂白途窮乃叫閽氣衝星象表詞感帝王尊天老
書題目春官驗討論倚風遺鷁路隨水到龍門竟與蛟龍
雜空聞燕雀喧青冥猶契濶陵厲不飛翻儒術誠難起家
聲庶已存故山多藥物勝槩憶桃源欲整還鄉旆長懷禁
掖垣謬稱三賦在難述二公恩

奉送郭中丞兼太僕卿充隴右節度使三十韻

詔發西山將秋屯隴右兵凄涼餘部曲燀赫舊家聲鵰鶚

乘時去驊騮顧主鳴艱難須上策容易即前程斜日當軒
蓋高風捲旆旌松悲天水冷沙亂雪山清和□猶懷惠防
邊不敢驚古來于異域鎮静示專征燕薊奔封豕周秦觸
駭鯨中原何慘黷餘孽尚縱横箭入昭陽殿笳吟細柳營
內人紅袖泣王子白衣行宸極祅星動園陵殺氣平空餘
金椀出無復繐帷輕毀廟天飛雨焚宮火徹明罘罳朝共
落榆桷夜同傾三月師逾整羣兇勢就烹瘡痍親接戰勇
決冠垂成妣譽期元宰殊恩且列卿幾時迴節鉞戮力掃
欃搶圭竇三千士雲梯七十城恥非齊説客秖似魯諸生
通籍微班忝周行獨坐榮隨肩趨漏刻短髮寄簪纓徑欲
依劉表還疑厭禰衡漸衰那此别忍淚獨含情廢邑狐狸

語空村虎豹爭人頻墜塗炭公豈忘精誠元帥調新律前
軍壓舊京安邊仍扈從莫作後功名

重經昭陵

草昧英雄起謳歌歷數歸風塵三尺劍社稷一戎衣翼亮
貞文德丕承戢武威聖圖天廣大宗祀日光輝陵寢盤空
曲熊羆守翠微再窺松柏路還見五雲飛

送許八拾遺歸江寧覲省甫昔時常客遊此縣於
許生處乞瓦棺寺維摩圖樣志諸篇末

詔許辭中禁慈顏赴北堂聖朝新孝理祖席倍輝光内帛
擎偏重宮衣着更香淮陰清夜驛京口渡江航春隔雞人
晝秋期燕子涼賜書誇父老壽酒樂城隍看畫曾饑渴追

蹤恨淼茫虎頭金粟影神妙獨難亡

寄彭州高三十五使君適虢州岑二十七長史參

三十韻

故人何寂寞今我獨凄涼老去才難盡秋來興甚長物情

尤可見辭客未能忘海内知名士雲端各異方高岑殊緩

步沈鮑得同行意愜關飛動篇終接混茫舉天悲富駱近

代惜盧王似爾官仍貴前賢命可傷諸侯非棄擲半刺已

翺翔詩好幾時見書成無信將男兒行處是客子鬬身强

羇旅推賢聖沈綿抵咎殃三年猶瘧疾一鬼不銷亡隔日

搜脂髓增寒抱雪霜徒然潛隙地有靦屢鮮粧何太龍鍾

極于今出處妨無錢居帝里盡室在邊疆劉表雖遺恨龐

公至死藏心微防魚鳥肉瘦怯豺狼隴草蕭蕭白洮雲片片
黃彭門劒閣外虢略鼎湖旁荆玉簪頭冷巴牋染翰光
烏麻蒸續曬丹橘露應嘗豈異神仙宅俱兼山水鄉竹齋
燒藥竈花嶼讀書床更得清新否遥知對屬忙舊官寧改
漢淳俗本歸唐濟世宜公等安貧亦士常蚩尤終戮辱胥
□漫猖狂會待祆氛靜論文暫裹糧

寄李十二白二十韵

昔年有狂客號爾謫仙人筆落驚風雨詩成泣鬼神聲名
從此大汩没一朝伸文彩承殊渥流傳必絶倫龍舟移棹
晚獸錦奪袍新白日來深殿青雲滿後塵乞歸優詔許遇
我宿心親未負幽棲志兼全寵辱身劇談憐野逸嗜酒見

天真醉舞梁園夜行歌泗水春才高心不展道屈善無鄰
處士禰衡俊諸生原憲貧稻粱求未足薏苡謗何頻玉嶺
炎蒸地三危放逐臣幾年遭鵩鳥獨泣向麒麟蘇武先還
漢黄公豈事秦楚筵辭醴日梁獄上書辰已用當時法誰
將此義陳老吟秋月下病起暮江濱莫怪恩波隔乘槎與
問津

敝廬遣興奉寄嚴公

野水平橋路春沙暎竹邨風輕粉蝶喜花暖蜜蜂喧把酒
宜深酌題詩好細論府中瞻暇日江上憶詞源跡忝朝廷
舊情依節制尊還思長者轍恐避席爲門

奉和嚴中丞西城晚眺十韻

汲黯庄君切廉頗出將頻直辭才不世雄略動如神政簡
移風速詩清立意新層城臨媚景絶域望餘春旗尾蛟龍
會樓頭燕雀馴地平江動蜀天濶樹浮秦帝念深分閫軍
須遠筭緡花羅封蛺蝶瑞錦送麒麟辭第輸高義觀圖憶
古人征南多興緒事業闇相親

與嚴二歸奉禮別

別君誰暖眼將老病纏身出涕同斜日臨風看去塵商歌
還入夜巴俗自爲鄰尚愧微軀在遥聞盛禮新山東群盗
散闕下受降頻諸將歸應盡題書報族人

贈裴南部聞袁判官自來欲有按問

塵滿萊蕪甑堂横單父琴人皆知飲水公輩不偷金梁獄

書應作秦臺鏡欲臨獨醒時所嫉群小謗能深即出黃沙在何須白髮侵使君傳舊德已見直繩心

春歸

苔徑臨江竹茅簷覆地花别來頻甲子歸到忽春華倚仗看孤石傾壺就淺沙遠鷗浮水静輕燕受風斜世路雖多梗吾生亦有涯此身醒復醉乗興即爲家

寄司馬山人十二韻

關内昔分袂天邉今轉蓬驅馳不可説談笑偶然同道術曾留意先生早擊蒙家家迎薊子處處識壺公長嘯峨嵋北潛行玉壘東有時騎猛虎虚室使仙童髮少何勞白顔衰肯更紅望雲悲轗軻畢景羡冲融喪亂形仍役凄凉信

不通懸旌要路口倚劒短亭中永作殊方客殘生一老翁
相哀骨可換亦遺馭清風

贈王二十四侍御契四十韻

往往雖相見飄飄媿此身不關輕紱冕俱是避風塵一別
星橋夜三移斗柄春敗亡非赤壁奔走爲黄巾子去何瀟
灑余藏異隱淪書成無過鴈衣故有懸鶉恐懼行装數伶
俜臥疾頻曉鸎工併淚秋月解傷神會面嗟黧黑含悽話
苦辛接輿還入楚王粲不歸秦錦里殘丹竈花溪得釣綸
消中秖自惜晚起索誰親伏柱聞周史乘槎似漢臣鴛鴻
不易狎龍虎未宜馴客即挂冠至交非傾蓋新由來意氣
合直取性情真浪跡同生死無心恥賤貧偶然存蔗芋幸

各對松筠粗飯依他日窮愁恠此辰女長裁褐穩男大卷
書勻㴻口江如練蠶崖雪似銀名園當翠巘野棹没青蘋
屡喜王侯宅時邀江海人追隨不覺晚欵曲動彌旬但使
芝蘭秀何須棟宇鄰山陽無俗物鄭驛正留賓出入並鞍
馬光輝忝席珍重遊先主廟更歷少城闉石鏡通幽魄琴
臺隱絳脣送終惟糞土結愛獨荆榛置酒高林下觀碁積
水濱區區甘累趼稍稍息勞筋網聚粘圓鯽絲繁煑細蓴
長歌敲柳癭小睡凭藤輪農月須知課田家敢忘勤浮生
難去食良會惜清晨列國兵戈暗今王德教淳要聞除猰
㺄休作畫麒麟洗眼看輕薄虛懷任屈伸莫令膠漆地萬
古重雷陳

寄李十四員外布十二韻新除司議郎兼萬州別駕雖尚伏枕已聞理裝

名參漢望苑職銜景題輿巫峽將之郡荊門好附書遠行
無自苦内熱比何如正是炎天闊那堪野館疎黃牛平駕
浪畫鷁上凌虛試待盤渦歇方期解纜初悶能過小徑自
爲摘嘉蔬渚柳元幽僻村花不掃除宿陰繁素柰過雨亂
紅蕖寂寂夏先晚泠泠風有餘江清心可瑩竹冷髮堪梳
直作移巾几秋帆發敝廬

立秋日雨院中有作

山雲行絕塞大火復西流飛雨動華屋蕭蕭樑棟秋窮途
愧知已暮齒借前籌已費清晨謁那成長者謀解衣開北
户高枕對南樓樹濕風涼進江喧水氣浮禮寬心有適節

爽病微瘳主將歸調昂吾還訪舊丘

到村

碧澗雖多雨秋沙先少泥蛟龍引子過荷芰逐花低老去
參戎幕歸來散馬蹄稻粱須就列榛草即相迷蓄積思江
漢頑踈惑町畦暫酬知己分還入故林棲

遣悶奉呈嚴公二十韻

白水魚竿客清秋鶴髮翁胡爲來幕下秖合在舟中黄卷
真如律青袍也自公老妻憂坐痺幼女問頭風平地專欹
倒分曹失異同禮甘衰力就義忝上官通疇昔論詩早光
輝仗鉞雄寛容存性拙剪拂念途窮露裛思藤架煙霏想
桂藂信然龜觸網直作鳥窺籠西嶺紆村北南江繞舍東

竹皮寒舊翠椒實兩新紅浪簌船應坼杯乾甕即空藩籬生野徑斤斧任樵童東縛酬知己蹉跎効小忠周防期稍稍太簡遂忽忽曉入朱扉啓昏歸畫角終不成尋別業未敢息微躬烏鵲愁銀漢鴛駘怕錦幪會希全物色時放倚梧桐

奉觀嚴鄭公廳事岷山沲江畫圖十韻得忘字

沲水臨中座岷山到北堂白波吹粉壁青嶂插雕梁直訝杉松冷兼疑菱荇香雪雲虛點綴沙草得微茫嶺雁隨毫末川蜺飲練光霏紅洲蕊亂拂黛石蘿長暗谷非關雨丹楓不爲霜秋城玄圃外景物洞庭傍繪事功殊絕幽襟興激昂從來謝太傅丘壑道難忘

陪鄭公秋晚北池臨眺

北池雲水濶華館闢秋風獨鶴元依渚衰荷且暎空釆菱寒刺上踏藕野泥中素檝分曹往金盤小徑通萋萋露草碧片片晚旗紅杯酒霑津吏衣裳與釣翁異方初豔菊故里亦高桐摇落關山思淹留戰代功嚴城殊未掩清宴已知終何補忝鄉事歡娱到薄躬

奉漢中王手札

國有乾坤大王今叔父尊剖符來蜀道歸蓋取荆門峽險通舟峻江長注海奔主人不留客避暑得名園前後緘書報分明餽玉恩天雲浮絶壁風竹在華軒已覺良宵永何堪駭浪翻入期朱邸雪朝傍紫薇垣枚乘文章老河間禮

樂存悲秋宋玉宅失路武陵源淹泊俱崖口東西異石根

夸音迷咫尺鬼物傍黄昏犬馬誠爲戀狐狸不足論從容

草奏罷宿昔奉清樽

奉賀陽城郡王太夫人恩命加鄧國太夫人陽城王衛伯玉也

衛幕銜恩重潘輿送喜頻濟時瞻上将錫號戴慈親富貴

當如此尊榮邁等倫郡依封土舊國與大名新紫誥鸞回

紙清朝燕賀人遠傳冬笋味更覺綵衣春奕葉班姑史芬

芳孟母鄰義方兼有訓詞翰兩如神委曲承顏體騫飛報

主身可憐忠與孝雙美畫麒麟

謁先主廟

慘澹風雲會乘時各有人力侔分社稷志屈偃經綸復漢
留長策中原仗老臣雜耕心未已嘔血事酸辛霸氣西南
歇雄圖曆數屯錦江元過楚劍閣復通秦舊俗存祠廟空
山泣鬼神虛檐交鳥道枯木半龍鱗竹送清溪月苔移玉
座春閭閻兒女換歌舞歲時新絕域歸舟遠荒城繫馬頻
如何對搖落況乃久風塵孰與關張並功臨耿鄧親應天
才不小得士契無鄰遲暮堪帷幄飄零且弔緡向來憂國
淚寂寞灑衣巾

陪諸公上白帝城樓宴越公堂之作

此堂存古制城上俯江郊落構垂雲雨荒階蔓草茅柱穿
蜂溜蜜棧缺燕添巢坐接春杯氣心傷艷蕊梢英靈如過

隙宴衎顧投醪莫問東流水生涯未即抛

西閣二首

巫山小搖落碧色見松林百鳥各相命孤雲無自心層軒
俯江壁要路亦高深朱紱猶紗帽新詩近玉琴功名不早
立衰疾謝知音哀世非王粲終然學越吟
懶心似江水日夜向滄州不道含香賤其如鑷白休經過
凋碧柳蕭索倚朱樓畢娶何時竟消中得自由豪華看古
往服食寄冥搜詩盡人間興兼須入海求

諸葛廟

久臨巴子國屢入武侯祠竹日斜虛寢溪風滿薄帷君臣
當共濟賢聖亦同時翊戴歸先主并吞更出師蟲蛇穿畫

壁巫覡醉蛛絲歘憶吟梁父躬耕也未遲

寄劉峽州伯華使君四十韻

峽内多雲雨秋來尚鬱蒸遠山朝白帝深水謁夸陵遷暮
嗟爲客西南喜得朋哀猿更起坐落雁失飛騰伏枕思瓊
樹臨軒對玉繩青松寒不落碧海濶逾澄昔歲文爲理羣
公價盡增家聲同令聞時論以儒稱太后當朝肅多才接
迹昇翠虚捎魍魎丹極上鵾鵬宴引春壺酒恩分夏簟氷
雕章五色筆紫殿九華燈學並盧王敏書偕褚薛能老兄
真不墜小子獨無承近有風流作聊從月窟徵放蹄知赤
驥捩翅服蒼鷹卷軸來何晚襟懷庶可憑會期吟諷數益
破旅愁凝雕刻初誰料纖毫欲自矜神融躡飛動戰勝洗

侵凌妙取筌蹄棄高宜百萬層白頭遺恨在青竹幾人登
回首追談笑勞歌踽寢興年華紛已矣世故莽相仍刺史
諸侯貴郎官列宿應潘生驂閣遠黃覇璽書增乳贙號攀
石饑鼯訴落藤藥囊親道士灰刼問肓僧憑久烏皮綻簪
稀白帽稜林居看蟻穴野食待漁罾筋力交凋喪飄零免
戰兢皆為百里宰正似六安丞姹女縈新裹丹砂冷舊秤
但求椿壽永莫慮杞天崩鍊骨調情性張兵撓棘矜養生
終自惜伐叛必全懲政術甘疎誕詞場愧服膺展懷詩頌
魯割愛酒如澠咄咄寧書字冥冥欲避矰江湖多白鳥天
地有青蠅

東屯月夜

抱疾漂萍老防邊舊穀屯春農親異俗歲月在衡門青女霜楓重黄牛峽水喧泥留虎鬬跡月挂客愁村喬木澄稀影輕雲倚細根數驚聞雀噪暫睡想猿蹲日轉東方白風來北斗昏天寒不成寐無夢寄歸魂

天池

天池馬不到嵐壁鳥纔通百頃青雲杪層波白石中欝紆騰秀氣蕭瑟浸寒空直對巫山峽兼疑夏禹功魚龍開闢有菱芡古今同聞道奔雷黑初看落日紅飄零神女雨斷續楚王風欲問支機石如臨獻寶宫九秋驚雁序萬里狎漁翁更是無人處誅茅任薄躬

元日示宗武

汝啼吾手戰吾笑汝身長處處逢正月迢迢滯遠方飄零
還柏酒衰病只藜床訓諭青衿子名慙白首郎賦詩猶落
筆獻壽更稱觴不見江東弟高歌淚數行

又示宗武

覓句新知律攤書解滿牀試吟青玉案莫羡紫羅囊假日
從時飲明年共我長應須飽經術已似愛文章十五男兒
志三千弟子行曾參與游夏達者得升堂

太歲日

楚岸行將老巫山坐復春病多猶是客謀拙竟何人閶闔
開黃道衣冠拜紫宸榮光懸日月賜予出金銀愁寂鴛行
斷參差虎穴鄰西江元下蜀北斗故臨秦散地逾高枕生

涯脱要津天邊梅柳樹相見幾回新

將別巫峽贈南卿兄瀼西果園四十畝

苔竹素所好萍蓬無定居遠遊長兒子幾地別林廬雜蕊紅相對他時錦不如具舟將出峽巡圃念携鋤正月喧鶯末茲辰放鷁初雪籬梅可折風榭柳微舒託贈卿家有因歌野興疎殘生逗江漢何處狎樵漁

大曆三年春白帝城放船出瞿唐峽久居夔府將適江陵漂泊有詩凡四十韵

老向巴人裏今辭楚塞隅入舟翻不樂解纜獨長吁窄轉深啼穴虛隨亂浴鳧石苔凌几杖空翠撲肌膚疊壁排霜劒奔泉濺水珠杳冥藤上下濃澹樹榮枯神女峰娟妙昭

君宅有無曲留明怨惜夢盡失歡娛排闔盤渦沸欹斜激
浪輸風雷纏地脈氷雪曜天衢鹿角直走險狼頭如跋胥
惡灘寧變色高卧負微軀書史全傾撓裝囊半壓濡生涯
臨臬兀死地脫斯須不有平川決焉知衆壑趨乾坤埋漲
海雨露洗春蕪鷗鳥牽絲颺驪龍濯錦紆落霞沈綠綺殘
月壞金樞泥笋苞初荻沙茸出小蒲雁兒爭水馬燕子逐
檣烏絶島容煙霧環州納曉脯前聞辨陶牧轉盼拂宜都
縣郭南畿好津亭北望孤勞心依憩息朗詠劃昭蘇意遣
樂還笑衰迷賢與愚飄蕭將素髮汩没聽洪鑪丘壑曾忘
返文章敢自誣此生遭聖代誰分哭窮途卧疾淹爲客蒙
恩早厠儒廷爭酬造化樸直乞江河灧澦險相迫滄浪深

可逾浮名尋已已嬾計却區區喜近天皇寺先披古畫圖
應經帝子渚同泣舜蒼梧朝士兼戎服君王按湛盧旄頭
初俶擾鶉首麗泥塗甲卒身雖貴書生道固殊出塵皆野
鶴歷塊匪猿駒伊尹終難降韓彭不易呼五雲高太甲六
月曠搏扶回首黎元病爭權將帥誅山林託疲薾未必免
崎嶇

行次古城店泛江作不揆鄙拙奉呈江陵幕府諸
公

老年常道路遲日復山川白屋花開裏孤城麥秀邊濟江
元自潤下水不勞牽風蝶勤依槳春鷗嬾避船王門高德
業幕府盛材賢行色兼多病蒼茫汎愛前

暮春江陵送馬大卿公恩命追赴闕下

自古求忠孝名家信有之吾賢富才術此道未磷緇王府標孤映霜蹄去不疑激揚音韻徹籍甚衆多推潘陸應同調孫吳亦異時北宸徵事業南紀赴恩私卿月昇金掌王春度玉墀薰風行應律湛露即歌詩天意高難問人情老易悲樽前江漢闊後會且深期

水宿遣興奉呈羣公

魯鈍仍多病逢迎遠復迷耳聾須畫字髮短不勝篦澤國雖勤雨炎天竟淺泥小江還積浪弱纜且長堤歸路非關北行舟却向西暮年漂泊恨今夕亂離啼童稚頻書札盤飧詎糝藜我行何到此物理直難齊高枕翻日月嚴城疊

鼓鞞風號聞虎豹水宿伴鳧鷖異縣驚虗往同人惜解携
蹉跎長泛鷁展轉屢聞雞嶷嶷瑚璉器陰陰桃李蹊餘波
期救涸費日苦輕齎杖策門闌邃肩輿羽翮低自傷甘賤
役誰愍强幽棲巨海能無釣浮雲亦有梯勳庸思樹立語
默可端倪贈粟困應指登橋柱必題丹心老未折時訪武
陵溪

江陵望幸

雄都元壯麗望幸欻威神地利西通蜀天文北照秦風煙
含越鳥舟楫控吳人未枉周王駕終期漢武巡甲兵分聖
旨居守付宗臣早發雲臺仗恩波起涸鱗

移居公安敬贈衛大郎

衛侯不易得余病汝知之雅量涵高遠清襟照等夷平生
感意氣少小愛文辭河漢由來合風雲若有期形容勞宇
宙質朴謝軒墀自古幽人泣流年壯士悲水烟通徑艸秋
露接園葵入邑豺狼鬬傷弓鳥雀飢白頭供宴語烏几伴
棲遲交態遭輕薄今朝豁所思

贈虞十五司馬

遠師虞秘監今喜識玄孫形像丹青逼家聲器宇存凄涼
憐筆勢浩蕩問辭源爽氣金天豁清談玉露繁佇鳴南嶽
鳳欲化北溟鯤交態知浮俗儒流不異門過逢連客位日
夜倒芳樽沙岸風吹葉雲江月上軒百年嗟已半四座敢
辭喧書籍終相與青山隔故園

北風

春生南國瘴氣待北風蘇向晚霾殘日初宵鼓大鑪爽携

卑濕地聲扳洞庭湖萬里魚龍伏三更鳥獸呼滌除貪破

浪愁絶付摧枯執熱沈沈在凌寒往往須且知寬疾肺不

敢恨危塗再宿煩舟子衰容問僕夫今晨非盛怒便道即

長驅隱几看帆席雲山湧坐隅

回棹

宿昔試安命自私猶畏天勞生繫一物爲客費多年衡岳

江湖大蒸池疫癘偏散才嬰薄俗有跡負前賢巾拂那關

眼瓶罍易滿船火雲滋垢膩凍雨裛沈綿强飯蓴添滑端

居茗續煎清思漢水上凉憶峴山巔順浪翻堪倚回帆又

省牵吾家碑不昧王氏井依然几杖将衰薾茅茨寄短椽
灌園曾取過遊寺可終馬遂性同漁父成名異魯連篤師
煩爾送朱夏及寒泉

奉贈盧五丈參謀琚

忝惟同自出妙選異髙標入幕知孫楚披襟得鄭僑丈人
藉才地門閥冠雲霄老矣逢迎拙相於契託饒賜錢傾府
待争米駐船遥鄰好艱難薄詆心杼柚焦客星空伴使寒
水不成潮素髮乾垂領銀章破在腰說詩能累夜醉酒或
連朝藻翰惟牽率湖山合動揺時清非造次興盡即蕭條
天子多恩澤蒼生轉寂寥休傳鹿是馬莫信鵩如鴞未解
依依袂還斟泛泛瓢流年疲蟋蟀體物幸鷦鷯孤負滄洲

顧誰云晚見招

重送劉十弟判官

分源豕韋派別浦雁賓秋年事推兄忝人才覺弟優經過
辨鄚劍意氣逐吴鉤垂翅徒衰老先鞭不滯留本枝凌歲
晚髙義豁窮愁他日臨江待長沙舊驛樓

奉贈蕭二十使君

昔日嚴公幕俱為蜀使臣艱危㣲大府前後間清塵起草
鳴先路乘槎動要津王凫聊暫出蕭雉只相馴終始任安
義荒蕪孟母鄰聯翩匍匐禮意氣死生親張老存家事嵇
康有故人食恩慙鹵莽鏤骨抱酸辛巢許山林志夔龍廊
廟珍鵬圖仍矯翼熊軾且移輪磊落衣冠地蒼茫土木身

塤篪鳴自合金石瑩逾新重憶羅江外同遊錦水濱結歡
隨過隙懷舊益霑巾曠絶含香舍稽留伏枕辰停驂雙闕
早回雁五湖春不達長卿病從來原憲貧監河受貸粟一
起轍中鱗

送魏二十四司直充嶺南掌選崔郎中判官兼寄

韋韶州

選曹分五嶺使者歷三湘才美膺推薦君行佐紀綱佳聲
期共遠雅節在周防明白山濤鑒嫌疑陸賈裝故人湖外
少春日嶺南長憑報韶州牧新詩昨寄將

同豆盧峰貽主客李員外賢子棐知字韻

錬金歐冶子噴玉大宛兒符彩高無敵聰明達所爲夢蘭

他日應折桂早年知爛熳通經術光芒刷羽儀謝庭瞻不
遠潘省會於斯唱和将雛曲田翁號鹿皮

唐人五言排律選第六卷終

唐人五言排律選第七卷

元李竢菴先生　選定

錢　起

題玉山村叟壁

谷口好泉石居人能陸沉牛羊下山小烟火隔雲深一徑入溪色數家連竹陰藏虹亂晚雨驚隼落殘禽涉趣皆流目將歸羡在林却思黄綬事辜負紫芝心

送王使君赴太原行營

太白明無象皇威未戢戈諸侯持節鉞千里控山河漢驛雙旌度胥沙七騎過驚蓬連雁起牧馬入雲多不賣盧龍

塞能消瀚海波須傳出師頌莫奏式違歌

奉和宣城張太守南亭秋夕懷友

池館蟪蛄聲梧桐秋露晴月臨朱戟静河近畫樓明捲幔浮凉入聞鐘永夜清片雲懸曙斗數雁過秋城羽扇揚風暇瑶琴悵别情江山飛麗藻謝朓讓詩名

陪南省諸公宴殿中李監宅

將門高勝霍相子寵過韋官貴攀龍後心傾待士時壺觴開雅宴鵷鷺眷相隨舞退燕姬曲歌徵謝朓詩晚鐘過竹静醉客出花遲莫惜留餘興良辰不可追

過山人所居因寄諸補遺

空谷春雲滿愚公晦迹深一隨仐豹隱幾换綠蘿陰絶徑

人稀到芳蓀我獨尋厨烟依峭壁酒氣出重林蝴蝶晴還
舞黄鸝晚暫吟所思青瑣客瑶艸寄幽心

春暮過石龜谷題温處士林園

隱几無名老何年此陸沉丘園自得性婚嫁不嬰心歲計
因山薄霞棲在谷深設罝連草色晒藥背松陰觸興雲生
岫隨耕鳥下林揩頤笑來客頭上有朝簪

過鳴皐隱者

磻石老紅蘚徵君卧幾年飛泉出林下一徑過崖巔雞犬
逐人静雲霞宜地偏終朝數峰勝不遠一壺前仲月霽春
雨香風生藥田丹溪不可别瑱草色芊芊

贈李十六

半面喜投分數年欽盛名常思夢顔色誰意訪柴荆忽聽
款扉響欣然倒屣迎蓬蒿駐騶馭雞犬傍簪纓酌水即嘉
宴新知甚故情僕夫視日色棲鳥催車聲自爾宴言後至
今門館清何當更乗興林下已苔生

温泉宫

新豐嘉氣滿聖主在温泉雲暖龍行處山明日馭前順風
求至道側席問遺賢靈雪瑶池降晨霞綵仗懸滄溟不讓
水疵賤也朝天

送集賢崔八叔承恩括圖書

雨露滿儒服天心知谷虚還勞五經筍更訪百家書贈别
傾文苑光華比使車晚雲隨客散寒樹出關疎相見應朝

夕歸期在玉除

憶山中寄舊友

數歲白雲裏與君同采薇樹深烟不散谿静鷺忘飛更憶東巖趣殘陽破翠微脱巾花下醉洗藥月前歸風景今還好如何與世違

長安落第作

始願今如此前途復若何無媒獻詞賦生事日蹉跎不遇張華識空卑甯戚歌故山歸夢遠新歲客愁多刷羽思喬木登龍恨失波散才非世用迴首謝雲蘿

藥堂秋暮

隱來未得道歲去愧雲松茅屋空山暮荷衣白露濃唯憐

石苔色不染世人蹤潭靜宜孤鶴山深絕遠鐘有時丹竈
上數點彩霞重勉事壺公術仙期待赤龍

李四勸爲尉氏尉李七勉爲開封尉惟伯與仲有
令譽因美之

美政惟兄弟時人數俊賢皇枝雙玉樹吏道二梅仙自理
堯唐俗唯將禮讓傳采蘭花萼聚就日雁行聯黃綬俄三
載青雲未九遷廟堂爲宰制幾日試龍泉

送外甥懷素上人歸鄉侍奉

釋子吾家寶神清慧有餘能翻梵王字妙盡伯英書遠鶴
無前侶孤雲寄太虛狂來輕世界醉裏得真如飛錫離鄉
久寧親喜臘初故池殘雪滿寒柳霽煙疎壽酒還嘗藥晨

飡不薦魚遥知禪誦外健筆賦閑居

罷官後酬元校書見贈

心期悵已阻交道復何如自我辭丹闕唯君到敝廬忘機貧覓米憶戴出無車鄰犬吠初服家人愁斗儲秋堂人閑夜雲月思離居窮巷聞砧冷荒枝應鵲疎宦名隨落葉生事感枯魚流水仍揮手知音未棄予

同鄉戴關中旅寓

文士皆求遇今人誰至公靈臺一寄宦楊卿有春風更惜忘形友頻年失志同羽毛齊燕雀心事阻鴛鴻留滯慙歸養飛鳥悵觸籠檎懷鄉夢裏書去客愁中殘雪迷歸雁韶光棄斷蓬吞悲問唐舉何路出屯蒙

劉長卿

棲霞寺東峰尋南齊明徵君故居

山人今不見山鳥自相從長嘯思明主終身卧此峰泉源通石徑澗户掩塵容古墓依寒草前朝寄老松片雲生半壁萬壑徧疎鐘惆悵空歸去猶疑林下逢

九日蔡國公主樓

主第何人在重陽客暫尋水餘龍鏡色雲罷鳳簫音暗牖藏昏曉蒼苔換古今晴山卷幔出秋草閉門深籬菊仍新吐庭槐尚舊陰年年畫梁燕來去豈無心

自道林寺西入石路至麓山寺過法崇師故居

山僧候谷口石路拂莓苔深入泉源去遥從樹杪回香隨

青靄散鐘過白雲來野雪空齋掩山風古殿開桂寒知自
發松老問誰栽惆悵湘江水何人更渡杯

行營酬呂侍御

不敢淮南臥來趨漢将營受辭瞻左鉞扶疾拜前旌井税
鶉衣樂壺漿鶴髮迎水歸餘斷岸烽至掩孤城晚日當千
騎秋風合五兵孔璋才素健早晚檄書成

長沙早春雪後臨湘水呈同遊諸子

汀洲暖漸緑烟景淡相和舉目方如此歸心豈奈何日華
浮野雪春色染湘波北渚生芳屮東方變舊柯江山古思
遠猿鳥暮情多君問漁人意滄浪自有歌

送荀八過山陰舊縣兼寄剡中諸官

訪舊山陰縣扁舟到海涯故林嗟滿歲春草憶佳期晚景

千峰亂晴江一鳥遲桂香留客處楓暗泊舟時舊石曹娥

篆空山夏禹祠剡溪多隱吏君去道相思

送鄭十二歸廬山

潯陽數畝宅歸臥掩柴關谷口何人在門前秋草閒忘機

賣藥罷不語杖藜還舊筍成寒竹空齋向暮山水流過合

下雲去到人間桂樹花應發因行寄一攀

會稽王處士草堂畫衡霍諸山

粉壁衡霍近羣峰如可攀能令堂上客見盡湖南山青翠

數千仞飛來方丈間歸雲無處滅去鳥何時還勝事日相

對主人常獨閒稍看林壑晚佳氣生重關

謫居千越亭作

天南愁望絶亭上柳條新落日獨歸鳥孤舟何處人生涯投嶺徼世業陷邅塵江入千峰暮花迎百越春秦臺憐白首楚水怨青蘋草色迷征路鶯聲傷逐臣獨醒㘲引笑直道不容身得罪風霜苦全生天地仁青山數行淚滄海一窮鱗牢落機心盡空憐鷗鳥親

留題李明府霅溪水堂

寥寥此堂上幽意復誰論落日無王事青山在縣門雲峰向高枕漁釣入前軒晚竹疎簾影春苔雙屐痕荷香隨坐臥湖色映晨昏虛牖閒生白鳴琴静對言暮禽飛上下春水帶清渾遠岍誰家柳孤煙何處邨謫居投瘴癘離思過

湘沅從此徧舟去誰堪江浦猨

泛南巴至鄱陽題李嘉祐江亭

巴嶠南行遠長江萬里隨不才甘謫去流水亦何之瘴近餘生怯天高酷吏欺青山獨往路芳草未歸時流落還相見悲歡話所思猜嫌傷薏苡愁暮向江蘺柳色迎高塢荷衣照下帷水雲初起重暮鳥遠來遲白首看長劒滄浪寄釣絲沙鷗驚小吏湖月上高枝稚子能吳語新文怨楚辭憐君不得意川谷自逶迤

題獨孤常州湖上林亭

出樹倚朱闌吹鐃引上官老農持鍤拜時稼捲簾看水對登龍净山當建隼寒夕陽湖草動秋色渚田寬渤海人無

事荆州客獨安謝公何足比來往石門難

奉和杜相公新移長興宅呈元相公

間氣生眞宰同心奉至尊功高開北第機靜灌中園入並
蟬冠影歸分騎士喧騘闘漢宮漏家識杜陵原獻替常焚
稿清閑獨樹萱花香逐荀令草色對王孫有地先開閣何
人不掃門江湖難自退明主托元元

同郭叅謀題崔令公廳前竹

不學媚清瀾能依上將壇欉籠低晃過青翠捲簾看得地
移根遠經霜抱節難閑花成鳳實嫩筍長漁竿肅肅軍容
靜蕭蕭郡宇寬細音知角暮疎影上門寒院巷何人在梁
園幾處殘空餘軒屏側歲晚伴任安

賈侍御自會稽使迴篇什盈卷兼蒙見寄一首與

余有挂冠之期因書數事率成十韵

江上逢星使南來自會稽驚年一葉落按俗五花嘶一國

悲蕪梗中原動鼓鼙報恩看鐵劒銜命出金閨風物推歸

緒雲峰發咏題天長百越外潮上小江西鳥道通閩嶺山

光落剡溪暮帆千里思秋夜一猿啼柏署榮新寵莼源憶

故蹊若爲能去此行復草萋萋

耿湋

奉送蔣尚書兼御史大夫東都留守

副國威名重春卿禮樂崇賜珪仍拜下分命遂居東髙旆

翻秋日清鐃引細風蟬希金谷樹草徧德陽宫教用儒門

儉兵依武庫雄誰能千載後周召獨爲公

題清源寺王右丞宅

儒墨兼宗道雲泉舊結廬孟城今寂寞輞水自紆餘内學銷多累西園易故居深房春竹老細雨夜鐘疎塵跡留金地遺文在石渠不知登座客誰得蔡邕書

春日書情寄元校書伯和相國元子

數歲平津邸諸生門出時羇孤力行早疎賤托身遲芳草看無厭青山到未期貧居悲老大春日向茅茨衛玠瓊瑶色禰成鸚鵡資友朋漢相府兄弟謝家詩律合聲雖應勞歌調自悲流年不可駐惆悵鏡中絲

酬張少尹秋日鳳翔西郊見寄

鼎氣孕河汾英英濟舊勳劉生會任俠張率自能文官佐
征西府名齊將上軍秋山遥出浦野鶴暮離群遠恨邊笳
起勞歌騎吏聞廢關人不到荒戍日空曛草木凉初變陰
晴景半分疊蟬臨積水亂燕入高雲麗藻終思我衰鬚亦
爲君閑唫寡和曲庭葉亂紛紛

皇甫冉

賦得荆溪夜湍送蔣逸人歸義興山

驚湍流不極夜渡識雲岑長帶溪沙淺時因山雨深方同
七里路更逐五湖心揭厲朝將夕潺湲古至今花源君若
許雖遠亦相尋

河南鄭少尹城南亭送鄭判官還河東

使臣懷餞席亞尹有前溪客是仙舟裏塗從御苑西泉聲
喧暗竹草色引長堤故絳青山在新田緑樹齊天秋聞别
鵲闗曉候鳴雞應歎沉冥者年年津路迷

送李萬州赴饒州覲省得西字

前程觀拜慶舊館惜招攜荀氏風流日胡家清白齊川迴
吴岫失塞闊楚雲低舉目親魚鳥驚心怯鼓鼙人稀漁浦
外灘淺定山西無限青青艸王孫去不迷

和鄭少尹祭中嶽寺北訪蕭居士越上方

肅事祠靈境尋真到隱居夤緣幽谷遠蕭散白雲餘晚節
持僧律他年著道書海邉曾狎鳥濠上正觀魚寂静求無
相淳和覩太初一峰綿歲月萬姓任盈虚籬隔溪鐘度空

臨澗木疎謝公懷舊壑迴駕復何如

嚴維

奉和劉祭酒傷白馬

沛艾如龍馬來從上苑中棣華恩見賜伯舅禮仍崇鏡點黃金眼花開白雪騣性柔君子德足逸大王風色照鳴珂淨聲連噴玉雄食場恩未盡過隙命旋終練影依雲沒銀鞍向月空仍聞樂府唱猶念代勞功

韋應物

送崔押衙赴相州

禮樂儒家子英雄燕趙風驅雞嘗理邑走馬却從戎白刃千夫闢黃金四海同嫖姚恩顧下諸將指揮中別路憐芳

草歸心伴塞鴻鄴城新騎滿魏帝舊臺空望闕應懷戀遺時貴立功萬方如已靜何處欲輸忠

韓翃

送李中丞赴商州

五馬渭橋東連嘶逐曉風當年紫髯將他日黑頭公不異金吾寵兼齊玉帳雄閉營春雪下吹角暮山空香麝松陰裏寒猨黛色中郡齋多賞事好與故人同

奉送王相公赴幽州

黄閣開帷幄丹墀侍冕旒位高湯左相權總漢諸侯不改周南化仍分趙北憂雙旌過易水千騎入幽州塞草連天暮邊聲動地秋無因隨遠道結束佩吴鈎

常　袞

晚秋集賢院即事寄徐薛二侍郎

穆穆上清居沉沉中秘書金鋪深内殿石甃淨寒渠花樹臺斜倚宮煙閣半虛縹囊披錦繡翠軸卷瓊琚墨潤氷文繭香銷蠹字魚翻黄桐葉老吐白桂花初舊德雙遊處聯芳十載餘北朝崇庾薛西漢盛嚴徐侍講親華扆徵吟步綺疏綴簾金翡翠賜硯玉蟾蜍序秩東南遠離憂歲月除承明期重入江海意何如

盧　綸

晚到盩厔耆老家

老翁曾舊識相引到柴門苦話別時事因尋溪上郭數年

何處客近日幾家存冒雨看禾黍逢人憶子孫亂藤穿井

口流水到籬根惆悵不堪住空山月又昏

過李尊師院

城闕望煙霞常悲仙路賒寧知樵子徑得到葛洪家犬吠

雲間月人行洞裏花留詩千載鶴送客五雲車訪世山空

在觀棋日未斜不知塵俗士誰解種胡麻

酬李叔度秋夜喜相遇因傷關東僚友喪逝見贈

寒月照秋城秋風泉澗鳴過時見蘭蕙獨夜感衰榮酒散

同移席心悲似遠行以愚求作友何德敢稱兄谷變波長

急松枯藥未成恐看新鬢色怯問故人名野澤雲陰散荒

原日氣生羈飛本難定非是惡弦驚

題金吾郭將軍石伏茅堂

雲戟曙沉沉軒墀清且深家傳成棟美堯寵結茅心玉佩多依石油幢亦在林鑪香諸洞煖殿影衆山陰草奏風生筆筵開雪滿琴客從龍闕至僧自虎溪尋瀟灑延清賞周流會素襟終朝惜麈步一醉間華簪

和李舍人昆季咏冬瑰花寄贈徐侍郎

獨鶴寄烟霜雙鸞思晚芳舊陰依謝宅新艷出蕭墻蝶散摇輕露鶯銜入夕陽雨朝勝濯錦風夜劇焚香斷日千層艷孤霞一片光客來驚葉少動處覺枝長布影期高賞留春為遠方嘗聞贈瓊玖叨和愧升堂

和考功員外杪秋憶終南舊宅之作

靜憶溪邊宅知君許謝公曉霜凝耒耜初日照梧桐澗鼠
喧藤蔓山禽竄石叢白雲當嶺雨黃葉繞堦風野果垂橋
上高泉落水中歡榮來自間贏賤賞曾通月滿珠藏海天
晴鶴在籠餘音如可寄願得隱樵東

虢州逢侯釗同尋南觀因贈別

桐見翻惆悵應憐責廢官過深慚祿在識淺賴刑寬獨失
畊農業同思弟姪歡衰貧羞客過卑束會君難放鶴登雲
辟澆花繞石壇興還江海上跡在是非端林密風聲細山
高雨色寒悠然此中別賓僕亦闌干

顧　況

送從兄使新羅

六氣銅渾轉三光玉律調河宫清奉贐海嶽宴來朝地絶
提封八天平錫貢饒揚威輕破□柔服恥征遼曙色黄金
闕寒聲白露潮樓船非習戰驄馬是嘉招帝女飛銜石鮫
人賣淚綃管寧雖不偶徐市倘相邀獨島緣空翠孤霞上
泬寥蟾蜍同漢月蝶蝀異秦橋水豹横吹浪花鷹迥拂霄
晨裝凌莽渺夜泊記招摇幾路通員嶠何山是沃焦颶風
晴汩起陰火暝潜燒鬒髮成新髻人參長舊苗扶桑銜日
近析木帶津遥夢向愁中積魂當别處銷臨川思結綱見
彈欲求鴞共散羲和曆誰差甲子朝滄波伏忠信譯語辨
謳謡鼉鼓鯨鱗隱陰帆鷁首飄南溟垂大翼西海飲文鰩
指景尋靈草排雲聽洞簫封侯萬里外未肯後班超

楊巨源

上劉侍中

命代生申甫承家翊禹湯廟謨膺間氣師律動清霜鐘鼎勲庸大山河誠誓長英姿凌虎視逸步躡龍驤道協陶鈞力恩迴日月光一言弘社稷九命備珪璋政洽軍逾肅仁敷物已康朱門重棨戟丹詔半纖緗位總與龍野師臨涿鹿鄉射鵰天更碧吹角塞仍黃深入平夸落橫行闢漢疆功垂貞石遠名映色絲香斷磧瞻貔虎臨池識鳳皇舞腰凝綺榭歌響拂雕梁杯淨傳鸚鵡裘鮮照鷫鷞吟詩白羽扇校獵綠沈槍風景佳人地烟沙壯士場幕中邀謝監塵下得周郎珠影寒空徹瓊林映座芳王渾知武子陳寔奬

元方富貴春無限歡娛夜未央管絃隨玉帳樽俎奉金章
俗理寧園勸邊城詎假防軍容雄朔漠公望冠巖廊分野
鄰孤島京坻溢萬箱曙華分碣石秋色入漁陽城遠迷鄉
兔川明辨白狼忠賢多感激今古共蒼茫堤擁紅蕖豔橋
分翠柳行軒車紛自至亭館欝相當珍簟迴煩暑層軒引
早涼聽琴知思靜說劍覺神揚佳景燕臺上清輝鄭驛傍
鼓鼙喧北里珪玉映東床敢銜由之瑟甘循賜也墻官微
思假路戰勝黍升堂欲奮三年翼頻迴一夕腸消憂期酒
聖秉興任詩狂海內栽桃李天涯荷稻粱升沉門下意誰
道在蒼蒼

劉禹錫

元和癸巳歲仲秋詔發江陵偏師問罪蠻徼後命

宣慰釋兵歸降凱旋之辰率爾成詠寄荊南嚴司

空

蠻水阻朝宗兵符下渚宫前籌得上策無戰已成功漢使

星飛入夸心草偃同歡謡開竹棧拜舞擲桑弓就日知氷

釋投人念鳥窮網羅三面解章奏九門通卉服聯操袂雕

題盡鞠躬降幡秋練白驛騎晝塵紅火號休傳警機橋罷

直空登山不見□振旆自生風江遠烟波静軍迴氣色雄

佇看聞喜後金石賜元戎

奉送裴司徒令公自東都留守再命太原

星使出關東兵符賜上公山河歸舊國管籥換離宫行色

旌旗動軍聲鼓角雄愛棠餘故吏騎竹見新童漢壘三秋
盡育沙萬里空其如天下望旦夕詠清風

權德輿

與沈十九拾遺同遊棲霞寺上方夜於亮上人院
會宿

偶來人境外心賞幸隨君古殿煙霞夕深山松桂熏巖花
點寒溜石磴掃春雲清淨諸天近喧塵下界分名僧康寶
月上客沈休文共宿東林夜清猿徹曙聞

韓　愈

叉魚招張功曹

叉魚春岸闊此興在中宵大炬然如晝長船縛似橋深窺

沙可數靜榜水無摇刃下何能脱波間或自跳中鱗憐錦
碎當目訝珠銷迸火逃翻近鷩人去暫遥競多心轉細得
雋語時囂潭鼜知存寡舡平覺獲饒交頭疑湊餌騈首類
同條濡沫情雖𡨚登門事已遼盈車欺故事飼犬驗今朝
血浪疑猶沸腥風遠更飄葢江烟冪冪拂棹影寥寥獺去
愁無食龍移懼見燒如棠名既誤釣渭日徒消文客蔦先
賦篙工喜盡謡膾成思我友觀樂憶吾僚自可捐憂累何
須强問鴞

喜雪獻裴尚書

宿寒雲不卷春雪隮如簁騁巧先投隙潛光半入池喜深
将策試鷩𡨚仰簷窺自下何曾汙增髙未覺危比心明可

燭拂面愛還吹妒舞時飄袖欺梅併壓枝地空迷界眼砌
滿接高卑浩蕩乾坤合霏微物象移為祥矜大熟布澤荷
平施已分年華晚猶憐曙色隨氣嚴當酒換灑急聽總知
照耀臨初日玲瓏滴晚澌聚庭看岳聳掃路見雲披陣勢
魚麗遠書文鳥篆奇縱歡羅艷黠列賀擁熊螭履弊行偏
冷門高臥更羸悲嘶聞病馬浪走信嬌兒竈靜愁煙絕絲
繁念鬢衰擬鹽吟舊句授簡慕前規捧贈同燕石多慚失
所宜

和崔舍人詠月

三秋端正月今夜出東溟對日猶分勢騰天漸吐靈未高
烝遠氣半上霽孤形赫奕當躔次虛徐度杳冥長河晴散

霰列宿曙分螢浩蕩英華溢瀟疎物象泠池邉臨倒照簷際送横經花樹參差見皐禽斷續聆牖光窺寂寞砧影伴娉婷幽坐看侵户閑吟愛滿庭輝斜通壁練彩碎射沙星清潔雲間路空凉水上亭净堪分顧兎細得數飄萍山翠相凝緑林煙共冪青過隅鷩桂側當午覺輪停屬思摛霞錦追歡罄縹缾郡樓何處望隴笛此時聽右掖連台坐重門限禁扃風臺觀滉瀁氷砌步青熒獨有虞庠客無由拾落蓂

詠雪贈張籍

只見縱横落寧知遠近來飄飄還自弄歷亂竟誰催座暖銷那怪池清失可猜坳中初盖底垤處遂成堆慢有先居

後輕多去怯迴度前鋪瓦隴發本積墻隈穿細時雙透乘
危忽半摧舞深逢坎井集早值層臺砧練終宜擣階紈未
暇裁城寒裝睥睨樹凍纍莓苔片片匀如剪紛紛碎若挼
定非燖鵠鷺其是屑瓊瑰緯繣觀朝蕚寘茫矚晚埃當窓
恒凛凛出户即皚皚壓野縈芝菌傾都委貨財娥嬉華蕩
瀁胥怒浪崔嵬磧迴疑浮地雲平想輾雷隨車翻縞帶逐
馬散銀杯萬屋汗漫合千株照曜開松篁遭挫抑糞壤獲
饒培隔絶門庭遽擠排陛級纔岂堪禆嶽鎮强欲效鹽梅
隱匿瑕疵盡包羅委瑣該誤雞宵呃喔驚雀暗徘徊浩浩
過三暮悠悠布九垓鯨鯢陸死骨玉石火炎灰厚慮塡溟
壑高愁撥斗魁日輪埋欲側坤軸壓將頹岸類長蛇攪陵

猶巨象陋水宫夸𩞃黠木氣怯豚胎著地無由卷連天不

易推龍魚冷蟄苦虎豹餓號哀巧借奢華便專繩困約災

威貪陵布被光肯離金壘賞玩捐他事歌謡放我才狂教

詩律斫興與酒陪鰓惟子能諳耳諸人得語哉助留風作

黨勸坐火為媒雕刻文刀利搜求智綱恢莫煩相屬和傳

示及提孩

送李尚書赴襄陽

帝憂南國切改命付忠良壞畫星摇動旗分獸簸揚五營

兵轉肅千里地還方控帶荆門遠飄流漢水長賜書寛屬

部戰馬隔鄰疆縱獵雷霆迅觀棊玉石忙風流峴首客花

艷大堤倡富貴由身致誰教不自强

和席八十二韵

絳闕銀河曙東風右掖春官隨名共美花與思俱新綺陌

朝遊間綾衾夜直頻橫門開日月高閣切星辰庭變寒前

草天銷霽後塵溝聲通苑急柳色壓城匀綸綍謀猷盛丹

青步武親芳菲含斧藻光景暢形神傍砌看紅藥巡池詠

白蘋多情懷酒伴餘事作詩人倚玉難藏拙吹竽久混真

坐慙空自老江海未還身

和侯協律詠笋

竹亭人不到新笋滿前軒乍出真堪賞初多未覺煩成行

齊嫋嫋環立比兒孫驗長常攜尺愁乾屢側盆對吟忘膳

飲偶坐變朝昏滯雨膏腴濕驕陽氣候温得時方張王挾

勢欲騰騫見角牛羊没看皮虎豹存攢生猶有隙散布忽無垠詎可持籌筭誰能以理言縱横公占地羅列暗連根狂剽時穿壁群强幾觸籬深潛如避逐遠去若追奔始訝妨人路還驚入藥園萌芽防寖大覆載莫偏恩已復侵危砌非徒出短垣身寧虞瓦礫計擬擠蘭蓀且欵高無数庸知上幾番短長終不較先後竟誰論外恨苞藏密中仍節目繁暫須迴步履要取助盤飧穣穣疑翻地森森競塞門戈矛頭戢戢蛇虺首掀掀婦懦咨料拺兒癡謁盡髠侯生來慰我詩句讀驚寃屬和才將竭呻吟至日曛

送鄭尚書赴南海

番禺軍府盛欲說暫停杯蓋海旂幢出連天觀閣開衙時

龍戶集上日馬人來風靜鷁鷁去官廉蚌蛤迴貨通師子
國樂奏武王臺事事皆殊異無嫌屈大才

奉和杜相公太清宮紀事陳誠上李相公一十六
韻

耒耜興姬國輴欙建夏家在功誠可尚於道詎爲華象帝
威容大仙宗寶曆賒衛門羅戟槊圖壁雜龍蛇禮樂追尊
盛乾坤降福遐四真皆齒列二聖亦肩差陽月將之首陰
泉氣未牙殿階鋪水碧庭炬坼金葩紫極觀忘倦青詞奏
不譁噌吰宮夜闢嘈囐鼓晨檛褎味陳奚取名香薦孔嘉
垂祥紛可錄俾壽浩無涯貴相山瞻峻清文玉絕瑕代公
聲問遠攝事敬恭加皎潔當天月葳蕤捧日霞唱妍酬亦

麗俛仰但稱嗟

柳宗元

同劉二十八院長述舊言懷感時書事奉寄澧州張員外使君五十二韵之作因其韵增至八十通贈

弱歲遊玄圃先容幸棄瑕名勞長者紀文許後生誇鶵翼嘗披隼蓬心類倚麻繼酬天禄署俱尉甸侯家憲府初收迹丹墀共拜嘉分行參瑞獸傳點亂宫鴉執簡寧循枉持書每去邪鳳鸞標魏闕熊武負崇牙辨色宜相顧傾心自不譁金鑪仄流月紫殿啓晨緅未竟遷喬樂俄成失路嗟還如渡遼水更似謫長沙别怨秦城暮途窮越嶺斜訟庭

閑枳棘候吏逐麈麋三載皇恩暢千年聖曆遐朝宗延駕
海師役罷梁溠京邑捜貞幹南中歩渥注世惟材是梓人
仰驥中騂欻刺苗人地仍逾贛石崖禮容垂琿琫戍儁響
鉦鍜寵即郎官舊威從太守加建旟翻鷙鳥負弩繞文蛇
册府榮八命中闈盛六珈肯隨胡質矯方惡馬融奢褒德
符新換懷仁道併遮俗嫌龍節晚朝訝介圭賖禹貢輸苞
匭周官賦秉秖雄風吞七澤異産控三巴既事觀農稼因
時展物華秋原被蘭葉春渚漲桃花令肅軍無擾程懸市
禁賁不應虞竭澤寧復嘆棲苴蹀躞騶先駕籠銅鼓報衙
染毫東國素濡印錦溪砂貨積舟難泊人歸山倍畬吴歈
工折柳楚舞舊傳芭隱几松爲曲傾罇石作汙寒初榮橘

柚戛首薦枇杷祀變荆巫禱風移魯婦髽已聞施愷悌還
覩正奇衺慕友慚連璧言姻喜附葭沈埋全死地流落半
生涯入郡腰恒折逢人手盡乂敢辭新恥汙唯恐長疵瑕
善囶迷氷火齊諧笑柏塗東門牛屢飯中散蝨空爬逸戲
看猿鬬殊音辨馬撾渚行狐作孽林宿鳥爲蹉同病憂能
老新聲厲似姱豈知千仞墜秖爲一毫差守道甘長絶明
心欲自剄貯愁聽夜雨隔淚數殘葩梟族音常聒豺羣喙
競呀岸蘆翻毒蜃䕸竹鬬狂犘野鶩行看弋江魚或共扠
瘴氛恒積潤訛火亟生煆耳靜煩喧蟻魂驚怯怒蛙風枝
散陳葉霜蔓綖寒瓜霧密前山桂氷枯曲沼遮思鄉比莊
舄遯世遇眭夸漁舍茨荒艸邨橋臥古槎御寒衾用罽挹

水勺仍柳窗蠹惟潛蝎甍涎競綴蝸引泉開故竇護藥插
新笆樹恠花因㰂蝨憐目待蝦騍歌喉易嘎饒醉臭成皷
曳捶牽羸馬垂簑特艾豭已看熊類鼈猶訏雉爲鶵誰採
中原菽徒巾下澤車俚兒供苦筍傖父饋酸樝勸策扶危
杖邀持當酒茶道流徵短褐禪客會袈裟香飯舂菰米珍
蔬折五茄方期飲甘露更欲吸流霞屋鼠從穿穴林狙任
攫拏春衫裁白紵朝帽挂烏紗屢歎恹恹綱頻搔肅肅罝
袁榮因蓂莢盈缺幾蝦蟇路識溝邊柳城聞壠上笳共思
捐珮處千騎擁青緺

弘農公以碩德偉材屈於誣枉左官三歲復爲大
僚天監昭明人心感悦宗元竄伏湘浦拜賀末由

謹獻詩五十韻以畢微志

知命儒爲貴時中聖所藏處心齊寵辱遇物任行藏關識

新安地封傳臨晉鄉挺生推豹蔚遐步引龍驤幹有千尋

竦精聞百鍊鋼茂功期舜禹高韵狀羲皇足逸詩書囿鋒

遥翰墨場雅歌張仲德頌祝魯侯昌憲府初騰價神州轉

耀鏗右言盈簡策左轄備條綱響切晨趨佩煙濃近侍香

司儀六禮洽論將七兵陽合樂來儀鳳尊祠重籲羊鄉才

優柱石公器擅巖廊峻節臨衡嶠和風滿豫章人歸父母

育郡得股肱良細故誰留念煩言肯過防璧非真盜客金

有誤持郎龜虎休前寄貂蟬冠舊行訓刑方命吕理劇復

推張直用明銷惡還將道勝剛敢逾齊國社恩比召南棠

希怨猶逢怒多容競忤强火炎侵琬琰鷹擊謬鸞凰刻木
終難對焚芝未改芳遠遷逾桂嶺中徙滯餘杭顧土雖懷
趙知天詎畏匡論嫌齊物誕騷愛遠遊傷麗澤周羣品重
明照萬方斗間收紫氣臺上挂清光福爲深仁集妖從盛
德禳秦民啼畝敵周氏舞康莊彩綬還垂艾華簪更截肪
高居還鼂邑遠傳好書王碧樹環金谷丹霞暎上陽留歡
唱容與要醉對清涼故友仍同里常僚每合堂淵龍過許
邵水鯉吊王祥玉漏天門靜銅駝御路荒澗瀍秋瀲灔嵩
少暮微范遵渚徒云樂冲天自不遑降神終入輔種德會
明敫獨棄傖人國難窺夫子牆通家殊孔李舊好即潘楊
世議排張摯時情棄仲翔不言縲紲枉徒恨纆嶶長賈賦

愁單闕鄒書怯大梁炯心那自是貽世賴佯狂鳴玉機全
息懷沙事不忘戀恩何敢死垂淚對清湘

酬韶州裴曹長使君寄道州吕八大使因以見示

二十韻一首

金馬嘗齊入銅魚亦共頒疑山看積翠湞水想澄灣標牓
同驚俗清明兩照姦秉軺參孔僅按節服侯狦賈傅辭寧
切虞童髮未鬛秉心方的的騰口任嚬嚬聖理高懸象爰
書降罰鍰德風流海外和氣滿人寰禦魅恩猶貸思賢淚
自潸在亡均寂寞零落閉惸鰥夙志隨憂盡殘肌觸瘴瘝
月光搖淺瀨風韻碎枯菅海俗衣猶卉山夸髻不鬟泥沙
潛虺蜮榛莽鬬豺貜循省誠知懼安排秖自憪食貧甘莽

鹵被褐謝爛熇遠物裁青蜀時珍饌白鷳長捎楚客珮未
賜大夫環異政徒云仰高蹤不可攀空勞慰顛頷妍唱劇
妖嫺

酬婁秀才將之淮南見贈之什

遠棄甘幽獨誰言值故人好音憐鎩羽濡沫慰窮鱗困志
情惟舊相知樂更新浪遊輕費日醉舞詎傷春風月歡寧
間星霜分益親已將名是患還用道爲鄰機事齊飄瓦嫌
猜比拾塵高冠余肯賦長鋏子忘貧晼晚驚移律睽攜忽
此辰開顏時不再絆足去何因海上銷魂別天邊弔影身
秖應西澗水寂寞但垂綸

酬婁秀才寓居開元寺早秋月夜病中見寄

客有故園思瀟湘生夜愁病依居士室夢繞羽人丘味道
憐知止遺名得自求辟空殘月曙門掩候蟲秋謬委雙金
重難徵雜珮酬碧霄無枉路徒此助離憂

奉和楊尚書郴州追和故李中書夏日登北樓十
韻之作依本詩韻次用

郡樓有遺唱新和敵南金境以道情得人期幽夢尋層軒
隔炎暑迴野恣窺臨鳳去徽音續芝焚芳草深游鱗出陷
浦唳鶴繞仙岑風起三湘浪雲生萬里陰宏規齊德宇麗
藻競詞林靜契分憂術閑同遷客心驊騮當遠步鶗鴂莫
相侵今日登高處還聞梁父吟

韋使君黄溪祈雨見召從行至祠下口號

驕陽愆歲事良牧念菑畬列騎依殘月鳴笳度碧虛稍窮
樵客路遥駐野人居谷口寒流净叢祠古木疎焚香秋霧
濕奠玉晚光初肸蠁巫言報精誠禮物餘惠風仍偃草靈
雨會隨車俟罷非真吏翻慙奉簡書

唐人五言排律選第七卷終

唐人五言排律選第八卷

元李崶菴先生　選定

元　稹

紀懷贈李六户曹崔二十功曹五十韻

昔冠諸生首初因三道徵公卿碧雞會名姓白麻稱日月光搖射煙霄志漸弘榮班張錦繡諫路賜𧀱藤便欲呈肝膽何言犯股肱椎埋衝斗劒清徹瑩壺氷赤縣纔分務青驄已過乘因騎度海鶻擬殺蔽天鵬縛虎聲空壯連鼇力未勝風翻波竟𡨚山壓勢逾崩僇辱徒相困蒼黄性不能酣歌離峴頂負氣入江陵華表當蟾魄高樓挂玉繩角聲

悲禕蕩城影暗稜層軍幕威容盛官曹禮數競心雖出雲
鶴身尚觸籠鷹踈足良廿分排衙苦未曾通名參將校抵
掌見親朋呴沫求涓滴滄波怯斗升荒居鄰鬼魅羸馬步
硗磽白草堂簷短黃梅雨氣烝霑黏經汗席颭閃盡油燈
夜怯餐膚蚋朝煩拂面蠅過從愁厭賤專靜畏猜仍旅寓
誰堪託官聮自可憑甲科崔並鶩柱史李齊昇共展排空
翼俱遭激遠矰他鄉元易感同病轉相矜投分多然諾忘
言少愛憎誓將探肺腑恥更辨淄澠會宿形骸遠論交意
氣增一心吞渤澥戮力拔嵩恒語到磨圭角疑消破弩癥
吹噓期指掌患難許擔簦鍛翮鸞棲棘藏鋒箭在棚雪中
方覩桂木上莫施罾且泛龕淞水兼過彼病僧有時鞭款

段盡日醉僜僜躡屐看秧稻敲船和猱菱叉魚江火合喚
客谷神應嘯傲雖開口幽憂復滿膺望雲鰭撥剌透匣色
騰凌每思潢池寇猶稽赤族懲夔龍勞算畫貔虎帶威稜
逐鳥忠潛奮懸旌意遠凝弢弓思徹札絆驥悶牽緪運甓
調辛苦聞雞屢寢興閒隨人兀兀夢聽鼓鼟鼟班筆行看
擲黄陂莫漫澄騏驎高閣上須及壯時登

酬段丞與諸𦉘流會宿弊居見贈二十四韻次用

本韻

鳴局寧虛日閑窗任廢時琴書甘畫棄園井詎能窺運石
疑填海爭籌憶坐帷赤心方苦鬬紅燭已先施蛇勢縈山
合鴻聯度嶺遲堂堂排直陣衮衮逼羸師懸刼偏深猛回

征特險巇旁攻百道進死戰萬般爲異日乡黄隊今宵黑
白棊斫營看迥點對壘重相持善敗雖稱怯驕盈最易欺
狼牙當必碎虎口禍難移乘勝同三捷扶顛望一詞希因
送目便敢忤指縱奇退引防邊策雄吟斬將詩眠床都浪
置通夕共忘疲曉雉風傳角寒藂雪壓枝繁星收玉版殘
月耀氷池僧請聞鐘粥賓催下藥巵歔炎餘炭在蠟淚短
光衰俛仰嗟陳跡殷勤卜後期公私牽去住車馬各支離
分作終身癖兼從是事隳此中無限興唯怕俗人知

酬竇校書二十韻次本韻

鷗鷺元相得杯觴每共傳芳遊春爛熳晴望月團圓調笑
風流劇論文屬對全賞花珠並綴看雪璧常連竹寺荒唯

好松齊小吏憐潛投孟公轄狂乞莫愁錢塵土抛書卷槍
籌弄酒權令誇齊箭道力鬬抹弓弦但喜添樽滿誰憂泛
桂然漸輕身外役渾證飲中禪及我辭雲陛逢君仕圃田
音徽千里斷魂夢兩情偏足聽猿啼雨深藏馬腹鞭官釀
半清濁夸饌雜腥膻顧影無依倚甘心守静專那知暮江
上俱會落英前款曲生平在悲凉歲序遷鶴方同北渚鴻
又過南天麗句慙虛擲沉機嬾强牽粗酬珍重意工拙定
相懸

送王協律遊杭越十韻

去去莫悽悽餘杭接會稽松門天竺寺花洞若邪溪浣渚
逢新艷蘭亭識舊題山經秦帝葬壘辨越王棲江樹春常

早城樓月易低鏡澄湖面㟏雲疊海潮齊章甫官人戴蓴
絲姹女提長干迎客鬧小市隔烟迷紙亂紅藍壓甎凝碧
玉泥荆南無抵物來日爲儂攜

送東川馬逢侍御使回十韻

風水荆門闊文章蜀地豪眼青賓禮重眉白衆情高思勇
曾吞筆投虛慣用刀詞鋒倚天劍學海駕雲濤南郡傳紗
帳東方讓錦袍旋吟新樂府便續古離騷雪岸猶封草春
江欲滿槽餞筵君置醴隨俗我餔糟莫歎巴三峽休驚鬢
二毛流年等頭過人世各勞勞

見人詠韓舍人新律詩因有戲贈

喜聞韓古調兼愛近詩篇玉磬聲聲徹金鈴箇箇圓高疎

明月下細膩早春前花態繁於綺閨情轉似綿輕新便妓
唱凝妙入僧禪欲得人人伏須教面面全延之苦拘檢摩
詰好因緣七字排居敬千詞敵樂天殷勤閒太祝好去老
通川莫慢裁章句須饒紫禁仙

奉和權相公行次臨闕驛逢鄭僕射相公歸朝俄

頃分途因以奉贈詩十四韻

帝下赤霄符搜求造化爐中台歸内座太一直南都黄覇
乘軺入王尊叱馭趨萬人東道送六纛北風驅棧閣纔傾
蓋闗門已合繻貫魚行邐迤交馬語踟蹰去速熊羆兆來
馳虎豹夫昔憐三易地今訝兩分途别路環山雪離章運
寸珠鋒鋩斷犀兕波浪没蓬壺區宇聲雖動淮河孽未誅

將軍遥策畫師氏密訏謨漢上壇仍築褒西陣再圖公方先二□何暇進愚儒

獻滎陽公詩五十韻

鄭驛騎翩翩丘門子弟賢文翁開學日正禮騁途年駿骨黄金買英髦絳帳延趨風皆蹀足侍坐各差肩解榻招徐穉登樓引仲宣鳳攢題字扇魚落講經筵盛氣河包濟貞姿嶽柱天皋夔當五百鄒魯重三千科斗翻騰取關雎教授先篆垂朝露滴詩綴夜珠聯逸禮多心匠焚書舊日傳陳遵修尺牘阮瑀讓飛牋中的顏初啓抽毫踵未旋森羅萬木合屬對百花全詞海跳波湧文星拂坐懸戴馮遥避席祖逖後施鞭西蜀凌雲賦東陽詠月篇勁芟鰲足斷精

貫蝨心穿浩汗神彌王飄颻興欲仙氷壺通皓雪綺樹耿
晴煙驅駕雷霆走鋪陳錦繡鮮清機登突奥流韻溢山川
墨客膺潛服談賓膝誤前張鱗定摧敗折角反矜憐句
推瑱玉聲聲播管絃纖新撩造化須洞斡陶甄衞磬琤鎗
極齊竽僭濫偏空虛槧炙輠點竄許懷鉛儳色秋來草哀
吟雨後蟬自傷尫慘沮何暇思幽㕘喜到樽罍側愁親几
案邊菁華知竭矣肺腑尚求旃抵滯渾成醉徘徊轉慕羶
老歎才漸少閑苦病相煎瓦礫難追琢芻蕘分棄捐湯勞
成懇懇那得美娟娟拙劣仍非速迂愚且異專移時停筆
硯揮景乏戈鋋儀舌忻猶在舒帷誓不褰會將連獻楚深
恥謬遊燕蒲有臨書葉韋充讀易編泌須披見寶經擬帶

畊田入霧長期潤持朱本望研輪轅呈曲直鑿枘取方圓
呼吸寧徒爾霑濡豈浪然過簫資響亮隨水漲淪漣惜日
看圭短偷光恨壁堅勤勤彫朽木細細導蒙泉傳癖今應
甚頭風昨已痊丹青公舊物一爲變蚩妍

酬樂天江樓夜吟稹詩因成三十韻

忽見君新句君吟我舊篇見當巴徼外吟在楚江前思鄙
寧通律聲清遂叩﨤三都時覺重一顧世稱妍排韵曾遥
荅分題幾共聯昔憑銀翰寫今賴玉音宣布鼓隨椎響坯
泥仰匠圓鈴因風斷續珠與調牽綿阮籍驚長嘯商陵怨
別絃猨羞啼月峽鶴讓警秋天志士潛興感高僧暫廢禪
興飄滄海動氣合碧雲連點綴工微者吹嘘勢特然休文

徒倚檻彥伯浪迴船妓樂當筵唱兒童滿巷傳改張思婦
錦騰躍賈人箋魏拙虛教出曹風敢望痊定遭才子笑恐
賺學生癲裁什情何厚飛書信不專隼猜鴻蓄縮虎横犬
迍邅水墨看雖久瓊瑶喜尚全纔從魚裏得便向市頭懸
夜置堂東序朝鋪座右邊手尋韋欲絶淚滴紙還穿甘蔗
銷殘醉醍醐醒早眠深藏那遽滅同咏苦無緣雅羨詩能
聖終嗟藥未仙五千誠遠道四十已中年暗魄多相夢衰
容每自憐卒章還慟哭蚊蚋溢山川

酬樂天待漏入閣見贈

未勘銀臺契先排浴殿關沃心因特召丞旨絶常班颭閃
才人袖嘔鴉軟舉鐶宮花低作帳雲從積成山密視樞機

草偷瞻咫尺顏思垂天語近對久漏聲閑丹陛曾同立金鑾恨獨攀筆無鴻業潤袍媿紫文殷河水通天上瀛洲接世間謫仙名籍在何不重來還

春六十韻

節應寒灰下春生返照中未能消積雪已漸少回風迎氣邦經重齋誠帝念隆龍驤紫宸北天壓翠壇東仙仗揺佳彩榮光荅聖衷便從威仰座隨入大羅宫先到璇淵底偷穿瑇瑁櫳館娃朝鏡晚太液曉氷融撩摘芳情遍搜求好處終九霄渾可可萬姓尚忡忡晝漏頻加箭宵暉欲半弓驅令三殿出乞與百蠻同直自方壺島斜臨絶漠戎南巡暖珠樹西轉麗崆峒度嶺梅甘柝潛泉脈暗洪悠悠鋪塞

草冉冉着江楓蠶役投筐妾耘催荷篠翁既蒸雞發地仍
送嫩歸鴻約略寰區宇殷勤綺鎬豐華山青黛撲渭水碧
沙蒙宿露清餘靄晴煙塞迴空燕巢纔點綴鶯舌最惺惚
膩粉梨園白臙脂桃徑紅欝金垂嫩柳晉晝委高籠地甲
門闌大天開禁掖崇層臺張舞鳳閣道架飛虹麴蘗調神
醴鴳鸞竭志忠歌聲齊錫宴車服奬庸功俊造興時用閭
閻賀歲豐倡樓歌細細農野麥芃芃貴主騰矜盛豪家恃
賴雄偏露打毬彩頻得鑄錢銅專殺擒楊若殊恩赫鄧通
女孫新在内嬰稚近封公游衍關心樂詩書對面聾盤筵
饒異味音樂斥庸工酒愛油衣淺杯誇瑪瑙烘挑鬟玉釵
髻刺繡寶裝攏啓齒呈編貝彈絲動削葱醉圓雙媚靨波

溢兩明瞳但賞歡無極那知恨亦充洞房閒窈窕庭院獨
蔥蘢謝砌縈殘絮班窓網曙蟲望夫身化石爲伯首如蓬
顔我沉憂士騎他老病驄靜街乘曠蕩初日接曈曨飲敗
肺常渴魂驚耳更聡虛逢好陽艶其那苦昏懵僶俛還移
步持疑又省躬慵将疲頳貿漫走倦羸僮季月行當暮良
辰坐歎窮晉悲焚介子魯頋浴沂公燧改鮮妍火陰繁晻
瀸桐瑞雲低㕦㕦香雨潤濛濛藥溉分窠数籬裁備幼冲
種菼憐見葉護笋奠成筒有夢多爲蝶因蒐定作熊漂沉
隨壞芥榮茂委蒼穹震動風千變晴和鶴一冲丁寧搴芳
侶須識未開叢

飲致用神麴酒三十韻

七月調神麴三春釀綠醹雕鐫荆玉盞烘透内丘瓶試滴
盤心露疑添案上螢滿尊凝止水祝地落繁星翻陋瓊漿
濁唯聞石髓馨氷壺通用筆金鏡徹雲屏雪暎煙光薄霜
涵霽色泠蚌珠懸皎𣆶桂鬼倒瀴溟晝灑蟬將飲宵暉鶴
誤聆琉璃驚太白鍾乳訝微青詎敢辭濡首幷憐可鑒形
行當遣俗累便得造禪扃何憚説千日甘從過百齡但令
長泛蟻無復恨漂萍膽壯還增氣機忘反自冥甕眠思畢
卓糟籍憶劉伶髣髴中聖日希夷夾大庭眼前須底物座
右任他銘刮骨都無痛如泥未擬停殘觴猶漠漠華燭已
熒熒真性臨時見狂歌半睡聽喧闐争意氣調笑學娉婷
酩酊馬知極羈離忽暫寧雞聲催欲曙蟾影照初醒咽絶

鴿啼竹蕭撩雁去汀遥城傳漏箭鄉寺響風鈴楚澤一爲
梗堯堦屢變蓂醉荒非獨此愁夢幾曾經每恥窮途哭今
那客淚零感君澄醴酒不遣渭和涇

度門寺

北祖三禅地西山萬樹松門臨溪一帶橋暎竹千重剪鑿
基階正包藏景氣濃諸岩分院宇雙嶺抱垣墉舍利開層
埳香爐占小峰道場居士置經藏大師封太子知栽植神
王守要衝由旬排講座丈六寫真容佛語迦陵說僧行猛
虎從修羅擡日拒樓至拔霜鋒畫井垂枯朽穿池救喚喁
蕉非難敗壞槿喻暫丰茸寶界留遺事金棺滅去蹤鉢傳
烘瑪瑙石長翠芙蓉影帳紗全落繩床土半壅荒林迷醉

象危辟亞盤龍行色憐初月歸程待晚鐘心源雖了了塵世苦憧憧宿蔭高聲讖齋糧併力舂他生再來此還願總相逢

大雲寺二十韵

地勝宜臺殿山晴離垢氛現身千佛國護世四王軍碧耀高樓瓦赬飛半辟文鶴林縈古道雁塔没歸雲幡影中天飈鐘聲下界聞攀蘿極峰頂游目到江濆馴鴿閒依綴調猿静守羣虎行風捷獵龍睡氣氛氳穫稻禪衣卷燒畬劫火焚新英蜂采掇荒草象耕耘鉢付靈童洗香教善女薰果枝低晉晉花雨澤雰雰示化維摩疾降魔力士勳聽經神變見説偈鳥紛紜上境光猶在深溪暗不分竹籠烟欲

瞑松帶日餘曛真諦成知別迷心尚有云多生沉五蘊宿
習樂三墳諭鹿車雖設如蠶緒正棼且將平等義還奉聖
明君

白居易

代書詩一百韻寄微之

憶在貞元歲初登典校司身名同日授心事一言知肺腑
都無隔形骸兩不羈疎狂屬年少閒散爲官卑分定金蘭
契言通藥石規交賢方汲汲友直每偲偲有月多同賞無
盃不共持秋風拂琴匣夜月卷書帷高上慈恩塔幽尋皇
子陂唐昌玉蕊會崇敬牡丹期笑勸迂辛酒閒吟短李詩
儒風愛敦質佛理尚元師度日曾無悶通宵靡不爲雙聲

聯律句八面對宮綦往往遊三省騰騰出九逵寒消直城
路春到曲江池樹暖枝條弱山晴彩翠奇峯攢石綠點柳
宛麴塵絲岸草煙鋪地園花雪壓枝早光紅點耀新溜碧
逶迤幄幙侵堤布盤筵占地施徵伶皆絶藝選妓悉名姬
粉黛凝春態金鈿耀水嬉風流誇墜髻時世鬪啼眉密坐
隨歡促華樽逐勝移香飄歌袂動醉落舞釵遺籌插紅螺
椀觥飛白玉巵打嫌調笑易飲訝卷波遲殘席諠譁散歸
鞍酩酊騎酡顏烏帽倒醉袖玉鞭垂紫陌傳鐘鼓紅塵塞
路岐幾時曾暫别何處不相隨荏苒星霜换迴環節候推
兩衙多請假三考欲成資運偶千年聖天成萬物宜皆當
少壯日同惜盛明時光景嗟虛擲雲霄竊闇窺攻文朝矻

砣講學夜孜孜築目穿如札鋒毫銳若錐繁張獲鳥網堅
守釣魚坻並受夔龍薦齊陳晁董詞萬言經濟略三策太
平基中第爭無敵專場戰不疲輔車排勝陣犄角峯降旗
雙闕紛容衛千僚儼等衰恩隨紫泥降名向白麻披旣在
高科選還從好爵縻東垣君諫諍西邑我驅馳再喜登烏
府多慙侍赤墀官班分内外遊處遂參差每列鵷鸞序偏
瞻獬豸姿簡威寒凜冽衣繡葳蕤正色摧强禦剛腸嫉
喔咿常憎持禄位不擬保妻兒養勇當除惡輸忠在滅私
下鞲驚燕雀當道懾狐狸南國人無怨東臺吏不欺理寃
多定國切諫甚辛毗造次行於是平生志在兹道將心共
直言與行兼危水闇波翻覆山藏路險巇未爲明主識已

被倖臣疑木秀遭風折蘭芳遇霰萎千鈞勢易壓一柱力
難支騰口因成痏吹毛遂得疵憂來吟貝錦謫去咏江蘺
邂逅塵中遇殷勤馬上辭賈生離魏闕王粲向荆夸水度
清源寺山經綺季祠心摇漢皐珮淚墮峴山碑驛路緣雲
際城樓枕水湄思鄉多繞澤望闕獨登陴林晚青蕭索江
平緑渺瀰野秋鳴蟋蟀沙冷聚鸕鷀官舍黄茅屋家人苦
竹籬白醪充夜酌紅粟備晨炊寡鶴摧風翮鰥魚失水鬐
鬧雛啼鵩鳴涼葉墜相思一點寒燈滅三聲曉角吹藍衫
經雨故驄馬卧霜羸念涸誰濡沫嫌醒自歠醨耳垂無伯
樂舌在有張儀負氣衝星劍傾心向日葵金言自銷鑠玉
性肯磷緇伸屈須看蠖窮通莫問龜定知身是患當用道

為醫想子今如彼嗟予獨在斯無僇當歲杪有夢到天涯
坐阻連襟帶行乖接履綦潤銷衣上霧香散室中芝念遠
緣遷貶驚時為别離素書三往復明月七盈虧舊理非難
到餘欢不可追樹依興善老草傍静安衰前事思如昨中
懐寫向誰北邨尋古柏南宅訪辛夷此日空搔首何人共
解頤病多知夜永年長覺秋悲不飲長如醉加飡亦似飢
狂吟一千字因使寄微之

叙德書情四十韻上宣歙翟中丞

元聖生乘運忠賢出應期還將稽古力助立太平基土控
吳兼越川連歙與池山河地襟帶軍鎮國藩維廉察安江
甸澄清肅海夷股肱分外守耳目付中司楚老歌來暮秦

人詠去思望如時雨至福是歲星移政静民無訟刑行吏
不欺撟譲驚主寵陰德畏人知白玉慙温色朱繩譲直辭
行爲時領袖言作世蓍龜盛幕招賢士連營訓鋭師光華
下鵷鷺氣色動熊羆出入麾幢引登臨劍戟隨好風迎解
榻美景待搴帷晴野霞飛綺春郊柳宛絲城烏驚畫角江
鴈避紅旗藉草朱輪駐攀花紫綬垂山宜謝公屐洲稱柳
家詩酒氣和芳杜絃聲亂子規分毬齊馬首列舞匝蛾眉
醉惜年光晚歡憐日影遲迴塘排玉棹歸路擁金羈自顧
龍鍾者嘗蒙噢咻之仰山塵不讓涉海水難爲身忝鄉人
薦名因國士推提携增善價拂拭長妍姿射策端心術遷
喬整羽儀幸穿楊遠葉謬折桂高枝佩德潛書帶銘仁闇

勒肌鞠躬趨館舍拜手挹階墀霄漢程雖在風塵迹尚卑
弊衣羞素布敗屋蟄茅茨養乏晨昏膳居無伏臘資盛時
貧可恥壯歲病堪嗤擢第名方立躭書力未疲磨鉛重剸
割策蹇再奔馳相馬須憐瘦呼鷹正及飢扶摇重即事會
有荅恩時

渭邨退居寄禮部崔侍郎翰林錢舍人詩一百韻

聖代元和歲閒居渭水陽不才甘命舛多幸遇時康朝野
分倫序賢愚定否臧重文疎卜式尚少棄馮唐由是推天
運從兹樂性場籠禽放高翥霧豹得深藏世慮休相擾身
謀且自强猶須務衣食未免事農桑薙草通三徑開田占
一坊晝扉扃白版夜碓掃黄粱隙地治場圃閒時糞土墻

枳籬編刺夾薤壟擘科秧穡力嫌身病農心願歲穰朝衣
典杯酒佩劒博牛羊困倚栽松鍤飢提採蕨筐引泉來後
澗移竹下前岡生計雖勤苦家資甚渺茫塵埃常滿甑錢
帛少盈囊弟病仍扶杖妻愁不出房傳衣念襤褸舉案笑
糟糠犬吠村昏鬧蟬鳴織婦忙納租看縣帖輸粟問軍倉
夕歇攀村樹秋行遶野塘雲容陰慘澹月色冷悠揚蕎麥
鋪花白棠梨間葉黄早寒風摵摵新霽月蒼蒼園菜迎霜
死庭蕪過雨荒簷空愁宿燕壁闇思啼螿眼爲看書損肱
因運甕傷病斂渾似木老髪欲成霜少睡知年長端憂覺
夜長舊遊多廢忘往事偶思量忽憶烟霄路常陪劍履行
登朝思檢束入閤學趨蹌命偶風雲會恩覃雨露霶沾枯

發枝葉磨鈍起鋒鋩崔閤連鑣騖錢兄接翼翔齊竽混韶
夏燕石厠琳瑯同日升金馬分宵直未央共詞加寵命合
表謝恩光廏馬驕初跨天厨味始嘗朝晡頒餅餌寒暑賜
衣裳對秉鵝毛筆俱含雞舌香青縑衾薄絮朱裏幕高張
畫食恒連案宵眠每並床差肩承詔旨連署進封章起草
偏同視疑文最共詳滅私容黜竄窮理析毫芒便共輸肝
膽何曾異肺腸慎微參石奮决密學張湯禁闥青交瑣官
垣紫界墻井欄排菡萏簷瓦鬬鴛鴦樓閣題鵁鶄池心浴
鳳凰風枝萬年動温樹四時芳宿露凝金掌晨暉上璧璫
砌筠塗綠粉庭果摘紅漿曉從朝興慶春陪宴柏梁傳呼
鞭索索拜舞珮鏘鏘仙仗環雙闕神兵闢兩廂火翻紅尾

斾氷卓白杆槍滉瀁經魚藻深沈近浴堂分庭皆命婦對
面即儲皇貴主冠浮動親王轡鬧裝金鈿相照耀朱紫間
熒煌毬簇桃花綺歌巡竹葉觴窪銀中貴帶昂黛内人粧
賜禊東城下頒酺曲水傍樽罍分聖酒妓樂借仙倡淺酌
看紅藥徐吟把緑楊宴迴過御陌行歇入僧房白鹿原東
郭青龍寺北廊望春花景暖避暑竹風凉下直閑如社尋
芳醉似狂有時還後到無處不相將雞鶴初雖雜蕭蘭久
乃彰來燕隗貴重去魯孔悽惶聚散期難定飛沈勢不常
五年同晝夜一别似参商屈折孤生竹銷摧百鍊鋼途窮
任憔悴道在肯傍徨尚念遺簪折仍憐病雀瘡卹寒分賜
帛救餒減餘糧藥物來盈裹書題寄滿箱殷勤翰林主珍

重禮闈郎喣沫誠多謝摶扶豈所望提携勞氣力吹歔不

飛揚拙劣才何用龍鍾分自當粧嫫徒費黛磨瓿詎成璋

習隱將時背干名與道妨外身宗老氏齊物學蒙莊疎放

遺千慮愚蒙守一方樂天無怨歎倚命不劻勷憤懣胸須

豁交加臂莫攘珠沉猶是寶金躍未爲祥泥尾休搖棹灰

心罷激昂漸閒親道友因病事醫王息亂歸禪定存神入

坐亡斷癡求慧劍濟苦得慈航不動爲吾志無何是吾鄉

可憐身與世從此兩相忘

題盧秘書夏日新栽竹二十韻

湘竹初封植盧生此考槃久持霜節苦新托露根難等度

須當砌疎稠要滿欄買憐分薄俸栽稱作閒官葉翦藍羅

碎莖抽玉琯端幾聲清淅瀝一簇綠檀欒未夜青嵐入先
秋白露團拂肩摇翡翠熨手弄琅玕韻透窓風起陰鋪砌
月殘茅天聞覺冷窄地見疑寬梢動勝摇扇枝低好挂冠
碧籠煙冪冪珠灑雨珊珊晚籟晴雲展陰莓蟄磚蟠愛從
抽馬策惜未截魚竿松韻徒煩聽桃夭不足觀梁慙當室
杏臺陋本司蘭撑撥詩人興勾牽酒客歡静連蘆簟滑涼
拂葛衣单豈止消時暑應能保歲寒莫同凡草木一種夏
中看

題周皓大夫新亭子二十二韻

東道常爲主南亭别待賓規模何日創景致一時新廣砌
羅紅藥疎窗映綠筠鎖開賓閣曉梯上妓樓春置醴寧三

爵加籩過八珍茶香飄紫筍膾縷落紅鱗輝赫車輿鬧珍
奇鳥獸馴獼猴看櫪馬鸚鵡喚家人錦額簾高捲銀花盞
慢巡勸嘗光祿酒許看洛川神斂翠凝歌黛流香動舞巾
裙翻繡鸂鶒梳陷鈿麒麟笛怨音含楚箏嬌語帶秦侍兒
催畫燭醉客吐文茵投轄多連夜鳴珂便達晨入朝紆紫
綬待漏擁朱輪貴介交三事光榮照四鄰甘濃將奉客穩
煖不緣身十載歌鐘地三朝節鉞臣愛才心倜儻敦舊禮
殷勤門以招賢盛家因好事貧始知豪傑意富貴爲交親

春末夏初閑游江郭二首

閒出乘輕屐徐行蹋軟沙觀魚傍湓浦看竹入楊家林迸
穿籬筍藤飄落水花雨埋釣舟小風颭酒旗斜嫩剥青菱

角濃煎白茗荼淹留不知夕城樹欲棲鵶
柳影繁初合鶯聲澁漸稀早梅迎夏結殘絮送春飛西日
韶光盡南風暑氣微展張新小簟熨帖舊生衣綠蟻杯香
嫩紅絲鱠縷肥故園無此味何必苦思歸

早發楚城驛

過雨塵埃滅浴江道徑平月乘殘夜出人趁早凉行寂歷
閒吟動冥濛闇思生荷塘翻露氣稻壟瀉泉聲宿犬聞鈴
起棲禽見火驚曨曨烟樹色十里始天明

東樓南望八韻

不厭東南望江樓對海門風濤生有信天水合無痕鷁帶
雲帆動鷗和雪浪翻魚鹹聚爲市煙火起成村日脚金波

碎峯頭鈿點繁送秋千里雁報暝一聲猨已豁煩襟悶仍
開病眼昏郡中登眺處無勝此東軒

早春西湖閒遊悵然興懷憶與微之同賞因思在
越官重事殷鏡湖之遊或恐未暇偶成十八韻寄
微之

上馬復呼賓湖邊景氣新管絃三數事騎從十餘人立換
登山屐行携漉酒巾逢花看當妓遇草坐爲茵西日籠黃
柳東風蕩白蘋小橋裝雁齒輕浪甃魚鱗畫舫牽徐轉銀
船酌慢巡野情遺世累醉態任天真彼此年將老平生分
最親高天從所願遠地得爲隣雲樹分三驛烟波限一津
翻嗟寸步隔却猒尺書頻浙右稱雄鎮山陰委重臣貴垂

長紫綬榮駕大朱輪出動刀鑣隊歸生道路塵雁驚弓易
散鷗怕鼓難馴百吏瞻相面千夫捧擁身自然閒興少應
負鏡湖春

奉和汴州令狐令公二十二韵

客有東征者夸門一落帆二年方得到五日未為淹在浚
旌重葺遊梁館更添心因好善樂貌為禮賢謙俗阜知敦
勸民安見察廉仁風扇道路陰雨膏閭閻文律操將柄兵
機釣得鈐碧幢油葉葉紅旆火襜襜景象春加麗威容曉
助嚴檜森赤豹尾纛吒黑龍髯門靜塵初斂城昏日半啣
選幽開後苑占勝坐前簷平展絲頭毯高褰錦額簾雷搥
柘枝鼓雪擺胡騰衫髮滑歌釵墜粧光舞汗霑回燈花簇

簇過酒玉纖纖饌盛盤心殢醅濃盞底粘陸瑹熊掌爛海
味蟹螯鹹福履千夫祝形儀四座瞻羊公長在峴傳説莫
歸岩眷愛人人遍風情事事兼猶嫌客不醉同賦夜厭厭

自到郡齋僅經旬日方專公務未及宴遊偷閑走
筆二十四韵兼寄常州賈舍人湖州崔郎中仍呈
吴中諸客

渭北離鄉客江南守土臣涉途初改月入境已經旬甲郡
標天下環封極海濱版圖十萬户兵籍五千人自顧才能
少何堪寵命頻冒㮚慚印綬虛奬負絲綸候病須通脉防
流要塞津救煩無若靜補拙莫如勤削使科條簡攤令賦
役均以兹爲報劾安敢不躬親𢇁袴提於手韋弦佩在紳

敢辭稱俗吏且願治疲民常未徵黄霸湖猶借寇恂愧無
鐺脚政徒忝犬牙隣制誥誇黄絹詩篇占白蘋銅符抛不
得瓊樹見無因警寐鐘傳夜催衙鼓報晨唯能對胥吏未
暇接親賓色變雲迎夏聲殘鳥過春麥風非逐扇梅雨異
隨輪武寺山如故王樓月自新池塘閑長草絲竹廢生塵
暑遣燒神酹晴教𤓰舞茵待還公事了亦擬樂吾身

題洛中第宅

水木誰家宅門高占地寬懸魚挂青甃行馬護朱欄春樹
籠烟煖秋庭鏁月寒松膠粘琥珀筠粉撲琅玕試問池臺
主多爲將相官終身不曾到惟展宅圖看

和微之春日投簡陽明洞天五十韵

青陽行已半白日坐將徂越國强仍大稽城高且孤利饒
鹽煑海名勝水澄湖牛斗天垂象台明地展圖環奇填市
井佳麗溢闉闍匈踐遺風霸西施舊俗姝船頭龍夭矯橋
脚獸睢盱鄉味琀蟚蜞時鮮貴鷓鴣語言諸夏異衣服一
方殊搗練蛾眉婢鳴榔蛙角奴江清敵伊洛山翠勝荊巫
華表雙棲鶴聯檣幾點烏烟波分渡口雲樹接城隅澗遠
松如畫洲平水似鋪緑科秧早稲紫筍折新蘆暖蹈泥中
藕香尋石上蒲雨來萌盡達雷後蟄全蘇柳眼黄絲纇花
房蜂蠟珠林風新竹折野燒老桑枯帶鞸長枝蕙錢牽短
貫榆暄和生野菜卑濕長街蕪女浣紗相伴兒烹鯉一呼
山鵲啼稚子林狖挂山都産業論蠶蟻孳生計鴨雛泉岩

雪飄洒苔蘚錦漫糊堰限舟航路堤通車馬途耶溪岸回
合禹廟徑盤紆洞穴何因鑿星槎誰與刳石凹仙藥臼峰
峭佛香爐去爲投金簡來因挈玉壺貴仍招賓宿徤未要
人扶問望賢丞相儀形美丈夫前驅駐旌旆偏坐列笙竽
刺史旟翻隼尚書履曳凫學禪超後有觀妙造虛無髻裏
傳僧寶環中得道樞登樓詩八詠置硯賦三都捧擁羅將
綺趨蹌紫與朱廟謨蔵稷契兵略貯孫吴令下三軍整風
高四海趨千家得慈母六郡事嚴姑重士過三哺輕財抵
一銖送觥歌宛轉嘲妓笑盧胡佐飲時炰鼈蠲醒數鱠鱗
醉鄉雖咫尺樂事亦須臾若不中賢聖何由外智愚伊予
一生志我爾百年軀江上三千里城中十二衢出多無伴

侣歸只是妻孥白首青山約抽身去得無

府西池北新葺水齋即事招賓偶題十六韻

繚繞府西面潺湲池北頭鑿開明月峽決破白蘋洲清淺漪瀾急夤緣浦嶼幽直衝行逕斷平入卧齋流石疊青稜玉波翻白片鷗噴時千點雨澄處一泓油絶境應難到同心豈易求少逢人愛翫多是我淹留夾岸鋪長簟當軒泊小舟枕前看鶴浴林下見魚游洞户斜開扇疎簾半上鈎紫浮萍泛泛碧亞竹修修讀罷書仍展基終局未收午茶能散睡夘酒善消愁簷雨晚秋霽窗風凉欲休誰能伴老尹時復一閑遊

箏

雲髻飄蕭緑花顔旖旎紅雙眸剪秋水十指剥春葱楚艷
爲門閥秦聲是女工甲鳴銀玓瓅柱觸玉玲瓏猿舌嗁嫌
月鸞嬌語詎風移愁來手底送恨入絃中趙瑟清相似胡
琴鬧不同慢弾迴斷雁急奏轉飛蓬霜珮鏘還委氷泉咽
復通珠聯千拍碎刀截一聲終倚麗精神定矜能意態融
歇時情不斷休去思無窮燈下青春夜樽前白首翁且聽
應得在老耳未多聾

青氊帳二十韵

合聚千毛毳施張百子棬骨盤邊柳健色染塞藍鮮北製
因戎刱南移逐□遷汰風吹不動禦雨濕彌堅有頂中央
聳無隅四嚮圓傍通門豁爾内密氣温然遠别關山外初

安庭户前影孤明月夜價重苦寒年軟暖圍氈毯鎗摐束管絃最宜霜後地偏稱雪中天側置低歌坐平鋪小舞筵閒多揭簾入醉便擁袍眠鐵檠移燈背銀囊帶火懸深藏曉蘭焰闇貯宿香烟獸炭休親近狐裘可棄捐硯温融凍墨瓶煖變春泉蕙帳徒招隱茅庵浪坐禪貧僧應歎羨寒士定留連賓客于中接兒孫向後傳王孫誇舊物未及此青氊

戲半開花贈皇甫郎中

勿訝春來晚無嫌花發遲人憐全盛日我愛半開時紫蠟粘爲蔕紅酥點作蕤成都新夾纈梁漢碎臙脂樹杪真珠顆牆頭小女兒淺深粧駮落高下火參差蝶戲爭香朶鶯

啼選穩枝好教郎作伴合共酒相隨醉玩無勝此狂嘲更
讓誰猶殘少年興來是老人詩西日憑輕照東風莫殺吹
明朝應爛熳後夜更離披林下遥相憶樽前闇有期啣杯
嚼蕊思唯我與君知

河南尹李公邀同諸公洛濱禊飲座上作

三月草萋萋黄鶯歇又啼柳橋晴有絮沙路潤無泥禊事
修初畢遊人到欲齊金鈿耀桃李絲管駭鳧鷖轉岸迴船
尾臨流簇馬蹄闘於揚子渡踏破魏王堤妓接謝公宴詩
陪荀令題舟同李膺泛醴爲穆生携水引春心蕩花牽醉
眼迷塵街從鼓動烟樹任鴉棲舞急紅腰凝歌遲翠黛低
夜歸何用燭新月鳳樓西

五言排律選第八

唐人五言排律選第九卷

元李竢菴先生　選定

杜牧之

自遣

四十已云老况逢憂窘餘且抽持板手却展小年書嗜酒猶嫌阮知非晚笑蘧聞流寧嘆吒待客不親疎遇事知裁剪操心識卷舒還稱二千石於我意何如

往年隨故府吴興公夜泊蕪湖口今赴官西去再宿蕪湖感舊傷懷因成十六韻

南指陵陽路東流似昔年重恩山未答雙鬢雪飄然數仞

慚投迹群公愧拍肩駑駘蒙錦繡塵土浴潺湲郭隗黄金
峻虞卿白璧鮮貔貅環玉帳鸚鵡破蠻箋極浦沉碑會秋
花落帽筵旌旗明迴野冠珮照神仙籌畫言何補優容道
實全謳謡人撲地雞犬樹連天紫鳳超如電青襟散似烟
蒼生未經濟墳草已芊綿往事唯沙月孤燈但客船峴山
雲影畔棠葉水聲前故國還歸去浮生亦可憐高歌一曲
淚明日夕陽邊

除官歸京睦州雨霽

秋半吴天霽清凝萬里光水聲侵笑語嵐翠撲衣裳遠樹
疑羅帳孤雲認粉囊溪山侵兩越時節到重陽顧我能甘
賤無由得自强誤曾公觸尾不敢夜循墻豈意籠飛鳥還

爲錦帳郎綱今開傳燮書舊識黄香曾在史館四年姹女真虚語
饑兒欲一行淺深須揭厲休更學張綱

新轉南曹未叙朝散初秋暑退出守吴興書此篇
以自見志

捧詔汀洲去全家羽翼飛喜抛新錦帳榮借舊朱衣且免
材爲累何妨拙有機宋株聊自守魯酒怕旁圍清尚寧無
素光陰亦未晞一盃寛幕席五字弄珠璣越浦黄柑嫩吴
溪紫蟹肥平生江海志佩得左魚歸

華清宫三十韻

繡嶺明珠殿層巒下繚墻仰窺雕檻影猶想赭袍光昔帝
登封後中原自古强一千年際會三萬里農桑几席延尧

舜軒墀立禹湯雷霆馳號令星斗煥文章鈞築秉時用芝
蘭在處芳北扉閒木索南面富循良至道思𠂔圃平居厭
未央鈞陳裹巖谷文陛厭青蒼歌吹千秋節樓臺八月涼
神仙高縹緲環珮碎丁當泉暖涵窓鏡雲嬌惹粉囊嫩嵐
滋翠葆清渭照紅粧帖泰生靈壽懽娛歲序長月聞仙曲
調霓作舞衣裳雨露偏金穴乾坤入醉鄉玩兵師漢武迴
手倒干將鯨鬣掀東海胡牙揭上揚喧呼馬嵬血零落羽
林槍傾國留無路還魂怨有香蜀峰橫慘澹秦樹遠微茫
鸑重山難轉天扶業更昌望賢餘更老花萼舊池塘往事
人誰問幽襟偏獨傷碧簷斜送日殷葉半凋霜迸水傾瑤
砌疎風鏄玉房塵埃羯鼓索片段荔枝筐鳥啄摧寒木蝸

涎蠹畫梁孤烟知客恨遥起泰陵傍

題永崇西平王宅太尉愬院六韻

天下無雙將關西第一雄授符黄石老學劍白猿翁矯矯雲長勇恂恂郤縠風家呼小太尉國號大梁公太尉季弟司徒德亦封梁國公半夜龍驤去中原虎穴空隴山兵百萬嗣子握琱弓

春末題池州弄水亭

使君四十四兩佩左銅魚爲吏非爲吏讀書底讀書晚花紅艷静高樹緑陰初亭宇清無比溪山畫不如嘉賓能嘯詠宫妓巧粧梳逐日愁皆碎隨時醉有餘偃須求五鼎陶衹愛吾廬趣向人皆異賢豪莫笑渠

朱坡

下杜鄉園古泉聲繞舍啼靜思長慘切薄宦與乖暌北闕
千門外南山午谷西倚川紅葉嶺連寺綠楊堤迥野翹霜
鶴澄潭舞錦雞濤驚堆萬岫舸急轉千溪眉點萱牙嫩風
條柳幄迷岸藤梢虺尾沙渚印麑蹄火燎湘桃塢波光碧
繡畦日痕絙翠巘陂影墮晴霓蝸壁斕斑蘚銀筵豆蔻泥
洞雲生片段苔徑繚高低偃蹇松公老森嚴竹陣齊小蓮
娃欲語幽笋稚相携漢館留餘趾周臺接故溪蟠蛟岡隱
隱班雉草淒淒樹老蘿紆組巖深石啓閨侵窓紫桂茂拂
面翠禽棲有計冠終挂無才筆謾提自塵何太甚休笑觸
藩羝

奉和門下相公送西川相公兼領相印出鎮全蜀

詩十八韻

盛業冠伊唐台堦翊戴光無私天雨露有截舜衣裳蜀輟
新衡鏡池留舊鳳凰同心真石友寫恨蔑河梁虎騎摇風
旆貂冠韻水窗形弓隨武庫金印逐文房棧壓嘉陵咽峰
横劍閣長前驅二星去開險五丁忙迴首崢嶸盡連天草
樹芳丹心懸魏闕往事愴甘棠治化輕諸葛威聲懾夜郎
君平教說卦夫子召升堂塞接西山雪橋維萬里檣奪霞
紅錦爛撲地酒爐香黍逐三千客曾依數仞墻滯頑空白
屋攀附亦同行肉管伶倫曲簫韶清廟章唱高知和寡小
子斐然狂

夏州崔常侍自少常亞列出領麾幢十韻

帝命詩書將登壇禮樂卿三邊要高枕萬里得長城對客
猶褒博填門已旆旌腰間五綬貴天下一家榮野水差新
燕芳郊哢夏鸎別風嘶玉勒殘日望金莖榆塞孤烟媚銀
川綠草明戈矛𧆞虎士弓箭落雕兵魏絳言堪採陳湯事
偶成若須垂竹帛靜勝是功名

春日言懷寄虢州李常侍十韻

岈嶭生紅藥巉嵒泉漲碧塘地分蓮嶽秀草接鼎原芳南派
潨㴼急風畦芷若香織蓬眠舴艋驚夢起鴛鴦論吐開冰
室詩陳曝錦張貂簪荊玉潤丹穴鳳毛光子弟新登科甲今日還
珠守何年執戟郎且嫌遊晝短莫問積薪長無計披清裁
唯持祝壽觴願公如衛武百歲尚康强

早春寄岳州李使君李善朞愛酒情地閒雅

城高倚峭巘地勝足樓臺朔漠暖鴻去瀟湘春水來縈盈

幾多思掩抑若爲裁返照三聲角寒香一樹梅烏林芳草

遠赤壁健帆開往事空遺恨東流豈不迴分符潁川政弔

屈洛陽才拂匣調珠柱磨鉛勘玉盃朞翻小窟勢壚撥凍

醪醅詩云爲此春酒以介眉壽註云凍醪此興予非薄何時得奉陪

寄内兄和州崔員外十二韻

歷陽崔太守何日不含情恩義同鍾李李膺鍾繇中外兄弟少相善友塤

篪實弟兄光塵能混合璧畫最分明臺閣仁賢譽閨門孝

友聲西方像教毁南海綉衣行爲嶺南圻寺副使金槖寧迴顧珠

簟肯一棖祇宜裁密諮何日取專城進退無非道徊翔必

有名好風初婉軟離思苦縈盈金馬舊遊貴桐廬春水生
雨侵寒牖夢梅引凍醪傾共祝中興主高歌唱太平

許七侍御棄官東歸瀟灑江南頗聞自適高秋企

望題詩寄贈十韻

天子綉衣吏東吴美退居有園同庾信避事學相如蘭畹
晴香嫩筠溪翠影疎江山九秋後風月六朝餘錦律開詩
軸青囊結道書霜巖紅薜荔露沼白芙蕖睡雨高梧密棊
燈小閣虛凍醪元亮秫寒鱠季鷹魚塵意迷今古雲情識
卷舒他年雪中棹陽羨訪吾廬

爲人題贈

我乏青雲稱君無買笑金虛傳南國貌爭奈五陵心桂席

塵瑶珮瓊鑪燼水沈凝魂空薦夢低耳悔聽琴月落珠簾
卷春寒錦幕深誰家樓上笛何處月明砧蘭徑飛蝴蝶筠
籠語翠襟和聲拋鳳髻將淚入鸞衾的的新添恨迢迢絶
好音文園終病渴休咏白頭吟

簾

徒云逢剪削豈謂見偏裝鳳節輕雕日鸞花薄飾香問屏
何屈曲憐帳解周防下漬金堦露斜分碧瓦霜沈沈伴春
夢寂寂侍華堂誰見昭陽殿真珠十二行

題吳興消暑樓十二韻

晴日登攀好危樓物象饒一溪通四境萬岫遶層霄鳥翼
舒華屋魚鱗掉短橈浪花機乍織雲葉匠新雕臺榭羅嘉

卉城地敞麗譙蟾蜍來作鑑螮蝀引成橋燕任隨秋葉人空集早潮楚鴻行盡直沙鷺立偏翹暮角淒遊旅清歌慘泬寥景牽遊目困愁託酒腸銷遠吹流松韻殘陽渡柳橋時陪庾公賞還悟脫煩囂

送牛相出鎮襄州

盛時常注意南雍暫分茅紫殿辭明主巖廊别舊交危幢侵碧霧寒旆獵紅旓德業懸秦鏡威聲隱楚郊拜塵先灑淚成廈昔容巢遥抑沉碑會鴛鴦玉佩敲

奉送中丞姊夫儔自大理卿出鎮江西叙事書懷因成十二韻

惟帝憂南紀搜賢與大藩梅仙調步驟庾亮拂櫜鞬一室

何勞掃三章自不寃精明如定國孤峻似陳蕃灞岸秋猶嫩藍橋水始喧紅旓罣石壁黑稍斷雲根滕閣丹霄倚章江碧玉奔一聲仙妓唱千里暮江痕私好初童稚官榮見子孫流年休挂念萬事至無言玉輦君頻過馮唐將未論傭書疇萬債竹塢問樊村

李商隱

寓懷

綵鸞餐顥氣威鳳食卿雲長養三清境追隨五帝君烟波遺汲汲矰繳任云云下界園黄道前程合紫氛金書唯是見玉管不勝聞草爲迴生種香緣却死熏海明三島見天迥九江分搴樹無勞援神禾豈用耘鬬龍風結陣惱鶴露

成文漢嶺霜何早秦宮日易曛星機抛密緒月杵散靈芬
陽烏西南下相思不及群

擬意

帳望逢張女遲迴送阿侯空看小垂手忍問大刀頭妙選
茙萸帳平居翡翠樓雲屏不取暖月扇未障羞上掌眞何
有傾城豈自由楚妃交薦枕漢后共藏鬮夫向羊車覓男
從鳳穴求書成祓禊帖唱殺畔牢愁夜杵鳴江練春刀解
石榴象床穿幰網犀帖釘窓油仁壽遺明鏡陳倉拂綵毬
眞防舞如意佯蓋卧箜篌濯錦桃花水濺裙杜若洲魚兒
懸寶劍燕子合金甌銀箭摧摇落華筵慘去留幾時銷薄
怒從此抱離憂帆落啼猿峽樽開畫鷁舟急絃腸欲斷翦

蠟淚爭流璧馬誰能帶金蟲不復收銀河撲醉眼珠串咽
歌喉去夢隨川后來風滯石尤蘭叢銜露重楡莢點星稠
解佩無遺跡凌波有舊遊曾來十九首私識詠牽牛

鏡鑑

鏡檻芙蓉入香臺翡翠過撥弦驚火鳳交扇拂天鵞隱忍
陽城笑喧傳郢市歌仙眉瓊作葉拂髻鈿爲螺五里無因
霧三秋只見河月中供藥剩海上得綃多玉集胡沙割犀
留聖水磨斜門穿戲蝶小閣鎖飛蛾騎襜侵韉卷車帷約
幰鈋傳書兩行雁取酒一封駝橋迥涼風壓溝橫夕照和
待烏燕太子駐馬魏東阿想像鋪芳褥依稀解醉羅散時
簾隔露卧後幕生波梯穩從攀桂弓調任射莎豈能抛斷

夢聽鼓事朝珂

碧瓦

碧瓦銜珠樹紅輪結綺寮無雙漢殿髩第一楚宫腰露吐
香難盡珠啼冷易銷歌從雍門學酒是蜀城燒柳暗將翻
巷荷欹正抱橋鈿轅開道入金管隔鄰調夢到飛魂急書
成即席遥河流衝柱轉海沐近槎飄吴市蠙蛦甲巴賨翡
翠翹他時未知意重叠贈嬌嬈

腸

有懷非昔恨不奈寸腸何即席迴彌久前時斷固多熱因
翻急燒冷欲徹空波隔樹澌澌雨通池點點河倦程山向
背望國闕嵯峨故念飛書及新懽借夢過染筠休伴淚繞

雪莫追歌擬問陽臺事年深楚語訛

永樂縣所居一草一木無非自栽今春悉已芳茂因書即事一章

手種悲陳事心期玩物華柳飛彭澤雪桃散武陵霞枳嫩棲鸞葉桐香待鳳花綬藤縈弱蔓袍草展新芽學植功雖倍成蹊迹尚賒芳年誰共翫終老邵平瓜

商於

商於朝雨霽歸路有秋光背塢猨收果投巖麝退香建瓴真得勢橫戟豈能當割地張儀詐謀身綺季長清渠州外月黃葉廟前霜今日看雲意依依入帝鄉

西溪

悵望西溪水潺湲奈爾何不驚春物少只覺夕陽多色染妖韶柳光含窈窕蘿人間從到海天上莫爲河鳳女彈瑤瑟龍孫撼玉珂京華他夜夢好好寄雲波

謝往桂林至彤庭竊詠

辰象森羅正鈎陳翊衛寬魚龍排百戲劍佩儼千官城禁將開晚宫深欲曙難月輪移几席仙露下闌干共賀高禖應將陳壽酒歡金星壓芒角銀漢展波瀾王母來空濶羲和上屈盤鳳皇傳詔旨獬豸冠朝端造化中台座威風大將壇甘泉猶望幸早晚冠呼韓

酬令狐郎中見寄

望郎臨古郡佳句灑丹青應是丘遲宅仍過柳惲汀封來

江渺渺信去雨冥冥句曲聞仙訣臨川得佛經朝吟揩客
枕夜讀漱僧瓶不見銜蘆雁空流腐草螢土宜悲坎井天
怒識雷霆象卉分疆近蛟涎浸岍腥補羸貪紫桂負氣託
青萍萬里懸離抱危於訟閣鈴

五言述德杼情詩一首四十韻獻上杜七兄僕射

相公

帝作黃金闕仙開白玉京有人扶太極維嶽降元精耿賈
官勳大荀陳地望清旂常懸祖德甲令著家聲經出宣尼
壁書留燕子楹武鄉傳陣法踐土主文盟自昔流王澤由
來仗國楨九河分合沓一柱忽崢嶸得主勞三顧驚人肯
再鳴碧虛天共轉黃道日同行後飲曹參酒先和傅說羹

即時賢路闢此夜泰階平願保無疆福將圖不朽名率身
期濟世叩頷慮興兵感念崤屍露咨嗟趙卒坑尚令安隱
忍何以賛貞明惡草雖當路寒松實挺生人言真可畏公
意本無爭故事留臺閣前驅且旆旌芙蓉王儉府楊柳亞
夫營清瘦頻疎俗高談屢析酲過庭多令子乞墅有名甥
南詔應聞命西川莫敢驚寄辭收的博端坐掃欃搶雅宴
初無倦長歌底有情檻危春水暖樓迥雪峰晴移席牽緗
蔓迴橈撲絳英誰知杜武庫只見謝宣城有客趨高義于
今滯下卿登門慙後至置驛恐虛迎自是依劉表安能比
老彭雕龍心已切畫虎意何成豈省曾黔突徒勞不倚衡
乘時乖巧宦占象合艱貞廢忘淹中學遲迴谷口耕悼傷

潘岳重樹立馬遷輕隴鳥悲丹觜湘蘭怨紫莖歸期過舊歲旅夢繞残更弱植叨華族衰門依外兄欲陳勞者曲未唱淚先横

今月二日不自量度輙以詩一首四十韻干瀆尊嚴伏蒙仁恩俯賜披覽奬踰其實情溢于辭顧惟疎蕪曷用酬戴輒復五言四十韻詩獻上亦詩人咏嘆不足之義也

家擅無雙譽朝居第一功四時當首夏八節應條風滌濯臨清濟巉巗倚碧嵩鮑壺氷皎潔王佩玉丁東處劚張京兆通經戴侍中將星臨迴夜卿月麗層穹下令銷秦盜高談破宋聾含霜太山竹拂露嶧陽桐樂道乾知退當官蹇

匪躬服箱青海馬入兆渭川熊固是符真宰徒勞讓化工
鳳池春瀲灩雞樹曉曈曨願守三章約嘗期九譯通熏琴
調大舜寶瑟和神農慷慨資元老周旋直狡童仲尼羞問
陣魏絳喜和戎款款將除蠹孜孜欲達聰所求因渭濁安
肯與雷同物議將調鼎君恩忽賜弓開吳相上下全蜀占
西東銳卒魚懸餌豪胥鳥在籠疲民呼杜母鄰國仰羊公
置驛推東道安禪合北宗嘉賓增重價上士悟真空扇舉
遮王導樽開見孔融烟飛愁罷舞塵定惜歌終岍柳兼池
綠園花暎燭紅未曾周顗醉轉覺季心恭繫滯喧人望便
蕃屬聖衷天書何日降庭燎幾時烘早歲垂投刺今晨幸
發蒙遠途哀跛鼈薄藝獎雕蟲故事曾尊隗前脩有薦雄

終須煩刻畫聊擬更磨礱巒嶺晴留雪巴江帶晚楓營巢

憐越燕裂帛待燕鴻自苦誠先蘖長飄不後蓬容華雖少

健思緒即悲翁感激淮山館優游碣石宮待公三入相丕

祚始無窮

乡徵先生

仙翁無定數時入一壺藏夜夜桂露濕村村桃水香醉中

抛浩劫宿處起神光藥裡丹山鳳棊函白石郎吴河移砥

柱呑月倚扶桑龍竹裁輕策鮫絲熨下裳樹栽嗤漢帝橋

板笑秦皇徑欲隨關令龍沙萬里强

寄太原盧司空三十韻

隋檻臨淮甸唐旗出井陘斷鰲撐四柱卓馬濟三靈祖業

隆盤古孫謀復大庭從來師傑俊可以煥丹青舊族開東
嶽雄圖奮北溟邪同獬豸觸樂伴鳳凰聽酣戰仍揮日降
妖亦鬭庭將軍功不伐叔舅德惟馨雞塞誰生事狼烟不
暫停擬填滄海鳥敢競太陽螢内草纔傳詔前茅已勒銘
那勞出師表盡入大荒經德水縈長帶陰山繚畫屏只憂
非絫肯未覺有膻腥保佐資冲漠扶持在杳冥乃心防暗
室華髮稱明廷按甲神初靜鳴鼙思欲醒義之當妙選孝
若近歸寧月色來侵幌詩成看轉欞羅含黃菊宅柳惲白
蘋汀神物龜酬孔仙才鶴姓丁酉山童子藥南極老人星
自頃徒窺管于今愧挈瓶何由叨末席還得叩乔扃莊叟
虛悲雁終童漫識颻幕中雖策畫劍外且伶俜俁俁行忘

止鰥鰥臥不瞑身應瘠于魯泱欲溢為滎禹貢思金昂堯
圖憶土鍘公手來入相王一作皇欲駕云亭

大鹵平後移家到永樂縣居書懷十韻寄劉章二
前輩二公嘗于此縣寄居

驅馬遶河千家山照露寒依然五柳在況復百花殘昔去
驚投筆今來分挂冠不憂懸罄乏乍喜覆盂安甑破寧迴
顧舟沉豈暇看脫身離虎口移疾就猪肝鬢入新年白顔
無舊日丹自悲秋穫少誰懼夏畦難逸志忘鴻鵠清香披
蕙蘭還持一杯酒坐想二公懽

贈送前劉五經暎三十四韻

建國宜師古興邦屬上庠從來以儒戲安得振朝綱叔世

何多難兹基遂已亡泣麟猶委吏歌鳳更佯狂屋壁餘無
幾焚坑逮可傷挾書秦二世壞宅漢諸王草草臨盟誓區
區務富强微茫金馬署狼籍鬬雞塲畫欲心無彀皆如面
正墻鷩疑豹文鼠貪竊虎皮羊南渡宜終否西還輿小康
策非方正士貢絶孝廉郎海鳥悲鐘鼓狙公畏服裳多岐
空擾擾幽室竟倀倀凝邈爲時範虗空作士常何由羞五
霸直自呰三皇别派驅楊墨他鑣並老莊詩書資破冢法
制困探囊周禮仍存魯隋師果禪唐鼎新麾一舉革故法
三章星宿森文雅風雷起退藏縲囚爲學切掌故受經忙
夫子時之彦先生跡未荒褐衣終不召白首興難忘感激
誅非聖棲遲到異粻片辭褒有德一字貶無良燕地尊鄒

衎西河重卜商式閭真道在擁篲信讒光獲預青衿列叨
來絳帳旁雖從各言志還要大爲防勿謂孤寒棄深憂訐
直妨叔孫讒易得盜蹠暴難當雁下秦雲黑蟬休隴葉黄
莫踰巾履念容許後升堂

魏侯第東北樓堂郢叔言别聊用書所見成篇

暗樓連夜閣不擬爲黄昏未必斷别淚何曾訪夢魂疑穿
花逶迤漸近火温磨海底翻無水仙家却有村鎖香金屈
戌殢酒玉崑崙羽白風交扇氷清月印盆舊懽塵自積新
歲電猶奔霞綺空留段雲峰不帶根念君千里舸江草滿
燈痕

喜雪

朔雪自龍沙呈祥勢可嘉有田皆種玉無樹不開花班扇
慵裁素曹衣詎比麻鶖歸逸少宅鶴滿令威家寂寞門扉
掩依稀履跡斜人疑遊麪市馬似困鹽車洛水妃虛妬姑
山客漫誇聯辭追許謝和曲本慙巴粉署園全隔霜臺路
漸賒此時傾賀酒相望在京華

四年冬以退居蒲之永樂渴然有農夫望歲之志
遂作憶雪又作殘雪詩各一百言以寄情於遊舊

愛景人方樂同雲候稍愆徒聞周雅什願誦朔風篇欲俟
千箱慶須資六出妍詠留飛絮後歌唱落梅前庭樹思瓊
蕊粧樓認粉緜瑞邀盈尺日豐待兩岐年預約延枚酒虛
乗訪戴船映書孤志業披氅阻神仙幾向霜堦步頻將月

愰褰玉京應已足白屋但顒然

旭日開晴色寒空失素塵遶墻全剝粉傍井漸銷銀刻獸

摧鹽虎爲山倒玉人珠還猶照魏璧碎尚留秦落日驚侵

晝餘光悞惜春簷氷滴鵝管屋瓦鏤魚鱗嶺霽嵐光坼松

暄翠粒新擁林愁拂盡着砌恐行頻焦寢忻無患梁園去

有因莫能知帝力空此荷平均

燈

皎潔終無倦煎熬亦自求花時隨酒遠雨後背窻休冷暗

黄茅驛暄明紫桂楼錦囊名畫掩玉局敗碁收何處無佳

夢誰人不隱憂影隨簾柙轉光信篳文流客自勝潘岳儂

今定莫愁固應留半焰迴照下幃羞

武侯廟古柏

蜀相階前柏龍蛇捧閟宫陰成外江畔老向惠陵東大樹

思馮異甘棠憶召公葉凋湘燕雨枝折海鵬風玉壘經綸

遠金刀歷数終誰将出師表一爲問昭融

垂柳

垂柳碧髯茸楼昏雨帶容思量成夜夢束久發春慵梳洗

憑張敞乘騎笑稚公碧虛隨轉笠紅燭近高舂怨目明秋

水愁眉淡遠峰小欄花盡蝶静院醉醒蛩舊作琴臺鳳今

爲藥店龍寶奩抛擲久一任景陽鐘

杏花

上國昔相值亭亭如欲言異香今暫賞脈脈豈無恩援小

風多力牆高月有痕爲含無限意遂到不勝繁仙子玉京路主人金谷園幾時辭碧落誰伴過黄昏鏡拂鉛華膩爐藏桂井温終應催竹葉先擬詠桃根莫學啼成血從教夢寄魂吴王採香徑失路入煙村

木蘭

二月二十二木蘭開拆初初當新病酒復自久離居愁絶更傾國驚新聞遠書紫絲何日鄣油壁幾時車弄粉知傷重調紅或有餘波痕空映襪烟態不勝裾桂嶺含芳遠蓮塘屬意疎瑶姬與神女長短定何如

和孫朴韋蟾孔雀詠

此去西梁遠今來萬里携西施因網得秦客被花迷可在

青鸚鵡非關碧野雞約眉憐翠羽刮膜想金篦瘴氣籠飛
遠蠻花向坐低輕於趙皇后貴極楚懸黎都護矜羅幕佳
人炫繡袿屏風臨燭釦捍撥倚香臍舊思牽雲葉新愁待
雪泥愛堪通夢寐畫得不端倪地錦排蒼雁簾釘鏤白犀
曙霞星斗外涼月露盤西妒好休誇舞輕寒且少啼紅樓
三十級穩穩上丹梯

温庭筠

春日

問君何所思迢遞艷陽時門靜人歸晚墻高蝶過遲一雙
青瑣燕千萬緑楊絲屏上吳山遠樓中朔管悲寶書無寄
處香轂有來期草色将林彩相添入黛眉

春初對暮雨

淅瀝生叢篠空濛泣綱軒暝姿看遠樹春意入陳根點細

飄風急聲輕入夜繁雀喧争槿棲人静出蔬園瓦濕光先

起房深影易昏不應江上草相與滯王孫

詠寒宵

寒宵何耿耿良讌有餘姿寶鞢徘徊處熏罏悵望時曲瓊

垂翡翠斜月對罘罳委隊金釭燼闌珊玉局棋話窮猶注

睇歌罷尚持頤晻曖遥相屬氛氳積所思秦娥卷衣晚胡

雁度雲遲上郡歸來夢那知錦字詩

雪

硯水池先凍牕風酒易消鴉聲出山郭人跡過村橋稍急

方縈轉才深未寂寥細光穿暗隙輕白駐寒條草靜封還

折松欹蹐復揺謝莊今病眼無意坐通宵

洞户二十二韵

洞户連珠網方疏隱碧潯燭盤烟墜燼簾壓月通陰粉白

仙郎署霜清玉女砧醉鄉高窈窈碁陣静愔愔素手瑠璃

扇纖髫玳瑁簪昔邪看寄迹梔子咏同心樹列千秋勝楼

懸七夕鍼舊詞翻白苧新賦换黄金唳鶴調蠻鼓驚蟬應

寶琴舞疑繁易度歌轉斷難尋露委花相妬風欹柳不禁

橋彎雙表迥池漲一篙深清蹕傳恢囿黄旗幸上林神鷹

參翰苑天馬破蹄涔武庫方題品文園自一作有好音朱莖

殊菌蠢丹桂欲蕭森黼帳迴瑤席華燈對錦衾畫圖驚畏

趙一作走獸書帖得來禽河曙遠樓映山晴魏闕臨綠囊逢
猶后青瑣見王沉任達嫌孤憤疎慵倦九箴若爲南遁客
作臥龍吟

過華清宫二十二韻

憶昔開元日承平事勝遊貴妃專寵幸天子富春秋月白
霓裳殿風乾羯鼓樓鬬雞花蔽膝騎馬玉搔頭繡轂千門
妓金鞍萬户侯薄雲欹一作欺雀扇輕雪犯貂裘過客聞韶
濩居人識冕旒氣和春不覺煙煖霽難收澁一作細浪浮瑤
甃晴陽上綵斿卷衣輕鬢一作髻嬾窺鏡淡蛾羞屏掩芙蓉
帳簾褰玳瑁鉤重瞳分渭曲纖手指神州御案迷萱艸天
袍妬石榴深嵓藏浴鳳鮮隰媚潛虬不料邯鄲蝨俄成即

墨牛劍鋒揮太皡旗焰拂蚩尤内嬖陪行在孤臣預坐籌
瑶簪遺翡翠霜仗駐驊騮艷笑雙飛斷香魂一哭休早梅
悲蜀道高樹隔昭丘朱閣重霄迴蒼崖萬古愁至今湯殿
水嗚咽縣前流

感舊陳情五十韻獻淮南李僕射

嵇絡垂髫日山濤筮仕年琴罇陳席上紈綺拜牀前鄰里
纔三徙雲霄已九遷感深情𢡟悅言發淚潺湲憶昔龍圖
盛方今鶴羽全桂枝香可襲楊葉射頻穿玉籍標人瑞金
丹化地仙賦成攢筆寫歌出滿城傳旣矯排虚翅將持造
物權萬靈思鼓鑄羣品待陶甄視草絲綸出持綱雨露懸
法行黄道内居近翠華邊書迹臨湯鼎吟聲接舜絃白麻

紅燭夜清漏紫薇天雷電隨神筆魚龍落彩牋閑宵陪雍
時清暑在甘泉耿介非持祿優游是養賢氷清臨百粵風
靡化三川委寄崇推轂威儀壓控弦梁園提轂騎淮水換
戎旃照日清油濕迎風錦帳鮮黛娥陳二八珠履列三千
舞轉迴紅袖歌愁斂翠鈿滿堂開照曜分座儼嬋娟油額
芙蓉帳香塵玳瑁筵繡旗垂月影金陣似波旋緹幕深迴
互朱門暗接連彩虬蟠畫戟花馬立金鞭有客將誰託無
媒窃自憐抑揚中散曲漂泊孝廉船未展干時策徒拋負
郭田轉蓬猶邈爾懷橘更潸然投足乖蹊逕冥心向簡編
未知魚躍地空媿鹿鳴篇稷下期方至漳濱病半痊定非
籠外鳥真是轂中蟬蕙逕鄰幽澹荆扉興靜便草堂苔點

點蔬圃水濺濺釣罷溪雲重樵歸澗月圓懶多成宿疢愁甚似春眠木直終難怨膏明只自煎鄭鄉空健羨陳榻未招延旅食逢春盡羇遊爲事牽官無毛義檄婚乏阮修錢冉弱營中柳披敷幕下蓮戇能容委質非敢望差肩澀劒猶堪淬餘朱或可研從師當鼓篋窮理久忘筌折簡能榮瘁遺簪莫弃捐韶光如見惜寒谷變風煙

開成五年秋以抱疾郊野不得與鄉計偕至王府將議退適降冬自傷因書懷奉寄殿院徐侍御察院陳李二侍御回中蘇端公鄠縣韋少府兼呈袁郊苗紳李逸友人一百韻

逸足皆先路窮郊獨向隅頑童逃廣柳羸馬臥平蕪黄卷

嗟誰問朱絃偶自娱鹿鳴皆綴士雌伏竟非夫采地荒遺
野爰田失故都亾羊猶博簺牧馬倦呼盧弈世參周禄承
家學魯儒功庸留劍舄銘戒在盤盂經濟懷良畫行藏識
遠圖未能鳴楚玉空欲握隋珠定爲魚緣木曾因兔守株
五車推縹帙三逕闢繩樞適與羣英集將期善價沽葉龍
圖天矯燕鼠笑胡盧賦分知前定寒心畏厚誣躡塵追慶
忌操劍學班輸文圃陪多士神州試大巫對雖希鼓瑟名
亦濫吹竽正使猜奔競何嘗計有無鎦惔虚訪覓王霸竟
揶揄市義虚焚劵關譏謾棄繻至言今信矣微尚亦悲夫
白雪調歌響清風樂舞雩脅肩難黽勉搔首亦嗟吁角勝
非能者推賢見射乎兕觥增恐竦杯水失錙銖粉墚妝丹

彩金鷁隱僕姑垂橐羞畫爵揚觶辱彎弧虎拙休言畫龍
希莫學層轉蓬隨款段耘草闢墁壚受業鄉名鄭藏機谷
號愚質文精等貫琴筑韻相須築室連中野誅茅接上腴
葦花綸虎落松瘿鬬欒櫨靜語鶯相對閑眠鶴浪俱蕊多
勞蝶翅香酷豚蜂鬚芳艸迷三島澄波似五湖躍魚翻藻
荇愁鷺睡葭蘆瞑渚蔵鸂鶒幽屏卧鷓鴣苦辛隨藝殖甘
吉仰樵蘇笑語空懷橘窮愁亦摭梧尚能甘半菽非敢薄
生蒭釣石封蒼蘚芳蹊艷絳跗樹蘭畦繚繞穿竹路縈紆
機杼非桑女林園異木奴横竿窺赤鯉持翳望青鸕泮水
思芹味瑯琊得稻秵杖輕藜擁腫衣破芰披數芳意憂鶗
鴂愁聲覺蟪蛄短簷喧語燕高木墮飢鳥事追離幽塈貧

牽犯畏途愛憎防杜摯悲歎似楊朱旅食常過衛羇遊欲

渡瀘塞歌傷督護邊角思單于堡戍標槍槊關河鏁舳艫

威容尊大樹刑法避秋荼遠目窮千里歸心寄九衢寢甘

誠繫滯漿饋貴睢盱懷刺名先遠干時道自孤齒牙頻激

發簦笈尚崎嶇蓮府侯門貴霜臺帝命俞驥蹄初躡景鵬

翅欲搏扶寓直迴驄馬分曹對暝烏百神歆彷彿孤竹韻

含胡鳳闕分班立鴛行竦劍趨觸邪承密勿持法奉訏謨

鳴玉銜登降衛牙響曳裾祀親和氏璧香近博山罏瑞景

森瓊樹輕氷瑩玉壺象冠簪鐵柱螭首對金鋪内史書千

帙將軍畫一廚眼明驚氣象心死伏規模豈意觀文物何

勞琢碔砆草肥牧騕褭苔澀淬昆吾鄉思巢枝鳥年華過

隙駒銜恩空抱影酬德未捐軀時輩推良友家聲繼令圖
致身傷短翮驤首顧疲駑班馬方齊騖陳雷亦並驅昔皆
言爾志今亦畏吾徒有氣干牛斗無人辯轆轤客來斟綠
蟻妻試踏青蚨積毀方銷骨微瑕懼掩瑜蛇弓猶轉戟魚
服自囚拘欲就欺人事何能逭鬼誅是非迷覺夢行役議
秦吴凜冽風埃慘蕭條草木枯低徊傷志氣蒙犯變肌膚
旅鴈唯聞叫饑鷹不待呼夢梭抛促織心緒學蜘蛛寧復
機難料庸非信未孚激揚銜箭虎疑懼聽冰狐處已將營
窟論心若合符浪言輝棣蕚何意託葭莩喬木能求友危
巢莫嚇雛風華飄領袖詩禮拜衾襦欵挽情何苦同舟道
豈殊旅懷親蕙芷收迹異桑榆贈遠聊扳柳栽書欲截蒲

聽風無限淚迴首更踟躕

寄渚宫遺民弘里生

柳弱湖堤曲籬疎水巷深酒闌初促席歌罷欲分襟波月欺華燭江雲潤故琴鏡清花並蔕牀冷簟連心荷疊平橋闇萍稀敗舫沉城頭五更鼓窓外萬家砧異縣魚投浪當年鳥共林八行書未減千里夢難尋未肯睽良顧空期嗣好音他時咏懷作猶得並南金

許渾

南海使院對菊懷丁卯别墅

何處曾移菊溪橋鶴嶺東籬疎還有艷園小亦無蘩日晚秋烟裏星繁曉露中影摇金澗水香染玉潭風罷酒慙陶

令題詩答謝公朝來數花發身在尉佗宮

陪少師李相國崔賓客宴居守狄僕射池亭

池色似瀟湘一作三湘仙舟日正長燕飛驚蛺蝶魚戲動鴛鴦雲聚一作擬定歌初轉風回舞欲翔暖醅松葉嫩寒粥杏花香羅綺留春色笙竽送晚光何須明月夜紅燭在華堂

秋夕宴李侍御宅

公子徵詞客秋堂遞玉杯月高羅幕卷風度錦屏開鳳管添簧品鵾絃促柱哀轉喉雲旋合垂手露徐來燭換三條燼香銷十炷灰蛩聲聞鼓歇螢燄觸簾回廣檻煙分柳空庭露積苔解酲須滿酌應爲潑新醅

晨自竹徑至龍興寺崇隱上人院

佛寺通南徑僧堂倚北坡藤陰迷晚竹苔滑仰晴莎病憶春前别閑宜雨後過石橫聞水遠林缺見山多欲結三天社初降十地魔素龍來有窟靈鶴去無窠客路隨萍梗鄉園失薜蘿禪心如可學不藉魯陽戈

泛五雲溪

此溪何處路遥問白髯翁佛廟千巖裏人家一島中魚傾荷葉露蟬噪柳林風急瀨鳴車軸微波漾釣筒石苔縈棹緑山果拂舟紅更就前溪宿村橋與剡通

金陵阻風登延祚閣

極目皆陳迹披圖問遠公戈鋋三國後冠蓋六朝中葛蔓交殘壘芒苔一作花没廢宫水流簫鼓絶山在綺羅空極浦

千艘聚高臺一徑通雲移吳岫雨潮轉楚江風登閣慚漂梗停舟憶斷蓬歸期與歸路彩桂海門東

歲暮自廣江至新興往復中題峽山寺四首

夜醉晨方醒孤吟恐失群海鰌潮上見江鵠霧中聞未臘梅先實經冬艸自熏樹隨山崦合泉到石稜分虎跡空林雨猨聲絕嶺雲蕭蕭異鄉鬢明日共絲棼

薄暮緣（沿一作）西峽停橈一訪僧鷺巢橫臥柳猨飲倒垂藤水曲巖千疊雲重樹百層山風寒殿磬溪雨夜船燈灘漲危槎沒泉衝恠石崩中臺一襟淚歲杪別良朋

客樹分蒼壁長溪抱碧岑海風聞鶴遠潭日見魚深松盎環清韻榕根架緑陰洞丁多斲石蠻女半淘金南浦驚春

至西樓送月沈江流不過嶺何處寄歸心

月在行人起千峰復萬峰海虛爭翡翠溪邏鬬芙蓉古木高生槲陰池滿種松火探深洞燕香送遠潭龍藍塢寒先燒禾堂晚併春更投何處宿西峽隔雲鐘

蒜山津觀發軍

羽檄徵兵急韔門選將雄猰㺄憂破竹貔虎極飛蓬定繫猖狂□何煩矍鑠翁更搜黃石略重振黑山功別馬嘶營柳驚烏散井桐低星連寶劍殘月讓雕弓浪曉戈鋋裡山晴鼓角中甲開魚照水旗颭虎拏風去想金河遠行聞玉塞空漢廷應有問師律在元戎

奉和盧大夫新立假山

岩谷留心賞爲山極自然孤峰空迸笋攢萼旋開蓮黛色
朱樓下雲形繡户前砌塵凝翠霤簷溜挂飛泉樹暗壺中
月花香洞裏天何如謝康樂海嶠獨題篇

和李相國并序

蒙賓客李相國見示和宣武盧僕射以吏部高尚書
自江南赴闕貺大梨白鷴因贈五言六韻攀和

巨實珍吳果馴雛重越禽摘來漁浦上攜在兔園陰霜合
凝丹頰風披斂素襟刀分瓊液散籠蔽雪華深虎帳齊中
設龍樓洛下吟含消兼受彩應貴冢卿心

冬日宣城開元寺贈元孚上人

一鉢事南宗僧儀稱病容曹溪花裏别蕭寺竹前逢燭影

深寒殿經聲徹曙鐘欲齋簷下鴿初定辟吟蛩詩繼休遺
韵書傳永逸蹤藝多人譽洽緣絶道情濃汲澗瓶沉藻眠
堦錫挂松雲鳴新放鶴池卧舊降龍露茗山廚焙霜秔野
碓舂梵文明處譯禪衲暖時縫層墖題應遍飛軒步不慵
繡梁交薜荔畫井倒芙蓉翠户垂旗網朱窗列劍鋒寒風
金磬遠晴雪玉樓重妙理三乘達清才萬象供山高横睥
睨灘淺聚艨艟微靄（一作霧）蒼平楚殘暉淡遠峰林疎霜櫊
櫊波静月溶溶劍出因雷煥琴全（一作焦）遇蔡邕西方如（一作知）
有社支許合相從

贈蕭鍊師（并序）

鍊師貞元初自梨園選爲内伎善舞柘枝宫中莫有

倫比者寵錫甚厚及駕幸奉天以病不獲隨輦遂失
所止洎復宮闕上頗懷其藝求之浹旬得于人間後
聞神仙之事謂長生可致乞奉黄老上許之詔居嵩
南洞清觀迨今八十餘矣雪膚花顔與昔無異則知
龜鶴之壽安得不由所尚哉因賦是詩題于院壁

曾試昭陽曲瑶堦帝自臨紅珠絡繡帽翠鈿束羅襟雙闕
朝塵起千門宿霧陰出宮迷國步回駕軫皇心桂殿春空
晚椒房夜自深急宜求故劒冥契得遺簪暗記神仙傳潛
封女史箴壺中知日永掌上畏年侵莫比班家扇寧同卓
氏琴雲車辭鳳輦羽帔别鴛衾網斷魚遊藻籠開鶴戲林
洛煙浮碧漢嵩月上丹岑露艸争三秀風篁共八音吹笙

延鶴舞敵磬引龍吟旄節纖腰舉霞杯皓腕斟還磨照寶鏡猶插碎寒金東海人情變南山紀壽沉朱顔常似渥緑髮已加尋養氣齊生死留形盡古今更來應不見雞犬日駸駸

送林處士自閩中道越由雲抵兩川

書劍少青眼煙波初白頭鄉關背梨嶺客路轉蘋洲處困道難固乘時恩易酧鏡中非訪戴劍外欲依劉高枕梅天暝落帆江雨秋鼉聲應遠鼓蜃氣學危樓智士一作役千慮達人輕百憂唯聞陶靖節多在醉鄉游

李羣玉

中秋維舟君山看月

汗漫鋪澄碧朦朧吐玉盤雨師清滓穢川后掃波瀾氣射
繁星滅光籠八表寒來從雲漲迴路上碧霄寬熠燿遊何
處蟾蜍食漸殘棹翻銀浪急林暎白虹攢練彩連河曉氷
輝壓樹乾夜深高不動天下仰頭看

三月五日陪裴大夫泛長沙東湖

上巳餘風景芳辰集遠坰綵舟浮滉（一作浩）蕩繡轂下娉婷
林榭回葱蒨笙歌轉杳冥湖光迷翡翠草色醉蜻蜓鳥弄
桐花日魚翻穀雨萍從今留勝會誰看畫蘭亭

趙嘏

歲暮江軒寄盧端公

積水生高浪長風自北時萬艘俱擁棹上客獨吟詩路以

重湖阻心將小謝期渚雲愁正斷江雁重驚悲笑憶遊星
子歌尋罷貴池夢來孤島在醉醒百憂隨戍迥煙生晚江
寒鳥過遲問山樵者對經雨釣船移敢歎今留滯猶勝曩
别離醉從陶令得善必大人知道蹇才何取恩深劍不疑
此身同岍柳只待變寒枝

秋日吳中觀貢藕

野艇幾西東清泠暎碧空褰衣來水上捧玉出泥中葉亂
田田緑蓮餘片片紅激波纔入選就日已生風御潔玲瓏
膳人懷拔擢功梯山謾多品不與世流同

盧肇

題甘露寺

北固岩端寺佳名自上台地從京口斷山到海門回曙色
煙中滅潮聲日下來一隅通雉堞千仞聳樓臺林暗疑降
虎江空想渡杯福庭增氣象仙磬落昭回覺路花非染流
年景謾催隋宮凋綠草晉室散黃埃西蜀波湍盡東溟日
月開如登最高處應得見蓬萊

姚鵠

奉和秘監從翁夏日陝州河亭晚望

洪州何處望一境在孤煙極野如藍日長波似鏡年卷簾
花影裏倚檻鶴巢邊霞焰侵旌旆灘聲雜管絃鐘徵來疊
岫帆遠落遥天過客多相指應疑會水仙

送僧歸新羅

淼淼萬餘里扁舟發落暉滄溟何處別白首此時歸寒暑
途中變人烟嶺外稀驚天巨鼇起蔽日大鵬飛雪入行沙
履雲生坐石衣漢風深習得休恨本心違

馬　戴

酬太原從事楊郎中見寄

君枉海月佩贈之光我行見知言不淺懷報意非輕返照
臨岐思中年未達情河梁人送別秋漢雁相鳴衰柳摇邊
吹寒雲冒古城西遊還獻賦應許托平生

寄金州姚使君員外

老懷清淨化乞去守洵陽廢井人應滿空林虎自藏迸泉
疎石竇殘雨發椒香山缺通巴峽江流帶楚檣勸農生野

思禱廟結雲裝覆局松移影聽琴月墮光鳥鳴開郡印僧
去罝禪床罷貢金休鑿凌寒笋更長退公披鶴氅高步陽
鴛行想見朱門内麾幢拂曙霜

送李侍御福建從事

晉安來越國蔓艸故宫迷釣渚龍應在琴臺鶴亂棲泛濤
明月廣邉海衆山齊賔府通蘭棹蠻僧接石梯片雲和瘴
濕孤嶼暎帆低上客多詩興秋猿足夜啼

送韓校書江西從事

出關寒色盡雲夢草生薪雁背岳陽雨客行江上春遥程
隨水濶枉路倒帆頻夕照臨孤館朝霞發廣津湖山潮半
隔郡壁岸斜隣自此鐘陵道裁書一作相思有故人

送顧少府之永康

婺女星邊去春生即有花寒關雲復雪古渡草連沙宿次吳江晚行侵日徼斜官傳梅福政縣顧赤松家焼起明山翠潮迴動海霞清高宜閲此莫嘆近天涯

送僧歸閩中舊寺

寺隔海山遥帆前落葉飄斷猨通楚塞驚鷺出蘭橈星月禪波島煙蘿渡石橋鐘聲催野飯秋月落寒潮舊社人多老閑房樹半凋空林容病士者一作歲晚待相招

題石甕寺

僧室並皇宫雲門輦路同渭分雙闕北山迥五陵東修綆懸林表深泉汲洞中人煙窺堙蟻鴛瓦拂𡨋鴻辭辟松生

峭龕燈月照空稀逢息心侶獨禮竺乾公

劉得仁

和段校書冬夕寄題廬山

名高身未到此恨蓄多時是夕吟因話他年必去隨當時廬岳頂半入楚江湄幾處懸崖上千尋瀑布垂鑪峯松淅瀝湓浦棹參差日色連湖白鐘聲拂浪遲煌梯緣薜荔岳寺出歊危地本饒靈艸林曾出祖師石楼霞耀壁猿樹鶴分枝細徑縈岩末高窻見海崖嵌空寒更極寂寞夜尤思陰谷氷埋朮仙田雪覆芝亂泉禪客漱異跡逸人知蘚室新開竈樫潭未了碁如何遂閑放長得任希夷空務漁樵事方無道路悲謝公臺尚在陶令柳旋衰塵外難相許人

閭貴迹遺雖懷丹桂影不忘白雲期仁者終携手今朝預賦詩

上姚諫議

高文與盛德皆謂古無倫聖代生才子明廷有諫臣已瞻龍衮近漸向鳳池新却憶波濤郡來時島嶼春名因詩句大家似布衣貧曾暗投新軸頻聞奬滯身照吟清夕月送藥紫霞人終計依門館何疑不化鱗

韓琮

公子行

紫袖長衫色銀蟬半臂花帶裝盤水玉鞍繡坐雲霞别殿承恩澤飛龍賜渥洼控羅青褭轡鏤象碧熏葩意氣傾一作

催歌舞闌珊走鈿車袖郭雲縹緲釵轉鳳欹斜珠卷迎歸綃紅籠晃醉紗唯無難夜日不得似仙家

秋晚信州推院親友或責無書即事寄荅

官信安仁拙書非叔夜慵謬馳驄馬傳難附鯉魚封萬里勞何補千年運忝逢不量橫草力虛慕入雲蹤潔水空澄鑑持鉛亦礪鋒月寒深夜桂霜凜近秋松憲摘無逃魏寃申得夢馮問貍將挾虎殲蠆敢虞蜂商吹移砧調春華改鏡容歸期芳畹積愁思暮山重仙鼠猶驚燕莎雞欲變螢惟應碧湘浦雲落及芙蓉

李郢

春日題山家

偶與樵人熟春殘日日來依岡尋紫蕨挽樹得青梅燕靜
蚓泥起蜂喧抱蕊回嫩茶重攪緑新酒略炊醅漠漠蠶生
紙涓涓水弄苔丁香政堪結留步小庭隈

秋晚寄題陸勲校書義興禪居時淮南從事

禪居秋草晚蕭索異前時蓮幕青雲貴翺翔絶後期蘚房
榧架掩山砌石盆欹劒戟晨趨靜笙歌夜散遲谷寒霜狖
靜林晚磬蟲悲惠遠煙霞在方平杖履隨骨清須貴達神
重有威儀萬卒千蹄馬横鞭從信騎

李　頻

陝州題河上亭

岍擁洪流急亭開清興長當軒河草晚入坐水風涼獨鳥

鷩來客孤雲觸去檣秋聲和遠雨暮色帶微陽浪靜澄窓
影沙明發簟光逍遥每盡日誰識愛滄浪

苑中題友人林亭

林邑藏岩洞幽棲趣若何春篁兼笋密夏鳥雜雛多坐有
清風起林無暑氣過亂書還就葉真飲不聽歌片景明紅
蘚斜陰映綠蘿雄文終不惜莫便棄高科

長安書情投知己

陝服因詩句從容已半年一從歸闕下罕得到門前每候
朝軒出常看列宿懸重投期見奬數首果蒙傳轉覺功宜
倍兼令任更堅都忘春暫醉少省夜曾眠煩暑燈誰讀孤
寒業已專精華搜未竭騷雅琢須全此事勤雖過他謀拙

莫先槐街勞白日桂路在青天取第殊無序還鄉可有緣
旅情長越鳥秋思繫秦蟬月色千樓滿砧聲萬井連江山
阻迢遞時節暗推遷道即窮通守才應始末憐書紳相戒
語蔵篋贈行篇致主當齊聖爲郎本是仙人心期際會鳳
翼語遷延畢竟良圖在何妨逸性便幽齋中寢覺珎木正
陰圓隱几閑聽彼臨雲興渺然五陵共麗景六義動花箋
倘與潛生翼寧非助化權免教垂素髮歸種海隅田

張喬

華山

青蒼河一隅氣狀杳難圖卓傑三峯出高奇四岳無力疑
擎上界勢獨壓中區衆水東西走羣山遠近趨天迴諸宿

照地聳百靈扶石髒烟霞罷龍潭雨雹麤澄凝臨甸服險

固東神都淺覺川原異深應日月殊鶴歸青靄合仙去白

雲孤瀑溜斜飛凍松長倒挂枯每來尋洞穴不擬返江湖

倘有芝田種巖間老一夫

許棠

題甘露寺

丹檻拂丹霄人寰下瞰遥何年增造化萬古出塵囂地勢

盤三楚江聲换幾朝滿欄皆異藥到頂盡飛橋澤廣方雲

夢山孤數沃焦中宵霞始散經臘木稀凋鐸動天風度窓

明海氣消帶華分迥堞當日辨翻潮鳥去沉葭菼帆來映

泬漻浮生自多事無計免迴鑣

聞蟬十二韻

造化生微物，常能（一作偏宜）應候鳴。初離何處樹，又發去年聲。（一本此下有末蜕能微動，纔飛似解驚。聞來鄰海徼，恨豈過邊城四句）騷屑隨風遠，悠揚類葉輕。報秋涼漸至，嘶月思偏清。互默疑相荅，微揺似欲行。繁音人已厭，朽殼蟻猶爭。朝士嚴冠飾，宮嬪逞髩名。亂依西日噪，多引北歸情。篠露凝潛吸，蛛絲忽迸縈。此時吟聽久，不覺萬愁生。（一作萬緒一時生）

薛能

長安道

汲汲復營營，東西連兩京。關繻古若在，山岳累應成。各自有身事，不相知姓名。交馳兼衆類，分散入重城。此去應無

盡萬方人旋生空餘片言苦來往覓劉楨

華嶽

簇簇復亭亭三峯卓杳冥每思窮本末應合記圖經發地連宮觀衝天接井星河微臨巨勢秦重載奇形太古朝群后中央擘巨靈鄰川猶映檻幾縣恰當庭鶴毳壇風亂龍漦洞水腥望遥通北極上徹見東溟客訖晴難偶農祈雨必零度關無暑氣過路得愁醒羽客時應見霜猿夜可聽頂懸飛瀑峻崦合白雲青混石猜良玉尋苗得茯苓從官知側近悉俸致巖扃

黄河

何處發崑崙連乾復浸坤波渾經雁塞聲振自龍門岸裂

新衝勢灘餘舊落痕横溝通海上遠色盡山根勇逗三峰折雄標四瀆尊彎中秋景樹潤外夕陽村沫亂知魚呴槎來見鳥蹲飛沙當白日凝霧接黄昏潤可資農畝清能表帝恩雨吟堪極目風渡想驚魂顥瑞龜曾出陰靈伯固存盤渦寒漸急淺瀨暑微温九曲終柔勝長流可暗吞人間無博望誰復到窮源

題漢州西湖

西湖天下名可以濯吾纓况復攜家賞從妨半驛程嘗茶春味渴斷酒晚懷清盡得幽人趣猶嫌守吏迎重餐逢角暮百事喜詩成坐阻湘江謫誰為話政聲

送浙東王大夫

天爵擅忠貞皇恩復寵榮遠源過晉史甲族本緱笙亞相
兼尤美周行歷盡清制除天近曉衙謝草初生賓客招閤
地戎裝擁上京九街一作衢鳴玉勒一宅照紅旌細雨當離
席遥花顯去程佩刀徵甸色歌吹館橋聲驂裹從秦賜艅
艎到汴迎步沙逢霽月宿岸致嚴更渤澥流東鄙天台壓
屬城衆談稱重鎮公意念瘢毗井邑曾多難瘡痍此未平
察應均賦役逃必復桑耕隼重權兼帥鼉雄設有兵越毫
隨厚俸剡硾得尤名夜蠟一作獵州中宴春風部外行香奩
篙鳳詔朱篆進龍坑報後功何患投虚論素精徵還真指
掌感激自關情舊業懷昏作微班負旦評空餘騷雅事千
古傲劉楨

送趙道士歸天目舊山

愚朴尚公平此心憐道情有緣終自鄙何計逐師行日者聞高躅時人蓋強名口無滋味入身有羽儀生奏乞還鄉遠詩曾對御成土毛珍一作微到越塵髮倦離京符叱風雷惡朝修月露清觀臨天目頂家住海潮聲道引圖看足參同注解精休糧一擬問忽草俟回程

春雨

電澗煦潺潺驚流往復還遠聲如有洞迷色似無山利物乾坤内并風竹樹間靜思來朔漠愁望滿柴關迸濕消塵慮吹嵐觸病顏誰知草茅逕沾此尚虛閒

新雪八韻

大雪滿初晨開門萬象新龍鍾雞未起蕭索我何貧耀若
花前境清如物外身細飛斑户牖乾灑亂松筠正色凝高
嶺隨流助要津昂消微是滓車碾半和塵荼興留詩客瓜
情想戍人終篇無本字誰別勝陽春

桃花

秀氣自天鍾千年豈易逢開齊全未落繁極欲相重冷濕
朝如淡晴乾午更濃風光新社燕時節舊春農籬落歆臨
竹亭臺盛間松亂緣堪羨蟻深入不如蜂有影宜暄煦無
言自冶容洞連非俗世溪静接仙蹤子熟河應變根盤土
已封西王潛愛惜東朔盗過從醉席眠英好題詩戀景慵
芳菲聊一望何必在蓬邛

詠柳花

浮生失意頻起絮又飄淪發自誰家樹飛來獨院春朝客縈斷砌晴影過諸鄰亂掩空中蝶繁銜陌上人隨波應到海霑雨或依塵會向慈恩日輕輕對此身

牡丹乾符二年再作　補

萬朶照初筵狂遊憶少年曉光如曲水顏色似西川白向庚辛受朱從造化妍衆鬧成伴侶相笑極神仙見焰寧勞火聞香不帶烟自高輕月桂非偶賤池蓮影接彫盤動蘂遭惡草偏招歡憂事阻就臥覺情牽四面宜綈錦當頭稱管絃泊來鶯定憶紛擾蝶何顛蘇息承朝露滋榮仰霽天歷欄多盡好敵國貴宜然未落須迷醉因茲任病纏人誰

知極物空負感麟篇

詠夾逕菊

夾逕盡黄英不通人並行幾曾相對綻元自兩行生叢比高低等香連左右并畔揺風勢斷中夾日華明間隔蛩吟隔交横蝶亂横頻應泛桑落摘處近前楹

海棠

酷烈復離披乡功莫我知青苔浮落處暮柳間開時帶醉遊人插連陰被叟移晨前清露濕宴後惡風吹香少傳何許妍多畫半遺島蘇連水脉庭綻粒松枝偶泛因沉硯間飄欲亂碁逵山生玉壘和郡徧坤維負賞慙休飲牽吹分失饑明年應不見留此贈巴兒

唐人五言排律選十卷

元李竢菴先生　選定

皮日休

新秋言懷寄魯望三十韻

新秋入破宅疎瀹若平郊户牖深如窟詩書亂似巢移牀驚蟋蟀拂匣動蠨蛸静把泉華掬閑拈乳管敲檜身渾箇矮石面得能頤小桂如拳葉新松似手稍鶴鳴轉清角鶻下撲金髇合藥還慵服爲文亦嬾抄煩心入夜醒疾首帯凉抛杉葉尖於鏃藤絲韌似鞘僓田含紫芋低蔓隱青匏老柏渾如疥陰苔忽似膠王餘落收壍胡盂入空庖度日

忘冠帶經時憶酒肴有心同木偶無舌並金鐃興欲添
測狂將換易爻達人唯落落俗士自譊譊底力將排難何
顏用解嘲欲銷毁後骨空轉坐來胞猶預應難抱狐疑不
易色等閑逢毒蠚容易遇咆哮時事方千蝎公途正二崤
名微甘世棄性拙任時拋白日須投分青雲合定交仕應
同五柳歸莫捨三茅澗鹿從來去煙霞任溷殽狙公聞後
戲雲母病來蘖從此居方丈終非競斗筲道窮應鬼遺性
拙必天教無限疎慵事憑君解一匏

奉和魯望秋日遣懷次韵

高蹈爲時背幽懷是事兼神仙君可致江海我能淹共守
庚辰夜同看乙巳占藥囊除紫蠹丹竈拂紅鹽與物深無

競於生亦太廉鴻災因足警魚禍為稀潛筆硯秋光洗衣巾夏辭雲洒飯香竹院魚籠挂茆簷琴忘因抛譜詩存為致籤茶旗經雨展石笋帶雲尖鶴共心情慢烏同面色黔向陽栽臼恰終歲憶貂襜取嶺為山障將泉作水簾溪晴多晚鷺池瘞足秋蟾破衲雖云補閒齋未辦苫共君還有後竟日得厭厭

江南書情二十韻寄秘閣韋校書貽之商洛宋先輩垂文二同年

四載加前字今年未改銜君批鳳尾詔我住虎頭岩季氏唯謀逐臧倉只擬讒時訛輕五羖俗淺重三緘瘦去形如鶴憂來態似獑才非師趙壹直欲效陳咸孤竹寧收笛黄

琮未要職作羊寧免狠為兎即須覓枕户槐從亞侵堦草
懶芰壅泉教咽咽壘石放巉巉掣釣隨心動抽書任意掀
茶教弩父諦酒遣僰童監黙坐看山困清齋飲水嚴薛生
天竺餘烟壞洞庭帆病久新烏帽閑多着白衫藥包陳兩
匳詩草蠹雲函遺客呼林狖辭人寄海蝛室惟搜古罷錢
只買秋杉寡合無深契相期有至誠他年如訪問煙蔦暗
彭彭

憶洞庭觀步十韵

前時登觀步暑雨正錚摐上戍看綿蕝登村度石矼卷花
時有蔟溪鳥不成雙遠樹點黑稍遥峰露碧幢岩根瘦似
殼杉腹破如腔校衼（紋了二音）漁人服符篖野店窓多攜白木

鍾愛買紫泉缸仙犬聲音古遺民意緒厖何文堪緯地底
策可經邦自此將妻子歸山不姓龐
諫議以罷郡將歸以六韻賜示因佇酬獻
欲下持衡詔先容觧印歸露濃春後澤霜薄霽來威舊化
堪治疾餘恩可療饑隔花攀去棹穿柳挽行衣佐理能無
取訓知力甚微空將千感淚異日拜黄扉
武丘寺前有古杉一本形狀醜怪圖之不盡况百
卉競媚若妒若娟惟此杉死抱奇節髐然闖然不
知雨露之可生也風霜之可瘁也乃造化者方外
之材乎遂賦三百言以見志
種日應逢晉枯來必自隋鰐狂將立處螭鬬未開時卓犖

擲槍幹乂牙束戟枝初鶩蟉篆活復訝猗狂癡勁質如堯
瘦貞容學舜銜勢能擒土伯醜可駭山祇虎爪拏巖穩虬
身脫浪歌槎頭禿似刷耕背利於錐突兀方相脛鱗皴夏
氏胝根應藏鬼血柯欲漏龍漦拗似神荼怒呀如猰貐飢
朽癰難可吮枯瘇不堪治一炷乡雲扳三尋黑稍奇狼頭
欵窣竪蠆尾掘攣垂目燥那逢爟心開豈中鈹任苔為疥
癬從蠹作瘰痍品格齊遼鶴年齡等寶龜將懷縮地力欲
負扳山資未倒防風骨初僵負貳屍漆書明古本鐵室抗
全師碨礧還無極伶傳又莫持堅應敵駿骨文定寫彪皮
蟠屈愁凌刹騰驤恐攫池搶烟寒嶱嶭披蔦靜襹褷威仰
誠難識勾芒恐不知好燒胡律看堪共達多期寡色諸芳

笑無聲衆籟疑終添八柱位未要一繩維盡日來唯我當
春玩更誰他年如入用直搆太平基

陸龜蒙

和諫議崔公罷郡叙懷六韻

已報東吳政初捐左契歸天應酬苦節人不犯寒威江上
思重借朝端望載巇紫泥封夜詔金殿賜春衣對酒情何
遠裁詩思極微待升鎔造日江海問魚扉

和襲美新秋三十韻

身閒唯愛静籬外是荒郊地僻憐同巷庭喧厭累巢岸聲
摇舴艋窻影辨蠨蛸逕秖溪禽下關唯野客敲竹罔從古
凸池緣本來顣早藕擎霜節凉花束紫梢漁情隨錘網獵

興起鳴髀好夢經年說名方着處抄木疎惟自補技癢欲
誰抓颸靜常懸蘿鞭閑不正鞘山衣輕斧藤天籟逸弦匏
蕙展風前帶桃烘雨後膠蘚乾粘晚砌烟濕動晨庖沈約
便圖籍楊雄重酒肴目曾窺絕洞耳不犯征鐃曆外窮飛
朔著中記伏爻石林空寂歷雲肆肯嘵譊松桂何妨蠹龜
龍亦任嘲未能丹作髓誰相紫為胞莫把榮枯異但知大
小包由弓猨不捷梁圈虎忘虢舊友懷三益關山阻二崤
道隨書麗占時共釣綸拋好作忘機士須為莫逆交看君
馳諫草燦我臥衡茅出處雖冥默熏蕕肯溷殽岸沙從鶴
印雀蜜勸人蘋白菌盈枯栟黃精滿綠筲仙因隱居信禪
是淨名教兮謂江湖水終淨一大瓟

和龔美憶洞庭觀步十韵次韵

聞君遊静境雅具更攡攡竹傘遮雲逕藤鞋蹈蘚矼杖斑花不一樽大瓈成雙水鳥行沙嶼山僧禮石幢已廿三秀味誰念百牢腔遠棹投何處殘陽到幾窓仙詵珠樹曲村餉白醅缸地里方吳會人風似冉庬深幽非遯世尋勝肯迷邦爲讀江南傳何賢過二龐

江南秋懷寄華陽山人

櫛髪涼天曙含毫故國情歸心一夜極病體九秋輕忽起襜褕詠因悲絡緯鳴逢山即堪隱何路可圖榮楪策空占命持竿不釣名忘憂如有待縱懶似無營小徑纔分草○斜扉劣辮荆○冷荷承露菂○疎菊臥烟莖○譜爲聽琴閲○圖緣看

海瞪。鷺毛浮島白。魚尾撇波赬。庭橘低搴嗅園葵旋折烹
餓烏窺食案鬬鼠落書棚種豆悲楊惲投瓜憶衛於東林
誰處士南郭自先生分野星多蹇連山卦少亨衣裾徒博
大文籍漫縱横蘭葉騷人珮蓴絲內史羹鶡冠難適越羊
略未饒傖倚嘯徵抽恨論兮好析酲栖遲勞鼓篋豪俠愛
金籯鍊藥傳丹昂嘗茶試石甒治連枯葦暗牕對脫梧明
未達譏張翰非才嫉禰衡遠懷魂易黷幽憤骨堪驚礪鈌
知矛利磨瑕見辟瑛道源疏滴瀝儒肆售精誠敢歎良時
擲猶勝亂世攖相秦猶幾死王漢尚當黔飲啄期應定窮
通勢莫爭髡鉗為皁隸譚笑得公卿浴日安知量追風不
計程塵埃張耳分肝膽季心傾諭蜀專操檄通甌獨請纓

匹夫能曲踊萬騎可橫行許國輕妻子防邊重戰耕俄分
上尊酒驟厭五侯鯖靜默供三語從容等一枰弘深司馬
法雄禁貳師兵朔雪埋烽燧寒笳裂旆旌乘時收句注即
日掃攙槍武昔威殊俗文今被八紘琮璜陳始畢韶夏教
初成芽孽群妖滅松筠百度貞郎官青瑣拜使者繡衣迎
帝道將雲闢澆波漸砥平學徒羞說霸佳士恥為跉負杖
歌栖畝操觚賦北征才當曹斗怯書比韋車盈謝氏憐兒
女郗家貴舅甥唯荒稚珪宅莫贈景山鎗賢彦風流遠江
湖思緒縈謳啞搖舴艋出沒漾鵁鶄晚樹參差碧奇峰迤
邐晴。水喧槐紫芡。村響畤香秔。荷笠漁翁古。穿籬守犬獰。
公衫白紵卷田餉綠箐孳地與膏腴錯人多富壽并相懽

時帖泰獨坐歲崢嶸唧嘖蛩吟壁連軒鶴舞楹戍風飄壘
鼓鄰月動哀箏未得文章力何由俸祿請和鉛還揖揖持
斧自丁丁驚懼疑凋朽功勤過屑瓊凝神披夕秀盡力取
朝英蠹簡開塵篋寒燈立曉棨靜翻詞客系閒難史官評
天地寧舒慘山川自變更秖能分跖蹻誰解等殤彭項豈
重瞳聖夔猶一足髮阮高酣麴蘗莊達謝犧牲齕舌無勞
話寬心豈可盛但從鑪冶鍛莫受罻羅嬰硯撥萍根洗。舟
衡蓼穗撐。短牀編翠竹。低几凭紅櫪。霜信催楊柳。烟容裛
杜蘅。桁排巢燕燕。屏畫醉猩猩。嬾檜推嵐影飛泉撼玉琤
艫舳尋遠近握槊鬭輸贏技（一作楹）壓離披瓠簷垂磊磊橙
忘情及宗炳抱疾過劉楨野饋誇菰飯江南賈蕨餳送神

枹瓦釜留客上瓮觥舉檝揮青劍鳴榔扣遠鉦鳥行沈莽蒼魚隊破泓澄手戟非吾事腰鐮且發硎諒難求摽摽聊欲取錚錚幾歎蟲甘蓼還思鹿美苹愁長難自剪歌斷有誰賡未去師黄石空能説白珩性湍休激浪言莠罷抽萌地僻琴尊獨溪寒杖履清物齊消聽對戈倒共心盟絲曳靈妃瑟金涵太子笙幽棲膠竹塢仙處驛蓬瀛想像珠繻鳳。追飛翠蕊鸞。霧簾深杳悄。雲磬冷敲鏗。籙字多階品華陽足弟兄焚香凝一室盡日思曾城匿景崦嵫色呀空渤海聲吾當營巨黍東去射長鯨

和龔美江南書情二十韻寄韋校書宋先輩二同年次韻

我志如魚樂君詞稱鳳銜暫來從露冕何事買雲岩水石
應容病松篁未聽讒鑵香杉蠹臓山信藥苗緘愛鷺欹危
立思猨矍鑠衡謝才倘許眺阮放最憐咸大樂寧忘金奇
工肯顧瑊客愁迷舊隱鷹健想秋毚硯鈌猶庸琢文繁却
要芝雨餘幽治淨霞散遠峰巉洗筆煙成段培花土作枕
訪僧還覓伴醫鶴自須監荒廟猶懷季清灘幾夢嚴背風
開蠹簡衝浪試新帆閱憶年支酒閒裁古樣衫釣家隨野
舫仙蘊逐雕函度歲餘羸馬先春買小蛾共疏泉入竹同
坐月過杉染翰窮高致懷賢發至誠不堪淄子鬢愁促易
彭彭

和襲美古杉三十韻

衆木盡相遺孤杉獨任奇挿天形硉兀當殿勢攲危恐是
夸娥怒教臨截薜衮節穿開耳目根瘿坐熊羆世只論榮
落人誰問等衰初危切有顛從日上無葉與秋欺虎搏應難
動鵰蹲不敢遲戰鋒新鈌飜燒岸黑黷鸞鬭死龍骸雜爭
奔鹿角差肢銷洪水腦稜聳梵天眉礫索珊瑚湧森嚴獬
豸竅向空分犖指衝浪出鯨鬐揚僕船檣在蚩尤障纛驟
下連金粟固高用鐵蒺披挺若符堅捶浮于祖納椎峥嶸
鷺露鶴趯趯閡雲螭傍宇將支壓撐霄欲抵巇背交蟲臂
掲相向鶻拳追格筆差猶立階干卓未麾鬼神應暗畫風
雨恐潛移已覺寒松仗偏宜后土疲好邀清嘯傲堪映古
茅莰材大應容蝎年深必孕夔後凋依佛氏初植必僧彌

擁腫煩莊辯槎牙費庾詞詠多靈府困搜苦化權畀類既
區中寡朋當物外推蟠桃標日域珠草侍仙墀真宰誠求
夢春工幸可醫若能噓嶰竹猶足動華滋

秋日遣懷十六韻寄道侶

盡日臨風坐雄詞妙略兼共知時世薄寧恨歲華淹且把
靈方試休憑吉夢占夜燃燒汞火朝鍊洗金鹽有路求真
隱無媒舉孝廉自然成嘯傲不是學沈潛水恨同心隔霜
愁兩鬢霑鶴屛憐掩扇烏帽愛垂簷雅調宜觀樂清才稱
典籤冠欹〔糸乏〕髮少書健紫毫尖故疾因秋白塵容畏日黔
壯圖須行行儒服謾襜襜片石聊當枕橫煙欲代簾蠹根
延穴蟻疎葉漏庭蟾藥𦶇高低鑄雲菴早晚苫胡麻如重

寄從誚我無厭

寄茅山何道士

終身持玉舄丹訣未應傳況是曾同宿相違便隔年問顏

知更少聽話想踰今古籙文垂露新金永絶烟蜂供和餌

蜜人寄買溪錢紫燕長巢硐青龜忽上蓮篋藏徵隱詔囊

佩攝生篇圃暖芝臺秀巖春乳管圓池栖子孫鶴堂宿弟

兄仙幸閲靈書次心期賜一編

京口與友生話别

共是悲秋客相逢恨不堪鴈頻辭薊北人尚在江南名利

機初發樵漁事先諳松門穿戴寺荷徑繞秦潭繩檢真難

束踈慵却易耽枕當高樹穩茶試遠泉甘架上經唯一樽

前雅秖三風雲勞夢想天地入醺酣曆自尭階數書因禹
穴探御龍雖世祿下馬亦清譚國計徒盈策家儲不滿甌
斷簾從燕出斂弁倩人簪木墜凉來葉山横霽後嵐竹窻
深窔篠苔洞緑龕弇積行依頷子和光則老耼杖誠爲虎
節被信作鮫函養鷺看窺沿尋僧助結菴功名思馬援歌
唱咽羊曇乞食羞孤鳳無衣羨八蠶繫帆留宿客吟句任
羸驂寵鶴空無衞占烏未見鄆香還須是桂青會出於藍
蜀酒時傾瓿吳鰕偏發坩玉封千挺藕霜閉一筒柑惜珮
終邀禍辭環好激貪宗溟雖喞澮成厦必梗枏碧石雕琴
薦黄金飾劍鐔烟緣沙砌引水爲藥畦擔博物君能繼多
才我尚慙别離猶得在秋鬢未鬖髿

韓偓

贈吴顛尊師

飲酒經何代休糧度此生跡應常自浼顛亦强爲名道若千鈞重身如一羽輕毫釐分象緯袒跣揖公卿狗竇號光逸漁陽裸禰衡笑雷冬蟄震巖電夜珠明月滑侵簪冷江光逼屐清半酣思救世一手擬扶傾撃地嗟衰俗看天貯不平自緣懷氣義可是計烹亨議論通三教年顏稱五更老狂人不厭宻行鬼應驚未識心相許開襟語便誠伊余常仗義顧拜十年兄

寒食日沙縣雨中看薔薇

何處遇薔薇殊鄉冷節時雨聲籠錦帳風勢偃羅幃通體

全無力酡顔不自持緑踈微露刺紅密欲藏枝愜意憑欄
久貪吟放盞遲旁人應見訝自醉自題詩

桃杯塲客舍之前有池半畝木槿櫛比閡水遮山
因命僕夫運斤梳沐豁然清朗復覩太虚因作五
言八韻以記之

捕槿作藩籬叢生覆小池爲能妨遠目因遣去閒枝鄰叟
偷來賞棲禽欲下疑虚空無障處蒙閉有開時葦鷺憐瀟
灑泥鰌畏赫曦稍寛春水面盡見晚山眉岸穩人偷釣堦
明日上棊世間多弊事事事要良醫

懶起

百舌惱一作唤朝眠春心動幾般枕霞紅黯淡淚粉玉闌珊

籠繡香煙歇屏山燭焰残暖憐羅襪窄瘦覺錦衣寬昨夜

三更雨臨明一陣寒海棠花在否側卧卷簾看

春悶偶成十二韻

阡陌懸雲壤欄畦隔艾芝路遥行雨嬾河濶過橋遲鴈足

應難達狐蹤浪得疑謝鯤吟未廢張碩夢堪思有意通情

處無言攏鬢時格高歸斂笑歌怨在顰眉醉後金蟬重歡

餘玉燕欹素姿凌白柰圓頰誚紅梨粉字題花筆香箋詠

柳詩繡牕携手約芳草踏青期别淚開泉脈春愁罥藕絲

相思不相信幽恨更誰知

無題三首

小檻移燈灺空房鎖隙塵額波風盡日簾匣月侵晨香辦

一作辣更衣後釵梁攏鬢新吉音聞詭計醉語近天真粧好
方長歎歡餘刦淺嚬繡屏金作屋絲幰玉爲輪致意通綿
竹精神託錦鱗歌凝眉際恨酒發臉邊春溪紵殊輕越樓
簫豈羨秦柳虛禳沴氣梅實引芳津樂府降清唱宮廚減
食珍防閑襟併斂忍姤淚休句宿飲愁縈夢春寒瘦著人
手持雙豆蔻的的爲東鄰

碧瓦偏光日紅簾不受塵柳昏連綠野花爛爍清晨書密
偷看數情通破體新明言終未實暗祝始應真枉道嫌偷
藥推誠鄙效嚬合成雲五色宜在月中輪照獸金塗爪釵
魚玉鏤鱗渺瀰三島浪平遠一樓春墮髻還名壽修蛾本
姓秦棹尋聞犬洞槎入飲牛津麟脯隨重釀霜鱗間八珍

錦衾霞彩爛羅襪研光勻羞澁佯牽伴嬌嬈欲泥人偷兒
難捉搦慎莫共比鄰

第四倒押前韻

酒勸杯須滿書羞字不勻歌憐黃竹怨味實碧桃珍剪燭
白查一作下歸同路烏衣枉作鄰珮聲猶隔箔香氣已迎人
非良策當關是要津東阿初渡洛楊惲舊家秦粉化橫波
溢衫輕曉霧春鵶黃雙鳳翅麝月半魚鱗別袂翻如浪迴
腸轉似輪後期纔注脚前事又含嚬縱有才難詠寧無畫
逼真天香聞更有瓊樹見長新鬭草長更僕迷鬮悞達晨
嗅花判不得檀注惹芳塵

鄭谷

乘慵

乘慵居竹裏涼冷臥池東一霎芰荷雨幾迴簾幕風遠僧來叩寂小吏笑書空衰鬢霜供白愁顏酒借紅扇輕搖鷺羽屏古畫漁翁自得無端趣琴棊舫子中

迴鑾

妖星沉雨露和氣滿京闕上將忠勳立明君法駕還順風調雅樂夾道叙羣班香泛傳宣裏塵清指顧間樓臺新紫氣雲物舊黃山曉渭行朝肅秋郊曠望閑廟靈安國步日角動天顏浩浩昇平曲流歌徹百蠻

南宮寓直

寓直事非輕宦孤憂且榮制承黃紙重辭見紫垣清曉霽

庭松色風和禁漏聲僧携新茗伴吏掃落花迎鎖印詩心
動垂簾睡思生粉廊曾試處石柱昔賢名來誤宫窗燕啼
疑花樹鶯殘陽晴更好歸速恨嚴城

入閣

秘閣臨軒日和鑾迓正年兩班文武盛百辟羽儀全霜漏
清中禁風旗拂曙天門嚴新契勘使入乍承宣一作仗入邇承宣
玉几當紅旭金爐縱碧煙對敭稱法吏贊引出宫鈿言動
揮毫疾威容執一作報簿專壽山晴靉靆顥氣熳連延禮有
鴛鴦集恩無雨露偏小臣叨備位歌詠泰階前

丞相孟夏祗薦南郊紀獻十韻

節應清和候郊宫事潔羞至誠聞上帝明德祀圓丘雅用

陶匏罍馨非黍稷流就陽陳盛禮匡國禱鴻休漸曉蘭迎
露微凉麥弄秋壽山横紫閣瑞靄抱皇州外肅通班序中
嚴錫慶優奏歌三酒備表敬百神柔池碧將還鳳原清再
問牛萬方瞻輔翼共賀贊皇猷

寄獻湖州從叔員外

顧渚山邊郡溪將罨畫通遠看城郭裏全在水雲中西閣
歸何晚東吴興未窮茶香紫筍露洲迥白蘋風歌緩眉低
翠杯明蠟剪紅政成尋往事輟棹問漁翁

寄左省張起居

含香復記言清秩稱當年點筆非常筆朝天最近天家聲
三相後公事一人前詩句江郎伏書蹤甯氏傳風標欺鷺

鶴才力湧沙泉居僻貧無慮名高退更堅漁舟思靜泛僧
榻寄閑眠消息當彌入絲綸的粲然依棲常接跡屬和舊
盈編開口人皆信淒凉是謝氈

荆渚八月十五日夜值雨寄同年李嶼

共待輝光夜翻成黯澹秋正宜清露望潛起滴堦愁棹倚
袁宏渚簾垂庾亮樓桂無香實落蘭有露花休玉漏添蕭
索金樽阻獻酬明年佳景在相約在神州

送祠部曹郎中免官南歸

高名向已求古韵古無儔風月拋蘭省江山向桂州賢人
知止足中歲便歸休雲鶴深相待公卿不易留滿朝張祖
席半路上仙舟篋重藏吴畫茶新换越甌郡迎紅燭宴寺

宿翠嵐樓觸目成幽興全家是勝遊蓬聲漁叟雨葦色鷺
鷥秋久別郊園改將歸里巷修桑麻勝祿食節序免鄉愁
陽朔花迎棹崇賢葉滿溝席春歡促膝簷日暖梳頭道暢
應爲蜓時來必問牛終須康庶品未爽一作許潄寒流議在
歸羣望情難戀自由小生誠淺拙早歲便依投夏課每垂
奬雪天常見憂遠招陪宿直首薦向公侯攀送偏揮灑龍
鍾志未醻

讀故許昌薛尚書詩集

篇篇高且眞眞爲國風陳滄薄雖師古縱橫得意新剪裁
成幾篋一作帙唱和是誰人華嶽題無敵黃河句絕倫吟残
荔枝雨詠徹海棠春李白欺前輩陶潛仰後塵難忘嵩室

下不負蜀江濱屬思看山眼寞搜倚樹身楷模勞夢想諷
誦爽精神落筆空追愴曾蒙借斧斤

故少師從翁隱巖別墅亂後榛蕪感舊愴懷遂有
追紀

風騷爲主人凡俗仰清塵容行稱閨闈明誠動縉紳周旋
居顯重内外掌絲綸妙主蓬壺籍忠爲社稷臣大儀墻仞
峻東轄紀綱新聞善常開口推公豈爲身立朝鳴珮重歸
宅典衣貧半醉看花晚中飡煮菜春晴臺隨鹿上幽墅一作
野結僧鄰理論知清越生徒得李頻藥香沾筆硯竹色染
衣巾寄鶴眠雲叟騎驢入室賓近將姚監比僻與段卿親
葉積池邊路苔遲雪後薪所難留著述誰不秉陶鈞喪亂

時多變追思事已陳浮華重發作雅正甚湮淪宗從今何
在依棲素有因七松無影響雙淚益悲辛猶喜于門秀年
來屈復伸

西蜀淨衆寺松溪八韵兼寄小筆崔處士

松因溪得名溪吹答松聲繚繞能穿寺幽奇不在城寒煙
齋後散春雨夜中平染岍蒼苔古翹沙白鳥明澄分僧影
瘦光徹客心清帶梵侵雲響和鐘激石鳴淡烹新茗爽煖
泛落花輕此景吟難盡憑君畫入京

唐彥謙

春雨

綺陌夜來雨春樓寒望迷遠容迎燕戲亂響隔鶯啼有恨

開蘭室無言對李蹊花欹渾拂檻柳重欲垂堤燈擎昏魚
目薰爐咽麝臍別輕天北鶴夢怯汝南雞入户侵羅幌梢
簷潤繡題新豐樹已失長信草初齊亂蝀寒猶舞驚烏暝
不棲瘦郎盤馬地却怕有春泥

移莎

移從杜城曲置在小齋東正是高秋裏仍兼細雨中結根
方迸竹疏蔭說高桐苒苒齊芳草飄飄笑斷蓬片時留静
者一夜響鳴蛩野露通宵滴溪煙盡日蒙試才卑庾薤求
味笑周菘只此霜栽好他時贈伯翁

紅葉

無處不飄揚高樓臨道旁素娥前夕月青女夜來霜宿雨

隨時潤秋晴看物光幽懷常若此病眼更相妨蜀紙裁深
色燕脂落靚粧低蔟侵小閣倒影入回塘謝眺留霞綺甘
寧棄錦張何人休遠道是處有斜陽薜荔垂書幌梧桐墜
井床晚風生旅館寒幕近僧房桂綠明淮甸楓丹照楚鄉
雀踈臨鄴杜蟬急傍瀟湘樹異桓宣武園非顧辟疆茂陵
愁卧客不自保危腸

漢代

漢代金為屋吴宮綺作寮艷詞傳靜婉新曲定妖嬈箭響
猶殘夢籤聲報早朝鮮明臨曉日迴轉度春宵半袖籠清
鏡前絲壓翠翹靜多如有待閑極似無憀梓澤花猶滿靈
和柳未凋障昏巫峽雨屏掩浙江潮未信潘名岳應疑史

姓蕭瀟因歌暫斷燈爲雨頻挑飲酒闌三雅投壺賽百嬌
鈿蟬新翅重金鴨舊香焦水淨疑澄練霞孤欲建標别隨
秦柱促愁爲蜀絃么乎晏難廖痺臨卭但發痟聯詩徵弱
絮思友詠甘蕉王氏憐諸謝周郎定小喬黼幃翹絲雉波
扇畫文鰩荇密妨垂釣荷欹欲渡橋不因衣帶水誰覺路
迢迢

送樊瑨司業歸朝

近日蘇司業文雄道最光夫君居太學妙譽繼中行汲郡
陵初發汾陰篋久亡寂寥方倚席容易忽升堂去日應懸
榻來時定裂裳愜心頻拾芥應手屢穿楊辨給如無敵飛
騰固自强論心期舌在問事畏頭長駟馬終題柱諸生悉

面墻啗鰲譏爾雅賣餅訴公羊未見泥函谷俄驚火建章
煙塵昏象魏行在隔巴梁紅粟填鄗塢青袍過壽陽剪茅
行殿濕伐柏舊陵香釁室青衿盡渠門大旆揚雲飛同去
國星散各殊方賤子悲窮轍當年亦擅場藿辛尋幼婦醴
酒憶先王聖域探姬孔皇風樂禹湯畏誅輕李喜言命小
臧倉折樹休盤槊沉鈎且釣璜鴻都問詞客他日莫相忘

咸通中始聞褚河南歸葬陽翟是歲上平徐方大
肆慶賞又詔八品錫其裔孫追叙風槩因成二十
韻

冊府藏餘烈皇綱正本朝不聽還笏諫幾覆綴旒祧咫尺
言終直愴惶道已消淚心傳位日揮涕授遺朝飛燕潛來

趙黄龍豈見譙既迷秦帝鹿難問賈生鵩穆卜緘縢秘金
根轍跡遥北軍那奪印東海漫難橋羅織黄門訟笙簧白
骨銷炎方無信息丹旐竟淪漂邂逅江魚食凄涼楚客招
文忠徒謚議子卯但蕭韶未見公侯復尋傷嗣續凋流年
隨水逝高議薄層霄柱石林公遠縑緗故國饒奇蹤天驥
活遺軸錦鸞翹近者淮夷戮前年歸馬調始聞移北葬兼
議蔭山苗聖澤覃將溥貞魂喜定飄異時窮巷客懷古謗
成謡

李　洞

終南山二十韻

關内平田窄東西截杳冥雨侵諸縣黑雲破九門青暫看

猶無暇長棲信有靈古苔秋漬斗積霧夜昏螢怒恐撞天
漏深疑隱地形盤根連北岳轉影落南溟窮穴何山出遮
巒上國寧殘陽高照蜀敗葉遠浮涇斸竹煙嵐凍偷湫雨
雹腥閒房僧灌頂浴澗鶴遺翎梯滑危緣索雲深靜唱經
放泉驚鹿睡聞磬得人醒踏著神仙宅敲開洞府扃棊殘
秦士局字缺晉公銘一谷勞開午孤峰聳起丁遠平丹鳳
闕冷射五侯廳萬丈冰聲折千尋樹影亭望中仙島動行
處月輪馨疊石移臨砌研膠潑上屏明時獻君壽不假老
人星

題咸陽樓

晚亞古城門凭高黯客魂塞侵秦舊國渭浸漢荒村官路

颸書燼人家帶水痕獵頻虛塚穴耕苦露松根墻外峰粘
漢氷中日晃原斷碑移作砌廣地灌成園北馬疑眠磧南
人憶釣溢橋閒野鹿過街静禁鴉翻灘鼓城隍動雲衝太
白昏標衣多呂裔荷鍤或劉孫弔問難知主登攀强滴罇
不能扶壯勢冠劍惜乾坤

秋宿梓州牛頭寺

月去簷三尺川雲入寺樓靈山頓離衆列宿不多稠蒙宇
焚初鈌翻經誦若流窓閒二江冷簾巻半空秋話散松根
別棊終竹節收静增雙闕念高並五翁遊鶴夢生紅日雲
閒鎖梓州望空工部眼搔亂廣文頭石室僧調馬銀河客
問牛曉樓歸下界大地一浮漚

題竹溪禅院

溪連（一作邊）山一色水擁竹千竿鳥觸翠微濕人居酷暑寒風搖瓶影碎沙陷履痕端爽極青（一作清）崖樹流平綠峽灘閑來披衲數漲後卷經看三境通禅寂囂塵染着難

述懷二十韵獻覃懷相公

帝夢求良弼生身屬聖明青雲縣罷業白日貫忠貞（一作精）靄靄隨春動忻忻共物榮靜宜浮競息坐覺好風生萬國聞應躍千門望盡傾瑞含楊柳色氣變管絃聲百辟尋知度三階正有程魯儒規蘊藉周誥美和平碧水遺幽抱朱絲寄遠情風流秦印綬儀表漢公卿忠讜期登用回邪自震驚雲開長劍倚路絕一峰橫九野方無事滄溟本不爭

國將身共計心與衆爲城早晚中條下紅塵一顧清南潭
容伴鶴西笑忽遷鶯折樹恩難報懷仁命甚輕二年猶困
辱百口望經營未在英侯選空勞短羽征知音初相國從
此免長鳴

投獻吏部張侍郎十韻

苔涂馬蹄青何曾似在城不於僧院宿多傍御溝行隱岫
侵巴壘租田帶渭平有囊尋省寺袖軸遍公卿夢入連濤
郡書來積雪營淚隨邊鴈隋寃逐一作共夜蟬驚發憤巡江
澮無眠數縣更玄都一病客興善幾回鶯貢藝披沙細酬
恩戴岳輕心期公子念滴酒在雕楹

感知上刑部鄭侍郎

寄掩白雲司蜀都高臥時鄰僧點寒竹宿鳥動秋池帝誦嘉蓮表人吟寶劍詩石渠流月斷畫角截江吹開出黃金勒前飛白鷺鷥公心外國說重望兩朝一作川推淨蘚斜圭影孤窗響錫枝與幽松雪見心苦硯氷知練杖蟲聲切過門馬足遲漏殘終卷讀日下大名垂平磧容鵰上仙山許狖窺數聯金口出死免愧丘爲

和知已赴任華州

東門罷相郡北拜動京華落日開宵印初燈見早麻鶴身紅旆拂仙掌白雲遮塞色侵三縣河聲聒兩衙松根醒客酒蓮座隱僧家一道帆飛直中筵岳影斜書名尋雪石澄鼎露金沙鎖合眠關吏盃寒啄廟鴉分臺話嵩洛賽雨拜

煙霞樹谷期招隱吟詩煮柏茶

送韋太尉自坤維除廣陵

全蜀拜揚州征東輟武侯直來萬里月旁到五峰秋幢entry

遮高雪旗閒卓亂流謝朝明主喜登省舊僚愁隔海城通

舶連河市響樓千官倚元老虛夢法雲遊

送龍州田使君舊詩家

御札軫西陲龍州出牧時度關雲作雪挂棧水成澌劒淬

號猨岸弓懸宿鶴枝江燈混星斗山木亂槍旗鎖庫休秤

藥開樓又見詩無因陪宴集吟苦憶京師

對碁

小檻明高雪幽人鬬智時日斜拋作劫月午蹙一作變成遲

倚杖湘僧算翹松野鶴窺側楸敲醒睡片石夾吟詩雨點
奩中漬燈花局上吹秋濤寒竹寺此興謝公知

砚水墨障子

若非神助筆硯水恐藏龍研盡一寸墨掃成千仞峰壁根
堆亂石床罅種枯松岳麓穿因鼠湘江綻爲蛬挂衣嵐氣
濕夢枕浪頭春只爲少顔色時人著意慵（一作看）

李咸用

廬山

非嶽不言嶽此山通嶽言高人居亂世幾處滿前軒秀作
神仙宅靈爲風雨根餘陰鋪楚甸一柱表吳門静得八公
侶雄临孔子尊對猶青瞬眼到必冷凝魂勢受重湖讓形

難七澤吞黑巖葳畫電紫霧泛朝暾蓮蹢寧唯華玉焚堪
小崑倒松微發鐔飛瀑遠成痕壘見雲容襯稜收雪氣昏
裁詩曾困謝作賦偶無八流礙星光撇鶩衝鴈陣翻峰竒
寒倚劒泉曲旋如盆草短分雛雉林明露擲猿秋楓紅葉
散春石谷雷奔月好虎溪路煙深栗里源醉吟長易醒夢
去亦銷煩有覺南方重無疑厚地掀輕揚聞舊俗端用鎮
元元

謝友生遺端溪硯瓦

尋常濡翰次恨不到端溪得自新知已如逢舊解携玩餘
輕照秉謝欲等懸黎靜對勝凡客閒窺憶好題媧天補賸
石昆劒切來泥着指痕猶濕停旬水未低呵雲潤柱礎筆

彩飲虹霓鴿眼工諳謬羊肝士乍封連漸光比鏡因墨膩
於磬書信成池黑吟須到日西正誇憂盜竊將隱怯攀躋
捧受同交印矜持過秉珪草顛終近旭嬾癖必無嵇用合
緣鸚鵡珍應貿會稽貞姿還落落寒韵或凄凄風月情相
半煙花思豈迷宜從方袋挈枉把短行批淺小金爲斗泓
澄玉作隄遇人依我惜想爾與天齊　　行時秖
獨齋

吴融

奉和御製六韵

天曉密雲開亭亭翠葆來芝荷籠水殿楊柳蔽風臺恩洽
三時雨歡騰萬歲雷日華偏照御星綵迴分台葦岸縈仙

棹蓮峰倒玉杯獨斲歌聖德不是侍臣才

赴闕次留獻荆南成相公三十韻

分閫兼文德持衡有武功荆南知獨去海内更誰同拔地
孤峰秀當天一鶚雄雲生五色筆月吐六鈞弓骨格凌秋
聳心源見底空神清飡沆瀣氣逸飲洪濛臨事成奇策全
身仗至忠解鞍欺李廣煑弩笑臧洪往昔逢多難來兹故
統戎卓旗雲夢澤撲火細腰宫鏟土樓臺構連江雉堞籠
似平鋪掌上疑湧出壺中豈是勞人力寧因役鬼工本遺
三户在今匝萬家通畫舸横青雀危檣列綵虹席飛巫峽
雨袖拂宋亭風塲廣盤毬子池閒引釣筒禮賢金璧賤煦
物雪霜融酒滿梁塵動棊殘漏滴終儉常資澹静貴絶侍

穹崇唯要臣誠顯那求帝渥隆甘棠名異奭大樹姓非馮自念為遷客方諧謁上公痛知遭止棘頻嘆委飄蓬借宅誅茅綠分囷指粟紅只慚燕館盛寧覺阮途窮渙汗霑明主滄浪別釣翁出曾憂塞馬歸欲逐邊鴻積感深於海銜恩重極嵩行行柳門路回首下離東

即席十韻

住處方窺宋平生未嫁盧暖金輕鑄骨寒玉細凝膚妒蝶長成伴傷鸞耐得孤城堪迷下蔡臺合上姑蘇弄眼難降柳含茸欲鬬蒲生涼雲母扇直夜博山爐翡翠交粧鏡鴛鴦入畫圖無心同石轉有淚約泉枯猨渴應須見鷹饑秪待呼銀河正清淺霓節過來無

御溝十六韻

一水終南下何年派到溝穿城初北注過苑却東流逶峅清波溢連宮瑞氣浮去應涵鳳沼來必滲龍湫激石珠爭碎縈堤練不收照花長樂曙泛葉建章秋影泛金莖表光摇綺陌頭旁沾畫眉府斜入教簫樓有雨難澄鏡無萍易擲鈎鼓宜尭女瑟盪必蔡姬舟臯看通鳴鶴津應接斗牛迴風還激激和月更悠悠淺憶觴堪泛深思杖可投秖懷涇合廌不帶隴分愁自有朝宗樂曾無潰穴憂不勞誇大漢清渭貫神州

古錦裾六韻

濯水經何日隨風故有人緣衣猶偪畫丹頂尚迷真暗澹

雲沉古青蒼蘚剝新映襟知惹淚侵藕想縈塵掣曳無由
覩流傳久自珎武威應認得牽袂幾當春

敗簾六韻

有客編來久彌年繼不收不堪風作候豈復燕爲讐盡見
三重閣難迷百尺樓伴燈微撩夢兼扇劣遮羞零落亾珠
綴殷勤謝玉鈎凉宵何必捲月自入軒流

三峯府内矮柏十韻

擢秀依黄閣移根自碧岑周園雖合抱直上豈盈尋遠砌
行窺頂當庭坐庇陰短堪鶖衆木高已讓他林日轉無長
影風回有細音不容蘿蔦附只耐雪霜侵玉帳籠應匝牙
旗倚更禁葉低宜拂席枝褭易抽簪緑澗支離久朱門淹

映深何須一千丈方有歲寒心

玉堂種竹六韻

當砌植檀欒濃陰五月寒引風穿玉牖摇落滴金盤有韵和宫漏無香雜畹蘭地疑雲鏁易日近雪封難静稱圍碁會閒宜閣筆看他年終結實不羨樹棲鸞

追詠棠梨花十韻

蜀地從來勝棠梨第一花更應無軟弱别自有妍華不貴綃爲霧難降綺作霞移須歸紫府駐合餌丹砂密映彈琴宅深藏賣酒家夜宜紅蠟照春稱錦筵遮連廟魂棲望飄江字遶巴未饒酥點薄羞妬雪飛斜舊賞三年斷新期萬樹賒長安如種得誰定牡丹誇

王貞白

蘆葦

高士想江湖閒庭徧植蘆清風時有至綠竹與何殊嫩喜日光薄踈憂雨點麤驚蛙跳得過鬬雀裊如無未織巴籬護幾擡邛竹扶葱煙輕弱柳蘸水漱清蒲溉灌情偏重琴樽賞不孤穿花思釣叟吹葉少羌雛寒色暮天映秋聲遠籟俱朗吟應有趣瀟灑十餘株

陳陶

聖帝擊壤歌四十韻

百六承堯緒艱難土運昌太虛橫彗孛中野鬬豺狼帝曰更吾嗣時哉憶聖唐英星垂將校神嶽誕忠良鍊石醫元

氣屠鰲正昊蒼掃原鋪一德驅祲立三光大道重蘇息真
風再發揚芟夷踰舊跡神聖掩前王郊酒酣寥廓鴻恩受
渺茫地圖龜負出天誥鳳銜將雜貢來山峙群夸入雁行
紫泥搜海岱鴻筆富巖廊應象敷宸極寰瀛作瑞坊泥九
封八表金鏡照中央構殿祈（一作麒）麟趾開藩表鳳翔鑾輿
親稼穡朱幌務蠶桑戎□輸天馬霊仙侍玉房宮儀水蒐
甲門衛綵沉槍陶鑄超三古車書混萬方時巡望虞舜蒐
獸法殷湯化合謳謡滿年豐鬼蜮藏政源歸牧馬公法付
神羊寶鼎無霊應金甌肯破傷封山昭茂績祠瀆荅嘉祥
在昔公闈僭乃羅羿浞殃牝雞何譈讟（譈與憝同讟大界切）猘犬漫
劻勷苗檮三靈怒桓猶九族亾鯨鯢尋挂網魑魅旋投荒

松柏霜逾翠芝蘭露更香聖謨流作遠仙系發源長島嶼
征徭傅漪瀾汎稻粱凫魚饜飡啖荷薜足衣裳寤寐華胥
國嬉遊太素鄉鷹鸇飛接翼忠孝佳連牆有叟能調鼎無
媒隱鈞璜乾坤資識量江海入文章野鶴思蓬闕山麋憶
廟堂泥沙空淬礪星斗屢低昂歷草何因見銜尊豈暫忘
終隨嘉橘賦霄漢謁羲皇

題贈高閑上人

薝蔔花間客軒轅席上珍筆江秋菡萏僧國瑞麒麟内殿
初招隱曹溪得後塵龍蛇驚粉署花雨對金輪白馬方依
漢朱星又入秦剡談凌鑿齒清論到波旬拂石先天古降
龍舊國春珠還合浦老寶去玉川貪鴛鷺輸黄絹場壇邅

白蘋鴠湖閒入夢金閣靜通神海氣成方丈山泉落淨巾
獼猴深愛月鷗鳥不猜人拂岳蕭蕭竹垂空澹澹津漢珠
難覓對荆璞本來真伊傅多聯璧劉雷競買鄰江邊有國
寶時為劉星辰

徐鉉

題畫石山

彼美巉巖石誰施黼藻功回巖明照地絶壁爛臨空錦段
鮮須濯羅屏展易窮不因秋蘚緑非假晚霞紅羽客藏書
洞樵人取箭風靈蹤理難問仙客去何通返駕歸塵裏留
情向此中迴瞻畫圖畔遥羡面山翁

題碧巖亭贈孫尊師

絶境何人識高亭萬象含凭軒臨樹杪送目極天南積靄
生泉洞歸雲鏁石龕丹霞披翠巘白鳥帶晴嵐仙去留虛
室龍歸漲碧潭幽巘君獨愛勿味我曾耽世上愁何限人
間事久諳終須脱羈鞅來此會空談

依韻和令公大王薔薇詩

綠樹成陰後羣芳稍歇時誰將新濯錦挂向最長枝卷箔
香先入凭欄影任移賞頻嫌酒渴吟苦怕霜髭架迥籠雲
幄庭虛展繡帷有情縈舞袖無力胃遊絲嫩蕊鷽偷采柔
條柳伴垂荀池波自照梁苑客嘗窺王李尋皆謝金桃亦
暗衰花中應獨貴庭下故開遲委艷粧苔砌分華借槿籬
低昂勻灼爍濃淡疊參差幸植王宮裏仍逢宰相知芳心

向誰許醉態不能支芍藥天教避玫瑰衆共嗤光明烘晝
景潤膩裛輕霽麗似期神女珍如重衛姬君王偏屬詠士
子盡搜奇

和門下殷侍郎新茶二十韻

暖吹入春園新芽競粲然才教鷹觜拆未放雪花妍荷杖
青林下攜筐旭景前（採茶須在日未出前）孕靈資雨露鍾秀自山川
碾後香彌遠烹來色更鮮名隨土地貴味逐水泉遷力籍
流黃暖形模紫笋圓（茶之美者有圓捲紫筍）正當鑽柳火遥想湧金
泉（陽羨茶山有金泉修貢時出）任道時新物須依古法煎輕甌浮綠孔
孤竈散餘煙甘薺非予匹宫槐讓我先（槐芽亦可為茶）竹孤空冉
冉荷弱謾田田解渴消殘酒清神感夜眠十漿何足饋百

榼盡甚捎采擷唯憂晚營求不計錢任公因焙顕陸氏有
經傳受甚真成癖嘗多合得仙亭臺虛靜處風月艷陽天
自可臨泉石何妨雜管絃東山似蒙頂顧得從諸賢

奉和右省僕射西亭高卧作

院靜蒼苔積庭幽怪石欹蟬聲當檻急虹影向簷垂晝漏
猶憐永叢蘭未覺衰疎篁巢翡翠折葦覆鸕鷀對酒襟懷
曠圍碁旨趣遲景皆隨所向物各遂其宜道與時相會才
非世所羈賦詩貽座客秋事爾何悲

納后夕侍宴

天上軒星正雲間湛露垂禮容過渭水宴喜勝瑶池彩霧
籠花燭升龍肅羽儀君臣歡樂日文物盛明時簾捲銀河

轉香凝玉漏遲華封傾祝意觴酒與聲詩

李中

新秋有感

門巷凉秋至高梧一葉驚漸添衾簟爽頓覺夢䰟清晴促蓮開艷乍催蟬發聲雨降炎氣減竹引冷烟生戍客添歸思行人怯遠程未逢征雁下漸聽夜砧鳴張翰思鱸興班姬詠扇情音塵兩難問蛩砌月空明

題徐五教池亭

多士池塘好塵中景恐無年來養鷗鷺夢不去江湖泉脈通深澗風聲起短蘆鷩魚跳一作藏藻荇戲蝶上菰蒲泛泛容魚艇閒閒載酒壺漲痕山雨過𡸁積𡸁苔鋪花影沉波

底煙光入座隅燒香憐杜若夜浸愛蟾蜍步逸心難厭看
吟興不辜憑君命奇筆爲我寫成圖

獻喬侍郎

位望誰能並當年志已伸人間傳鳳藻天上演龍綸賈馬
才無敵褒雄譽益臻除姦深繫念致主迴忘身諫疏縱橫
上危言果敢陳忠貞雖貫世消長豈由人慷慨辭朝闕迢
遥涉路塵千山明夕照孤棹渡長津杜宇聲方切江籬色
正新卷舒唯合道喜慍不勞神禪客陪清論魚翁作近鄰
静吟窮野景狂醉養天真格論思名士輿情渴直臣九霄
恩復降比户意皆忻却入鵷鸞序終身顧問頻漏殘丹禁
曉日暖玉墀春鑒物心如水憂時鬢若銀惟期康庶事永

要叙彝倫貴賤知無間孤寒必許親幾多沉滞者拭目望陶鈞

獻中書潘舍人

運叶半千數天鍾許國臣鵬霄開羽翼鳳闕演絲綸顧問當清夜從容向紫宸立言成雅誥正意叙彝倫朴素偕前哲馨香越縉紳褒辭光萬代優旨重千鈞公退誰堪接清閒道是隣世間身屬幻物外意通津弔古兼春夢文髙賦復清（舍人有弔往文春夢賦行于世也）琴彈三峽水屏画十洲春庭冷鋪苔色池寒浸月輪竹風來枕簟藥氣上衣巾茶譜傳溪叟棋經受羽人清虚雖得趣獻替不妨陳杞梓呈才後神仙入侍頻孤寒皆有頼中外亦同忻有士曾多難無門得望

塵忙忙罹險阻往往耗精神尋果巢枝願終全負米身連
逢敦孝治蹇塞值通津最慶清朝祿還霑白髮親甘柔心
既遂虛薄報何因遠宦聯緜歷卑棲夙夜勤良時空愛惜
末路每悲辛骨立駒猶病顏彫女尚貧而今偕顧遇尺蠖
願求伸

獻中書張舍人

仙桂從攀後人間播大名飛騰諧素志霄漢是前程持憲
威聲振司言品秩清簾開春酒醒月上草麻成丹陛凌晨
對青雲逐步生照人裴玉瑩鑒物憲波明下直無他事閒
遊恣逸情林僧開户接溪叟掃苔迎煮茗山房冷垂綸野
艇輕神清宜放曠詩苦益縱橫餘刃時皆仰嘉謀衆佇行

四方觀啓沃畢竟念孤平

冬日書懐寄惟真大師

自别吾師後風騷道甚孤雪霜侵鬢髪音信隔江湖擾擾
悲時世悠悠役夢途向公期盡節多病怕傾壺賤跡雖慙
滞幽情忍世辜詩成天外句碁覆夜中圖落壁燈花碎飄
牕雪片麄煮茶燒栗與早晩復圍爐

送孫霦書記赴壽陽辟命

辟命羡君赴其如愴别情酒闌汀樹晩帆展野風生淮静
寒煙斂郊遥夜火明醉沉胸嶺㝱吟達壽春城舊友揺鞭
接元戎掃榻迎雪晴蓮幕啓雲散桂山横王粲從軍畫陳
琳草檄名知君提健筆重振此嘉聲

雲

悠悠離洞壑冉冉上天津捧日終爲異從龍自有因高行四海雨暖拂萬山春静與霞相近閒將鶴寂親帝鄉歸莫問楚殿夢曾頻白向封中起碧從詩裏生兮容横釣浦輕縷絆蟾輪不滯濃還淡無心卷復伸非煙聊擬議千里在逡巡會作五般色爲祥覆紫宸

秋雨

竟日散如絲吟看半掩扉秋聲在梧葉潤氣逼書幃曲澗泉承去危檐燕帶歸寒蛩悲旅壁亂蘚滑漁磯爽欲除幽簟凉須換熟衣踈蓬誰夢斷荒徑獨遊稀徧稱江湖景不妨鷗鷺飛最憐爲瑞處南畝稻苗肥

庭葦

品格清於竹詩家景最幽從栽向池沼長似在汀洲玩好
招溪叟棲堪待野鷗影踈當夕照花亂正深秋韻細堪清
耳根牢好繫舟故溪高峴上冷淡有誰遊

韋莊

漁塘十六韻　在朱陽縣石岩下古老云洛水一派流出此山

洛水分餘派穿巖出石稜碧經嵐氣重清帶露華澄瑩徹
通三島巖唔積萬層集由應共到劉阮想同登辟峻苔如
畫山昏霧似蒸撼松衣有雪題石硯生氷路熟雲中客名
留域外僧饑猿尋落椽鬬鼠隋高藤嶮樹臨溪亞殘莎帶
岸崩持竿聊藉草待月好垂罾對景思任父開圖想不興

晚風輕浪疊暮雨濕煙凝似泛靈查出如迎羽客昇仙源
終不測勝槩自相仍欲別誠堪戀長歸又未能他時操史
筆爲爾著良稱

和薛先輩見寄初秋寓懷即事之作二十韻

玉律初移候清風乍遠襟一聲蟬到耳千炬火燃心嶽靜
雲堆翠樓高日半沈引愁憎暮角驚夢怯殘碪露白凝湘
簟風篁韻蜀琴烏喧從果爛堦淨任苔侵柹葉添紅影槐
柯減緑陰採珠逢寶窟閲石見瑤林魯殿鏗寒玉台山激
碎金郄堂流桂影陳巷集車音名自張華顯詞因葛亮吟
水深龍易失天遠鶴難尋鑒貌寧慙樂論才豈謝倭義心
孤劍直學海怒濤深既覩文兼質翻疑古在今慙聞紆緑

綬即候挂朝簪晚樹連秋塢斜陽暎暮岑夜蟲方唧唧疲馬正駸駸托跡同吴燕依仁似越禽會隨仙羽化香蟻且同斟

同舊韻

大火收殘暑清光漸惹襟謝莊千里思張翰五湖心暮角迎風急孤鐘向暝沉露滋三徑草日動四隣碪簟委班姬扇蟬悲蔡琰琴方愁丹桂遠已怯二毛侵甃石迴泉脉移碁就竹陰觸絲蛛隋網避隼鳥投林貌愧潘郎璧文慙呂相金但埋酆獄氣未發爨桐音靜笑劉琨舞閒思阮籍吟野花和雨斸恠石入雲尋跡競終非幻幽閒且自任趨時慙藝薄託質負仰一作恩深美價方稀古清名已絕今既聞

留縞帶詎肯擲簪簪遲客㕓高閣迎僧出亂岑壯心徒感
慼逸足自駸駸安羨倉中鼠危同幕上禽期君調㒵禹他
日俟羊斟

三用韻

素律初迴馭商飈暗觸襟乍傷詩客思還動旅人心蟬噪
因風斷鱗遊見鷺沉笛聲隨晚吹松韻激遥砧地覆青袍
草窓横緑綺琴煙霄難自致歲月易相侵澗柳横孤彴巖
藤架客陰瀟湘期釣侶鄠杜别家林遺愧虞卿壁言依季
布金錚鏦聞郢唱次第發巴音螢影衝簾落蟲聲擁砌吟
樓高思共釣寺遠想同尋入夜愁難遣逢秋恨莫任蝸遊
苔徑滑鶴步翠塘深莫問榮兼辱寧論古與今固窮憐甇

牖感舊惜蒿簪晚日舒霞綺遥天倚黛岑鴛鸞方翽翽騂
驥整騣騣未化投陂竹空思出谷禽感多聊自遣桑落且
閒斟

和李秀才郊墅早春吟興十韵自三衢至江西作

暖律變寒光東君景漸長我悲遊海嶠君説住柴桑雪色
隨高嶽氷聲陷古塘草根微吐翠梅朶半含霜酒市多逋
客漁家足夜航匡廬雲傍屋彭蠡浪衝牀緑擺楊枝嫩紅
挑菜甲香鳳凰城已盡鸚鵡賦應狂佇見龍辭沼寧憂雁
失行不應雙劍氣長在斗牛傍

羅隱

南園

搏擊路終迷南圍且灌畦敢言逃俗態自是樂幽棲葉長
春菘潤科圓早薤齊雨沾虛檻冷雪壓遠山低竹好還成
徑桃夭亦有蹊小窗奔野馬閒甕養醯雞水石心逾切烟
霄分已暌病憐王猛畚愚笑隗囂泥澤浦潮平岸江䢼柳
覆堤到頭乘興是誰手好提攜

聖真觀劉真師院十韵

簾下嚴君卦窗間少室峰攝生門已盡混跡世猶逢山藪
師王烈簪纓友戴顒魚跳介象鱠飯吐葛玄蜂紫餡垂新
椹黄輕墮小松塵埃金谷路樓閣上陽鐘野鶴爲肩寄仙
書鳥爪封支牀龜縱老取箭鶴何慵别久曾牽念閒來肯
献重尚餘青竹在試爲翦成龍

投宣武鄭尚書二十韻

漢代簪纓盛梁園雉堞雄物情須重德時論在明公族大
踰開魏神高本降嵩世家惟蹇諤官業即清通翰苑論思
外綸闈嘯傲中健毫鷩彩鳳高步出寅鴻履歷雖吾道行
藏必聖聰絳霄無繫滯浙水忽西東庾監高樓月袁郎滿
座風四朝存故事兩地有全功去去才須展行行道益隆
避權辭憲署仗節出南宮雁影相承接龍圖共始終自然
須作礪不必恨臨戎幕下蓮花盛竿頭彈珮紅騎兒逢郭
伋戰士得文翁人地應無比簞瓢奈屢空因思一枝桂已
得斷根蓬往事應歸捷勞歌且責躬殷勤信陵館今日自
途窮

投浙東王大夫二十韻

越嶺千峰秀淮流一派長暫憑開物手來展濟時方舊蹟蘭亭在高風桂樹香地清無等級天闊任徊翔麈尾談何勝螭頭筆更狂直曽批鳳詔高已冠鵷行嘯傲辭民部雍容出帝鄉趨堯推印綬勾踐與封疆水占仙人吹城留御史林嘉賓鄒潤甫百姓賀知章席熖飛鸚鵡塵輕駐驌驦夜歌珠斷續晴舞雪悠揚化向棠陰布春隨棣蕚芳盛名韜不得雄畧晦彌彰自媿三冬學來窺數仞牆感深惟刻骨時去欲沾裳想望魚燒尾咨嗟鼠齧腸可能因蹇拙便合老滄浪題柱心猶壯移山志未忘深慙百般病今日問醫王

徐寅

尚書命題瓦硯

遠向端溪得皆因郢匠成鑿山青靄斷琢石紫花輕散墨
松香起濡毫藻句清入臺知價重著匣恐塵生守黑還全
器臨池早著名春闈携就處軍幙載將行不獨雄文陣兼
能助筆耕莫嫌涓滴潤深染古今情洗處無瑕玷添時識
滿盈蘭亭如見用敲戛有金聲

釣絲竹

蘿蘿拂清流堪維舴艋舟野蟲懸作餌溪月曲為鈎雨潤
摇堦長風吹繞指柔若將諸樹比還使緑楊羞蠶婦非尭
女漁人是子猷湖邊舊栽處長映讀書樓

唐人五言排律選第十卷終